DBA

Kamel Daoud

Língua interior

Tradução
Bernardo Ajzenberg

1ª edição

PREPARAÇÃO
Érika Nogueira

REVISÃO
Carolina Kuhn Facchin
Karina Okamoto

GERENTE EDITORIAL
Luiza Lewkowicz

EDITORA JÚNIOR
Nataly Callai

DIAGRAMAÇÃO
Letícia Pestana

CAPA
Luciana Facchini

FOTOS DA CAPA
Foto de Deeja na Unsplash
Foto de Ehsan Ahmadi na Unsplash

Alameda Franca, 1050, cj 83
01422-001 — São Paulo — SP
www.dbaeditora.com.br

Dados Internacionais de Catalogação na Publicação (cip)
(Câmara Brasileira do Livro, sp, Brasil)

Daoud, Kamel
Língua interior / Kamel Daoud; tradução Bernardo Ajzenberg.
1. ed. São Paulo: DBA Editora, 2025.
Título original: Houris
ISBN 978-65-5826-120-9
1. Ficção francesa I. Título.
CDD-843 25-294996.0

Índices para catálogo sistemático:
1. Ficção : Literatura francesa 843
Maria Alice Ferreira - Bibliotecária - CRB-8/7964

AMBASSADE
DE FRANCE
AU BRÉSIL

Liberté
Égalité
Fraternité

Cet ouvrage, publié dans le cadre du Programme d'Aide à la Publication année 2025 Carlos Drummond de Andrade de l'Ambassade de France au Brésil, bénéficie du soutien du Ministère de l'Europe et des Affaires étrangères.

Este livro, publicado no âmbito do Programa de Apoio à Publicação ano 2025 Carlos Drummond de Andrade da Embaixada da França no Brasil, contou com o apoio do Ministério francês da Europa e das Relações Exteriores.

Para minha mãe, Yamina, minha língua secreta

Para as vítimas esquecidas da guerra civil argelina

Para Amina Mekahli, a generosa

Para o pessoal da Sciences Po Paris, que ofereceu um abrigo para esta narrativa

E Pêtù, porteiro-chefe do mundo de Baixo,
Responde a santa Inanna:
"E então! Quem é você?
— Eu sou a rainha do Céu,
Dali onde o sol se levanta!
— Se você é a rainha do Céu,
Dali onde o sol se levanta,
Por que vir ao País-Sem-Volta?
Por que o seu coração a empurrou nessa direção
Do caminho de que ninguém retorna?"

A descida de Ishtar (Innana) aos Infernos

Art. 46 — Será punido com encarceramento de três (3) a cinco (5) anos e uma multa de 250 mil DA *a 500 mil* DA *todo aquele que, por meio de declarações, textos ou qualquer outra ação, utilize ou instrumentalize as feridas da tragédia nacional para atentar contra as instituições da República argelina democrática e popular, para fragilizar o Estado, ferir a honorabilidade de seus agentes que o serviram dignamente, ou manchar a imagem da Argélia no plano internacional.*

Os processos penais serão formalizados pelo ministério público.

Em caso de reincidência, a pena prevista neste artigo será aplicada em dobro.

Carta pela paz e reconciliação nacional

PRIMEIRA PARTE
A VOZ

1

Noite de 16 de junho de 2018, em Orã

Está vendo aqui?

Exibo um grande sorriso permanente e sou muda, ou quase. Para me compreender, as pessoas precisam se inclinar bem perto na minha direção, como se quisessem compartilhar um segredo ou uma noite de intimidade. É preciso se acostumar com a minha respiração, que parece ser sempre a última, com a minha presença incômoda no início. Fixar-se nos meus olhos de uma cor rara, dourado e verde, como o paraíso. Você vai quase achar, na sua ignorância, que um homem invisível está me sufocando com um lenço, mas não deve entrar em pânico. À luz do dia, pareço uma mulher de dimensões delgadas, extenuada, quase sem vida, e meu imenso sorriso fixo aumenta o mal-estar daqueles que cruzam comigo. Esse sorriso, ilimitado, largo, de quase dezessete centímetros, não se move há mais de vinte anos. Fica um pouco abaixo da parte inferior do meu rosto e esgarça as minhas palavras, as minhas frases. Às vezes, escondo-o com um lenço colorido; sempre escolho os tecidos mais caros e raros para isso. E levanto o colarinho.

Vamos conversar, pois esta é uma situação inédita. Porque, sim, você é o acontecimento que nunca imaginei. Caiu sobre mim do céu, sobre minha cabeça, com a precisão de um meteorito atingindo o crânio de um profeta aflito. Falemos, sem parar. Eu me seguro, mas é porque deveria lhe tirar a vida sem cerimônias, cruamente, sem muita preocupação, como um açougueiro a bocejar diante da carcaça de um carneiro. Bastaria romper a bolsa que a prende e onde você se debate, e deixar escoar o pouco de vida que acabou guardando. Aliás, você não está viva clinicamente, nem morta do ponto de vista de Deus. Quanto a mim, talvez eu já tenha matado uma alma inocente. Não com as mãos, talvez, mas com as pálpebras, fechando os olhos. Até mesmo minha mãe, Khadija, não sabe disso, ela, que, apesar dos meus vinte e seis anos, quer continuar me vigiando todos os dias como se eu tivesse acabado de nascer, para fazê-la também nascer, mostrando-lhe ternura e obediência.

Estamos no meu quarto. É noite no bairro de Miramar, em Orã. Uma grande e bela cidade localizada à beira do Mediterrâneo, que brilha na escuridão como um colar rompido. São duas horas da manhã e um homem grita, uma viatura da polícia passa na rua e cães brincam de ladrão mascarado. Para preencher o tempo, imagino palmeiras balançando e o mar ainda à procura de caminhos para invadir as ruas da cidade. Isso às vezes me alivia, para mim é útil ser muda, ou quase, para o mundo lá fora. As pessoas não esperam frases longas de mim, ou conversas cheias de mentiras ou exageros ou promessas. Até mesmo quando amava, de tempos em tempos, deixava que os meus olhos imensos, cinza e verdes, estremecessem meus interlocutores. Esses meus grandes olhos castanho-dourados que mudam de cor, zombando do efeito que produzem sobre os homens, que ficam sem palavras diante deles. Eles me observam, mergulham no meu olhar oscilante, e qualquer linguagem se torna insuficiente.

Escute: de noite, navios mercantes mugem no mar oculto e não consigo lhe explicar o que constitui o mar nem de onde vem a embarcação que o ausculta com sua enorme orelha metálica. Mesmo com minhas palavras, há coisas que não consigo lhe transmitir, nuances do mundo exterior. Seria necessária uma vida inteira para lhe narrar os mil detalhes dessa cena, e você não dispõe desse tempo. O que mais você quer que eu lhe diga para começarmos a nos conhecer? Eu falo e o som da minha voz que você ouve não é um som, senão folhas de papel viradas. Aliás, de que me serviria definir o mar, os cães, um navio e as palmeiras, ou até mesmo o meu rosto esboçado nas sombras? Definições são para os vivos, para se sentirem seguros. Para você, são apenas tonalidades por trás de uma parede que você apenas arranha. Você subsiste aqui, no escuro, escondida pelos meus cuidados. Aí onde você está deve estar quente, não? Você flutua, acho, ou faz como eu, se aconchega, o cordão deve incomodá-la um pouco, imagino. Você está entravada. Dirijo-me a você na minha bela língua retumbante e muda, a mesma com a qual há anos conto histórias a mim mesma ou que utilizo quando falo dentro da minha cabeça com inimigos, vizinhos, imãs, com Deus, que me roubou coisas preciosas. É confusamente a linguagem dos filmes de que gostei e que mexeram comigo e me fizeram afogar em lágrimas. A língua do sonho, dos segredos, a língua daquilo que não tem língua.

Nesta noite de verão, estou na escuridão como você, o céu noturno se faz sentir morno e profundo como um travesseiro, e não consigo dormir. Se você soubesse o que é o tempo, eu lhe diria que são duas ou três horas da manhã. No verão, a noite é curta em nossa cidade e mal termina, com muita dificuldade, de espalhar suas estrelas, o imã já surge para pôr um fim a tudo com seu grito de chamado para a oração. Mas, daí onde se encontra, você não consegue ver, pois os seus olhos mal estão formados. Eu ao menos distingo o meu quarto, minha rua, o mar e o navio que ele traz. Você tampouco tem sexo, mas sei que é uma menininha, minha Huri, assim você me aparece quando cerro as pálpebras. Você vem do paraíso, acredito. Dali onde o tempo não passa e onde nada conta. O relógio do ar-condicionado, na parede em frente, indica também a temperatura, e sua luz lança sombras e auras sobre quase todos os objetos. Tem a mesa de cabeceira, e minha escrivaninha, que não serve para nada desde que abandonei a escola por causa de um zero em história nacional argelina. Meus sapatos, que nunca guardo, bem como a grande cortina de flamingos pretos aprisionados nas dobras do tecido. E as persianas. Não as fechei muito bem: o poste de luz perto do café diante da nossa casa lança sua luz e quer entrar para examinar meu quarto como um vagabundo. É o poste no meio do terraço, aquele que está enferrujado na base e que expõe a caixa de fios elétricos. O café? É o café Marhaba ("Bem-vindo", traduzo para você na minha língua interior). Todos esses comércios costumam levar o mesmo nome no país inteiro, como os lugares dedicados aos mártires da guerra de libertação argelina e as grandes ruas das cidades. Tem também minha penteadeira, e aqui o meu espelho que quebrei ontem. Pobre espelho! Reduzido a mil pedacinhos, tornou-se como essas pessoas que querem balbuciar várias coisas ao mesmo tempo, que gaguejam e misturam as palavras, e que acabam se decompondo em fragmentos, cortando as mãos aos prantos. Espelho abatido pela minha incapacidade de falar direito. Eu o quebrei, sim, ontem, você não se lembra daquele barulho de areia que chegou até você pelas minhas orelhas, atenuado pelo ventre? Eu também imagino você, sabe, aí onde está. Você se apresenta sem nome, sem sobrenome, sem nada que ligue você a mim, a não ser um cordão, e o sangue. Você me vislumbra como uma sombra, entrevê o meu mundo, meu quarto, esta cidade que lhe é indiferente, e você desconhece o que eu realmente quero. Nós nos parecemos com essas terras estrangeiras que se sobrepõem após um terremoto. Você nada na contracorrente, tendo o silêncio como músculo, o primeiro dia da sua vida ainda se confunde com o último, atravessado pela torrente da minha fala. Como é que uma mulher muda de vinte e seis anos pode falar tanto, sem retomar o fôlego? De onde vem essa vontade irresistível de contar tudo de uma vez só, como uma escamoteadora finalmente capturada?

Eis o motivo: tenho duas línguas. Uma é como a noite, a outra é como a lua crescente. Uma se alimenta no coração da outra.

E uma boca de peixe para praticar tanto uma quanto a outra.

E, para desenhar melhor a minha monstruosidade aos seus olhos, um sorriso que liga minhas orelhas uma à outra. É bem aqui, no meu pescoço. Uma linha de pesca segura meu pescoço ao torso, me impedindo de cair no esquecimento, ou de ficar pendurada como uma mercadoria na feira da Bastille (é um lugar onde se fazem as compras em Orã). Três ou quatro homens já tatearam esse sorriso imóvel com o dedo indicador para entender de onde ele provém. Minha mãe Khadija o auscultou, cuidou, vigiou, demoradamente, anestesiou-o com mil remédios e o observou quase todas as noites durante anos. Talvez ele fosse crescer e me matar, ela repetia para si mesma, ou encolher e me trazer de volta a uma vida normal? Pois nunca se viu um sorriso tão largo assim, tão claro, tão distante da felicidade, tão oposto à alegria. Posso ao menos lhe revelar meu nome. Eu o levo como uma placa luminosa na mais escura das noites. Chamo-me Aube. Fajr na língua exterior. Aube na língua interior.

(Respire.)

Minhas duas línguas apertam minha garganta como duas mãos. A primeira é a língua que dança na minha cabeça como um lenço, um rio citado no Alcorão, uma segunda pele sob a pele. É com ela que lhe falo para aproximar você das mulheres do paraíso, e convencê-la de que não vale a pena vir para este mundo. Em vez de cair do céu como um carneiro, fique aí, inacessível aos homens. Essa língua interior é composta por todas as palavras que não brotam da minha boca por causa do... por causa do... do que vou lhe dizer. Não escondo nada. Não tenho vergonha daquilo que trago em mim, na minha superfície. Por me compreender, minha mãe, Khadija, me explicou muito cedo que as pessoas podem apagar seus escritos em toda parte, menos na pele. "E você, você é um livro", ela me jurava. "Um verdadeiro livro, a narrativa daquilo que não se deve esquecer, um alfabeto que somente os ignorantes desconhecem", repetia-me nos meus leitos de hospital, na época em que ainda tentavam consertar as minhas cordas vocais. "Quando eles acharem que vão ter apagado tudo sobre os crimes que cometeram, ainda haverá você e os seus olhos magníficos." Eu sou o verdadeiro rastro, o sinal mais sólido a testemunhar tudo que vivemos durante dez anos na Argélia. Eu escondo a história de toda uma guerra, inscrita na minha pele desde que era criança. Aqueles que sabem ler compreenderão, cruzando o escândalo dos meus olhos e a monstruosidade do meu sorriso. Aqueles que se esquecem voluntariamente terão medo de mim e de me olhar.

Por fora, sou uma muda. Uso algumas palavras para falar, com dificuldade. Mas aqui, na minha cabeça, entre mim e você, palavras se apresentam para quase todas as coisas da minha memória. Em comparação com o mundo exterior, minha língua interior continua a ser uma maravilha de precisão e de histórias antigas que nela se demoram à espera de serem retomadas. E com ela, tudo, ou quase, se ilumina sem o sol, com exceção do lugar onde você se encontra. Verdade! Essa língua interior se ilumina quando eu amo ou quando estou com raiva ou rio. Sobretudo a insônia a faz inchar como uma enchente de verão. Dentro também estão as vozes de pessoas que amei, seu timbre ou seu tom, como Souad, minha professora na escola quando eu tinha cinco anos, que transformava o meu "sorriso" abominável em um brinquedo menos cortante na minha garganta. Eu me recordo dessa mulher que gostava de mim e adorava falar dos meus olhos para me fazer esquecer meu "sorriso". Seus cabelos negros tinham uma aura brilhante e seu rosto, mergulhado neles, me fazia lembrar, não sei por que, a lua, ou um espelho ou um casamento feliz. Sua beleza era a primeira letra do alfabeto da minha língua secreta. Para te mostrar como ela era bonita, a professora Souad, mas eu ainda não conhecia essa palavra naquela idade, apenas o seu efeito nas batidas do coração. Queria ser o reflexo dela! Lembro da minha vontade de chorar toda vez que ela me olhava mostrando gostar mais de mim do que dos outros alunos. Eu queria então lhe pedir perdão por parecer horrível com esse "sorriso". Juro, diante de todos os livros, que a minha língua interior começou com ela.

É também a língua na qual escrevo: ela avança rápido como uma serpente, desliza em zigue-zague, escorre sobre o ventre branco do papel, e eu sempre encontrava, na escola, as mais belas respostas porque gostava de escrever. Costumava ser a mais ligeira a descobrir a solução de um problema por ser muda, ou quase. Porque nunca perco tempo, desde os cinco anos, falando com os outros; fico em silêncio e quando começo a escrever sou rápida e chego primeiro a terras desconhecidas, antes dos outros. Antes dos alunos sempre enfileirados, na minha cabeça, me julgando e me cercando, com suas canetas apontadas na minha direção, para tocar no meu "sorriso" sem sujar as mãos.

A noite se dissolve, minha língua, minha concha, minha falta; eu queria me afastar, me calar, dispensar qualquer justificativa, mas tento lhe explicar. Postergo a hora de lhe falar da outra língua, a de fora, com a qual me dirijo aos outros: minha mãe, minha outra mãe, minha irmã morta há mais de vinte anos, o primeiro médico quando eu tinha cinco anos, o imã vizinho, o guardador do meu carro e seus olhos remelentos, minhas duas empregadas de poucas palavras, os clientes do meu salão, um cachorro perseguido pela chuva, você, Abdou, o médico-legista amigo da minha mãe, a faca, Deus e seu cordeiro. A língua estrangeira que faz com que os outros sintam vergonha de falar quando eu falo, pois sentem dificuldade de encontrar suas palavras e se refugiam nos meus olhos lunares ou no meu "sorriso". É a língua da piedade dos outros, ó minha desconhecida amarrada na escuridão crepuscular.

Chiu!

É difícil lhe explicar, já que as suas orelhas talvez ainda nem estejam formadas. Ando em círculos no meu quarto, você me tortura com o seu silêncio. A noite às vezes me apunhala com o medo do seu futuro. Medo do quê, exatamente? A vergonha de viver, de uma forma ou de outra, depois de você, e de ter de sobreviver a você. Se eu seguir em frente com isso, terei de novo que buscar o sono nas paredes, os olhos ressecados pelo gesso branco. Recomeçar tudo, justificar tudo, explicar tudo, negociar... Será a segunda vez que vou roubar minha vida de alguém e me infiltrar em um cadáver para permanecer à luz do sol. Você entende? Se a ajudo a morrer, nada mais vai ser meu, vou me sentir perseguida por toda parte. E nem sequer poderei gritar, pois não tenho voz. De toda maneira, é o meu destino: tatear-me para saber quem está morto e quem está vivo em mim, qual parte ou qual outro não respira mais. Veja só, por exemplo, não sinto mais nenhum aroma há muito tempo, perdi esse sentido. O cheiro da pele dos outros é algo quase desconhecido para mim. Sinto-me cortada em dois corpos, em duas línguas. O que me divide é o meu sorriso.

Estamos sufocando.

O verão este ano parece ter roubado todo o ar do céu. Faz calor até mesmo a esta hora do dia, mais calor ainda para mim, mas não me atrevi a baixar a temperatura do ar-condicionado, minha mãe se apavora quando adoeço. Sinto vontade de fumar, de mascar tabaco, de me asfixiar com ele. É algo furioso, como um animal dentro de mim, como alguém que suplica e bate os pés no meu sangue. Ah, sim, de vez em quando eu fumo, mesmo nesta minha situação! É quase o único cheiro que consigo sentir, amargo e forte. Todos os demais odores desapareceram há anos com o ressecamento de minhas células olfativas. No meu quarto, os frascos de perfume são raros como as fotos da minha infância, aquelas em que sou vista com uma gola de proteção em torno do pescoço até o nariz, em pleno verão. Esse cheiro de tabaco que vai me matar deixa minha mãe furiosa, mas ela não fala nada, baixa os olhos e explicita em sua tristeza a prova de sua maternidade. Quando fumo, eu tusso, e tossir é a pior coisa que pode acontecer a uma mulher como eu. Tudo é complicado no meu caso: tossir, espirrar, rir e gritar, sabe. Sentir os cheiros, os sabores, fazê-los subir pelo nariz até a memória, me lembrar das coisas de minha vida antiga. E falar.

Quando estudava na escola, que fica bem ali, do outro lado da praça, eu falava pouco, mas tinha olhares insistentes, raivosos, duros, suaves, cortantes, afiados, minhas pupilas mudavam de cor e adquiriam milhares de nuances... Olhos grandes de Huri, desenhados como noites douradas em que minha língua interior cintilava. Eu podia deixar sem graça um adulto ou fazer uma colega de classe chorar com os meus olhos. Um verdadeiro alfabeto, juro, uma coleção de facas. Eu falava mal, ou tão pouco com a boca, ou nada mesmo, então os outros me chamavam de "peixe" pelas costas. Os adultos e os amigos da minha mãe que vieram no ano do meu segundo nascimento, em 2000, para parabenizá-la, me escrutinavam com curiosidade: como era possível levar a beleza e o horror em um mesmo rosto? O que dizer a uma criança assim? Tenho o dom de provocar vertigem, como um minarete ou uma falésia. Na escola, para poder me exercitar ali, aprendi muito cedo a encarar o nosso professor (o professor Safi, careca, olhos esbugalhados, como um peixe também, a mesma calça durante cinco anos, e que detestava erros como se fossem piolhos nos cabelos da língua árabe que ele nos ensinava e que jurava ser única no mundo, mas que não chegava nem aos pés da minha língua secreta, a minha língua interior), eu o encarava diretamente, e ele, apesar de sua tenacidade, cedia, se esquivava, virava rápido a página de sua lista de chamada para fugir de mim e se dirigia logo à menina que sentava atrás para interrogá-la. Entendi muito cedo que a minha língua representava a derrota da língua dele. A minha é poderosa como um insulto, fere ou ilumina melhor o que se passa dentro da cabeça ou na noite.

Quanto à minha outra língua, essa, externa, que vai da boca até as orelhas... Como lhe explicar uma coisa que não existe? Aí onde está, você ouve apenas sons. Escute, pois você não sabe ler nem escrever.

Quando nasci pela segunda vez, eu tinha cinco anos. Gostava de acompanhar pela televisão as aventuras de um pato, ele se chamava Pato Donald; ele era engraçado, todo animado, como uma festa, e muito atrapalhado. Suas irritações me faziam rir; ele podia atolar num campo, cair, se levantar de novo, rolar feito uma bola e se espantar com tudo. O que me prendia a ele? Era difícil entendê-lo, e isso só acontecia quando ele juntava as mãos em mímicas e com os ruídos de sua voz. Então, para falar, ele se agitava, derrubava tudo ao redor em sua bela casa colorida, sufocava, se afogava e se repetia. É meio bobo, mas, naquela idade, eu acreditava que esse pato existia de verdade e tinha a mesma língua que a minha: uma língua toda cheia de buracos, que não conseguia explicitar nada sem a ajuda dos olhos e das mãos. É isso. Essa é a minha segunda língua, a exterior. Enquanto aqui, quando me dirijo a você com a língua interior, tudo fica claro como um espelho.

Ontem você me ouviu cheia de fúria. Até mesmo aí onde você se encontra, bem protegida, deve ter escutado tudo. Eu tremia e ela permanecia em silêncio, minha mãe. Ela aguardava a palavra seguinte que não queria sair da minha boca. Eu gritava, e meu grito reverberava tão ridiculamente que eu devia parecer o Pato Donald em sua caixa multicolorida. Não saía; aquilo voltava em direção a você e você se retorcia, se agitava como uma louca em um asilo. Você poderia ter morrido, asfixiada pelo meu sufoco. Depois eu chorei. Quando estamos com raiva, a gente se perde entre as duas línguas, ficando apenas com pedrinhas dentro da boca. Você percebe a minha infelicidade? Não consigo nem mesmo insultar alguém na minha língua exterior. No entanto, agora somos duas aqui, presas. Você está aqui, mesmo que eu não consiga vê-la, mesmo você puxando seu cordão durante a noite. Eu sou um livro e aos poucos vou ficando mais clara para você. Pois minha língua interior finalmente descobre uma saída fora de mim: ela encontrou em você dois ouvidos, ela cava um caminho para se orientar no seu mundo de terna cegueira. Ela era apenas uma fonte de água subterrânea e bloqueada, e eis que agora descobre em você uma fenda que transforma seu curso em um delta. Você guarda o meu segredo, e vai continuar aqui até que eu a leve para a sua casa, do outro lado do mundo, para aquele lugar onde basta rir para fazer jardins surgirem.

O muezim! Essa voz é o muezim. São 4h34 da manhã. Essa voz forte chama a orar para Deus e grita alto para despertar aqueles que dormem. É uma língua de exortação e de ameaças, lembrando o fim do mundo desde a manhã até a noite. Depois de seu chamado, os homens vão despertar, arrotar, cambalear e se lavar com água fria, primeiro as partes íntimas, em seguida os braços e a cabeça. Ainda sonolentos, eles se dirigirão para Deus, que nunca dorme. Eu insisto: você precisa ir, devo me calar, você seguirá ali onde caiu em meu ventre, ou nas urinas, nos esgotos, na garganta negra da cidade. Não faço questão de que você permaneça, vou repetir isso mil vezes. Mas vou tolerar você se ouvir minha história, atenta à escrita de minha pele, essas cicatrizes que você não pode tocar. Depois, quando eu parar, cortarei sua cabeça, não com uma faca, mas com mil carícias, mil conselhos para você voltar de onde veio. Porque aqui não é um lugar para você, é um corredor de espinhos, para uma mulher, viver neste país. Eu a matarei por amor e a farei desaparecer rumando para o paraíso com suas árvores gigantescas. Não sou eu quem a quer, é a minha segunda língua tão órfã. É por causa dessa língua que estou aqui, falando a toda velocidade no escuro, enquanto os outros dormem ou se preparam para orar para seu Deus, e que o sono me escapa. Não consigo manter os olhos abertos para olhar minha mãe, que prepara sua mala em outro cômodo. Nem os fechar sem notar você, aqui, aninhada na opacidade. É a minha segunda língua, a língua, que me mantém presa neste monólogo. Ela insiste que eu mantenha você viva e lhe explique como vai morrer, expulsa por três comprimidos assassinos. Muda na língua exterior, eu não teria mais com quem falar se a matasse. Lá fora o sol vai nascer e as línguas vão papaguear, gritar, sempre sem mim. É por isso, minha Estrela, que você vai continuar viva, quero dizer, entre a vida e a morte até que eu decida encerrar esta conversa. A culpa é toda minha. Devia ter sido prudente, não engravidado como uma idiota e não ter de abortar como um animal encurralado.

2

Dia 17 de junho, ao amanhecer

Abro a janela, pois falta ar aqui, como num túmulo. Está ouvindo? Eu os vi anteontem quando voltava do salão de beleza. Daqui a três dias vão estar todos mortos. Os primeiros já estão encurralados lá, aos pares nos mercados da periferia de Orã. Presos pelos chifres, um junto do outro, num combate perdido. À noite, conseguem afinar melhor as suas vozes, balindo sem parar. Parece que suplicam, que buscam por uma resposta. Se você passeasse pelos mercados de animais nos novos bairros do leste, os veria por toda parte. Enquanto os homens negociam seu preço e seu peso, eles parecem todos voltados atentamente para o sul. Talvez estejam de olho nas cidades das terras do alto onde nasceram e busquem como chegar até lá em meio a todo o rebuliço. Estamos a poucos dias da Festa. Logo, eles serão em número ainda maior. Se ainda estiver por aqui, você os verá agrupados aqui mesmo, sob a janela, embaixo deste prédio no centro de Orã. Eles vão encher Miramar, nosso bairro, e se aglomerar nas sacadas, nos porões, nas entradas em ruína das construções art déco da França. Em todos os becos, por toda parte, juro, como se fosse o dia do Juízo Final. E com eles, arrastando-se como um vestido sujo, o cheiro do medo que escorre entre suas patas.

Minha mãe Khadija nunca comemora essa festa. Não é coisa para minha família. Não com a minha cicatriz no pescoço, minha história escrita na minha pele, meu "sorriso". Nós nos contentamos em comprar peixe e alguns quilos de carne, colocá-los na geladeira, esperar que a loucura se acalme e que o vento leve embora os últimos gritos. Esses animais caídos do céu, ligados a um milênio de histórias, de profetas e de sacrifícios, se calam no final. Eu não me preocupo com esse espetáculo, ano após ano. É só que isso levanta muita poeira na cidade, o medo brutal. E Orã, em geral tão bela, com o mar em torno do pescoço e as palmeiras apaixonadas, se transforma em uma enorme tenda de criadores de carneiro balançando ao vento, e, você sabe, o vento me persegue desde a infância, pois ele desperta o vazio dentro de mim. Às vezes digo a mim mesma que experimento exatamente aquilo que esses animais sentem, aterrorizados diante da aproximação de um dia fatal. Quero dizer, aquela hora em que você se volta para o céu e sua garganta expõe a jugular magnetizada pela faca.

Você sabia? O sentimento mais intenso nesse instante não é o ódio contra o degolador, mas sim a esperança desencadeada de ser poupada, depois de ser sangrada abusivamente. Você então oferece a sua imobilidade às mãos do degolador. Você diz a si mesma: se eu obedecer, não serei morta. Escute-me, minha pequena intrusa. É um pouco difícil entender isso quando não se conhece essa festa sagrada, essa religião, essa cidade. Por que juntar tantos animais para no final comê-los todos em um ou dois dias? Por que nos endividamos para comprá-los e para trazê-los em caminhões das cidades do sul? É trabalhoso contar uma história a uma pessoa que mal enxerga este país por trás de um ventre. Tento lhe explicar e apareço nebulosa para você, como uma língua estrangeira. Desde que se agita, há algumas horas, você sabe ao menos que sou muda, que meu rosto jaz em mil pedaços desde ontem, refletido no espelho, que eu não quero você em mim. Recuso terminantemente que você cave o seu lugar dentro de mim e sonho, ao mesmo tempo, que você se instale aí, soberana, para enfim me escutar como se eu estivesse deitada em um tapete voador. Pois, veja, eu também estou presa, ou quase. Entreaberta, mantida viva por um orifício na lateral da minha pele, respiro por uma cânula e luto contra seu inchaço na superfície do mundo dos vivos. Se o espelho não estivesse quebrado, você conseguiria ver o buraco da minha garganta que meu "sorriso" monstruoso tenta disfarçar. Minha laringe aberta, meu esôfago nu, essa boca falsa de lábios cicatrizados e estirados. É escuro, vermelho, palpitante como uma estripação. Não se deve nunca pôr o dedo ali e sempre se deve desinfetar-se depois de tocar nele. O "sorriso" vai de uma orelha à outra, é a marca da faca, seu entalhe em minha carne. Uma ferida de dezessete centímetros, recosturada. Não se deve olhar dentro, não se deve expô-la por muito tempo ao ar livre. O que sinto quando me olho no espelho, sem a cânula que esconde esse buraco e sem o lenço, como lhe descrever? Mesmo os meus olhos lunares perdem então o seu brilho. "Não se pode apagar sua história, ela está escrita em você", repetia minha mãe. Como essa imagem me deixava orgulhosa quando eu era pequena! Eu, um livro? Meu corpo representaria um grande caderno, carregado de segredos? Uma escrita para que ninguém pudesse esquecer o que aconteceu ao longo de dez anos na Argélia?

Para me curar dos meus pensamentos, Khadija costumava me levar à praia, para os lados de Andalouses. Fica ao oeste, um pequeno complexo turístico antigo e meio caído. Toda vez, depois de um trajeto agitado, vários bangalôs brancos nos aguardavam, alinhados junto à areia. Em minhas lembranças, fazia sempre frio naquelas horas de manhã bem cedo. Pois Khadija nos levava ali, seus amigos e eu, no outono, no inverno, nos dias de semana e sempre ao amanhecer. "O mar vai ser só para nós, não para todo mundo!", justificava. A verdade é que ela não suportava mais, no verão e nos fins de semana, o espetáculo das famílias barulhentas, jovens insolentes e mal-educados, a sujeira dos banhistas, as moças com véus de tecido preto e suas garrafas de plástico largadas ao vento. Sabe, Khadija gostava do mar como uma joia perdida. Você tinha que a ver chegar ali, calar-se, sentar-se sobre uma toalha na areia, pés descalços, e se deixando levar pelas ondas. Ela, tão ativa, voz potente nos tribunais, ficava parada ali como se tivesse encontrado nele as explicações definitivas. O mar preenchia o vazio em suas recordações de órfã abandonada no 5 de julho de 1962. Ficávamos em silêncio por muito tempo na areia úmida coberta de algas marinhas, para que as coisas voltassem a seus lugares dentro de nós. O mar tem uma voz forte que supera a da minha mãe e a da minha língua interior. Podíamos ficar paradas durante horas envolvidas por essa voz rouca que se confessava para nós. Depois, aos poucos, cada um retomava o seu papel e os bangalôs se realinhavam. A areia retornava com suas saliências e buracos, os barcos, exaustos, remontavam à superfície de nosso olhar e os pescadores, ao longe, voltavam a povoar o lugar. Ah, como o mar é belo e pesado quando o carregamos dentro de nós, meu pequeno feto! Assim que eu o tocava com os dedos do pé, mil gaivotas gritavam em uníssono. Elas zombavam de mim no céu agitando suas tramas, me apoquentavam com seus gritos; debochadas, roubavam de mim os meus próprios gritos, que eu escondia.

Milhares de páginas de conversas naquele céu da Festa. E em mim. Voltávamos o mais tarde possível, com todo aquele mar ainda a rugir dentro de nós.

Sabe, no verão, perto do início das férias, a rua Miramar, no coração de Orã, se enchia de folhas soltas, de cadernos rasgados e de livros descosturados quando os estudantes comemoravam o último dia de aula. Os milhares de datas manuscritas no alto das páginas, os milhares de lições de história, tudo se espalhava no céu e se transformava em gaivotas brincalhonas. E aqui, nas minhas lembranças da praia, esses pássaros são assim. As gaivotas apareciam como milhares de cadernos e me enfrentavam, eu, o livro único, escrito na pressa do assassinato e da noite. O livro que protege do esquecimento a verdadeira história da real guerra da Argélia. Você ignora tudo isso, é claro. Não sabe quantos pedregulhos existem numa vida. Por onde começar, então, para nós duas? Por onde? Talvez pelo mais simples: contar-lhe a história do meu nome, Aube, como já lhe disse.

Meu nome foi um achado da minha mãe na ambulância que berrava no dia 1º de janeiro de 2000 na estrada entre uma pequena cidade ao leste chamada Relizane e Orã. Ela me deu esse nome enquanto eu sangrava como um cordeiro sacrificado, como se ela quisesse, com esse ato inicial, conter a morte.

Leia.

Leia em mim.

E escute comigo para entender. No calor do verão, os carneiros lamentam o seu destino por toda parte em Orã. Ouça bem esses lamentos prolongados e esparsos. É uma história que você não conhece, que acontece em um país com o qual não se preocupa. Acredite, menina, eu quero impedir que você se misture com uma história em que será apenas uma mulher, não muito mais importante do que esses carneiros. Entende? É a festa do Sacrifício, daqui a alguns dias. É a festa do Eid, na língua exterior. Muito tempo atrás, um velho profeta chamado Ibrahim sonhou que estava degolando o filho para satisfazer seu Deus implicante. Na última hora, quando a jugular batia no alto da montanha, na pedra do altar, quando a criança já estava de olhos fechados para se esconder da morte, Deus fez descer do céu um cordeiro. E o filho, assim, foi salvo. Pelo menos por algum tempo, pois logo depois foi abandonado no deserto, como conta o Alcorão. E, desde esse episódio, meu pequeno girino, degolam-se carneiros em vez de pessoas. Nem sempre, porém! No ano em que o meu "sorriso" nasceu, por exemplo, ao final da guerra civil, foram degolados mais homens do que carneiros. Como lhe falar da guerra sem sujar você ou lhe mostrar monstros e enfiá-los na sua boca, um por um, para que os mastigue e engula? O profeta Ibrahim deve ter acordado muito tarde todos os dias durante esses anos na Argélia. Deve ter dormido bem mais tempo depois de o sol nascer, e todos nós ficamos presos dentro do seu sonho repleto de sangue, em que ele corria com a faca na mão para degolar todos os filhos. E se você fosse mulher durante a década negra? Pior ainda. Sabe, minha pequena estrangeira inesperada, se você vem ao mundo neste país, assume um risco. Haverá anos em que comerá o suficiente, conforme a sua fome, outros em que será devorada, e outros, ainda, em que terá sua garganta cortada. Você vai pagar pelo sonho tortuoso do velho profeta, e alguém a estuprará. Além disso, os carneiros do céu resgatam apenas os meninos, não as meninas. Quando o filho de Ibrahim é menina, a história sempre acaba em sangue. Abra bem os ouvidos e escute os carneiros. Está ouvindo? Eles balem. Também querem voltar para o céu, fugir dessa guerra entre o sonho e o filho, o profeta e o animal, o pesadelo e a faca sorridente. Tudo o que eles querem é abandonar os homens sem intermediários, sem animais expiatórios, e deixar que se matem entre si. Isso já aconteceu, minha pequena sardinha, aconteceu neste país, e não foi apenas uma vez.

Então, você entende?

Minha mãe está dormindo, ou finge dormir, como quando a encontraram, em 5 de julho de 1962, em um moisés na porta de uma mesquita em Argel, enquanto os fiéis passavam por cima dela. Amanhã, ela vai partir para um país distante chamado Bélgica, para pedir a um médico que me ajude, e nós vamos ficar sozinhas, você e eu, e poder chegar a uma solução amigável. Eu devolvo o cordeiro ao seu Deus, mato você e a faço recuar perante a vida, eu a mando para o paraíso onde papagueiam as Huris e lhe poupo do pior. Cuido do pesadelo, devolvo a você a antiga luz de antes da vida, a impeço de chegar até as mãos e as facas. Em algum lugar, mesmo que dure só alguns dias, eu sou sua mãe e penso no seu bem, e o bem, para você, é morrer.

3

Toc-toc! Você está aí?

Está dormindo? Acho que minha mãe acordou. Ela escancara as janelas, bate uma ou duas portas. É a nossa linguagem em comum quando discutimos. Quando isso acontece, dormimos mal, tanto uma quanto a outra. Passamos uma parte da noite nos arrastando pelas paredes. E por sermos duas crianças perdidas, adotadas, acabamos sempre nos falando ao final, para não cair de novo na solidão. Com o passar dos anos e das brigas, esse duelo se inverteu, minha mãe meio que perdeu tamanho, diminuiu o peso de sua autoridade. E eu, do outro lado, adquiria a idade dela, sua severidade, seus tiques (falar com o dedo indicador e as sobrancelhas, mais do que com a boca). Trocamos os papéis. É misteriosa essa dança, tenho vinte e seis anos, ela tem cinquenta e oito. Mas é como se, de agora em diante, ela desse marcha a ré em direção a uma infância que não viveu. Minha mãe Khadija é misteriosa. É um grande carneiro. Ela é pequena, seus cabelos são pretos e curtos, e um pânico antigo sempre cobre seus olhos quando cruzam com os meus. É o cordeiro de Ibrahim. Num dado momento de minha história, ela caiu do céu para desviar a atenção da faca e salvar uma criança que ficara com uma enorme cicatriz no pescoço. Só que, nessa versão, o profeta fugiu e o cordeiro continua aqui, com seus olhos negros e doces, e é minha mãe. Ela me protege, me cerca de paredes acolchoadas, de todo tipo de cuidado, e me proíbe de me afastar, de viajar, de sair à noite, de fumar ou de me encontrar com homens.

Está ouvindo? Ela se vinga em objetos, xícaras, utensílios. Ela ouviu ontem quando quebrei o espelho em mil pequenas verdades que não se pode colar de volta. E agora? Esse pobre espelho mostra mil faces. Em um pedaço, uma incisão percorre um pescoço branco. Em outro, cabelos estão em pé. Um lábio freme quando me inclino. Ele treme como no começo de uma confissão, aqui, está vendo? E em um outro, ainda, olhos com íris de cor rara se arregalam como uma pergunta sem resposta. Veja a minha cânula: é essa grande rolha de plástico, como a metade de uma torneira grudada no meu pescoço, ele esconde a cavidade na minha garganta. Como a ponta de um tubo de pasta de dente, uma flauta com um buraco só. É por essa via que eu respiro, é o buraco na superfície da minha pele.

Ontem, minha mãe estava sentada na sala quando me anunciou que pegaria o avião no dia seguinte. Baixou os olhos em direção às mãos, que ela retorcia e esfregava uma na outra. Ia pegar o avião para Bruxelas, falar sobre o meu caso com um grande cirurgião. A esperança de recuperar minha voz com uma cirurgia, essa é uma velha história que sempre acaba mal para mim. Já tentaram. Mas desta vez havia você dentro de mim para zombar dessa esperança artificial e havia nela como que a névoa de um desencorajamento. Ela mentia para si mesma. Vi isso nos seus silêncios, no seu olhar e no seu medo de criança encontrada num moisés e que jamais larga dela. Ela se calava, o cordeiro ressurgia nela com sua lã abundante. Presa entre a voz da falsa promessa dela, e a sua dentro de mim, eu gritei feito uma louca e nada se moveu ali na sala. Mais tarde, no meu quarto, quebrei esse espelho.

Sabe, quando mente, Khadija não olha para mim, mas observa a si mesma, como se deitasse entre as labaredas do sacrifício. O que ela quer, secretamente, é que eu nunca passe pelo que ela passa. Em compensação, sua vida então se esclarece como um erro, e isso a tortura, a leva ao excesso no amor e à perfeição na defesa de seus clientes. Sua história? A história de um cordeiro, eu lhe digo, preso entre um profeta e uma faca, o céu e o altar. Você sabia que a tudo ela impõe um olhar duro como a lei, a voz da autoridade? É uma advogada renomada em Orã. Sua voz é conhecida, forte, ela salva vidas ou corta cabeças e se entrega a isso com a mesma paixão com que falamos com nossos fantasmas, eu acredito. Seu escritório fica em um prédio de estilo haussmaniano perto do Hôtel Royal, na avenida mais bonita da cidade. Khadija exerce a advocacia ali há quase trinta anos. Minha mãe é famosa em Orã. Você poderia conhecê-la se viesse à vida, ela vem de Argel, a capital deste país. É uma mulher corajosa, respeitada e solteira desde sempre! Essa maneira que ela tem de me amar sacrificando-se é bela e monstruosa. Hoje eu consigo entender melhor seu estranho amor por mim, sua vida sem filho nem marido, e o fato de ela ter encontrado a alegria na infância de uma menina destroçada. Estou lhe dizendo: ela foi encontrada em um moisés no dia da independência da Argélia. Talvez tenha se convencido de que precisava chamar a atenção por meio do sucesso, ou retomar sua vida a partir de minha infância, cuidar de mim como nunca cuidaram dela quando nasceu.

*

Para alguns é assim: se matar pelos outros é uma maneira de viver e ser perdoado. Ela sempre se humilha diante de mim, espera que eu encontre uma ou duas palavras na língua perdida do pato, e se cala, para me dar tempo de torturá-la. Eu me contorço toda no ar, asfixiada pela quantidade infinita de páginas que trago em mim, que o silêncio me levou a produzir em duas décadas, e que nunca consigo ler em voz alta. "Sim, juro por Deus que é verdade!" (Ela não acredita em Deus, ou somente em ocasiões especiais ou quando recebe a família.) "Ele afirmou que podemos estudar o seu caso seriamente, que podemos tentar mais uma vez." Ela defendeu isso, depois emudeceu, se encolheu e retornou ao moisés em que foi encontrada ao amanhecer na entrada da grande mesquita de Ketchaoua, na Casbá de Argel, em julho de 1962. Comecei a gritar, sacudindo as paredes com minha voz. Criei um escândalo atraindo a atenção dos vizinhos com meus gritos de criança exagerada. Enfim, é a versão que conto a mim mesma. Na verdade, os papéis de parede brancos da sala continuavam sonhando calmamente em silêncio, e no cômodo ensolarado de nosso apartamento no segundo andar, seria muito difícil que o murmúrio da minha garganta destruída conseguisse superar o barulho dos carros na rua. Minha raiva estava toda ali, na minha mão, como uma pedra, mas não serviu para nada, como sempre. Em nosso bairro, o resto do mundo ronronava, buzinava, vivia sua rotina.

Khadija mentia, eu tinha rancor dela por causa disso, e eu também, eu mentia sobre a minha nova esperança, abrigada em meu ventre. Eu queria acreditar que estava furiosa com essa falsa história de uma voz surgir se me enxertassem cordas vocais, de uma laringe restaurada após uma cirurgia heroica de dezoito horas ("Eles conseguiram nos Estados Unidos!", murmurava ela, atormentada). Na verdade, eu me sentia mal comigo mesma porque o meu coração batia forte, traiçoeiro e enlouquecido, diante da ideia de que eu pudesse recuperar a palavra e da ideia de que essas cordas vocais já estavam em mim, através de você. De que bastava reconhecer a sua presença para que minha laringe fosse salva e que minhas duas línguas se casassem. Que a voz do pato e a voz do anjo conseguissem se transformar em uma única língua rica e vigorosa e que essa língua se tornasse a verdadeira língua exterior. Não confessei nada. Deixei Khadija acreditar na sua viagem, e a deixei acreditar que eu não sabia nada sobre sua mentira.

A noite se foi há algumas horas. Estou deitada na minha cama, as pálpebras fechadas, com você no meu ventre como a lua na água.

Khadija tinha o voo marcado para as dez horas da manhã. Ela levou um tempo para fechar a porta atrás de si, como se quisesse representar a cena de uma despedida dilacerante.

Antes de ir, preparou café para mim. Você sente o cheiro? Eu não sinto mais nada há mais de vinte anos, a não ser alguns vestígios. O ar não passa mais pela minha garganta e o médico explicou, minhas papilas gustativas se exauriram e murcharam como flores abandonadas sem água. Antes de ir embora, minha mãe chorou, mas eu permaneci impassível. Acredito que todos os seus soluços têm como origem uma mesma imagem, que ela mais ou menos esconde de si mesma. Em 5 de julho de 1962, alguns fiéis foram orar para Deus e passaram por cima do moisés da criança ilegítima quando a encontraram ao amanhecer. Ela é a prova do erro de uma mulher (por que nunca de um homem?) e continua pregando contra a injustiça. É a sua história, o buraco invisível na sua garganta. Eu deveria confessar tudo a ela, talvez, poupá-la dessa viagem ilusória, e aceitar você na minha vida como o único enxerto possível, a única voz real. Sua partida ostentando aflição prefigura a sua. As suas histórias, de vocês duas, me atravessam como afluentes. Elas se parecem, mas você vai parar antes do berço, da mesquita e dos olhares indiferentes dos homens que se apressam para orar ao amanhecer.

Minha mãe Khadija não sabe de nada sobre o que eu carrego no ventre. É raro ela se ausentar nas vésperas de uma festa, mesmo que continuemos afastadas do Sacrifício. Mas desta vez é por uma grande causa que ela partia, repetiu-me ontem. "Juro que ele disse que talvez seja possível. Eles conseguiram isso na América, na Califórnia. Eu venderia a casa, se fosse preciso, para poder pagar!" Ela em seguida se calou e observou as palavras penetrando na minha mente, me enfeitiçando, instalando seu parque de diversões tosco na minha cabeça. Sabe de uma coisa? Isso me dá uma semana para refletir, e a você uma semana para inventar razões para que eu te poupe. Temos alguns dias de folga. Veremos quem ganha, o meu amor assassino ou a sua vida caída do céu. Khadija deixou um bilhete sobre a mesa: "Vou ligar para você todos os dias, volto em menos de uma semana, na pior das hipóteses". Ela pegou o avião para Paris e depois para Bruxelas, pois não existe voo direto a partir de Orã. Viajou para negociar com um otorrinolaringologista na Bélgica. Durante semanas, ela lhe implorou, bajulou-o, adulou-o para que ele recosture minhas cordas vocais e preencha o buraco no meio da minha laringe. É a luta dela, minha mãe, buscar uma voz para mim no mundo.

Sua história sobre o moisés tem mil variantes, mil versões. Primeiro ela diz que foi encontrada no amanhecer de 5 de julho de 1962; depois foi no crepúsculo, quando se encerrava o jejum do Ramadã. As estações em que essa história aconteceu mudam conforme o seu humor. Em outras versões, ela foi deixada na porta de uma casa na Casbá, um antigo bairro de Argel, e os moradores logo se desfizeram dela, rapidamente, colocando-a na soleira da habitação vizinha, e assim por diante, até que o moisés chegasse aos degraus da famosa mesquita. Essa velha história ainda não terminou. Sabe, nesse dia o país inteiro festejava a independência da Argélia. Gritos prolongados, bandeiras, tiros para o alto, risos, lágrimas. Em meio à agitação generalizada, uma pessoa aproveitou para gritar "Tahya El Djazair!". Um homem (ou uma mulher coberta por um haïk) se aproximou na semiescuridão e deixou aquele moisés na porta da mesquita mais conhecida ou na soleira de uma casa antiga. O que aconteceu depois? As versões da minha mãe diferem sempre. Às vezes jura que o imã pronunciou um sermão para denunciar os pecados da carne enquanto ela chorava de fome do lado de fora: "No dia do Juízo Final, uma mulher impura ou infiel não poderá ser ressuscitada com sua forma terrestre, mas na forma de um porco". Recém-nascida, Khadija vociferava para responder a ele, mas os gritos do imã redobravam de intensidade e o moisés passava de mão em mão até uma outra rua da Casbá, pouco antes de a luz do dia revelar para os vizinhos o escândalo de sua vozinha. Em outra versão, o cesto foi levado à sala reservada do imã, que logo alertou a polícia e a assistência social. E, numa terceira variação, um homem que não estava rezando, ao atravessar a rua enquanto os fiéis se prosternavam, encontrou o moisés e o levou para casa. De acordo com esse roteiro, minha mãe foi adotada na indiferença pela independência, discretamente, por um casal de enfermeiros que trabalhava em Argel, no hospital Mustapha Pacha. Eles retornavam de uma missão em El Bayadh, no sudoeste da capital. Seus pais? Não os conheci. Morreram jovens, de mãos dadas, como na fotografia ampliada e exposta na nossa sala de jantar. Khadija estudou, se libertou, tornou-se advogada. De todas as versões que ela conta, eu guardo apenas um detalhe: quando foi abandonada, pôde gritar até cansar na porta principal da mesquita de Ketchaoua; pôde berrar de fome, pôde fazer o seu timbre selvagem jorrar pelas ruelas de uma Argel em festa. Eu não.

Já não havia quase nenhuma esperança depois do último transplante fracassado. Ao telefone, durante uma longa conversa com minha mãe, o médico lhe explicara de novo, pacientemente, mas aquele "quase" virou para ela uma faísca, depois um incêndio. Habituada a defender causas, Khadija se recusa a aceitar uma derrota. Não admite que tudo acabou e que eu siga existindo dessa forma, com apenas uma vogal na boca e meu "sorriso", famoso em nosso bairro. Khadija tem esperança, como você. Tentou-se, e a cada despertar em algum leito de hospital minha língua exterior continuava a se bifurcar. Na minha lembrança, Paris era tão somente aquele leito manchado de sangue, aquele grito impossível. E quando eu despertava depois de uma cirurgia inútil, era ela, Khadija, que desmaiava, que caía no chão como se os seus ossos a tivessem abandonado de repente, enquanto as enfermeiras acudiam. A cada tentativa, toda a minha história recomeçava do mesmo ponto.

Um vendedor de peixes vocifera lá fora há duas horas: "Sardinhas por quinhentos!", "A verdadeira sardinha de Ghazaouet!", e a luz do novo dia chega com ele. Você está escutando? Na cidade, os bairros se agitam, vozes se elevam no terraço do café Marhaba, bem aqui em frente.

Então, quando ela ontem me jurou que finalmente encontrara o cirurgião certo, em vez dos meus gritos impossíveis eu bati a porta do meu quarto. Ela manteve a sua falsa esperança e eu a minha mentira. Da última vez que discutimos (a respeito do meu salão de beleza e do seu nome, segundo ela, provocativo: ele se chama Sherazade), foi o mesmo vendedor de sardinhas que se interpôs, sem saber, com seu grito aberrante. Enquanto ela chorava, retornando ao seu moisés original, e eu gritava na língua morta de minha garganta deteriorada, o vendedor fez melhor que nós duas. Elevou a sua voz irritante, ganhou amplitude sob as nossas janelas e continuou a gritar no meu lugar, com esse dom que não tenho: "Sardinhas, sardinhas de verdade!". Meus lábios se moveram, como se eu estivesse presa dentro de um filme mal dublado.

A esta hora Khadija certamente já está no avião. Conhecendo-a bem, deve estar choramingando, apertando as mãos para extrair toda vida delas. Sim, ela adora sacrifícios, tanto quanto outros gostam de rezar. Cada um com suas fraquezas. A minha? Falar com você sendo que eu deveria é matá-la. Abro a janela, digo a mim mesma que você tem direito a um pouco de luz nessa sua gruta. Não dá para ver bem o mar, pois em frente está o café Marhaba e depois o abrigo do ponto de ônibus do liceu Colonel Lofti, onde fiz meus estudos até vomitar os números e sobretudo as datas da guerra de libertação deste país. É bem diferente da guerra que as cicatrizes caligrafadas em minha pele contam. Orã é feita para se esquecer, não para ser lembrada. Aqui nada resta da guerra que os degoladores de Deus travaram há alguns anos. Nada além de mim, com minha longa história que se enrola e desenrola, envolvendo você como uma corda. É o que deixa as pessoas tão nervosas quando cruzam comigo embaixo, na frente do prédio. Talvez elas temam que centenas de milhares de mortos da guerra civil argelina as estejam olhando com desprezo através do buraco da minha garganta.

Olha só! Você pode ouvir daqui o grito do silo de grãos do porto. E, se aprumar bem os ouvidos, ouvirá também os animais que chegam para o Juízo Final. Mesmo sendo de manhã, é possível distingui-los em meio ao barulho dos motores dos ônibus e dos gritos. A linha azul, ali, bem ao fundo, é o mar. Se olhá-lo demais, o mar se derramará inteiro sobre você, eu juro! Os jovens de Orã, torturados pelo desejo de ir embora para a Europa, o tratam como uma mulher que não quer abrir as pernas. Então eles a monitoram, e esperam que o tempo melhore para tentar despi-la. Mas ele também os mata. Existem inúmeros afogados rejeitados ali pelo Leste. Acinzentados e com os olhos devorados pelos peixes, eles retornam à condição de fetos rejeitados por um útero.

*

Volte para o paraíso. É de lá que você vem, não é? Desse lugar que faz os homens salivarem e pelo qual matam uns aos outros. Seu cheiro pode ser sentido a setenta anos de caminhada, disse o imã da mesquita aqui ao lado. Minha Huri, ouça meu conselho de mãe assassina! Retorne para a sua tenda feita de uma única pérola, como repete o imã aos fiéis.

4

A manhã avança. Preciso lhe mostrar uma coisa: como trocar uma cânula.

Se você a tocar devagarinho com os dedos, vai conseguir senti-la; mas daí onde você se encontra não sei se meu equipamento de "mergulho" pode ser percebido. Talvez você enxergue apenas uma perfuração lá no alto do seu universo. É um pouco como a sua claraboia, não é? Aqui é a abertura da traqueostomia, que cicatrizou há vinte anos. O "sorriso" não tem dentes, apenas pontos de sutura, quinze; é uma careta prolongada, um lanho horripilante. É por essa cavidade que inalo o ar necessário para nós duas, que peço ajuda em meu pesadelo. Eu grito, mas as palavras saem ridículas, pois parte da minha respiração sai pela boca e a outra assobia através do meu corte. Estranha boca sem lábios, em que a única suposta língua é a sua, que existiria se você vivesse. Não, estou mentindo. É um orifício que fizeram em mim para respirar quando salvaram minha vida em 1º de janeiro de 2000. Houve depois outras tentativas de fechar essa fenda de carne, emendá-la, alargá-la, inserir cordas e uma voz, reeducá-la, mas ela permaneceu muda, ou quase. E pouco a pouco esse "sorriso" transformou o meu rosto numa espécie de claraboia e o meu corpo num escafandro para meus mergulhos no ar e à luz do sol. Respiro por esse tubo e engulo pela boca, logo acima. A cânula é esse pedaço gelado da minha vida, branco e bem encaixado. É feita de plástico e não de carne. Carrego-a comigo desde os cinco anos de idade, desde a primeira semana depois do meu nascimento miraculoso, meu retorno ao mundo dos vivos, e faz parte de mim. Desde que o "sorriso" cicatrizou, no primeiro ano, meu esôfago ressecado se reidratou lentamente. Introduziram em mim, então, um tubo pelo qual posso retornar à superfície da vida e inspirar como uma afogada que foi salva.

Saboreie comigo o café. Depois vou fumar, você vai abrir uma janela no seu paraíso e deixar entrar o almíscar. Fumar é ruim, mas que diferença faz se você não deve viver? E eu nunca pedi a você que viesse. Você entrou em mim sem avisar, apropriou-se do meu ventre, da minha cabeça e da minha língua.

Quando eu ainda era criança, minha mãe, a fim de me explicar a minha nova aparência, contou-me que eu era, de certa forma, uma sereia. Uma grande sereia invertida: a parte de baixo são os pés, as pernas, as coxas, um sexo de mulher, um peito de tamanho médio. É a minha parte humana. A parte de cima, em compensação, é a metade peixe, com as escamas e os olhos enormes arregalados como os de um pobre diante do ouro e uma boca que não serve para nada, aberta no aquário vazio deste país. Toda vez que preciso retirar a cânula para limpá-la ou trocá-la, preciso primeiro desinfetar as mãos e depois prender a respiração durante todo o procedimento. Assim eu não tusso nem sufoco. A cânula anterior trazia um balão grande, depois das intervenções fracassadas. Era preciso desinflá-lo para as sessões de higiene. Você sente? Bem devagarinho, aqui. E depois? É o curativo e as luvas que se deve descartar. Com qual frequência se faz a troca? Uma vez por semana. Eu a realizo na hora da oração das sextas-feiras, quando o imã vizinho urra em nome de Deus. Escolhi esse momento sagrado de propósito, acho, para zombar um pouco do destino e me ocupar na hora mais vazia. É preciso desinfetar tudo com água e sabão e usar luvas durante a inserção. Depois o peixe aspira com sua cabeça dentro da água; eu mergulho em minha língua interior, tão bela, tão forte e que possui milhares de páginas.

Sabe, foi difícil nos primeiros anos: sentir uma pedra na garganta e exibir ao mesmo tempo um "sorriso" idiota. Todo mundo cai no buraco de minha garganta quando me vê pela primeira vez. Ao meu redor, pouquíssimas pessoas saíram vivas da minha garganta. Conto, aí, minha mãe, Souad, a professora do primário, o seu pai, mas também o vendedor de tabaco, aqui, no farol da rua Larbi Ben M'hidi (é um mártir da primeira guerra deste país), e Abdou, o médico-legista amigo da minha mãe. Algumas amigas da escola de antigamente. São dez, doze pessoas no máximo. Elas tropeçaram, entraram pelo meu corte, engolidas pela fossa bem no meio da minha laringe, e depois saíram: algumas rastejando, sacudindo-se aos prantos, outras jurando fidelidade, e por fim as últimas me abraçando, cuidando sempre para não me asfixiar. Você sabe como se beija quando se usa uma cânula e se tem um buraco na garganta para respirar? Como os outros. É possível até mesmo ficar se beijando horas seguidas sem retomar a respiração enquanto o parceiro sufoca. É perigoso beijar uma sereia. Tive de aprender tudo isso, minha Huri: não a beijar, mas a respirar pela cânula; a sincronizar a respiração e minhas primeiras palavras depois do meu salvamento, a controlar minha respiração para que ela não me mate, a nadar com ela. Não se come tudo que se quer. Somente as sopas (eu as detesto), as misturas de alimentos, aquilo que é moído, picado, raspado, batido... Minha mãe amassava tudo para mim e eu engolia. Era como alimentar um pardal. Todo esse imenso aporte de comida sem sabor nem cheiro me levou a confundir a carne, as ervas, o pão, as pedras, os tecidos das cortinas e os doces, os sabores e as nuvens ou os carpetes e as sobremesas, e as máscaras africanas penduradas na parede da sala. Devoro tudo, com exceção das pedras, o mundo mudo do passado, Deus, os olhares de compaixão e os carneiros. Eles são como caroços numa sopa de inverno. Venha, eu lhe mostro essa fenda vermelha e úmida no outro espelho, o da sala, eu não o quebrei. Seguro a cânula branca com um anel de plástico para que ela não caia do meu pescoço, o que dá a impressão de que acabei de ser operada e de que acabaram de me colar novamente ao meu tronco. Esse aparelho que uso era a única solução; caso contrário, seria a morte. Os médicos, então, o instalaram; o branco sempre fica vermelho de sangue e as palavras ficam retidas na garganta. A primeira vez que a colocaram em mim, eu gritei, asfixiada pelo pânico, e eles sorriram, satisfeitos. O grito era uma prova de vida; em compensação, minha respiração estava presa. Foi nesse instante que as duas línguas — a exterior, rouca e incompreensível, e a outra, interna, sedosa e rica — se bifurcaram como um rio cortado ao meio. Do lado em que você está aí enrolada, é uma torrente. Do outro, é um pântano onde o Pato Donald chafurda. Por que isso acontece comigo, minha pequena fava? Ouça os balidos na cidade; os cordeiros já estão aqui, eu lhe digo. Amarram-nos nas varandas dos prédios, nas próprias cozinhas. Devoram-nos para evitar comer os próprios filhos; sacrificam-nos, e Deus faz vista grossa para o resto e o resto faz vista grossa para Ele. Os carneiros não possuem cânulas, nem têm mães adotivas, não têm uma segunda chance.

Minha pequena Huri, o que você viria a fazer com uma mãe como eu, num país que não quer saber de nós, mulheres, ou somente à noite? Vou lhe contar tudo o que puder, mas chegará a hora de parar. Eu sou um livro cujo final é o seu final.

5

*Olá, eu estou na mesma situação, ajude-me pfv... estou na Argélia também, em ***... tenho 43 anos... estou desesperada e perdida... quero simplesmente saber onde fazer um aborto com segurança, em alguma clínica particular... pfv me ajude*

Olá,

é isso, estou grávida e quero fazer uma IVG *com medicamento, como posso conseguir esses medicamentos, sou de Argel, é ilegal?*

obrigadaaaa

Olá,

Estou grávida de 4-5 semanas, fiz os exames de sangue e deu positivo. Pfv quero abortar o mais cedo possível.

Há endereços de médicos ou métodos rápidos para fazer? Obrigada

Olá,

Grávida de 3 meses e morando perto de Argel minha prima está desesperada!!! Você teria o contato de algum ginecologista para me fazer uma eventual IVG. *Cordialmente*

*

Olá,

É muito urgente preciso fazer um aborto meu pai é um extremista se souber disso sou uma mulher morta me ajude pfv fiz um exame de sangue e de urina e estou grávida pfv pfv pfv me ajude

Passei a noite lendo, enquanto você dormia, sua mãozinha agarrada ao seu cordão de vida. A pílula é cara, mas é possível achá-la, sim.

Essa hesitação toda me desespera. Tenho vontade de me encarnar em você e ser morta. Tenho vontade também de beber e fumar. A casa está deserta. Consegue ouvir esse rebuliço todo na minha cabeça? Não gosto das casas abandonadas. Eis a lista de coisas de que não gosto, minha mãe a sabe de cor: detesto as malas grandes debaixo das camas, os deslocamentos de móveis em nossa casa por causa da faxina, a cara da minha mãe quando me implora para eu comer, os nós de seus dedos cheios de remorso, seu olhar perdido que se nega a acessar o monstro em mim e de vê-lo como ele é. Odeio as crianças também. Elas têm olhos que acreditam saber tudo sobre nosso íntimo, elas caçoam com uma animalidade antiga e sincera, são imbecis e sobretudo me examinam como se eu tivesse saído de um filme de terror. Não se preocupam em encontrar palavras que disfarcem o pavor estarrecedor que o meu "sorriso" provoca nelas. Mais alguma coisa? Não gosto de despedidas nem de ser tocada, abraçada ou acariciada. E detesto as palavras que se usam para falar de amor, quando há justamente uma falta de palavras na língua exterior, um buraco na garganta, uma lacuna e uma perda de linguagem. Acredito que o amor é aquilo que sempre nos faltará, aquilo que nunca encontramos na vida, minha pequena Huri. Aqui, meu coração, você o sente, ele se enrijece e eu fico dando voltas; devo continuar? Não gosto das juras e das festas em que eles têm de cantar enquanto eu me calo. O que me resta? Poucas coisas. Gosto de rir de tudo para ser a primeira a fazê-lo antes de relembrar minha verdadeira imagem. Ficar à janela para captar o clima do mar ao norte de Orã, assistir a filmes para me impregnar de lembranças dos outros e de suas vidas falsas, dormir tarde, trocar o dia pela noite, contar incessantemente de olhos abertos, trabalhar no meu salão de beleza sem me deixar levar, não depender de ninguém, me vestir com calças masculinas, cuidar do meu cabelo e do de outras mulheres, assim como de seus corpos, peles, sua cútis, suas pálpebras.

Veja pela janela: o pequeno fusca lá embaixo, estacionado no beco, é o meu carro todo amassado. Ele cheira a tabaco, cheira a uma mulher só e livre. O guardador de carros raramente me dirige a palavra por causa das músicas que escuto, dos maços de cigarro sobre o painel e da minha insolência de mulher sem homem e, portanto, sem medo dos homens. Tenho dinheiro e investi em um apartamento, no leste de Orã, cujas chaves vou receber em um ano, sim, minha bela vinda do paraíso de Alá. Ele ainda está em construção e certas noites eu o decoro durante minhas insônias.

Insônias, três comprimidos. Eles estão aqui, eu os comprei.

Eu os comprei há alguns dias.

Tive de percorrer um longo caminho, procurar uma farmácia no oeste da cidade, bem longe, perto da saída. Quando mostrei a receita, sussurrei. O farmacêutico nem olhou para mim.

Escondo-os numa gaveta como três grãos de feiticeira, eu os reconto, os examino como grandes insetos azuis zumbindo na minha cabeça.

Três comprimidos para abortar. Eu repito, mas isso continua vago, distante.

O que sentimos quando fazemos um aborto?

Três comprimidos e eu salvaria uma vida inteira para toda a vida.

Um copo d'água e você estará livre para voltar a se sentar à beira daqueles rios de mel, de vinho ou de leite do paraíso descritos no Alcorão. Você voltará para Firdaous, el-Jenna, Erriyad, Éden (são os nomes do paraíso na minha língua exterior) e eu continuarei no meu lugar, dando voltas, sozinha e sem ninguém para quem contar minha história. Com você, resisto ao apagamento que impuseram neste país a pessoas como eu. São poucos a se lembrar da guerra civil dos anos 1990, e sou a prova viva de que essa guerra de dez anos foi real, de que foi sangrenta. A última prova, eu lhe digo.

Está vendo por que estou presa entre a vontade de matá-la e a de falar com você infinitamente?

Percebe como oscilo entre o desejo de me apagar e o de recompor aquilo que foi apagado? Cada data da minha história de vítima do terrorismo, cada momento; os fatos, um por um; os vestígios; os nomes dos assassinos, seus codinomes emprestados da época do Profeta; suas patentes e feitos militares; seus discursos e suas desculpas quando se arrependeram e depuseram as armas alguns anos atrás. Tudo pode ser contado com o passar dos dias se eu recuperar minha voz. Talvez então, essa guerra de que nada resta será enfim ensinada, reconhecida e respeitada por seus mortos e seus lutos, como acontece com a outra guerra, aquela contra a França.

Consegue ver o que tento lhe mostrar na escuridão do útero e na luz da minha cânula? Tudo estava pronto para matá-la: os três comprimidos, os medicamentos para aliviar as dores, a data e até mesmo o pretexto. Preparei Khadija para a ideia de que vou ficar fechada aqui durante as festas do Sacrifício; ela entende, além disso, que eu fuja do sangue dos cordeiros, das risadas das pessoas saciadas e dos longos sermões dos imãs. Khadija sabe disso desde os meus cinco anos, quando ela me trouxe de volta ao mundo. Jamais degolamos um carneiro em nossa casa, e mesmo os nossos vizinhos de andar ficam incomodados de fazê-lo sob nossas janelas, eles viram o rosto, olham para o chão ou acenam para mim e retomam suas conversas para nelas mergulhar como que para se esconder. Todos tentam me esquecer no dia do Eid.

Fico aqui falando e falando com você, quando na verdade deveria ficar quieta, pegar meu carrinho e ver como está indo o meu salão de beleza, para mudar de assunto. Ah, sim, eu tenho um, muito movimentado e que me sustenta. Está fechado há três dias, pois minhas duas assistentes foram para casa. Durante esta semana do Eid, as mulheres não fazem cabelo e não cuidam do corpo. Elas se dedicam à cozinha e a assar, à gordura e às entranhas dos animais abatidos. Por isso, não espero nenhuma cliente. E sem clientes eu libero as duas moças que me detestam um pouco, gostam de mim um pouco e me imitam, permanecendo em silêncio na minha presença. Eu sorrio, e esse sorriso parece sincero, comparado com o outro, sob o meu pescoço, que petrifica as pessoas à minha volta como um arame farpado. É a longa assinatura caligráfica do assassino que só não acabou comigo porque não teve tempo. A gargalhada do profeta que queria cortar a garganta de seu filho. Eu falo com você e prolongo o tempo de espera nesse belo céu oraniano, quando o melhor seria me calar e lhe cortar a cabeça de uma vez por todas. Com três comprimidos ou com pinças frias, xaropes proibidos, socos na barriga, pulando com os pés juntos durante horas, engolindo ácido, caindo deliberadamente de um lance de escadas ou mastigando ervas proibidas. Não venha para cá, para este país, por favor!

Vá embora.

Só que, se eu silenciar você, silenciarei tudo na minha cabeça, aquela linda voz que eu nunca tive, ou só tive antes do meu segundo nascimento. Quase não me lembro daqueles anos na nossa fazenda em Had Chekala, quando eu podia gritar, contar em voz alta, ficar de mau humor, sentir o cheiro da chuva, morder um limão duro ou encontrar minha irmã de olhos fechados, apenas pelo cheiro de sua pele morena. Posso revê-la vagamente enquanto ela cobre os olhos, conta e me dá tempo para encontrar um esconderijo atrás dos carneiros ou no mato alto que segura o vento. Sabe, é uma lembrança antiga. Você tem que mergulhar bem fundo, com a cânula apertada entre os dentes, para encontrar esses fragmentos de memória.

O que você quer? Vir aqui e se tornar carne morta? Está ouvindo os homens lá fora, no café? O Deus deles os aconselha a lavar seus corpos depois de abraçar nossos corpos proibidos à luz do dia. Eles chamam isso de "a grande ablução", porque nós somos a grande sujeira. O que você quer? Todas as mulheres são como eu, mesmo que não tenham um buraco na garganta, ou um sorriso estúpido no rosto, ou uma língua estrangulada em agonia. É isso que significa ser uma mulher aqui. Você quer mesmo isso?

Vamos sair.

Vamos ver o meu salão, quero lhe mostrar um pouco do mundo oposto ao paraíso do qual você saiu, e depois vou tomar os três comprimidos. Quero lhe mostrar que não sobrou nada da minha história. Eles apagaram tudo com leis, olhares de reprovação e ameaças de prisão. Ninguém na Argélia se lembra, ou ousa se lembrar, do dia em que tentaram cortar minha garganta.

6

Você não consegue ver, mas à minha esquerda está a orla, com seus pedestres e prédios malcuidados. Há árvores altas de outro lugar, as palmeiras; você deve tê-las visto em seu paraíso. Elas estão aqui sabe-se lá há quanto tempo, esperando sabe-se lá por quem. Pessoas sem-teto ou homens solitários vêm sentar-se aqui e ficar em silêncio, especialmente pela manhã, antes da primeira oração. Acho que a língua exterior deles está esgotada, então eles vêm para cá e esperam que o mar tome a palavra em suas cabeças. Atrás de mim está a montanha Murdjajo. Estou dirigindo devagar para que você possa reconstruir os detalhes sob suas pálpebras fechadas. Lá em cima, no topo da montanha, há um forte espanhol cor de pedra, uma capela vazia e, ainda mais alto, uma mesquita construída para se sobrepor à igreja, Khadija me contou, um dia, com um sorriso desdenhoso. Já estive lá duas ou três vezes com ela, mas não gosto das curvas da montanha, de revirar o estômago. Uma mulher vive ali isolada, a Virgem Maria dos cristãos que a colocaram nessa colina quando houve uma epidemia de cólera, há dois séculos, acho. O que é a Virgem? Não se preocupe com as teorias de outras pessoas. Aqui, todos sentem um pedaço de Deus em seus bolsos. Ao pé da montanha está o jardim Verdures. Seu nome é uma homenagem a um cantor de raï assassinado durante a guerra dos anos 1990, a minha guerra. Ele é o único que teve essa honra, o que é inexplicável. Estou dirigindo para o leste e acelerando. A estrada sobe em direção às belas vilas de Canastel e ao outro monte, conhecido como "montanha dos Leões". Adoro esta estrada, mesmo que o idiota à minha frente esteja diminuindo a velocidade e fazendo gestos maliciosos para mim. O mar nos persegue pela esquerda, ele se esconde, se mostra, você vai encontrá-lo, não torça o pescoço. Muitas coisas vão querer brincar com você se você vier ao mundo: a lua, o sol, o mar, como você vê, cachorros e talvez cavalos. Você provavelmente adoraria os cavalos. Costumo ir vê-los no hipódromo de Es-Senia, a oeste da cidade. Para onde estamos indo? Primeiro, vamos verificar se ninguém estragou a cortina do meu salão de beleza. A vizinha, que vende véus para mulheres virtuosas, me odeia. Se eu fosse roubada ela não gritaria sobre os telhados para denunciar os ladrões. O imã do centro concorda com ela, assim como toda a vizinhança, mas eu mantenho todos à distância com meu "sorriso" de monstro e meus olhos enormes pelos quais eles não gostam de se ver.

Esse salão é a minha vida, minha moeda rara.

É onde ganho meu dinheiro e minha independência, e o privilégio de ter meu cabelo preso e meus ombros descobertos, e de fumar e beber vinho. Não é um grande negócio, mas me rende o suficiente para manter os outros afastados. Sabe, minha pérola, o Estado dá uma ninharia para as vítimas sobreviventes da guerra civil como eu, e o dobro para as famílias dos assassinos. E tive que renunciar ao meu direito a uma pensão para me tornar proprietária desse salão. Era a condição do governo: a pensão ou a oportunidade de comprar instalações comerciais do próprio governo. Escolhi investir. Meu salão se chama Sherazade, escrito em letras cor-de-rosa luminosas acima da porta. Pendurei nele fotos de mulheres com lábios carnudos e corpos maravilhosos com olhos tão belos e aterrorizantes quanto os meus. As clientes sonham em se parecer com elas, e os homens acreditam que podem encontrar mulheres parecidas no paraíso. No início, pensei chamá-lo de Rimitti, em homenagem à cantora de raï que, do seu túmulo, faz as mulheres dançarem. Mas dar o nome de uma cantora de raï a um salão de beleza "é demais", vociferou Khadija, preocupada. Quando está agitada, ela olha para mim da mesma forma que olhou para o meu corpinho na ambulância que, na sua cabeça, me leva de volta para sempre à noite de 31 de dezembro de 1999. É preciso ir devagar neste país quando se é mulher. Continuamos escravas, livres há muito pouco tempo. Tudo pode ser revertido, ser perdido ao menor sinal de uma coxa à mostra; um vestido florido curto demais decide sua vida. Nós vamos chegar lá, minha Huri, ao nosso destino. O céu está muito quente aqui, e estamos prendendo a respiração. Minha irmã empinava por aqui a pipa que havia feito com juncos e um pedaço de saco de papel.

Sim, eu tinha uma irmã.

Eu tinha uma irmã, ainda a tenho, mas com cheiro de cadáver na minha memória. É uma história antiga. Eu nunca a conto, nem mesmo na minha língua interior. Por quê? Em primeiro lugar, porque minha mãe a conhece, a guarda dentro de si, impede que ela venha à tona. Khadija teme o pior assim que percebe que estou me aproximando dessa lembrança. E depois, porque toda vez que tento me lembrar da minha irmã, tenho de ficar sozinha por um bom tempo, sem me mexer, para que seu rastro volte e as imagens se tornem mais claras — espigas, invernos rigorosos, uma faca, as costas do meu pai, um cavalo em forma de nuvens. Depois vem uma tristeza de não saber o que fazer com essas lembranças quando a noite chega e é preciso dormir. Talvez no paraíso você a encontre. Você vai reconhecê-la pelo jeito como ela ri, pelo jeito como aperta os olhos para parecer que está imaginando um mundo diferente da nossa fazenda e o corta ao meio, como um pão, para compartilhar comigo. Minha irmã não tem nome há muito tempo. Uma lembrança me vem à mente: colhemos papoulas; corremos uma atrás da outra, fazendo caretas; as espigas se agarram aos nossos vestidos e o céu se agita com nossa alegria. Como é bela essa língua interior que pode iluminar os recantos da memória. Em dias claros, seguíamos os cavalos gigantes nas nuvens acima da nossa fazenda em Had Chekala, nossa aldeia. Em terra, esses animais pareciam menores, ao pé da montanha, com suas carroças lutando contra as encostas. Os cavalos? Minha mãe gostava deles antes de perder a cabeça; às vezes ela nos contava essa história. Minha mãe da outra vida, antes do meu segundo nascimento.

Vamos continuar? Olha, estamos no jardim das Falésias. Não tem ninguém aqui de manhã. Venho aqui com frequência para sentir o vento me lavar. É o único lugar onde posso fechar os olhos sem cair nos olhos da minha irmã.

Está vendo aquele edifício grande ali, perto dos casarões da orla? É chamado de edifício da Air Algérie, porque é onde fica a filial dessa empresa. É o mais antigo de todos os edifícios e parece reivindicar um direito especial ao mar. Foi aqui que explodiram várias bombas em 1996. Ou 1995. Nem mesmo minha mãe consegue se lembrar das datas exatas. Ela me jurou que era verdade, que aconteceu em uma manhã, mas ninguém se lembra. Eles (o bando de Ibrahim, o profeta que queria cortar a garganta do filho, sim, eu os nomeio assim) esconderam a primeira bomba, de baixa potência, embaixo de um banco, e ela explodiu de manhã, na hora do rush. As pessoas fugiram e, pouco a pouco, como se fosse alguma curiosidade ou o cadáver de um crime passional, pequenas multidões voltaram para ver a cratera no asfalto. Todos se inclinavam para dar uma olhada, se empurravam, começavam a murmurar hipóteses. E então houve uma carnificina. Porque a segunda bomba, escondida sob outro banco, também explodiu. Quando conta essa história, minha mãe funga, fica em silêncio por um momento para permitir que a memória se torne autêntica e conclui: "Era uma armadilha, uma técnica monstruosa para matar o maior número possível de pessoas". Não restou nenhum vestígio disso.

7

Se você tivesse olhos, eu poderia lhe indicar um lugar que visitei por sua causa há pouco tempo. Está vendo aquele prédio grande ali? É o Le Panoramique. Logo atrás dele há um estacionamento subterrâneo e um beco que leva à avenida da Velha Mesquita. Isso não significa nada para você, mas imagine casarões em ruínas, pedras desgastadas, calçadas negligenciadas e ruas que cheiram a latas de lixo pela manhã e a maresia à noite. É lá que fica o consultório do ginecologista que concordou em me examinar. Juro que tomei todas as precauções para que minha mãe não saiba de nada. Aliás, esse médico não pede nome ou sobrenome. Recorre-se a ele quando a gente se sente envergonhada e não quer ser reconhecida. Khadija me falou dele anos atrás, porque era cercado por uma aura de mistério na nossa cidade caluniosa. Segundo ela, é um ginecologista eminente, mas que também bebe muito, é músico, foi comunista em seus dias de cabelos pretos cacheados e reputação de sedutor. É por isso que ninguém entendeu o que o fez mudar de ideia. Um dia, cinco anos atrás, ele decidiu se arrepender e voltar para seu Deus. Os islâmicos armados haviam sido derrotados e quase todos tinham saído dos maquis, os que não haviam morrido, e pensava-se que a loucura deles estava diminuindo, mas era um engano.

Mesquitas estavam surgindo por toda parte, e os pregadores atuavam por onde podiam e essa estranha causa ficou ainda mais poderosa após sua derrota. As mulheres com véus se tornaram ainda mais numerosas, e os homens com calosidades de rezadores na testa se multiplicaram. E assim, da carcaça do ginecologista com calças de boca de sino e cintos com fivelas de ouro falso surgiu um homem barbudo, com a cabeça cingida por um turbante e que frequentava assiduamente as mesquitas. De acordo com minha mãe, ele e sua fé logo passaram a enfrentar um verdadeiro dilema, porque ele era ginecologista. É um trabalho que envolve levar mulheres a darem à luz, introduzir os dedos em seus ventres e ouvir seus segredos. E sabe de uma coisa? Ele não mudou de profissão, porque ganhava muito. Não sei como chegou a essa solução, que fez algumas pessoas rirem no início, mas que provou ser uma maneira eficaz de salvar sua fé e seu dinheiro ao mesmo tempo.

Em seu consultório, o médico instalou, entre ele e suas pacientes, uma cortina preta. Sua esposa se encarregava das apalpações, dos exames invasivos e das verificações entre as pernas abertas. E ele, das prescrições e dos conselhos. Sim, eu juro! Sua esposa apalpava e lhe descrevia os órgãos, as texturas, a baba íntima e os gritos das pacientes. Do outro lado da cortina, ele fazia diagnósticos como um deus oculto. No final do exame, ele assinava uma receita e seu assistente recebia o pagamento da consulta.

O médico gradualmente se reinventou como um verdadeiro profeta, desaparecendo de vista, tornando-se um fantasma metódico de poucas palavras e uma lenda na nossa cidade. Há uma semana, como eu estava atrasada, fui visitá-lo.

*

Ele sussurrou: "Desde quando?". Sua esposa repetiu a pergunta em voz alta. Eu permaneci em silêncio. Estava sentada diante do rosto corado pelo esforço e pela submissão da esposa do Grande Ginecologista. Ela apalpou minha barriga murmurando e se dirigindo ao marido, e confirmou que você estava dentro de mim, nessa sua toca, por baixo da minha pele. Ela tinha olhos pequenos e pretos e usava um véu rosa. Eu estava deitada de barriga para cima, esperando para abrir as pernas, encarando inquieta os estribos largos. A sala era mobiliada com uma mesa de exame e alguns equipamentos; uma luz fraca penetrava nela. Não era possível vê-lo; ele era uma voz atrás da cortina que separava sua mesa do resto da sala. A mulher estava ostensivamente me ignorando, movendo-se apenas ao som da voz dele. Usava luvas brancas e não sorria nem demonstrava qualquer emoção. Eu podia ouvi-la sussurrando mil orações. Ela fazia questão de desaparecer o máximo possível, reduzindo-se a mãos enluvadas nas sombras, um aparelho a mais na sala. O que esse casal de malucos confessava um ao outro à noite? Uma mulher que vive de descrever o sexo de outras mulheres para o marido, está aí uma história estranha. Ela recitou um versículo mais fervoroso e abriu minhas coxas para introduzir o instrumento frio em meu sexo. Eu estava deitada com as nádegas na beirada da mesa e os pés nos estribos. Você precisava recuar o mais fundo possível no seu buraco para se preservar dos olhos arregalados dela. O profeta, tão escondido como a esposa estava velada, ficou em silêncio, depois fez duas ou três perguntas. "E o pai?" Não mexi minhas mãos nem meus lábios. Meu rosto devia estar vermelho de raiva. Ele se calou, sua esposa deixou uma sombra passar pelo rosto oleoso, e acredito que a fé dela fortaleceu seu próprio fogo ao entrar em contato com meu pecado. Ela murmurou outro versículo, evitando meu olhar. Apalpou minha barriga novamente, examinou minhas partes íntimas, subiu até meus seios para sopesá-los. Evitou calculadamente meu rosto, meus olhos, minha cânula e o buraco na minha garganta. Sabe, nessas horas você se sente como um cordeiro esquartejado: focinho e patas em uma bacia separada, o peito aberto para as garras das crianças e suas mil perguntas, e a pele já pendurada ao sol no pátio, onde secará como um prisioneiro.

"Teve algum sangramento nos últimos dias?", me perguntou a voz. Fiz um sinal com a mão. E o "atraso"? Todas as mulheres temem esse momento. O "atraso" é o corpo endurecido, a mesma ideia ruim cheia de tristeza que surge no coração, a eletricidade para uma condenada à morte. O "atraso" são as outras mulheres que, instintivamente, se afastam de você como feras assustadas. "Oito semanas." Ela sussurrou algo para o profeta e nós duas, uma com um Deus nas costas, a outra com um feijão mal engolido no ventre, esperamos o veredicto, como se ele fosse cair do céu. Acho que você ainda não estava viva. Está escrito que é apenas no final do terceiro mês. Você ainda era uma estrela esmagada pelo mar, uma pedra que eu procurava sob a pele da minha barriga quando a noite me engolia. Na minha imaginação, a sala de exames cheirava a mofo e segredos ruins. Na parede, brilhava em letras douradas o nome de Deus, caligrafado sobre veludo preto. Deus tem, minha fava, noventa e nove nomes nessa religião. A esses nomes devem ser acrescentados os nomes de todos os homens que encontramos, pois eles são Deus. Então o profeta disse: "Volte daqui a três semanas, se você quiser mantê-lo. Caso contrário, recomendo uns comprimidos e a misericórdia de Deus".

Isso é um assassinato, de acordo com as leis deste país, e tem punição, mas o profeta ginecologista não mais reconhecia ou temia as leis terrenas. Sua reputação de homem piedoso mantinha os denunciantes afastados. Senti um punhal deslizando sob minha pele à sua procura. Instintivamente, pensei que eles iriam retirar de novo alguma outra parte do meu corpo, fazer outro buraco maior e remendar uma trincheira. Uma raiva explodiu dentro de mim contra esse médico, sua esposa, essa encenação toda e suas crenças. Mas para onde fugir com você? O que fazer de você?

Paguei por tudo, a consulta e a receita com o nome dos três comprimidos. Eu os guardo em uma caixa no meu quarto, onde eles esperam como velhas bruxas. Eu teria de voltar a esse profeta depois de pôr para fora sua carne no vaso sanitário a fim de ser examinada por sua esposa. Eu teria que fazer isso. Eu tenho. Nós deveríamos fazer isso. As gaivotas deslizam pelo ar, aproximando-se zombeteiramente dos pedestres. O mar está ficando mais quente, um ar suave sobe do porto com ruídos arcaicos. Eles imitam o som do sangue no ouvido, o som da noite quando você não consegue mais fechar os olhos.

8

Eu li e reli várias vezes. Só para garantir. "Qualquer pessoa que, por meio de alimentos, bebidas, medicamentos, procedimentos, violência ou qualquer outro meio, execute ou tente executar o aborto de uma mulher grávida ou supostamente grávida, quer ela tenha consentido ou não, será punida com prisão de um a cinco anos e multa de quinhentos a 10 mil dinares. E se houver morte, a pena será de dez a vinte anos de prisão."

9

Estou evitando que você nasça para que depois você não morra a cada minuto. Porque neste país gostam que estejamos quietas e nuas para o prazer dos homens no cio. Sei que estou me impedindo de encerrar esse caso, que falo com você para adiar o relógio, mas isso não vai protegê-la por muito tempo; digo a mim mesma que se eu lhe contar a história real, talvez você entenda. A verdadeira, aquela que tem se escondido e se mostrado quando fecho os olhos à noite, há anos. A versão exata dos fatos que ainda escapa à língua interior e é deformada indiscriminadamente pela língua exterior dos patos coloridos, o idioma da cânula. Invoco a língua sem cordas vocais e as dezenas de pontos suturados em meu pescoço que dilaceram minha vida de orelha a orelha. Você acreditaria nisso? Quando abrimos os olhos, essa história se esvai como uma montanha envolta na bruma.

10

Gostaria de ficar aqui e nunca mais sair desse jardim tão desgastado. Para fugir de minha própria história. Mas acho que quando elas ficam sem palavras é que nossas histórias se tornam perigosas. Como um abismo. A minha aprofunda o buraco na minha garganta.

Um toque. É a Khadija. A essa altura, ela deve ter chegado a Paris para pegar seu segundo avião para Bruxelas, a cidade cinzenta onde minhas cordas vocais estão escondidas. Em sua cabeça, sua história do moisés na madrugada de 5 de julho de 1962 recomeça. Quando ela fala comigo, eu caio de volta em sua barriga, e você na minha. Somos como as histórias das *Mil e uma noites*, mas noites de mentiras.

"Alô? Mamãe? Eu..."

Ela fala por duas, por mil. E eu por uma meia lua, meia garota, meio segundo.

Você consegue ouvi-la? Minha mãe assume uma entonação teatral, e as palavras rolam em seu fluxo indignado. Não me atrevo a interrompê-la ou a dizer uma palavra. Apenas ouço. "Estou em Paris, meu anjo. Ele não atende o telefone, dá para acreditar? E, no entanto, é um ótimo cirurgião, deveria pelo menos me explicar. A secretária? Não quero ouvir suas promessas de que vai marcar para mim outra consulta mais tarde." Ela se cala, retoma o fôlego em ritmo de plena batalha e continua: "Eles dizem que ele pode voltar. Uma emergência, sim, foi o que a secretária dele me disse. Eles não têm humanidade, minha filha. E ainda deixei você sozinha aí!". Ela repisa tudo, imita uma fungada de choro, tenho certeza de que está esmagando os dedos. Estou como uma bola em sua barriga, porque ela me carrega há vinte e um anos, me mantém incubada, me proibindo de soltar o cordão que nos une e falando comigo sem parar. "Assim que aterrissar vou pegar um táxi para lá. Agora estou saindo da zona internacional, mudando de terminal. E se ele não estiver lá, minha filha, bem... eu volto para casa, sim! No primeiro avião. Talvez você estivesse certa. Talvez eu estivesse errada, minha princesa, mas é por você, pela sua voz que sei que é linda. E se não der certo, a gente vai viver, minha filha, a gente vai viver." Sua voz está cheia de promessas e ela se cala para dar ênfase à frase. As cordas vocais? Minha Huri, eu já as imaginei de mil maneiras. Cordas reais como as de um poço, cordas como as de um violão, cordas como as usadas por pescadores, cordas de circo, cordas de malabarista, cordas de trapezista, cordas de amarrar as ovelhas, cordas para barcos, para marinheiros, para enforcar... Quando você acrescenta "vocais", elas vibram, fazem a água e as paredes ondularem. Aqui, um único cordão conecta Khadija e eu, atravessa o mar e chega ao meu ouvido. Minha mãe me mantém em sua barriga desde que me trouxe de volta do hospital em Relizane, no dia seguinte ao massacre da minha família. Eu me envolvo em seu mundo, ouço seus elogios e histórias ("Você é um livro único", "Seus olhos vêm do paraíso, não os estrague!"), eu me alimento do que ela mastiga para mim.

Só que agora somos três, imbricadas como bonecas russas. E ela vai descobrir. É provável que volte mais cedo se o cirurgião belga não aparecer.

Ela vai estar de volta a Orã mais cedo do que o esperado, pequena Huri. E vai morrer diante da sua presença. Porque ela alimenta um sonho, minha lua, imaginando os detalhes e os tecidos do meu casamento, quer um palácio, um conto de fadas, uma história que termine no paraíso, sabe. Mas isso é para a língua exterior. Sua língua interior grita comigo que, ao promover meu casamento com pompa, ela faz questão de interromper a maldição das mulheres que vêm ao mundo sem pai ou mãe, como ela, ou que os perdem, como eu. Quer uma história com um casamento, um pai, uma mãe e uma criança que não será abandonada numa manhã qualquer na porta de uma mesquita. Ela quer consertar o que Deus ou o acaso fizeram de errado. Percebe a questão se eu chegar a ela com um barrigão, sem genealogia, sem parentesco, sem o nome do pai, já que o seu pai escolheu o mar como amante? Não é que ela seja conservadora ou presa a essas leis dos homens, mas é uma questão antiga que ainda está viva em sua mente. E agora eu teria que tornar a desabrochar e viver e ser feliz por duas. Essa é a história.

11

Quando cheguei ao salão, dei um berro. Algumas pessoas riram; juntaram-se à minha volta e até mesmo se compadeceram, eu acho. Não pelo que haviam feito no meu salão, mas porque eu parecia um peixe fora d'água. E porque o meu rugido soberano chegara ao mundo deles sem nenhum som natural. Eu lhes dirigia gritos sussurrados que meus olhos arregalados e minha sequência de palmas refutavam. Encenava um pouco de cinema mudo no mundo barulhento deles. A polícia? De que adiantaria? Horas de espera, um policial me encaminhando para outro para ouvir minha reclamação. Sua zombaria, suas perguntas sobre minha garganta aberta, minha ferida. E palavras e frases para serem repetidas ou engolidas como pedras. Permaneci de pé sob meus pôsteres de mulheres de grande beleza. Preferi não fazer isso. Das janelas dos prédios, as vizinhas me olhavam, curiosas, zombeteiras ou solidárias. Algumas mulheres escolhem seu lado muito rapidamente. Acreditam que a única maneira de sobreviver em uma prisão é se tornando as próprias guardas dela. Isso é certo! Não se luta contra Deus, ou seja, contra os homens, neste país e, no fundo, minha lua, eu podia sentir a vingança deles chegando. Andei em círculos, examinando cada rosto em busca de evidências, de vestígios, mas sem sucesso. Tentei levantar a porta da frente. Ela resistiu, retorcida, quebrada e inutilizada. Consegui apenas pela metade e me abaixei para entrar no meu salão saqueado. Os ladrões haviam rasgado as três cadeiras como fazem com as vacas em Had Chekala, as pias estavam quebradas, os xampus tinham sido derramados nos espelhos e os frascos de perfume estavam espalhados pelo chão sem tampa. Era possível sentir de bem longe o cheiro de sua mistura brutal. Os depiladores, os alisadores e secadores de cabelo haviam desaparecido. Então eu o vi ali, o grande pacote, e por algum motivo as histórias da guerra, da minha guerra, voltaram à minha memória. Naquela época, quando a lista de pessoas a serem mortas era afixada nas portas das mesquitas, costumavam lhes enviar uma mortalha limpa e sabão perfumado. Para a última limpeza mortuária. Pensei nisso, atormentada por essa irrupção do sonho vermelho na minha vida cotidiana. Abri: me presenteavam com um véu feito de material ruim, preto e folgado. E um Alcorão, verde e impassível, com letras douradas. Khadija não poderia ficar sabendo nada dessa história, sussurrou meu lado racional. Acendi um cigarro e, na frente dos curiosos, na rua que separa o salão da mesquita, fumei. Em plena luz do dia, encarei seus olhos duros. Deixei o cheiro do tabaco deslizar lentamente em direção às suas narinas indignadas. Por um momento, pensei em quebrar as janelas da mesquita ou gritar insultos, mas com que voz, minha Huri?

Eu sabia que isso ia acontecer? Sim, no claro-escuro da intuição. Eu sabia que havia uma faca apontada para nós. A pequena guerra entre o meu salão e a mesquita em frente, que já acontecia havia algum tempo, estava fadada a acabar mais cedo ou mais tarde. Entre a minha cânula e o alto-falante do pregador, a tensão era palpável e os rumores tinham se espalhado pela vizinhança.

Rapidamente, fiz um balanço do falso assalto. Haviam roubado o que não estava quebrado: um pouco de dinheiro do caixa, os aparelhos mais caros e alguns produtos de beleza. No chão, esmaguei uma peruca que cobria a cabeça de um manequim careca. Tinham levado meus inúmeros perfumes, deixando apenas um: um grande frasco de almíscar, o perfume favorito dos homens barbudos de Alá. Eu podia ouvir as risadas que se espalhavam do lado de fora, pulando de uma boca para outra e depois se transformando em grandes orações sobre Deus e seus sinais. As mulheres do centro, as que frequentavam meu salão, também assistiam ao espetáculo por trás de suas persianas. Eu estava com raiva delas, mas, no fundo, o que poderiam fazer? Elas iriam para outro lugar para se arrumar para os homens. Eu não sou um homem, nem uma mulher, mas uma anomalia que tinha de ser expulsa mais cedo ou mais tarde. De tempos em tempos, as crianças se inclinavam por baixo da cortina estragada para me perguntar o que estava acontecendo. Uma grande voz trovejou no céu, suspendendo o tempo. Ela gritava, alternadamente suplicante e desdenhosa, mal-humorada e exigente, como o grito de uma pessoa abandonada. Nenhuma mulher tinha essa força vocal ou o direito de imitá-lo em um minarete. Era o chamado para a oração das treze horas. Todos o atenderam, e a rua esvaziou.

12

13h30

Não vai haver nenhuma cliente hoje, nem amanhã, nem no final da semana. Não vou poder consertar nada por vários dias. Antes do Eid, as mulheres se fecham nas cozinhas para esvaziar as entranhas dos carneiros, prepará-las e temperá-las e aguardar o grunhido de satisfação dos machos. Meu salão tinha uma decoração linda; eu pendurava fotos, de ilhas, de mulheres com olhos dourados, e gostava de ouvir as conversas das mulheres por fim liberadas dos homens. Hoje, não há cabelos para escovar, nem cílios para alongar, nem sobrancelhas para fazer, nem genitais para deixar lisinhos como os homens gostam para nos imaginar virgens, não há pele para alisar, nem cravos para remover, nem raízes brancas para colorir com tons especialmente trazidos de Paris. Nada. As festividades estão se aproximando, minhas duas funcionárias foram para casa e os falsos ladrões passaram por aqui para me deixar um recado claro.

Você teria conhecido Hanane, uma funcionária minha, se tivéssemos vindo aqui há uma semana. Ela mal fala, mas sua língua interior transparece nas nuances de seus cabelos. Ela carrega sua juba oxidada como um grito. Toda semana ela os deixa da cor amarelo-brilhante, em um excesso furioso de loirice, para se vingar de sua antiga vida. Sabe, ela é infeliz e forte ao mesmo tempo, e eu a contratei no verão passado porque ela tem carro, pode viajar para visitar clientes que estejam com urgência. Sim, Hanane também dirige e não fala muito, ou muito pouco. É aqui que suas clientes fiéis se sentam. Aquelas que fofocam sem parar preferem ela à sua vizinha. Acho que ela não ouve suas histórias intermináveis, mas nunca as interrompe. Seu carro é o que ela herdou do marido que morreu há cinco anos: um carro velho e o silêncio que fez ninho dentro dela. Logo que ficou viúva, em sua cidade natal, Chlef, seus cinco irmãos a encobriram completamente com um véu, obrigando-a a cobrir o rosto e impondo uma vigilância rigorosa de seus gestos, movimentos e olhares. Ela não tinha mais permissão nem mesmo para se aproximar de uma janela, levantar a voz na casa deles, ter um telefone ou amigas. Apenas um pássaro na cabeça. E um Alcorão. "Uma mulher divorciada? Uma viúva? É uma bomba na casa", explicam os homens, referindo-se a sua mãe, irmãs ou filhas que voltaram da casa dos maridos como guardanapos após uma refeição. A pobre Hanane era observada como um estopim de dinamite ou uma rachadura na parede. Era a honra deles que estava em jogo, não a vida dela. Eles se revezavam para vigiá-la e talvez todos os cinco sonhassem com sua morte mágica. Os irmãos acabaram casando-a com outro homem, dessa vez em Orã, no distrito de Belgaid, a trezentos e quarenta e cinco quilômetros de casa. Eles esperavam esquecer sua história e diluí-la nas conversas. Era tão longe: uma forma de enterrá-la, de garantir que ela não se lembrasse mais do próprio nome ou do caminho de casa. Ela havia dado à luz um filho, após a morte do pai, e eles a obrigaram a deixá-lo com a avó. Ela perdeu gradualmente a capacidade de falar, como se tivesse se mudado para dentro da própria cabeça. Deixou o primeiro filho e deu à luz um segundo, depois um terceiro com seu novo marido, que ficava com o salário dela e também estava sempre de olho. Eu o via com frequência aqui, na cidade. Bem na esquina onde abri meu salão. Ele espiava a entrada com seus olhos de rato e seus monólogos silenciosos e odiosos.

Tenho pena de Hanane. Ela parte meu coração, mas o coração não pode mais ser destruído, em algum momento ele se torna cascalho e deixa de se comover. Quando ela veio pedir emprego em um dia de verão, eu a contratei por dois motivos: ela tinha carro, como eu lhe disse, e seu cabelo estava bem-arrumado, com a mão de uma mulher que sabe como cuidar dele. Eu a emprego, lhe pago, mas deixo seu próprio mistério para ela. Ela deve ter uma língua interior mais sutil e mais rica do que a das pessoas que conversam sob suas escovas. Seu marido a vigia como um cafetão. Está aqui quase todos os dias quando não está coletando garrafas plásticas para revender, mas Hanane está em outro lugar, dentro de si mesma, há anos. No final de cada dia, ele se aproxima um pouco vindo da esquina, ali. Paira cada vez mais perto, como um corvo, de canto a canto. E quando chega o primeiro dia do mês, eu o encontro, como se nada tivesse acontecido, na entrada do salão, embaixo da placa, à espera da esposa, ou seja, do salário da esposa.

A outra funcionária? Seu nome é Meriam. Vou lhe contar tudo sobre ela. Mas talvez o mar o faça melhor do que eu. Por duas vezes ela tentou deixar o país de barco para a Espanha como imigrante ilegal. E duas vezes os guardas costeiros a pegaram. Ficou presa na penitenciária de Gdyel e, depois de algum tempo, foi solta sem nenhum destino. Na terceira vez, foi encontrada nos porões de um navio mercante que transportava farinha no porto de Orã. Chegando à noite, ela se perdeu nos corredores do navio e passou três dias no escuro. Foi resgatada como um fantasma, toda coberta de branco e com mais sede do que uma flor morta. Aguardara três dias se alimentando apenas de farinha e lambendo os canos de metal frio em busca de água. Ela conta isso repetidamente, e faz as clientes rirem, pois elas adoram a história do fantasma coberto de pó que deixou os marinheiros aterrorizados. Meriam é engraçada, mas astuta e, no fundo, acho que não tem planos para o futuro, exceto ir ao mar e nadar nos dias em que pode relaxar. Ela também se deu por morta há alguns anos, depois de sua última partida fracassada.

Agora estou deitada em uma das poltronas sobreviventes, consegue sentir isso pelo meu ventre mais relaxado? Minhas mãos tateiam sua corcunda de vida, sua duna de carne. Estou tentando me acalmar. Estou com raiva. Toda vez que estou em perigo ou acontece algo que me perturba, é como se o dia em que minha família foi massacrada estivesse sendo reproduzido. Como se o momento em que minha garganta foi cortada por um terrorista estivesse se repetindo. Tudo está ligado a esse dia fatídico e esse dia está ligado ao vazio. Eu o fixo mal na memória, tatuei-o na minha pele para que ele não se perca na névoa.

Observe os desenhos no meu corpo esguio. Sob minha clavícula, há uma estrela. Hanane desenha tatuagens em algumas das clientes, e foi ela que fez a minha. Acho que é quando as imagens não são claras em você mesma que você faz uma tatuagem. A estrela fica melhor quando durmo sobre meu lado direito.

É a primeira lembrança da minha vida anterior. Minha irmã me entrega um copo de água com uma estrela refletida e me convence de que foi ela que a prendeu ali. Tenho cinco anos. Nossos pais estão dormindo e as vacas no estábulo, no outro extremo da fazenda, se remexem na noite. Minha irmã está rindo e eu estou rindo ainda mais porque quero imitá-la em tudo. Coloquei essa estrela no meu colo por esse motivo estúpido.

Aqui fica o desenho de um riacho. São essas três linhas onduladas traçadas entre os meus seios. Depois, mais abaixo, há duas espigas de trigo que se cruzam na minha barriga. Você está no meio, contando as horas que lhe restam. Os homens costumam ficar surpresos com minhas tatuagens, fazem perguntas e eu invento mentiras: as espigas representam o ventre e a generosidade. As espigas representam a colheita. As espigas? São apenas espigas. Quando os amantes chegam a esse campo de trigo, já estão gemendo e não têm mais cabeça para ouvir minhas explicações. Tudo o que eles querem é, de olhos fechados, tocar o cavalo fixo. Ele é minúsculo, desenhado logo acima dos meus pelos pubianos. O cavalo, minha menina, é a segunda lembrança da minha vida com minha irmã. Ele corre pelos campos do Lugar Morto, em algum lugar de Ouarsenis, perto de nosso antigo vilarejo, Had Chekala (na língua exterior, El Djiha El Meyta). Minha mãe tinha um cavalo quando era criança, nos contava. Ela o perdeu quando seus irmãos dividiram a herança do pai. Eles se recusaram a dar o cavalo a ela, mas lhe ofereceram em troca um pedaço de terra ao lado de nossa fazenda. Era um pedaço de terra pedregoso e estéril, e em certas manhãs, em sua loucura, ela caminhava por ele para medir sua área, amaldiçoando os irmãos em uma longa e desconhecida canção. De acordo com a lei de Deus neste país, uma mulher tem direito à metade da herança de um homem. Não sei por que, mas adoro imaginar esse cavalo. É essa tatuagem que o seu pai acariciou durante dias, com o focinho na minha barriga, sonhando sobre como atravessaria o mar e chegaria à Espanha. Depois de minhas explicações, ele riu como uma criança com seus dentes amarelos. Talvez você precisasse de um pai se fosse nascer, mas não é o caso, não se preocupe.

Vamos continuar, mais abaixo no meu corpo. Você pode sentir o desenho de dois peixes na virilha, duas sardinhas ou dois golfinhos, minha tatuadora não foi muito precisa. Um peixe no alto de cada coxa, na parte macia da carne. Essa é a minha terceira lembrança da fazenda no Lugar Morto: a vez em que meu pai nos trouxe sardinhas da aldeia que ficava mais abaixo. Não existem peixes nas montanhas de Ouarsenis. Minha irmã e eu ficamos muito felizes e achamos que eles ainda estavam vivos, porque o sol estava arranhando suas escamas azuis. Uma dezena de sardinhas embrulhadas em jornal. Elas brilhavam e suas bocas estavam abertas. Hoje, a memória da minha terra natal está espalhada em mim em mil pedaços. Recolho os pedaços com a voz da minha mãe, que cantava cada vez mais à medida que nossa última hora se aproximava. De manhã cedo, ela se dirigia a seus ancestrais e depois cantava uma longa canção, como um lamento.

Me desculpe pelo cigarro. Uma mulher grávida não deve fumar, mas não sei o que fazer com você e com o meu salão. Eles o estilhaçaram como um espelho.

Durma.

Durma!

Deixe-me pensar.

Acho que estou aliviada por ter sido assaltada. Porque isso traz à tona uma guerra silenciosa entre minhas huris e as huris do imã aí da frente. Alguns adivinham minha verdadeira identidade, a assassina em mim, a morta. O imã da mesquita, por exemplo. Tenho quase certeza de que é ele. Quando nos cruzamos pela primeira vez na rua e ele viu meu "sorriso" e o buraco na minha laringe, recuou antes de se recompor. Toda vez que o encontro, o riso em meus olhos verdes e dourados o incomoda e o desnuda na frente de todos os fiéis, na frente de seu próprio Deus. Meu trabalho é deixar as mulheres bonitas, vender perfumes, alisar os cabelos para que fiquem mais longos do que os rios do paraíso. O dele é falar sobre a jihad, a guerra, os despojos, a França, as leis, o pecado em todas as suas formas, o paraíso e os profetas. É com as palavras dele, não as minhas, minha Huri, que centenas de milhares de pessoas foram assassinadas durante a década de 1990 e até a minha morte em 31 de dezembro de 1999, e ele sabe disso. Vejo isso quando ele baixa os olhos. Algumas pessoas sabem que voltei dos mortos. Que sobrevivi ao meu degolamento para recensear as vítimas. E seus carrascos.

13

A guerra entre o meu salão Sherazade e a mesquita do Caixão (é assim que eu a chamo, e lhe explicarei o motivo) foi declarada numa sexta-feira, há dois meses. O imã falava alto, e eu, fumando meu cigarro na vitrine do salão, imaginei-o empoleirado em seu mihrab (o altar no saguão de orações a partir do qual ele domina os homens sentados, de cabeça abaixada). Inclinado sobre uma lista de blasfêmias mentirosas, ele recitou: "Dez mulheres estão excluídas da misericórdia de Deus". Estávamos em onze no meu salão, incluindo as duas funcionárias. Um siroco de areia percorria o centro da cidade sem árvores apagando a visão dos prédios nus como pedras de cemitério. "Primeiro, a mulher tatuada", e a voz do imã se embargou diante de um escândalo inédito. De repente, em nossa trincheira perfumada, todas nós ficamos em silêncio, tanto as clientes quanto as cabeleireiras, como se estivéssemos em um tribunal, para ouvir o resto. Ninguém ousava olhar para mim, mas todas pensavam no peixe, no cavalo, no riacho desenhado na minha pele branca. O som do secador de cabelo nas mãos de Hanane se contrapôs ao sermão. "Em segundo, a mulher que tira as sobrancelhas", e então a voz do imã se calou, permitindo que cada fiel buscasse em sua memória o rosto de alguém próximo a ele para amaldiçoar, uma esposa, uma filha ou uma vizinha. Depois veio, no sussurro de um sábio cheio de irritação, o terceiro veredito: "El Wassila e El Moutawassila". Quem é essa mulher condenada, com um nome duplo misterioso? Todas se entreolharam no salão para tentar entender, mas o próprio imã explicou: "É a mulher que alonga os cílios ou as unhas" — e todas nós, do outro lado da mesquita, mulheres escondidas e resistentes, rimos da nossa ignorância. De repente, o salão ficou alegre. Era uma alegria de rebelião e de risadas surgidas da infância de todas elas, de antes mesmo do sangue das menstruações. "... E também a que não porta o véu!", acrescentou o imã, e juro que todas nós sentimos um frêmito percorrer o beco, o frêmito dos homens excitados pelo desejo de corrigir as mulheres insolentes cujos cabelos nus impediam as boas colheitas. Com meu boné, tênis e calças, fui descoberta na quinta categoria, a das "mulheres que querem se parecer com homens". "Quem é El Moutfalidja?", perguntou minha cliente, uma recém-casada que estava aguardando os efeitos da tintura em sua raiz. E todas nós nos juntamos a ela, imobilizadas, atentas aos lábios gigantes do alto-falante da mesquita em frente. "Ah, que Deus nos proteja!", gritou o imã, falsamente emocionado. "Aqui estão essas mulheres consertando seus dentes, os que Deus lhes deu no nascimento em sua generosidade." Posso lhe dizer, minha intrusa, que eu não achava que essa divindade, que é todos os homens ao mesmo tempo, pudesse odiar nossos corpos a ponto de nos proibir de cuidar dos nossos dentes tortos! Por que esse ciúme mesmo quando somos feias?

Aos nossos infortúnios o imã ainda acrescentou "as mulheres que visitam os túmulos, as que gritam no luto, as que enfurecem os maridos". Também aquelas que se perfumam para sair, aquelas que trançam os cabelos, aquelas que andam com os tornozelos à mostra, e o imã continuou, continuou, até não sobrar nada de nenhuma mulher, nenhum traço, nenhum fio de cabelo, mas apenas o sangue nas mandíbulas dos lobos. Apenas sombras peludas, silhuetas mudas e mortas com vozes suaves para dizer "sim" para o homem. E no salão, depois das gargalhadas ferozes, mergulhamos em um silêncio de sobreviventes, juro. Não apenas preocupadas, mas atônitas: por que esse Deus nos odeia tanto? O que fizemos para irritá-lo nos últimos 3 mil anos? Será que roubamos dele a maternidade do mundo, o poder de dar à luz e de amamentar? Será que lhe roubamos o coração dos homens? Meu salão de beleza havia se tornado um covil de lobas assustadas, de úteros clandestinos.

Quando a reza terminou, um berro estridente se ergueu enquanto eu observava o cortejo dos fiéis voltando para casa apressados, com as cabeças inflamadas por sonhos e raiva. Uma interminável e feliz ululação de alegria, como a que às vezes eu tinha vontade de produzir na minha garganta e soltar nas festas. É o longo grito que sai do peito das mulheres da minha terra, meu pequeno pedaço de carne, é a voz das mulheres que nasceram com a proibição de levantar a voz ou falar alto, e isso significa ao mesmo tempo luto, virgindade perdida, morte, casamento, sucesso ou funerais, e os homens não sabem como imitá-lo ou proibi-lo. Era Hanane, minha bela funcionária que estivera calada por anos e nunca levantava a voz, quem dirigia esse grito aos homens. Vi a multidão então parar, hesitar e depois se voltar para meus cartazes e minha vitrine coberta por uma cortina. Os fiéis deram de ombros e se dispersaram. Atrás deles, frio e impassível como uma lápide, o olhar glacial, o imã examinava a fachada do meu salão. Ele havia decifrado a insolência da mensagem. A guerra começou naquele dia, uma sexta-feira.

14

Ficar com você? Está louca? Eles se mostraram capazes de enterrar uma guerra inteira, 200 mil mortos e dez anos durante os quais se tomaram por carneiros e profetas, mas nunca esquecerão que você nasceu sem pai, sem nome. Que você foi imposta a eles por uma mãe monstruosa que os faz lembrar de quantas crianças, mulheres, homens e animais eles massacraram para a glória de seu Deus. Eles a lembrarão disso nas repartições públicas, na rua, à noite, na escola. Em todo lugar que você for. Você vai viver em um buraco ainda mais profundo do que esse de onde me olha agora, com seus grandes olhos que herdarão a misteriosa beleza dos meus. Você não tem noção do inferno que se tem de atravessar quando se nasce mulher neste país e não se tem um pai para se opor aos homens, e quando se é uma criança abandonada. Minha mãe? Ela morreria. "Pois bem, Khadija, estou grávida e o pai sumiu ou eu o fiz desaparecer, era um pescador, meio anão, um pouco idiota, mas dava boas risadas." É melhor que isso aconteça durante um café forte pela manhã. Ou à noite, quando ela estiver me observando, como sempre, pelo canto do olho, fingindo que está zapeando. Uma parede vai cair em migalhas imediatamente, ou seu coração vai parar. Ou ela vai perder todo o sangue do rosto escoando pelo sifão de uma grande emoção. Então, quando a noite mais profunda chegar, ela vai chorar. Vai cair aos prantos por seu destino, sua sorte, sua vida, pelo dia em que me deu à luz sem sequer abrir as pernas, sem sangrar nem gritar, sem ter se aproximado de um homem, exatamente como a mãe de Jesus no Alcorão. Ela se lamentará por coisas antigas que eu nunca saberei, seus segredos mais íntimos. Talvez ela realmente morra e se recuse a comer até perecer. E quanto a você, então, o que fazer? E o meu salão, mesmo que esteja aos pedaços? Porque então os fiéis vão se vangloriar, vociferar e saqueá-lo sob acusação de prostituição e da criação de um lugar de devassidão segundo a lei. A única coisa que falta acrescentar à minha impiedade neste bairro é uma barriga redonda que dê as costas a Deus. É impossível.

Já lhe contei a história do dia em que vestidos, tecidos coloridos, perfumes e sapatos de luxo despencaram do céu? Não? Foi duas semanas depois do dia dos gritos revoltosos de Hanane. O imã do Caixão tecia suavemente sua teia ao meu redor buscando me amarrar para o sacrifício final sob sua faca sorridente.

Era uma sexta-feira também, um dia maldito para as mulheres. Desde janeiro, os homens esperavam a chuva que nunca vinha, e as colheitas escassas preocupavam as barrigas. Homens, idosos e crianças falavam sobre isso por todas as ruas, suspirando de tristeza e pavor. Nós, mulheres, sabíamos acima de tudo que, neste país, se as chuvas falharem, se a seca cair sobre a terra como uma maldição, é porque nossas tréguas foram muito curtas e nossos pecados muito grandes. O imã da mesquita do

Caixão havia gritado isso três vezes durante suas pregações nas últimas semanas. Seus fiéis, agachados em tapetes malcheirosos, aquiesciam, incomodados, enquanto as mulheres dos prédios empoeirados ao redor recuavam para trás das janelas. No ar de Hai El Yasmine (onde fica meu salão, um amplo subúrbio em que as pessoas se aglomeram para esperar o paraíso e a sêmola), era possível sentir a onda chegando, o golpe, o tapa sem motivo ou a cusparada no rosto daquelas que se maquiam um pouco demais. De vez em quando, como faíscas nas proximidades de uma lata de gasolina, um homem gritava com uma mulher que lhe dera um encontrão sem querer numa padaria, ou um adolescente puxava o cabelo de uma jovem que estivesse falando muito alto. Isso continuou por dias e, numa manhã, choveu. Chuvas torrenciais, furiosas, como se Deus tivesse já cansado das preces dos homens. Choveu, mas não água.

Eu tinha acabado de abrir a cortina do salão Sherazade, e Hanane me esperava do lado de fora. Um grupo de homens havia se reunido na entrada do edifício C da residência Wafi, no final da rua. Murmuravam, apontando para o quarto andar. O imã do Caixão, cercado por seus seguidores, suspirava e parecia exageradamente consternado, como num filme tosco, enquanto voava de um grupo para outro como uma vespa. Então ouvimos mulheres gritando. Não era um grito de luto, nem de acidente, nem de dor, mas o grito do medo mais antigo, o lamento que nos habita em permanência e que erguemos como o último escudo contra os homens. Eu sabia quem morava no andar para o qual todos estavam apontando. A lamentação se tornou insulto, e então ouvimos um barulho de espelhos, ou copos, pratos e vidros quebrando. No céu purificado pelas orações, mas tão seco quanto uma recusa, os choros intermitentes se transformaram em gritos e minha pele ficou verde como o couro de um carneiro exposto ao sol e perfurado de sal. Algumas mulheres estavam se defendendo de sabe-se lá quem, e isso nos petrificou a todas.

Quando as três jovens foram arrastadas pelos cabelos, com seus vestidos caseiros, para a calçada pedregosa, todas as mulheres que estavam debruçadas nas janelas dos outros andares se lembraram, tenho certeza, da mais antiga história do nosso sexo. Uma das três garotas se agarrava ao chão com uma bolsa de couro preto no braço, gritando enquanto suas unhas vermelhas brilhavam no ar. Sempre que estou mal, minha memória se estilhaça como um espelho e os objetos que alinhei se espalham e, mais tarde, só consigo encontrar migalhas e nunca consigo juntá-las bem de novo. Ela tinha cabelos loiros como um fogo de cerimonial, e eu me lembrei da careta de Hanane ao sentir o cheiro de sua pele suada quando ela esteve no meu salão uma semana antes para fazer uma escova. A outra garota apareceu com um olhar teimoso no rosto, como se ela se recusasse a abrir os olhos para o que estava acontecendo. Ela estava em silêncio e se agachou quase de joelhos, com um sapato na mão e o outro pendurado no pé. A terceira, uma morena magra, gritava sem parar. Tentava se desvencilhar dos homens que as cercavam, cavando um grande buraco de medo e ódio no centro daquela cena. Ninguém se movia, todos estavam presos em seu quadro de terror e as paredes se inclinavam para não deixar nada escapar.

A polícia chegou com o barulho de um carro nervoso, e todos os homens começaram a gritar e apontar para o corpo do pecado. Quer dizer, as três mulheres expulsas de seu apartamento no quarto andar. "É um escândalo!", disse uma voz. "Elas acham que podem fazer o que quiserem sob o olhar atento de Deus", justificou outra. "Não queremos isso para nossas filhas", um morador se apressou em explicar ao policial que empunhava um walkie-talkie. As janelas se fecharam rápido para que os homens não pudessem ver os rostos aterrorizados ou estranhamente satisfeitos das mulheres que haviam se exposto demais; até eu estava tremendo. Porque bastava que um dos homens voltasse os olhos para o meu salão para que toda a raiva se voltasse como uma onda sem outra saída a não ser a minha parede para quebrar. As três garotas eram minhas clientes, vinham se preparar para "viver a noite", livres e caprichosas, perturbadoras. É aqui que eu revivia as cores, aparava as sobrancelhas, depilava as pernas, os sexos e preparava os corpos que os homens mordiam. Na luz cinzenta do irreal, o policial foi até o centro do pátio no meio dos prédios, onde as três meninas aguardavam, vacilantes e resignadas; talvez estivessem acostumadas. Em seguida, foram levadas embora. Depois disso é que choveu.

Não foi água espessa, de chuva, gotas grandes capazes de chegar às raízes.

Não.

No céu, vimos outra coisa. Primeiro foram os vestidos de seda que esvoaçavam lentamente como recordações, depois os estojos de maquiagem que faziam um barulho estrondoso na calçada e, em seguida, todo o resto: perfumes, bolsas, pequenos espelhos, batons, meias, saias, colares, saltos altos, perucas...

Tudo foi jogado do quarto andar e aos poucos essa chuva parecia aliviar os homens reunidos, tendo purificado, de acordo com suas leis, o ar e o apartamento. Uma mão se encarregara de lançar tudo pelos ares, jogando fora tudo o que pertencia a essas mulheres, seu guarda-roupa e seus instrumentos de beleza e charme. E tudo se amontoava no chão para ser apontado pelos dedos enquanto os homens se escandalizavam em conversas intermináveis e agitadas. Os rastros dessa chuva persistiram por dois ou três dias, depois as crianças foram vistas brincando com aquilo tudo, usando-as como trapos ou balões, ou tentando revendê-las. O apartamento permaneceu por um bom tempo vazio, aberto, com a porta quebrada, esvaziado e escancarado como um buraco na laringe.

Veja, minha sardinha, eu tremia de medo. Tudo aqui continua frágil, balançando sobre nossas cabeças. Quanto a mim, o que me salva, assim como ao meu salão e às minhas duas funcionárias, é justamente esse vazio na minha carne. Esse sorriso monstruoso que desenha uma gargalhada sem som entre minhas orelhas.

15

Ela acabou de me ligar novamente. Não acrescentou nada de novo. Ela me falou sobre o céu cinzento em Bruxelas e me lembrou de não esquecer a conta de luz, de trancar bem as portas à noite, de evitar as pessoas e de estacionar o carro bem embaixo da varanda para que eu mesma possa ficar de olho nele e não o Tayeb, aquele vigia enganador. Insistiu para que eu lave as mãos com o gel antes de trocar a cânula e limpá-la, e me incitou a fazer as compras, "já que não vai ter nada aberto esta semana", e depois prometeu voltar muito em breve, assim que encontrasse uma passagem. Talvez logo após o Eid, "na pior das hipóteses!", disse ela. Mas nem uma palavra sobre o transplante! Nada. Nem uma palavra sobre o cirurgião. Isso significa que ela não o viu, ou que percebeu que faz sentido acreditar nisso. Na minha língua exterior eu grunhi, relinchei, bali, vagi, mugi, rugi, miei, guinchei (uma arca de Noé inteira na minha garganta) e ela entendeu que eu a tinha retirado de sua toca de desculpas. Quando disse que voltaria assim que encontrasse uma passagem, meu estômago se contraiu e me dei conta, com limpidez, de que eu também tinha que ser rápida. Cortar sua garganta com três comprimidos. Faremos isso o mais tardar no Dia do Sacrifício, minha pequena; nem uma hora depois. Eu gostaria de terminar a história, mas não temos mais tempo.

16

Precisamos encontrar alguém para consertar a cortina. Não é fácil, porque ninguém trabalha na véspera da festa. E as pessoas não gostam de se envolver nesse tipo de coisa. Agora estou manchada com a tinta amarela da impiedade. Vamos recolher os vidros quebrados e deixar a rua se esvaziar um pouco com o calor.

Abro a vitrine do salão. Dá para sentir o cheiro? Há uma semana, a cidade inteira está fedendo a vísceras e ao terror dos animais. Você não vai ver nada no centro da cidade, mas em todos os bairros dos subúrbios, nas cidades com nome dos mártires da guerra contra a França (os que morreram na minha guerra não têm direito a isso), é o estábulo aberto, os balidos desgastantes. Faltam três dias. Abater ou ser abatido? Tenho que decidir. Levante o narizinho e respire: em toda parte há o cheiro de feno úmido, esterco e excrementos esmagados por sapatos e pneus. Esse é o único cheiro que você vai levar consigo do nosso mundo. O ácido do medo e o rumor dos animais na correria dos compradores que os devorarão vão grudar em sua pele. Os carneiros não podem fugir, não têm mais asas para voar de volta ao céu com vida. Estique de novo as orelhas. Aqui se percebe um, quase inaudível na bagunça geral da rua. Está balindo em seu idioma antigo, vindo de uma varanda bem à esquerda do salão. É assim que eles se queixam, esses pobres animais, do destino que Deus lhes reservou. Em breve, serão estendidos no chão e suas gargantas serão cortadas rapidamente em meio à gritaria das crianças.

Isso me deixa obcecada, como se, por trás dessas cenas, alguém estivesse tentando falar comigo. Isso acontece comigo todos os anos, repetindo-se dentro de mim como uma imagem que se recusa a ser apenas uma lembrança.

17

O paraíso, com suas árvores gigantes, seus rios e seus campos verdes brilhantes, mas sem pessoas. Talvez seja melhor assim? Não? Vou engolir meus três comprimidos e você se reconectará com sua vida de mel e mato. Para lhe fazer companhia, haverá mulheres lânguidas e felizes, um grande reino de huris, sem menstruação, sem caspas nas jubas, sem pelos. Às sextas-feiras, quase todos os imãs falam sobre isso e detalham as mil e uma delícias desse lugar reservado aos fiéis. Vocês, huris, vão poder desfrutar de um território infinito de ouro e joias, onde não cozinharão, não limparão o chão imundo, nem irão para a cama gritando, um lugar onde não vão ser espancadas nem estupradas e onde poderão andar nuas e rir em rios de vinho.

Às sextas-feiras, nós nos fechamos no meu salão para ouvir esses sermões ardentes! Entre o meio-dia e as catorze horas, não podemos tocar música, levantar a voz ou rir. Ouvimos o imã nos falar sobre esse lugar, e também sonhamos com ele. "Um espaço no Jardim do Éden igual à metade da corda de um arco é certamente melhor do que toda a extensão sobre a qual o sol nasce ou se põe", ele jura. "Os habitantes do paraíso comem e bebem ali, mas não defecam, não têm muco nem urina. Sua comida só lhes provoca arrotos que têm cheiro de almíscar", ele promete.

E as huris como você? “Alá cobriu seus rostos com luz e seus corpos com seda. Sua pele é branca, suas roupas são verdes e suas joias são trançadas. Seus incensórios são feitos de pérolas e seus pentes, de ouro. Elas dizem: ‘Somos eternas e não morreremos, somos as felizes e não conhecemos a miséria, somos as que permanecem e não partiremos, somos as satisfeitas e não sentiremos raiva!’”, ele grita, com o dedo indicador levantado para o céu como testemunha. As huris têm seu próprio país, e nós, abaixo na escala, estamos presos aqui, nesta vida, na Argélia. O Éden é, sem dúvida, a pátria perdida de nós, mulheres! É por isso que os homens ficam ressentidos conosco. Isso explica o rancor masculino, os assassinatos, os véus, as cusparadas. É tudo uma questão de ciúme masculino. Está ouvindo?

18

Vamos embora do salão na hora da sesta se a polícia não tiver chegado. É curioso como o imã da mesquita em frente não aparece. Ele é um jovem robusto e obstinado, forte e sensual na maneira de se mover entre a multidão de fiéis, silencioso quando não está pregando e impecavelmente vestido. É chamado com deferência de xeique Kachk. Sempre tenho a impressão de que ele cuida melhor de sua aparência do que minhas clientes preocupadas com a idade. É sua voz que o torna famoso no bairro de Hai El Yasmine. Ele cuida dela como um presente em uma terra de mudos, o sustento de um profeta, e só a usa em ocasiões especiais. No restante, ele se limita a murmurar cheio de compunção quando encontra seus fiéis. A mesquita é um espaço comercial no andar térreo do prédio em frente, mas o imã conseguiu ampliá-la pouco a pouco. Ele ocupou um pedaço da calçada para aumentar a sala de orações. Meu vizinho até conseguiu reservar uma vaga de estacionamento clandestina para ele. O outro espaço está reservado para essa caixa verde comprida decorada com um versículo, e que você pode ver daqui. É um caixão de madeira, repintado de verde, a cor do céu. Está ali como um lembrete de todas as juras do imã. Acho que ele o deixa de propósito do lado de fora, exposto como um ossário de madeira; isso acrescenta um argumento aos seus sermões inflamados.

A caixa verde é usada para os mortos da vizinhança, que são colocados ali durante a última oração, antes de serem enterrados na mortalha oferecida por algum doador generoso. Depois a caixa retorna a seu lugar e aguarda o próximo viajante. Na cidade, ninguém toca nela, e todos, inclusive as crianças, baixam os olhos ao passarem ao seu lado.

Frequentemente, ao meio-dia, a mesquita do Caixão, como eu a chamo, toca versos do Alcorão. Ninguém se atreve a pedir que baixem o volume. Eu os ouço a contragosto, e muitas vezes eles me fazem querer morrer antes da hora. Posso lhe contar um detalhe divertido? Na hora da grande oração de sexta-feira, todas as lojas têm de baixar as portas rolantes, porque se diz que todo comércio é proibido quando soa o chamado para a oração. Não se pode vender uma garrafa de água ou um comprimido para dor de cabeça durante essas duas ou três horas dedicadas a lavar os pecados da semana anterior. Tudo tem que parar. E sabe de uma coisa, minha pequena Huri? Os únicos estabelecimentos comerciais isentos desse toque de recolher divino são os salões de beleza, de estética, de cuidados para as mulheres. É um pouco como o nosso horário de pico. As mulheres que só podem sair na rua durante essas duas horas constituem a maior parte de nossa clientela. Talvez porque os homens queiram que elas fiquem tão bonitas quanto as huris depois de voltarem da pregação, onde lhes foram prometidas virgens de vestidos brancos. Ou talvez esse seja o único momento entre as tarefas domésticas e os filhos em que as mulheres podem se dar ao luxo de lembrar de seus corpos.

De cabeça baixa e portando véus, minhas clientes então correm aos cabeleireiros, frequentemente amaldiçoados pelos imãs. É uma oportunidade, para elas, de andar sob a luz do sol sem serem insultadas, incomodadas, esfoladas ou degoladas com os olhos. Elas chegam ao meu salão suando, livres entre lavar a louça e fazer a sopa, esperando recuperar a juventude ou reacender a memória dela. E enquanto o imã grita que o mal do país reside entre as pernas abertas das mulheres e defende a necessidade de se proibir a venda de perfumes e maquiagem para mulheres "não acompanhadas de tutor masculino", minhas funcionárias, risonhas e maliciosas, depilam pernas e sobrancelhas e retocam as cores dos cabelos.

Por volta das treze horas, todas as sextas-feiras, há semanas, isso gera cenas de uma guerra silenciosa, minha Huri! É possível sentir a tensão entre meu salão e a mesquita, separados apenas por uma ruela. Minhas clientes gostam do espírito de resistência que prevalece em meu estabelecimento. Enquanto minhas duas funcionárias fazem penteados, tingem, alisam, o imã do outro lado grita que é preciso temer a lei dos céus e proteger a honra, a reputação e a virtude. De um lado, o imã jura e grita que o paraíso espera com um exército imberbe de "meninas adolescentes de olhar casto, de juventude também assim, virgens, vivendo em reclusão em suas tendas, esposas puras que nem os homens nem os djins jamais tocaram, e que se assemelham a rubis, corais e pérolas em conchas", e nós, do outro lado, atrás de nossas paredes, seguramos as gargalhadas desrespeitosas e falamos mal de tudo e de todos, com os cabelos à mostra e as pernas levantadas para a depilação. É em momentos como esse que eu, metade homem, metade mulher, metade morta, metade viva, metade muda, metade tagarela, metade degolada, metade sorridente, me divirto e saboreio esses mil anos de pura ironia que me colocam entre Deus e nossos sexos.

Esse embate entre meu salão e a mesquita do Caixão já dura alguns meses e, às vezes, às nossas custas, quando os homens saem de lá. Pois após alguns sermões mais violentos, os fiéis ficam inquietos, agitados, convencidos de que estão no caminho certo para o paraíso. As últimas clientes então se apressam para ir embora. Abro a porta toda, correndo o risco de deixar o imã xeique Kachk sentir o cheiro do tabaco, encaro-o com meus olhos grandes, cujo efeito sobre os homens conheço bem, e tiro devagar o meu lenço para lhe mostrar a minha cânula e o meu "sorriso" monstruoso. É o nosso melhor duelo. Porque ele sabe. Ele sabe, mas fica calado e não me diz nada. Ele permanece em silêncio, mas tenho certeza de que se reserva o direito de me atacar indiretamente em sua pregação na semana seguinte. Com sua voz única, ele espera pacientemente que o teto do meu salão desabe sobre minha cabeça sem véu ou que os homens joguem minhas coisas na rua. Até agora, somente meu "sorriso" monstruoso me protegeu. Meu "sorriso" largo que zombava dele e de seus seguidores. Acho que o imã me identificou em meio à sua multidão de lembranças; ele sempre soube de onde vinha minha ferida. Adivinhou que eu era uma vítima da guerra dos anos 1990, das pregações afiadas em pedras de moinho milenares, do paraíso assustador, das huris prometidas, das mesquitas, das facas e de vozes muito bonitas que amolam as lâminas. De uns tempos para cá, todas as sextas-feiras após a oração principal, olhamos um para o outro quando nos cruzamos, ele abaixando a cabeça, paciente. Minhas virgens emendadas contra as dele, que ninguém jamais viu. Esse é o jogo de toda sexta-feira há vários meses. Ele teria de terminar com a derrota de alguém.

Você entende agora por que saquearam o meu salão hoje?

19

No meu salão, eu recebia mil e uma clientes.

A que estava esperando para se casar e a que provocava essa oportunidade multiplicando os artifícios, as pomadas, os cortes de cabelo, as cores e os perfumes, mas que, no fundo, não tinha esperança em si mesma e queria fugir. Mas também aquela que vinha ao meu salão para xingar, insultar, denunciar e defender a virtude. O que você quer, querida? É uma lei antiga: a dos prisioneiros que se tornam guardas de prisão, como eu lhe disse. Eu odiava aquelas mulheres e me recusava a ouvi-las fofocando sobre as outras mulheres da cidade. Suas longas conversas sobre as palavras do Profeta e as proibições de Deus me irritavam profundamente.

Nesse discreto paraíso do salão, éramos as virgens, as verdadeiras virgens do Éden, aquelas prometidas aos assassinos ou aos fiéis, aos armados e aos santos. Esperávamos por eles, mas em Orã o rio de vinho e mel estava seco, os palácios estavam caindo em ruínas e o lixo enchia os vales anunciados pelos versículos. Por que esses homens adoram procurar mulheres que não existem e nos enterram, nós, que lhes damos a vida? Estou me perdendo. Todo fim de mês Hanane me aparece com hematomas no rosto e no pescoço, e o buraco na língua de sua vida se alarga e engole as palavras que ainda lhe restam na língua exterior. Nós, mulheres, somos as cunhadas das huris do paraíso, suas noras, suas concorrentes, suas parentes sem graça, suas sósias malformadas. E no meu salão, contávamos histórias umas às outras, mas, acima de tudo, pagávamos um preço alto para nos parecermos um pouco com elas, para competir com elas, para manter nossos homens em nossas camas em vez de nas mesquitas. No entanto, eu podia ter comprado os produtos mais caros, multiplicado os secadores de cabelo, as poltronas para receber ainda mais clientes regulares, as mesas de massagem, as lâmpadas UV, as escovas ou pomadas mais luxuosas, mas não podia fazer nada contra um único versículo e um sermão exaltado. Como eu poderia transformar minhas clientes gordas, presas ao fogão das cozinhas e aos detergentes, ressecadas pela amamentação e pelos golpes no rosto, sujeitas aos ciclos menstruais e aos gritos dos partos, como poderia transformá-las em huris válidas? As que Deus descreve em seu Livro, em que nós, mulheres, mal somos mencionadas? "O crente recebe duas huris, ou setenta e duas, ou quinhentas, ou 8 mil huris", prometeu o imã Kachk, com uma voz que faz você querer desistir de tudo e correr para se salvar. Fui teimosa. Meu salão Sherazade acolheu todas as mulheres envolvidas nessa guerra desconhecida, nessa autêntica guerra santa, nessa jihad dos sentidos. Às sextas-feiras, na hora da oração dos homens, era dia de festa, de farra e de escovas, dos perfumes e das finalidades nobres. Você poderia ver tudo isso, se fosse viver. Uma pena, sim, nós poderíamos reunir os instrumentos da nossa luta contra as huris do paraíso.

20

Há apenas duas semanas, as huris terrestres venceram por um ou dois dias as huris do céu e seus cafetões, minha filha. Foi breve, raro e temporário, mas no salão rimos como gaivotas gigantes. Não que essas mulheres, minhas clientes, estivessem travando uma batalha consciente, mas, sem perceber, fizeram parte dessa vitória contra o imã. Você acha que conseguimos arrancar os enfeites divinos dele ou que fomos em grupo pedir que baixasse o tom de seus discursos contra as huris terrenas? Não. Acha que enchi o caixão dele de cabelo, xampu ou produtos de beleza, como a ideia insistente na minha cabeça louca sugeria? Acha que o ofendi puxando sua barba no meio da rua ou aumentando o volume da música no salão enquanto ele pregava? Ah, não, minha fada! Tudo o que fiz foi enviar uma mensagem, por meios muito indiretos, para sua esposa, cujo nome me disseram qual era. Quase nunca a víamos, porque o imã mora no segundo distrito, Wafi 2, logo atrás do nosso, do lado dos vendedores de verduras e peixes. Não era possível nem mesmo reconhecê-la na rua, porque todas as mulheres de véu completo são muito parecidas em sua noite trancada. E eu consegui, minha linda! Depois de vários dias, consegui que ela viesse ao salão, oferecendo-lhe uma gama de tratamentos que lhe fossem necessários com descontos especiais para a esposa do respeitável xeique Kachk. Talvez ela estivesse infeliz, talvez seu famoso marido lhe tenha sugerido isso entre duas orações e duas “lavradas” (Deus determina que se deve lavrar as esposas como se lavra um solo duro), ou tenha cedido à sua fraqueza como mulher que compete com as pregações poligâmicas dos fiéis, mas ela veio. Acompanhada de uma vizinha cúmplice que esperava com isso ganhar um perfume e um corte de cabelo grátis.

Era uma sexta-feira novamente, juro. Abri a porta e, generosa e afável, ofereci à esposa do imã a melhor de nossas poltronas, de nossos cafés, de minhas funcionárias. Ela sucumbiu à minha hospitalidade, descobriu-se, mostrou seu rosto comum, suas feições apagadas, seus olhos preocupados, e trouxe seu cabelo de volta à luz, depois os braços e as coxas, todo o seu ser fechado como um versículo. Sua ressurreição foi lenta, mas bem-sucedida. Pois, após duas horas de tratamento, surgiu uma mulher diferente, que se olhou longamente no espelho, maravilhada com os cabelos alisados e tingidos, a pele bem cuidada e os olhos destacados pelo rímel. Ela se levantou e não disse uma palavra, mas pude ver surgir em seus olhos uma lembrança ou talvez até raiva do que ela era quando entrou, uma pobre moça. Talvez, mais tarde, o imã tenha voltado a gostar de sua esposa ressuscitada antes do Juízo Final, tenha se tranquilizado quanto a seu espólio, tenha procurado durante a noite um corpo mais perfumado e que correspondesse um pouco melhor ao que ele pregava aos homens do alto de seu mihrab. Acho que cada um discursava conforme os seus meios: ele com o Alcorão, os versículos, os adereços, as interpretações, a raiva, eu com a queratina, os alisantes, cremes, pomadas e aparelhos de depilação com cera. Hoje, digo a mim mesma que talvez eu tenha matado aquela mulher também, talvez tenha feito com que fosse repudiada ou expulsa de casa, ou enterrada viva, mas ela nunca mais voltou.

Viver é uma guerra, minha Huri. Essa pobre jovem, eu não a denunciei nem a entreguei à morte no meu lugar, apenas esperei pelo imã xeique Kachk depois da oração de Asr (a terceira oração no final do dia, duas horas antes do anoitecer) e lhe entreguei uma longa fatura de "cuidados", a conta de sua esposa. O papel trazia os nomes de tudo o que ele denunciava como crimes contra Deus: perfumes, batons, pós, tinturas, cremes e produtos para depilação. Primeiro ele olhou fixamente para os meus grandes olhos, que assumem a cor de mármore raro quando o tempo está bom, depois tocou em minha cânula com o olhar e consultou a conta. Eu me culpei muito, mas na época, no meio da rua que separa o salão da mesquita, vi a derrota no rosto do imã. Eu, a vítima degolada, saboreei seu espanto, sua raiva, seu ódio, sua vingança futura. Sussurrei para ele, em minha agitação camuflada pela cânula: "Tudo é oferecido pelo salão. Exceto os perfumes". Sua voz única tremeu, balbuciou e depois desistiu. Ele ficou em silêncio, mas, nesse estranho lugar onde os opostos se encontram, encaixou o golpe e me deu as costas para se deixar engolir pela mesquita do Caixão.

A guerra subiu de patamar quando, alguns dias depois, vendo que ele não pagava, colei a conta no carro dele, bem na frente da sala de oração. E, algumas semanas depois, após um sermão virulento, começou a circular uma petição defendendo o fechamento de um local de devassidão, o salão Sherazade.

O que me salvou por um bom tempo foi o meu agressor de vinte anos atrás. Meu assassino, durante o massacre de Had Chekala, não efetuara o sacrifício corretamente; não respeitara as regras da oferenda, não havia afiado sua faca e não havia se purificado tomando um banho demorado. Ele errou o golpe, e me deixou uma cicatriz. Foi isso que me poupou até agora: as pessoas ousavam de tudo, mas minha condição de vítima do terrorismo me preservava. Assim, o xeique Kachk deixou o tempo passar e a poeira da raiva baixar, mas iria se vingar. O falso assalto foi seu recado.

21

16h30

Os policiais não queriam uma mulher em cima deles ou cuidar de um caso como o meu na hora da sesta. Foi coisa rápida: um soco forte na cortina da entrada, uma rápida olhadela no cenário do falso assalto e algumas perguntas. Você conhece os agressores? Não. O chefe deles, parecendo irritado com a tarefa, examinou o salão, depois saiu e mergulhou numa longa conversa ao telefone. Seus dois subordinados, sem saber como continuar sem ele, se divertiram cheirando meus perfumes e pedindo meu número. Quando chegou, o veículo oficial, muito desgastado e sacolejante, causou alvoroço entre as crianças, mas os adultos se colocaram logo atrás, curiosos para ver de qual lado a polícia ficaria. Meu caso parecia irrisório, frívolo, dadas a lentidão e a irritação dos três policiais, como se eu os tivesse arrancado de sua vida familiar. Ninguém perguntou sobre minha cânula ou meu "sorriso"; deduzi que eles já me conheciam um pouco. Na Argélia, não se sabe o que fazer com as vítimas da guerra civil, apenas as deixam passar, esperando que morram. Fizeram-me outras perguntas, sobre meu horário de funcionamento e as pessoas que eu recebia no meu salão.

E, pouco a pouco, as perguntas se voltaram para minha vida, os lugares que eu frequentava, minha empresa, minha rotina diária; queriam saber se eu era casada. Um dos subordinados apontou ao colega o cinzeiro que transbordava de bitucas de cigarro. Isso provocou um silêncio. Eu já podia vê-los me perguntando: "Você é uma prostituta, não sabe que é errado aos olhos de Deus fazer esse trabalho? Quanto você realmente ganha e por quais serviços?". Senti-me muito cansada. "Você precisa ter cuidado, há outras maneiras de ganhar a vida", me alertou o chefe, de volta à cena do crime, do meu crime. Ele fez um sinal para seus subordinados e depois desapareceu. Os dois policiais, um pouco atrapalhados, se ofereceram para me acompanhar de volta ao meu carro e sair do bairro. Fui escoltada como uma delinquente e, à minha passagem, a pequena multidão se dispersava. De repente, uma voz soou, bem alta: "Allah Ouakbar" ("Deus é grande", na minha língua interior). Em vez do homem que lançava normalmente esse apelo, estava ali a entonação suave do imã, o xeique Kachk em pessoa. Ele nunca fora o muezim, exceto nessa ocasião. Vi a alegria no rosto de alguns dos vizinhos. E enquanto a voz do imã se elevava como uma festa, os dois policiais me explicaram que ninguém encostaria no meu salão, na minha porta, mesmo estando ela quebrada. Depois, acompanharam minha partida; e eu também me vi desaparecer. "Vamos dar o fora daqui", você sussurrou no meu ouvido.

22

Oração do crepúsculo

Costumo subir no telhado de nosso prédio e ouvir. Hoje à noite é a oração do crepúsculo. Nosso vizinho está sempre se esganiçando no lugar de Deus ou de seu mensageiro. "O profeta Muhammad disse: Não há ação mais agradável a Deus no dia do Eid do que oferecer um sacrifício. No Dia da Ressurreição, a oferenda virá intacta, com chifres, cascos, pelos e lã. O sangue que dela flui é avaliado por Deus antes mesmo de tocar o solo [...]. Essa é a tradição de seu pai Ibrahim." Daqui o minarete da mesquita ao lado está ao alcance da mão e se dirige somente a mim, como um ciclope. As palavras se elevam no ar, inundam a cidade, buscam os infiéis, os preguiçosos. As palavras sagradas os agarram pela garganta e ordenam sua punição. Enquanto o imã esbraveja, suas cordas amarram as pessoas, acorrentam-nas e depois as questionam uma a uma sobre o paraíso, o sexo, que roupas usar ou não, a comida e os sacrifícios. Pego meu maço de cigarros, coloco cuidadosamente minha xícara de café no parapeito e ouço, zombeteira. Rio das frases grandiosas do imã e dos efeitos de sua fala. Porque tenho uma grande vantagem: sou muda e, no meu silêncio, ninguém pode decifrar minha verdadeira língua e o que ela proferiria sob o nariz do minarete. O vento às vezes se mistura aos sons de motores ou de vozes, e fico ali, embriagada com a ressonância, a única mulher ainda de pé quando todos correm para se prosternar, batendo a testa no chão com zelo. "Será o dia mais bonito, o Dia da Ressurreição", repete meu vizinho, que está multiplicando seus sermões três noites antes da festa. Um murmúrio pesado de fiéis acena com a cabeça em concordância. Com minha cicatriz, eu me pergunto: de que lado estarei no Dia do Julgamento? Serei colocada do lado dos animais sacrificados ou do lado dos humanos que sacrificam? E ele, meu degolador, vai estar lá? Talvez eu finalmente veja seu rosto, que sua barba e a noite de 31 de dezembro de 1999 esconderam de mim. Que jogo ele jogará? Assumirá o erro cometido contra o animal sacrificado durante a guerra civil? Ou pedirá perdão e a extinção de todos os rastros daquele momento, daquele vilarejo, daquela guerra, caída inteira num poço? "Os animais devem estar em jejum no Dia do Sacrifício", conclui o minarete com sua grande voz enferrujada, antes de chamar os fiéis a se alinharem para a oração. Meu cabelo está seco, mal penteado já há dois dias, voltei à minha juba. Khadija a chama de Amazônia quando demoro para penteá-la.

Khadija ainda não voltou, ela vai chegar amanhã ou talvez depois de amanhã. De mãos vazias. Eu sempre volto a este terraço para respirar após uma crise. Minha cânula puxa mais ar, como se eu fosse uma grande nadadora. Sinto-me ressuscitada a essa altura. Veja, através dos meus olhos, o mar atrás dos prédios, você não vai vê-lo em seu jardim eterno. Ele impõe sua elegância, não é mesmo? A sua voz profunda vem do passado. Dá vontade de viver uma outra vida ou de se despir como ele, não é mesmo? Sinta o cheiro dele no meu lugar, por favor. Meu Deus! O que eu não daria para ir à praia agora e esquecer essa história dos três comprimidos!

Um dia, quando eu estava aqui bebendo uma taça de vinho escondida, o imã aí do lado disse que "a caneta do destino" não registra os feitos do louco, da criança e de quem dorme. Será que não registrou o que eu fiz na noite de 31 de dezembro de 1999 porque eu estava dormindo? Além disso eu era criança, não era? Ninguém deverá lembrar das minhas ações para me julgar. Então, por que esse fardo pesa tanto no meu peito? Porque Deus não é suficiente, nem sua caneta nem seus carneiros.

23

18 de junho, começo da noite

Mais um dia se passou. Olho pela janela. No café Marhaba, ali embaixo, um homem dá uma gargalhada que ele espera que seja contagiante e, de pé, repete uma cena cômica com grandes gestos. Em seguida, encolhe os ombros e se acomoda em frente à televisão, que prende a atenção das pessoas. No fim do dia, o local está cheio de clientes e repleto de fumaça e barulho. Mais adiante, duas moças fazem um grande desvio pela praça central, para evitar esse lugar reservado aos homens. Toda vez que ando pelo beco paira no ar um silêncio, e os olhos dos passantes, atraídos por minhas pupilas douradas, cavam a terra para não cair na minha cânula. Minha mãe repete, o país confirma: esqueça. Talvez eu nunca deva sonhar com um transplante ou em me manifestar. Por que, entre 200 mil mortos, seria eu a privilegiada de poder renascer? E quais seriam minhas primeiras palavras se pudesse falar de novo? Não sei. Talvez repetiria um dos nomes da minha família dos velhos tempos? O nome da minha irmã, para ser dado a algum recém-nascido. Eu também esqueço, com esforço. É um exercício, todas as noites, enquanto eles, lá embaixo, esquecem naturalmente, como se respira. Eu travo mil batalhas para não piscar os olhos, ou para ter uma noite inteira de sono e sem gemedeiras, sendo que, no caso deles, enterrar os ausentes é só um gesto com a mão, apenas uma maneira de curvar a cabeça.

Para eles, o esquecimento é até mesmo uma lei. Ela foi aprovada quase por unanimidade em 2005, no dia em que Khadija me levou à praia de Bousfer, a leste de Orã. Eu tinha onze anos e descobrimos uma praia deserta naquele final de setembro. Fomos para lá e, junto com as gaivotas, por um dia acreditei na possibilidade de voar apenas correndo na areia molhada. Esse dia foi marcado pelo ar frio que me cortava a garganta. Carrego uma história que se desenrola dentro de mim sem parar e que precisa de três coisas para chegar ao fim: uma voz, uma pessoa viva dentro de mim e uma língua. É por isso que estou andando em círculos. Desde que Khadija foi a Bruxelas atrás de cordas vocais para mim, eu a imagino de joelhos implorando a outro cirurgião para tentar a operação. Minha mãe é louca! Ela acredita em milagres, porque deve sua vida a um prodígio. Veja, ao longe, na rua central, perto do liceu: tudo está organizado para que nada de minha história vaze. As pessoas fingem conversar sobre coisas importantes. O céu não se lembra da noite passada e Deus coloca o dedo indicador em seus lábios nublados. Você juraria que houve uma guerra em Orã? Acreditaria que houve milhares de mortos, bombas, massacres e feridos durante vários anos? Nesse clima agradável de junho, até mesmo morrer parece uma calúnia. Tudo foi arranjado para que todos se esqueçam, inclusive eu.

24

Noite, oração do Icha

Orã acende suas luzes marítimas. Sei o que devo fazer; reconheço a sacrificada, sonhei com a voz de Deus. Ou seja, a voz dos homens quando se entretêm, todos ao mesmo tempo, no sangue das mulheres aterrorizadas, e devo obedecer e salvá-la com seu próprio assassinato. O que eu não tenho é o lugar, a montanha, o momento certo, o amanhecer vermelho e azul. Tenho a faca, o endereço do ginecologista invisível, ali, na ruazinha que leva à orla, os três comprimidos, as mil razões. Não vai ser a primeira vez que eu mato, confesso, meu cadáver inteiro admite isso com sua frieza, sua repugnância em ser tocado. E, desta vez, não vai haver Deus nem cordeiro envolvidos. Não vou vacilar e minha mão não vai tremer. Pois eu a matarei para salvá-la. Ora, você vai me retorquir, foi isso que ele achou também quando cortou sua garganta e a de sua irmã, não foi? Cale a boca! O que você sabe sobre aquela noite? Você não estava lá com seus olhos e sua corda de pular. Entre o chamado para a oração após o crepúsculo e a oração em si, impõe-se um tempo morto. Ouvem-se as pessoas limpando a garganta, tossindo e alguns sussurros. Num murmúrio alto, os homens se movem, levantam e se alinham. "Não deixe nenhum espaço entre o seu dedinho do pé e o do vizinho, pois o demônio vai entrar por ali", repete o imã, e essa precaução tola contra o demônio me faz rir. Para essa oração de final do dia, a mesquita fica repleta de fiéis apertados uns contra os outros, como se brotassem da terra. Se eu me inclinasse sobre a mureta do terraço você os veria. Logo vai chegar a Festa do Sacrifício. Eles já se sentem próximos do status de profeta, se vestem de branco com antecedência, falam cheios de gravidade sobre o Juízo Final; logo vão pegar suas facas e repetir o gesto de Ibrahim. E quanto a nós, mulheres? Sabia que as mulheres não têm o direito de cortar a garganta das oferendas? Nosso trabalho é limpar o animal morto, preparar, temperar, defumar, queimar, cozinhar e lavar. Enquanto o imã grita "Allah Ouakbar", um pensamento passa pela minha cabeça: conversar com sua filha na sua barriga é mais anormal do que falar sozinha nas ruas de Orã? Vamos, minha pequena Huri, está na hora de dormir.

25

19 de junho, véspera do Eid

Este é o último dia. Vamos nos separar esta noite. Que tal uma caminhada? É aconselhável para mulheres grávidas. O que você está ouvindo são pessoas passeando pela avenida das Palmeiras, adoro vir aqui. Elas tiram fotos ou se sentam nos bancos e não fazem nada. Carros circulam, ouvem-se as crianças, sirenes e os gritos dos vendedores. Sinto esta manhã como uma festa ou uma libertação. Sei o que tenho que fazer. Talvez seja o ar fresco que me alivia, ou a hora da manhã, ou esta mensagem da minha mãe: "Olá, meu anjo, não vou voltar para casa nem hoje nem amanhã. Não há assentos livres nos voos durante os feriados. Será depois do Eid, minha pequena pérola! Sinto muito por deixar você sozinha". Depois outra, sobressaltada de angústia, às 7h23: "Você vai se virar sem mim? Faça compras para a semana. Não saia". E mais uma, dez minutos depois, pois sua angústia corria solta no seu quarto de hotel em Bruxelas: "Como na historinha do cego e seu amigo sem pernas: você será meus olhos e eu serei sua voz. He he!". Não se fala mais de qualquer cirurgião remexendo na minha garganta. Minha mentira é a verdade e sua verdade se revela uma mentira. No dia seguinte a cada história sobre cordas vocais a serem implantadas ela se vê na obrigação de falar muito, de falar por duas pessoas, como eu faço aqui com você.

Veja, o vento percorre a superfície do mar, dá para sentir seu frescor a essa hora do dia, porque o sol ainda não encontrou suas longas facas do meio-dia. Vou abortá-la esta noite. Talvez até me arrisque a morrer com você e perder todo o meu sangue. O que me torturava era a indecisão, ou o medo de viver, mas agora minha decisão está tomada e vou voltar depois a ser o que era antes. Foi o seu movimento na minha barriga que virou minha vida de cabeça para baixo, que fez o tempo se dobrar, como paredes perigosas sobre a minha cabeça. Antes de você, tudo estava arrumado na minha mente e ao redor. Minha mãe Khadija estava reparando, graças a mim, a sua própria vida de criança abandonada; eu esperava, sem acreditar muito, recuperar minha voz para que um dia pudesse contar a história da minha vida enquanto minha língua secreta desapareceria gradualmente. Continuava acreditando que eu parecia mesmo um livro, o que significava que eu não precisava escrevê-lo, e ganhava dinheiro com o Sherazade, meu salão de beleza para as huris preocupadas com seu destino. Eu vivia. Da melhor maneira possível, porque minha história havia sido apagada. Nas horas vagas, sonhava acordada com as mil variações da história de Ibrahim, fumando cigarros na laje e zombando dos fiéis que se alinhavam para a oração das sextas-feiras. Tudo poderia ter continuado assim, minha Huri, eu mantinha intacta minha raiva do mundo e de suas vozes. É verdade que eu estava morrendo lentamente, e isso é uma prova de vida como qualquer outra, não é? Minha língua interior, sem ninguém com quem conversar, renunciava ao seu brilho e eu até começava a superar minha falha íntima. Quando me afundava em minhas rotinas, a história da minha irmã e seus olhos que me perseguiam por toda parte parecia falsa. Pouco a pouco, ela se tornava inconcebível, desmontando-se diante das variações de datas e lugares. Eu era uma criança que já tinha nascido com uma deformidade, ou essa deformidade provava a história de uma guerra na Argélia? Minha garganta tinha sido cortada por um terrorista na noite de 31 de dezembro de 1999 em Had Chekala, ou era apenas o vestígio de um acidente de carro do qual eu havia perdido a memória? O que minha cânula prova se você olhar para ela no espelho? Que eu nasci muda? Ou que perdi a voz por causa de um câncer ou de um distúrbio da tireoide? Quando apenas uma pessoa sobrevive a uma guerra inteira, essa guerra se torna uma invenção da sua imaginação, o único lugar onde ela tem um campo de batalha.

26

Aqui é a pracinha perto do consulado marroquino. Você consegue ver o monumento aos mortos da guerra contra a França? Atrás de mim, alguns fotógrafos desocupados procuram clientes que gostariam de levar o mar com eles. O Mediterrâneo pode ser visto em frente, logo abaixo da grande varanda. O monumento aos mortos é uma grande laje vertical, coberta de cerâmica colorida, como o interior de um hammam. Um poema à glória dos mártires da guerra de libertação percorre sua superfície como uma hera. Veja a grama morta ao redor: à noite, os beberrões vêm aqui. Está um pouco sujo, mas tudo fica limpo novamente durante as comemorações e feriados nacionais. Celebram-se aqui os mortos da única guerra reconhecida, a que aconteceu entre 1954 e 1962. Isso é tudo que guardei das aulas de história na escola. Acho até que esse monumento foi construído pelos franceses para celebrar a guerra deles, mas que os argelinos se apropriaram e o revestiram com seus próprios mortos. As pessoas quase não notam mais sua presença no meio da pracinha, pois o mar rouba toda a cena. E quando as crianças correm em volta dele, é para brincar e se esconder.

Monumentos como esse podem ser encontrados em toda a Argélia por causa da guerra contra a França. Sem falar das aulas na escola, dos nomes dos heróis nas placas das ruas e dos veteranos que encaram os olhos dos estudantes; aqui você não consegue escapar da lembrança da guerra de libertação da Argélia. E se nós, os sobreviventes da guerra civil da década de 1990, exigíssemos um monumento? Qual seria a forma dele? Talvez uma cânula de mármore branco numa garganta de cimento inclinada em direção ao céu de Orã. Ou talvez tivesse o formato simples de uma sepultura vazia, esculpida num bloco retangular de mármore. Um silo que somente a chuva, as folhas mortas e o vento encheriam de tempos em tempos. Sim! Um quadrado cavado no meio da pracinha à beira-mar. Não é uma má ideia! Ou por que não imaginar um grande forno de mármore opaco com bebês recém-nascidos guardados dentro? Cadáveres de crianças enterrados em sua boca escura. Porque sim, meu anjo, os Emires, os Príncipes, foram exímios queimadores de crianças durante aquela guerra que ninguém pode negar hoje. As brigadas queimaram bebês recém-nascidos em fornos de cozinha, estriparam mulheres e cortaram cabeças para colocá-las nas soleiras das casas e cortaram a garganta de meninas para o prazer de Deus. No final de 1999, duas delas se enrolaram em um grande cobertor com a estampa de um tigre, enquanto o ano e o século expiravam em meio ao barulho de papéis e do vento no telhado. Uma fechou os olhos e os reabriu em Orã, a outra nunca mais os abrirá.

Ali, à direita, a gente cruza com sorveteiros, depois uma delegacia e um hotel onde há décadas as prostitutas costumavam se hospedar. Vinte anos atrás, os homens barbudos colocaram bombas ali. Na curva da rua, você sobe em direção ao consulado francês e depois está o grandioso Hôtel Royal, cuja fachada ornamentada eu gosto de examinar como um livro antigo. Veja isto: no bulevar Émir Abd El Kader, homens sentados em grupos conversam como se fossem traficantes. Eles parecem ter cem anos de idade, enrugados, alguns empunhando bengalas, mas é em seus olhos que você capta suas vidas cheias de ciúmes de tudo. São os veteranos da guerra de libertação. Eles têm tudo para garantir que sua história nunca seja esquecida: uma bandeira, milhares de fotos de pessoas mortas em suas batalhas, armas enferrujadas que eles exibem em seu museu ao leste de Orã. Dinheiro, medalhas, estátuas, ruas, programas de televisão, músicas, biografias sem fim... Essa guerra contra a França parece ser uma velha senhora muito rica e muito ciosa de suas joias. Passei a detestá-la desde o meu degolamento fracassado, eu a odeio, pois ela é como uma irmã mais velha que ocupa todo o espaço. Essa guerra se comporta como um filho único que toma conta de todas as comemorações. Ela se apodera do branco, do vermelho, do verde, das luzes e das multidões, dos desfiles militares. E quanto a nós, os sobreviventes da guerra civil? Nada. Não recebemos uma única data nacional, nem uma única lembrança para pendurar em nosso pescoço. Temos direito apenas às nossas cicatrizes. Tudo o que pude fazer para me opor a essa história da batalha contra a França foram minhas sete tatuagens, e isso já é demais. As pessoas daqui nunca vão lhe contar sobre a guerra que matou minha família em 31 de dezembro de 1999. Passo com frequência por essa avenida, e esses velhos que fingem ter vencido a morte francesa estão sempre nos observando, nós, os que nascemos depois, nos examinando como se fôssemos ladrões. Eu odiava recitar essa lenda nacional na escola; o professor de história não conseguia entender por que eu tirava notas tão ruins na matéria. Ele não conseguia ver que eu também queria uma voz para a minha guerra. Depois de dez anos de matança, não conseguimos recuperar nada, nem mesmo corpos. Nem mesmo uma palavra.

Uma única foto para uma guerra inteira, vou mostrá-la na volta a você, esta noite.

Minha mãe a ampliou e a colocou em exposição no saguão de entrada, em frente às máscaras trazidas do Senegal. Você vai ver uma mulher gritando, a boca aberta para além das palavras, o rosto retorcido como quando a dor nos mergulha no vazio. A mulher grita, ou parece estar no final de um longo grito, e tudo em seu rosto está ressecado. Ela parece um riacho velho e sem vida mostrando suas entranhas pedregosas. Em sua cabeça, usa um lenço. Ele revela um cabelo sedoso que sugere sua feminilidade e sua infelicidade como mãe, exceto pelo fato de que ela não é mais mãe. É conhecida como a "Madona de Bentalha". Bentalha é o distrito de Argel onde, na noite de 22 de setembro de 1997, quatrocentas pessoas foram massacradas e degoladas. Essa mulher com uma dor agonizante está nos braços de outra mulher que a segura contra uma parede e a ajuda a dar à luz algo monstruoso. O rosto da Madonna ocupa todo o espaço na mente de quem olha a foto. "É a Madonna de Bentalha", dizia minha mãe enquanto procurava o melhor lugar para ela na parede de entrada de nossa casa. A foto pendurada grita e o tempo fica congelado para ela, para mim e para todos nós, e nada consegue nos tirar desse sentimento. O massacre aconteceu nos arredores de Argel durante a guerra, a minha guerra. Isso é tudo o que resta. Já no caso da outra guerra, há milhares de fotos com soldados, mulheres, metralhadoras, bandeiras, manifestantes, combatentes franceses, idosos e crianças. Então, está vendo? Nós não existimos; eu não existo e você existe muito pouco, e apenas por algumas horas.

27

Reagi a essa injustiça à minha maneira. Como uma menina de dez anos, ao responder algumas perguntas numa redação da aula de história e geografia. Tinha os cabelos bem arrumados, eu parecia séria, estava vestida com cuidado pela minha mãe e muito determinada na vontade de responder. Escrevi com uma letra bem bonita: "Para mim, a guerra da Argélia começou e acabou em 31 de dezembro de 1999, nas montanhas de Ouarsenis, e não em 1º de novembro de 1954 na cadeia montanhosa dos Aurès, a leste do nosso querido país. Ela durou um dia que dura dez anos ou mil anos, de acordo com o Alcorão, e não oito anos como a guerra contra a França".

Quantas pessoas morreram? Respondi: "Ninguém sabe". Houve 200 mil mortes, de acordo com os vencedores, e meio milhão, de acordo com os perdedores. Você não conta quando está morto e não conta mais se sobreviver, a não ser os batimentos do seu coração.

As armas? Foram facas e mesquitas e homens barbudos e o inverno, um jogo de esconde-esconde e minha irmã Taïmoucha e os cordeiros do meu pai e suas costas de um homem que não sabia mais para onde ir ou o que tentar para escapar das ameaças do dia e da noite. Mais de mil pessoas morreram em

Had Chekala. Ou quatrocentas e cinquenta e três. Ou dezenas, segundo os jornais. Ou ninguém, de acordo com os descontos feitos atualmente.

Qual foi o objetivo dessa guerra? Respondi: "Passados vinte anos, ainda não sabemos". Talvez morar no paraíso que a história não nos deu. Ou dar de comer a um Deus faminto. Ou retornar ao ventre de nossas mães, ou dividir a terra, as fazendas e a lavagem da louça depois que os colonizadores foram embora. Vinte anos depois, ninguém nos explicou.

"Quanto tempo durou essa guerra?", perguntou a prova. Dez anos. Ou quase. De 1990 a 2000. O infortúnio anula as datas e nunca as determina.

Escrevi que a guerra havia sido terrível, ainda mais do que a primeira, contra a França. Pois ela havia sido travada por nós contra nós mesmos, ou por profetas contra cordeiros, ou por sonhadores contra filhos.

Uma semana depois, quando as avaliações foram devolvidas, não me deram a minha. Eles me examinaram, chamaram o diretor e o inspetor. Minha mãe, convocada à tarde, balançou a cabeça, perdeu a paciência com o professor de história que tentou lhe dar um sermão, depois com o diretor que me convocou para sua sala. Ele não levou o dedo indicador à boca para me mandar calar a boca. Balançou a cabeça, parecia indeciso, cansado e nem sequer conseguiu ficar com raiva. Dois ou três anos depois, descobri como minha mãe havia usado seus contatos na wilaya (prefeitura) e na Associação de Vítimas de Terrorismo para fazer com que o professor de história recuasse, ele, que queria a minha cabeça, a qual já estava mal acoplada ao pescoço havia anos. Calaram-no e cavaram à minha volta uma aura de silêncio que foi me separando aos poucos das outras crianças. Talvez pensassem que, ao abrir um buraco na garganta dos vivos, fariam desaparecer a rachadura no meu peito e reforçariam sua insignificância na história do nosso país.

Até hoje me divirto com esse escândalo sem nome, esse jeito de lembrá-los da verdadeira guerra. Tenho orgulho desse episódio, ainda mais do que das minhas tatuagens, das minhas caretas para fazer as pessoas rirem ou do mal-estar que eu provoco. Na verdade, naquela época, odiava me lembrar, decorar, recitar. Às datas sobre os mortos eu preferia os algarismos da matemática, suas construções sem parentesco, suas ligações puras e a clareza que eles acrescentavam a tudo, até mesmo ao céu noturno, quando você cruzava com eles para juntá-los em suas somas vertiginosas. Os números reais. Sim, talvez seja isso que esteja faltando neste país, onde não sabemos mais quem está vivo e quem está morto. O número de mortos, de recém-nascidos, de feridos, as datas, o número de dias que realmente vivemos, os centilitros, os centímetros, as distâncias, os quilogramas, os pesos, as equações, os algarismos, minha beleza sanguínea. Se você nascer, lembre-se de contar.

28

Veja, isso aconteceu no último dia da guerra. Em 31 de dezembro de 1999, em Had Chekala, no noroeste da Argélia, quando o ano, o mês e o século mudaram. O fim do mundo se consumou entre as dez horas da noite e as quatro horas da manhã. Esse dia que deveria ter trazido um vento frio para despertar a terra e duas garotinhas, minha irmã e eu, foi quebrado em mil pedaços. O espelho do Lugar Morto. Seus pedaços às vezes tornam a se juntar na minha cabeça, mas nunca me dão uma imagem completa na qual eu possa enxergar meu passado. Se você se esforça nessa tentativa com muita frequência, acaba machucando as mãos. Cada parte do espelho reflete um ou dois objetos, vê-se ali um fragmento com o sol cravado nele, outro com um rastro de urina entre as coxas de uma menina cuja garganta foi cortada durante a noite. Os assassinos foram embora antes do amanhecer enquanto nós tremíamos, vivas ou mortas, minha irmã e eu, cada qual com suas pálpebras fechadas para a vida.

Outro flash de memória mostra uma cabeça de um lado e um pescoço cortado do outro, com meu esôfago cheio de bolhas de sangue esbranquiçadas. Pelos olhos da minha mãe, posso ver a ambulância correndo para me trazer de volta dos mortos, com seus berros vermelhos e azuis dentro da noite. Mãos me apalpam ou apertam minhas veias inchadas. Muitas mãos me tocam, apressadamente me despem, me lavam, me carregam de um leito para outro. Por trás das minhas pálpebras fechadas, o vermelho do sangue muda de tom e substância dependendo da iluminação dos hospitais, dos quartos ou das luzes piscantes. O vermelho se torna ocre, preto, laranja ou amarelo, mas eu ainda não abri os olhos. Posso confirmar agora que tenho vinte e seis anos: era o último dia da guerra dos anos 1990, desencadeada entre os militares sombrios e os homens barbudos de Deus.

Quando convidados vinham ao nosso apartamento em Orã, bem mais tarde, falavam sobre isso. Continuava difícil determinar essa data no mundo todo. Eles me chamavam então para ir à sala a fim de decidir. Eu ficava lá de pé e todos se calavam, com uma xícara de café ou uma taça de vinho na mão. Então, pouco a pouco, após os suspiros habituais e as caras de consternação diante do meu destino, os convidados da minha mãe Khadija começavam a falar de novo. Em voz baixa, depois cada vez mais alto, como se um fogo tivesse sido aceso dentro deles. Eles se agitavam, se atropelando ou se reprovando com emoção, todos me examinando em busca de confirmação. Discutiam sobre o meu último dia, o verdadeiro último dia da guerra. Alguns o buscavam com obstinação, como se quisessem definir uma data para a sua própria segunda vida, outros faziam cara de não acreditar. Mas atrás das nossas janelas, o céu desmentia suas palavras com seu brilho e a luz nos olhos deles não se assemelhava à minha. Porque, depois de 31 de dezembro de 1999, talvez por causa desse massacre gigantesco (ele causou a morte de mil e uma pessoas numa única noite, e dizemos isso como se diz mil e uma noites para dizer que já nem se conta mais, que é um número infinito), a guerra civil argelina parou de repente. Ela havia atingido seu ponto de refluxo, o topo de sua onda. Mais tarde, registraram-se alguns atentados e matanças, mas como que por inércia, como se o movimento se esgotasse, ou apenas porque a verdade não havia atingido as profundezas da mente de alguns assassinos nas florestas. Talvez as pessoas tenham entendido instintivamente que não poderiam continuar matando e pararam de fazer disso uma profissão.

Sabe, minha Huri sem nome, vai parecer estranho para você, mas não me interesso muito pela cronologia dos acontecimentos, pela história com datas precisas. Eu nasci em 21 de abril e depois em 1º de janeiro, portanto duas vezes, e não no mesmo ano. De acordo com minha certidão de nascimento lavrada na prefeitura de Aïn Tarek, um vilarejo não muito distante de Had Chekala, nasci em 21 de abril de 1994, com um sobrenome de pai (Khaled Adjama) e um sobrenome de mãe (Hasnia Belarbi). Depois, novamente em 1º de janeiro de 2000, quando minha vida, ou metade dela, foi salva após o massacre de mil e uma pessoas na nossa região. Então, minha linda mandarina, a guerra parou quase que por vontade própria, farta do sangue dos outros.

Eu me lembro (ou será que minha mãe forçou essa lembrança em mim? Ou os jornais?) que em 2005 organizou-se um grande plebiscito no país para decidir que os assassinos estavam perdoados! E isso fez minha mãe chorar e emocionou os seus convivas escandalizados, talvez secretamente aliviados. Naquele dia, Khadija me levou ao mar, porque é isso que fazemos em Orã quando não queremos ir votar. Peguei seixos frios e reconfortantes como se fossem armas. Caminhei, minhas mãos carregadas com seu peso para me preencher ou para fazer de mim um verdadeiro fardo. E o mar estava ali, deitado, cinza e azul, espesso, em sua jornada contínua. Sua palma acariciava os tornozelos das pessoas e nós olhávamos o céu para ver se ia chover ou queimar ou se não ia acontecer nada, como sempre. Era um azul imenso, como um lenço frio sobre o buraco da minha garganta. É assim que me lembro desse dia do "perdão": um vazio glacial e o silêncio carrancudo da minha mãe. Ao longo de todo o trajeto, vimos cartazes pedindo que votássemos pela "Reconciliação", para acabar com o "ódio" e parar de derramar o sangue dos argelinos. Minha mãe dirigia sem dizer uma palavra, os olhos fixos na estrada.

Na semana anterior, na escola, recebemos pôsteres semelhantes, com uma criança alegre e um sol enorme, uma mão apertando outra e um pombo branco sobre a bandeira da Argélia. Em algumas delas havia um retrato do presidente sorrindo (ele nunca teve a garganta cortada) e levantando a mão para nos cumprimentar como pessoas felizes vindas de longe. No pátio, fizeram um círculo a minha volta para ver minha reação e meu professor, absurdamente, temia que eu falasse alguma coisa. Dei de ombros, guardei minha pasta e fomos brincar. É isso, minha garotinha. A guerra terminou como se tivéssemos parado de comer ou respirar. Desapareceu como uma prima malvista que se afasta com sua história insuportável de heranças e vinganças, marido violento e chutes no estômago, e nós aceitamos.

Lembro-me de que, no primeiro ano, comemorou-se um pouco a "Reconciliação nacional". Quero dizer, festejou-se o ato do presidente, sua coragem e generosidade, e ainda se ouviam mais discursos sobre a paz. Depois, no terceiro ano, celebraram um pouco menos e, no quarto ano, não fizeram nada. Dessa vez, entendi que não queriam mais lembrar de nós. Exigiam que duvidássemos da nossa memória. O país inteiro não estava lambendo suas feridas, mas apagando-as e transformando-as em dúvidas e, depois, em meras correntes de ar. Ah, sim! Para ser sincera, eu também comecei a ter dúvidas e a considerar, pouco a pouco, que não havia acontecido nada. Tentei acreditar que não tinha sido tão ruim como me contava o buraco na minha garganta, nessa língua que mordia o próprio rabo dentro de mim. Pois, veja bem, uma memória é sempre escrita na água, na areia, materiais que mudam e vazam.

Toda vez eu rememorava a história de um herói da guerra de libertação que foi na nossa escola para nos contar como, aos dezessete anos, ele havia derrotado a morte e a França. "Na idade de vocês, eu já estava engajado na guerra para libertar este país." Então ele se calava, esperávamos o resto e ele começava de novo. Eu dizia a mim mesma que ele já devia ter contado aquela história milhares de vezes. Mas a pior parte era quando, à noite, no meu quarto, esse discurso perdia o sentido e se fixava em mim como um refrão. "Sim, eu tinha dezessete anos e acompanhei o katiba (um grupo de homens armados, uma facção, na língua interior) em direção à fronteira marroquina, a partir de Orã. À noite, eles avançaram, todos vestidos com djellabas, armas nos ombros, espingardas de caça ou até mesmo pistolas italianas roubadas dos policiais franceses mortos. Só que eu, orgulhoso, brandia uma arma mais poderosa, mais eficaz. A que foi útil para a vitória, para salvar a todos nós, para nos fazer chegar até os nossos irmãos do outro lado da fronteira, todos sãos e salvos, sim!" E então o veterano se calou. As janelas estenderam seus ouvidos para a rua e para os carros, e o mar chegou até nós com o som de sirenes e gaivotas. "Minha arma? Ha ha! O galho de uma palmeira." Em seguida, ele se levantou da cadeira ao lado da mesa do nosso mestre, esticou-se, quase se curvou e fez um movimento amplo com os braços, como se estivesse acenando para uma plateia de teatro: "Eu estava no final da fila dos nossos soldados, tinha que varrer seus rastros na pista com meu galho de palmeira. Tinha de apagar os sinais de sua passagem, as marcas de seus calçados! Salvei a vida deles com um galho de palmeira!". E ele se ergueu, flutuando no ar. Então, os outros heróis sentados ao seu lado acordaram de repente. Tivemos logo de aplaudi-los, pois o velho chefe estava prestes a contar sua história de novo. Então os aplaudimos.

Essa história da palmeira, minha pequena lua, fica grudada em mim como uma insônia; penso nela o tempo todo. Primeiro, eu me imagino no lugar daquele veterano da guerra de libertação, mas com a ideia de deixar pelo menos os rastros de alguns passos, para me vingar. Ou me imagino brandindo aquele galho de palmeira, mas desta vez um galho gigante, tão largo quanto o céu, com o qual disperso tudo. Volto por onde vim e varro tudo o que sai da terra ou da minha memória. Ou não! Pego uma caneta de feltro preta e desenho as pegadas que estavam ausentes, volto, volto, volto e, num dado momento, nesse lugar distante, minha irmã aparece e sorri. Ela diz palavras estranhas cujo sentido não consigo captar.

É isso, minha estrelinha vermelha. A memória é um pouco assim: você olha para ela, examina-a minuciosamente e ela começa a se apagar, a roubar detalhes de outras histórias que não são suas, a crescer como se comesse sêmola. Ou a esvanecer, e você não sabe o que inventar para impedir seu desaparecimento. Você corre por uma trilha de terra e todas as pegadas se misturam. As dos assassinos, as dos salvadores, as de seus pais e parentes, as de sua primeira mãe e as da segunda. Não sei o que fazer com o galho de palmeira, e esperam que eu faça alguma coisa: borrá-lo, contorná-lo, jogar fora o enorme galho e sorrir, com uma mão na garganta para estancar o sangue, a outra na garganta da minha irmã? Mostrar meu galho e rir, orgulhosa e feliz por ser a heroína de uma guerra? Mas qual guerra? Em nossa aula, o velho herói me encarou uma ou duas vezes, um pouco irritado por estarem exibindo a minha monstruosidade bem à sua frente. Depois, ele continuou sua história, rindo com seus mil e um dentes brancos como se tivesse acabado de nascer.

Você está entendendo?

Em 29 de setembro de 2005, o dia em que os assassinos se reconciliaram com os assassinos (como disse minha mãe), o tempo estava bom. O mar brincava com seu lenço azul e cinza e as gaivotas brigavam no ar. Fomos chamados a votar "sim" ou "não" para a "Reconciliação". "Não há espaço para nuances?" (é minha mãe que grita). Nenhum morto-vivo, nenhum amputado pelas bombas, nenhuma metade de garganta cortada, nenhuma menina estuprada e engravidada nos matagais, nenhum direito à dúvida: sim ou não. Por uma vez, impunha-se a todos que falassem à minha maneira, com um buraco na garganta. Você está comendo, sim ou não? Já escreveu seu texto, sim ou não? Você está viva, sim ou não? E então foi um drama, nesse dia que foi um dia feliz, devo dizer. Estávamos deitados na areia da praia de Andalouses. E o mar, o céu, as gaivotas, os grãos de areia ou os barcos dos pescadores podiam, eles, responder de outra forma. Comemos sardinhas grelhadas com dois amigos da minha mãe, professores universitários, e não votamos nem pelo sim nem pelo não, mas por milhares de explicações. No final, me fizeram sair dali e me afastar em busca de conchas que o mar deixava cair de seu bolso ao longo da praia deserta. Eu entendia um pouco, observava, acompanhava as conversas: a "Reconciliação" havia sido precedida, nesse ano de 2005, por outras leis, em particular a da Rahma, a Misericórdia. Sob esse pretexto, milhares de terroristas armados desceram das montanhas para lavar as mãos de todos os seus crimes de sangue. E para impedi-los de pôr em questão a carta de anistia, foi-lhes explicado que não deviam contar nada sobre seus delitos, a fim de se beneficiarem do "perdão" e da lei da anistia (é minha mãe quem está falando, se empolga e levanta as mãos, e eu fico com medo de que ela jogue areia na cesta de pão). Todas essas leis visavam a salvar os assassinos, seus filhos, suas famílias e assegurar a eles um futuro. E nós, nós todos morremos e, naquela hora, achei que fosse morrer sufocada.

Uma grande onda negra atravessou minha barriga enquanto eu entrava na água, quando então cheguei à conclusão de que eu também seria apagada, para não atrapalhar a história. De que eu não era uma heroína com um ramo de palmeira, mas sim que eu encarnava uma pegada. Portanto, seria melhor ficar quieta se não quisesse ser silenciada. De repente, o mar agarrou meus tornozelos. Os pássaros gritavam para mim, e acreditei realmente (realmente) que colocaria minha vida em risco se voltasse um dia a contar histórias e encontrasse uma voz por baixo dos pontos de sutura da minha garganta.

Como fazer para esquecer minha história, minha cânula e meu sorriso idiota tão largo quanto o da gaivota sobre a minha cabeça? Você consegue imaginar, você que ainda não nasceu, que eu experimentei o maior pavor da minha vida naquele dia, entre o "sim" e o "não", onde eu não tinha lugar? "Cozinheiros! Todos cozinheiros!", gritou, exaltado, o amigo da minha mãe. Mestres-cucas, ah, sim, minha beleza negra! Todos os terroristas no noticiário das oito horas da noite diziam que haviam trabalhado como cozinheiros nos maquis dos assassinos. E o que isso tinha a ver com a verdade? O amigo da minha mãe riu e mostrou que estava rindo para zombar e provar sua lucidez. "Foi o que lhes mandaram falar. Quando você é um cordon-bleu no meio do mato, você não é mais classificado como assassino e a lei o cobre e apaga seus crimes." Será que esses Ibrahims das florestas cozinhavam pratos celestiais? Preparavam em fogo baixo os carneiros caídos do firmamento? (Confesso que essa foi a resposta sarcástica da minha mãe, que se tornou a minha com o passar dos anos e das insônias.) A partir de então, o país ficou cheio de mestres-cucas, e essa arte de sorrir para escarnecer da verdade se espalhou como uma chuva. Os cozinheiros eram instruídos a não mostrar o rosto nas ruas, a não falar com jornalistas, a se manterem discretos ("nas cozinhas"). Foi muito engraçado (minha mãe ria e apontava para a cabeça em sinal de maluquice): "No início da década de 1990, quando os islamitas se manifestavam nas ruas em favor do califado, antes de pegarem em armas, eles gritavam 'mulheres para a cozinha!', e depois, quando tiveram que depor essas mesmas armas, todos se declararam cozinheiros".

Aí está, minha cânula: o último dia da guerra é conhecido; e o que aconteceu depois. E como acreditei então que me matariam para realmente apagar essa guerra. Durante semanas, parei de rir com meus amigos na escola. Eles presumiram que eu estava com raiva e o diretor me chamou novamente para explicar que essa lei era necessária para o país. "Pela paz", disse ele, e eu deveria agradecer ao presidente, seu sorriso e seus cartazes. Mas eu, a garotinha massacrada, estava com medo de ser morta, de uma vez por todas. Fiquei calada para me fazer esquecer. Fechava os olhos, como fiz na noite de 31 de dezembro de 1999, e fingia estar morta para que as pessoas acreditassem em mim e meus salvadores chegassem ao amanhecer. Você consegue ver, minha pequena sardinha azul enrolada no meu ventre? Pouco a pouco, o último dia da guerra começou a se decompor. Falava-se ainda de centenas de "arrependidos", exibiam-se filhos de terroristas nascidos nos maquis, declamavam-se sermões nas mesquitas do país. O minarete vociferava que todos deveriam ser perdoados e, pouco a pouco, aquele último dia de guerra desapareceu da memória.

"E o primeiro dia da guerra?", você me pergunta.

29

Quando foi que isso começou? Ninguém sabe. "Foi em 1982, quando o grupo de Bouyali (ele é um Emir, traduzindo em minha língua interior. Os líderes dos assassinos eram chamados de 'Emires' ou 'Príncipes') atacou o quartel em Boufarik (uma pequena cidade perto de Argel) e decapitou um velho militar, para em seguida roubar algumas armas." O convidado ficou em silêncio. Era um ator do teatro de Orã. Ele deu uma tragada no seu cigarro apagado e continuou: "Foi na noite de 27 de agosto. Bom, acho que foi!". Veja você, nada parece ser incontestável nessa guerra, que já vinha desaparecendo da memória de todos nos últimos anos. As testemunhas tinham cada vez mais dificuldade de encontrar datas exatas, os nomes dos mortos, provas, eu percebia isso, e com o passar dos anos tudo se acentuava, como uma tempestade de areia sem areia.

Afundado no nosso sofá marrom, o dr. Abdou, um amigo da minha mãe, médico forense, sorria com frequência, divertindo-se com algo invisível para os outros que o dispensava de participar das conversas febris. Ele quase se transformou na terceira máscara de Dakar na decoração da nossa sala, uma que tivesse caído da parede para ficar entre os vivos. Naquele dia, ele deu uma risada um pouco mais enfática e fez um não com a cabeça. "Não se pode colocar a culpa da guerra em um grupúsculo que fracassou. Não, eu acho que foi em 11 de janeiro de 1992. Nesse caso está registrado, visto e analisado por todos!" A afirmação causou indignação: "Com a renúncia de Chadli Bendjedid? Não, nunca. Isso seria atribuir um ato de força a esse presidente fraco", retrucou a amiga pediatra da minha mãe, uma mulher magra de cabelos amarelos e olhos vivos. Abdou ficou em silêncio por um momento e depois, não vendo surgir nenhum outro argumento sólido, continuou: "O presidente renunciou e à noite todos nós, sim, todos, ouvimos os apelos à guerra santa, à jihad, do alto dos minaretes. Não foi?". Ele observou seus ouvintes um a um, como testemunhas não confiáveis. Ninguém respondeu, e a máscara africana viva sorriu de satisfação.

Eu sempre prestava muita atenção quando eles se juntavam e falavam sobre aquele famoso primeiro dia de guerra que tanto me interessava, como se fosse minha data de nascimento oculta. Nunca se chegava à verdade, mas esse caminho interminável de crianças perdidas me intrigava muito. Aquele primeiro dia impossível de ser rastreado era um grande mistério. Os presentes juntavam pistas: a convocação para a jihad em 1988, as pessoas vestidas com kamis nas ruas ou as mulheres sem véu cujos rostos haviam sido destruídos por sprays de ácido (algumas pessoas queriam forçá-las a cobrir o rosto e as puniam por não obedecerem a Deus), os bares incendiados ou os jornalistas assassinados pelas costas, de madrugada, entre dois prédios. Os presentes também contavam outros detalhes: uma terrível explosão perto de uma delegacia em Argel, em agosto de 1992, uma bomba no aeroporto da capital, cabeças decapitadas, proibições de fumar, de usar transporte misto... É claro, minha filha, que é difícil definir qual foi o primeiro dia da guerra. O início da outra guerra, sobre a qual nos falavam constantemente na escola, foi tão claro quanto um nascer do sol: 1º de novembro de 1954. E ela terminou em 5 de julho de 1962, data da independência da Argélia. Mas e a minha guerra? Não se sabe, sua cabeça está separada do seu torso. E seu torso sobreviveu e deu à luz crianças que passeiam pelas ruas.

Tudo o que restou daquela guerra foram nossos convidados, sentados na nossa sala de estar branca, e as sombras, cada vez menos exigentes, de seus amigos mortos em Orã. Eles evocavam suas lembranças franzindo as sobrancelhas, como se ainda estivessem tremendo por terem chegado tão perto da morte. Mesmo naquela idade, percebi que, no final, numa guerra pelo número de mortos, só se pode contar até dez, com os dedos das mãos erguidos em direção ao lustre no teto. Dez cujos nomes a gente pode recitar sem hesitação, de um fôlego só. Fora disso, a gente tateia, recalcula, quebra a cabeça ou se cala. Não mais do que dez. Aliás, todas as conversas dos convidados terminavam em discussões sobre o número exato de mortos. Por exemplo, os jornais haviam mencionado primeiro 50 mil mortos em dez anos de guerra civil entre os militares e os barbudos, depois 150 mil mortos, depois 200 mil. A polêmica se esgotou quando foi substituída por outra, sobre a data real do início do Ramadã. Travou-se uma guerra entre os defensores da observação da lua a olho nu e aqueles que defendiam um cálculo baseado no calendário lunar. Onde estava a verdade? Não sei mais. Os números vão se decompor, minha Huri, como cadáveres ou ondas. Sobre a outra guerra, a favorita dos argelinos e do mundo exterior, a guerra contra a França, todos gritam em uníssono: um milhão e meio de mortos para libertar este país. É um número claro e definitivo. É um total matemático, enquanto o número da minha guerra é apenas uma máscara de Dakar, ou uma palmeira, ou um pássaro que grita no céu para encontrar seus pares.

Admito que também havia alguns números precisos. Por exemplo, os jovens professores decapitados não muito longe da estrada que se pega para chegar a Sidi Bel Abbès (uma cidade no noroeste da Argélia). Conheço essa história porque guardo escondidas as fotos das vítimas reproduzidas em um recorte de jornal. Supostamente ele fica na gaveta da escrivaninha, bem aqui. Espere um segundo. Está aqui, vou ler para você: "A história volta. Há exatamente 25 anos, em 27 de setembro de 1997, doze professores, sendo onze mulheres e um homem, a maioria morando em Sfisef, Mostefa Ben Brahim, Belarbi e Sidi Bel Abbès, voltavam para casa em um carro da marca Karsan após cumprirem sua missão de educadores; eles foram emboscados por um grupo de terroristas liderados pelo sanguinário Bahri Djillali, conhecido como 'Dib El-Djiaane' (Lobo Faminto), perto da localidade de Ain Aden, comumente conhecida como 'Shamda', uma área arborizada na daïra de Sfisef, e foram arrastadas pelos cabelos, uma a uma, para serem depois degoladas selvagemente, com exceção do professor, morto a tiros ao tentar escapar, sendo seu único crime o de ter ousado dizer não ao obscurantismo, de acordo com o testemunho do único sobrevivente da carnificina, um motorista presente nesse dia de comemoração, intencionalmente poupado para que o horror pudesse ser contado".

Dá para acreditar? Às vezes, eu ando por aí como essa testemunha, só que sou muda e a história fica na minha cabeça, dando voltas, sem saída, sem possibilidade de conectar a língua interior à exterior. Olhe para o rosto dessas pobres professoras! Parecem esperar por uma vida sem grandes acontecimentos. Eu as contemplo como uma vizinha boa e nos cruzamos, eu com metade da garganta cortada e elas, onze no total, já incapazes de articular qualquer coisa e cuja morte monstruosa está a mil anos de distância dos retratos que haviam tirado para seus documentos de identidade.

Naquelas noites em que conversávamos sobre o verdadeiro primeiro dia da guerra civil dos anos 1990, o apartamento cheirava a cigarro. O cheiro vinha da varanda, onde a máscara africana, dr. Abdou, costumava se isolar para fumar me olhando com seu sorriso feliz e suavizado por algo ancestral. Enquanto todos se empolgavam, conversavam ao mesmo tempo ou se resignavam a silêncios contemplativos sobre os amigos assassinados durante aquela década sombria, ele se levantava para ir fumar, passava por mim e balançava a cabeça pesada com a cor marrom de madeira antiga. Como se eu fosse a única a poder adivinhar o significado oculto de seu trabalho. Eu comia isolada na cozinha ("Respire fundo primeiro e não entre em pânico", minha mãe sempre dizia) e caía no sono quando as visitas saíam de casa. A máscara vinha se despedir de mim no meu quarto, acenando e sempre me prometendo algo com os olhos. As visitas voltariam na sexta-feira seguinte para devorar nosso cuscuz. "Boa noite", dizia ele. O que me prometia? Era o número exato de mortes durante esses dez anos, e eu tinha certeza de que ele sabia isso.

30

O dr. Abdou bebia muito; depois cochilava e sorria em seus sonhos diante dos amigos que o olhavam com carinho. Eu também gostava dele, porque ele não me via como uma ferida aberta, mas como cúmplice em uma história da qual ninguém se lembrava, exceto nós dois. No início, eu não entendia muito bem o que ele fazia para viver, mas minha mãe sempre me dizia que ele era um dos principais médicos-legistas do hospital de Orã. "E o que ele faz lá?" Ela hesitou e me explicou que dissecava cadáveres para descobrir o motivo da morte e que isso era importante para prender os assassinos ou descobrir a verdade. Quando ele chegava em nossa casa, eu olhava para suas mãos grandes. Imaginava-o vasculhando as línguas internas, cordas vocais, vísceras e estômagos, como se estivesse em um matagal, e procurando facas, peixes ou pedras, ou vestígios de riachos no sangue e nas vísceras, e depois, à noite, indo para casa e conversando sobre a vida durante o jantar com a esposa.

O dr. Abdou sorria o tempo todo, como se estivesse pedindo perdão ou porque, nesse jogo de perseguição e dança com a morte, ele costumava ganhar. Talvez até mesmo curvado sobre os cadáveres ele estivesse em algum lugar decifrando meu próprio destino como uma jovem com a garganta cortada pela metade. E também porque tinha um prestígio raro quando levantava a voz, inspirando medo ou respeito. A última palavra era sempre dele. E sobre a grande questão do número de vítimas da minha guerra, ele tinha autoridade. Enquanto o vento de Orã balançava nossas cortinas, a máscara repetia: "Não leio os números nos jornais, porque eles mentem. Todo mundo mente diante da morte. O governo não diz a verdade para mitigar o medo e os assassinos não dizem a verdade para aumentar o terror. Mas eu conheço os números, os contabilizo a partir dos cadáveres que disseco. Então eu sei. Conto o que vejo, não é o número completo, mas está diante de meus olhos, não dos olhos dos outros".

Sentada em um banquinho em frente à televisão sem som, eu, chamada de Aube, imaginava suas mãos com milhares de dedos que ele utilizava à noite para contar contra a luz da lâmpada do teto. O dr. Abdou sorria para mim com uma expressão de ternura que me tocava profundamente. Mais tarde, suas mãos enormes roçavam em mim quando ele vestia o paletó para ir para casa, acariciando meu cabelo e me dando vontade de chorar de reconhecimento. "Seus olhos valem mais do que mil línguas, minha princesinha", me dizia com a voz arrastada. Suas mãos alcançavam minha língua interior, meus pontos e minha cicatriz. "Sim, minha filha, a morte é uma vida longa", murmurava, e suas pálpebras pesadas baixavam cheias de compaixão.

31

As últimas horas uma condenada

Fechei os olhos com força.

Isso foi tudo o que fiz naquela noite de 31 de dezembro de 1999. E, desde então, tenho medo de abri-los de novo para viver plenamente, ou de fechá-los de novo sem me ver em minha própria covardia. Eu me vejo como a ocupante injustificada do meu próprio corpo, uma sobrevivente sem nada a fazer além de buscar oxigênio, em pânico, por meio da minha cânula. Se você encostar em mim, vai ver que sou fria, apesar do ardor das minhas tatuagens e da ternura exagerada da minha mãe. O amor que seu pai fez comigo em uma cabana de pescador não é suficiente para me aquecer. Mesmo com os sorrisos lindos e ingênuos desse homem que plantou sua semente em mim. Ouça-os, em toda Orã, esta noite, os cordeiros estão balindo, amarrados e virados para o céu, mas naquela outra noite, quando fechei os olhos, nenhum grito de animal foi ouvido nas proximidades da nossa fazenda em Had Chekala, exceto o canto louco da minha mãe.

O que posso lhe contar? Toda vez que me desloco por meus invernos interiores e me atrevo a reconstruir aquela famosa noite, revivo essa cena. Estava frio, disso eu me lembro, porque o cobertor de lã pesava sobre nossos pequenos corpos. Minha irmã respirava ao meu lado. Cada uma de nós ouvia o sono falso da outra. Não tenho nenhuma dúvida quanto a essa primeira imagem. Ainda mantenho a marca de uma inquietude, o som distante do vento no telhado ou o silêncio pesado dos campos, que não conseguia explicar. Normalmente, os animais e os pássaros conversavam acima de nossas cabeças, gritando ou se interpelando uns aos outros. Não sei mais se estávamos realmente dormindo ou apenas fingindo, pensando no nosso destino. Éramos duas meninas preocupadas havia dias com os sussurros perigosos vindos dos nossos pais. Eles discutiam até ficarem exaustos e depois se fechavam em si mesmos. À noite, na nossa fazenda, no Lugar Morto, como o chamamos hoje, costumávamos ouvir latidos, o ranger das chapas de metal no galpão ou até mesmo um grito ocasional, à distância de uma estrela. Mas naquela noite nada, ou muito pouco, e foi isso que nos manteve acordadas, contra nossa vontade, atentas a esse vazio incomum.

Nossa casa ficava no alto da primeira colina, logo acima do vilarejo de Had Chekala. Ali, as colinas se erguem como ondas, crescem e sobem ainda mais, tornando-se então a verdadeira montanha, a primeira da cadeia de Ouarsenis. No passado, foram os soldados da guerra de libertação que se refugiaram ali, e ali lutaram contra a França. Na década de 1990, os Emires voltaram a se estabelecer no local, ocupando os mesmos esconderijos. Nossa fazenda ficava no meio, entre a estrada que levava ao vilarejo e as imensas montanhas. Morávamos a cinco quilômetros de caminhada do vilarejo. A aldeia mais próxima chamava-se Souk El Had, "o mercado de domingo", na minha língua interior. Os criadores, como meu pai, desciam até lá para vender seus animais, os pastores buscavam por outros animais para alimentar nas altitudes áridas por uma ou duas temporadas, e os das planícies vendiam suas colheitas e seus utensílios. No inverno, esse mundo congela lentamente e se enrola como uma concha presa à terra, esperando o sol para voltar a se mover. À noite, os habitantes aquecem o sangue com as lembranças do verão anterior. Não havia história nesse vilarejo, exceto a dos nascimentos e das mortes que encadeavam as linhagens de sangue. Outros povos viviam nas proximidades, nômades no passado, acredito, mas que mantinham distância. Minha mãe me contava na época a história de seu povo, os adjama, os "estrangeiros", assim chamados porque vinham de mais longe ainda. Ela descendia dessa genealogia desconhecida para nós, trazia tatuagens no rosto, e seus grandes olhos cinzentos acentuavam seus sonhos ou ressentimentos quando evocava os pais ou os irmãos. Sua maneira de não falar e de desprezar meu pai nos levava a crer que ela havia nascido em uma família rica em rebanhos e terras. Porque ele era pobre e não tinha ancestrais proprietários de terras como ela, que celebravam os santos da região e as festas da colheita com pompa e circunstância.

Hoje, não tenho nenhuma foto da minha mãe. Ela não tem rosto, apenas um conjunto de traços esparsos: olhos verde-acinzentados, um sorriso inquietante, silencioso como um pequeno curso de água temporário, e um cheiro que perdi, semelhante ao de tapetes pesados ou baús antigos. Não sei mais. Eu me lembro dela como quem se lembra de um dia quente e feliz, mas sem poder afirmar que viu o sol com seus próprios olhos. Eu me lembro de que ela adorava cavalos. Até me lembro de um cavalo, de seu suor ou de seu relincho (ou isso é apenas a lembrança de uma lembrança?). Revejo minha mãe em um verão, ofegante, me contando que havia corrido a manhã inteira por nada. Ou foi minha irmã que me contou essa história? É a minha irmã que não sai da minha cabeça? Tínhamos animais para sobreviver. Cordeiros, porque meu pai era comerciante de cavalos, acredito que como quase todo mundo em nossa região. Se tenho certeza? Não. Os cheiros dos animais se tornaram imagens, e elas se confundem com as de Orã nestes últimos dias: urina de animais, feno pisoteado nos estábulos.

Durante todo o dia 31 de dezembro, enquanto o frio nos gelava até os ossos, minha irmã e eu tínhamos corrido uma atrás da outra pelos campos e entre as árvores nuas, alfarrobeiras, oliveiras e plátanos, nas partes altas. Ao longe, em outras dobras das colinas, pastores nos observavam. O céu ainda está gelado sob minha pele, que o guarda como uma lembrança viva. Minha mãe está em silêncio, não canta mais como de costume, porque os animais devem ser vigiados com nossos ouvidos. Meu pai fala sobre os cães que encontrou mortos e esquartejados, ou sobre os grandes cascos que deixaram rastros sob nossas sebes de espinhos. Depois ele se esconde, minha mãe mexe as brasas e, na noite agitada, outra noite floresce, mais densa, coagulada. Minha irmã e eu nos apertamos uma na outra, unidas em um só corpo.

Puxo pela memória para lhe provar, explicar, fazê-la entender que, se eu a mato, é porque você não pode crescer em um ventre morto. Tudo o que estou lhe contando está nas minhas entranhas: aquele inverno, a noite, as árvores nuas, a incerteza e os cadáveres de cães ou o cavalo perdido da minha mãe. As lembranças se alinham quando fecho os olhos. Mas não se deve exigir muito delas. Nunca faço isso por muito tempo, senão eu caio nelas, elas tomam conta do meu corpo, especialmente dos meus olhos, e tudo se mistura como se eu estivesse me afogando.

Não sei com o quê, mas minha irmã e eu vivíamos preocupadas naquele ano. Nossos corações se aceleraram e alçavam as nossas orelhas pontiagudas e podíamos ouvir alguém vindo de trás da casa da fazenda, alguém que ainda não existia completamente, porque não estávamos no 31 de dezembro, ainda não. Tudo o que me lembro de minha mãe é sua voz, porque nos últimos tempos ela vinha gritando cada vez mais, chorava, ferida por algum erro desconhecido. Às vezes ela quebrava nossos parcos pertences e imobilizava meu pai na soleira da porta, e, com ele, o tempo. "Pegaram os melhores lotes para eles e me deram uma terra morta para comer", ela gritava, e tudo ao nosso redor e em sua cabeça desaparecia. Seus irmãos, meus tios, haviam tomado as terras do pai dela perto de Aïn Tarek, o maior vilarejo a oeste. E meu pai tinha envelhecido; ainda posso vê-lo sentado na entrada da fazenda, com as costas fracas, fumando seu cigarro. Ele não sabia para onde fugir. Como se tivéssemos que nos apressar para fugir, todas as noites, a noite repetia isso para nós com sua voz possuída. Acho que estávamos um pouco presos.

Foi preciso torturar Khadija para extrair dela detalhes que completassem minhas lembranças. De acordo com os sobreviventes da região, naquele ano, a fazenda recebia durante o dia vários militares do quartel de Aïn Tarek (ainda um vilarejo, colado à única estrada) e esses militares perseguiam meu pai. Suspeitavam que ele orientava ou alimentava os terroristas, os katibas islâmicos de Ouarsenis. E, à noite, nos infligiam as visitas dos katibas, homens barbudos que admoestavam meu pai por sua traição.

Lá embaixo, no inverno, corria um riacho. Minha irmã e eu ficávamos olhando para ele quando nossos pais silenciavam. Não tínhamos relógios, nem de parede nem de pulso. O tempo era selvagem, podia ir para frente, para trás ou congelar. O riacho passava por tudo, pelas cabeças dos moradores, com a aldeia funcionando, ela mesma, como borda, e pelas casas. Em Had Chekala, também me lembro da feira que havia todas as quartas-feiras e do esterco no chão que absorvia a barulheira. Visualizo jogadores de cartas sobre um balde virado e doces cor-de-rosa e laranja. Sentíamos que nosso pai não tinha para onde ir, exceto para dentro de sua cabeça. À noite, ele fazia longas caminhadas pela fazenda, olhando ao redor, voltava, parava um pouco, e assim por diante. Nunca mais dormimos naquele inverno, que não se moveu nem um metro na minha memória. Os visitantes do dia voltavam sempre, os da noite insistiam, passávamos fome, pouco a pouco passávamos a imitar as árvores em paralisia e nudez. Minha mãe perseguia os cavalos em sua cabeça e cantava cada vez mais alto. O fogo nos prendia na cozinha. A noite, sem nossos animais, tornou-se silenciosa. E uma noite, aconteceu porque tudo estava preparado: estávamos em jejum, parecendo carneiros caídos do céu e éramos culpados. Por que não escolhemos fugir? Ir para onde? Meu pai nos levou a acreditar que o destino era o mesmo em todos os lugares. Viveríamos do que em outro lugar? Para onde ir com uma esposa perdida e duas filhas? Talvez ele esperasse que esse autossacrifício, esse risco, acabaria por inocentá-lo aos olhos de ambas as partes, os soldados e os Emires. Talvez tenha achado que ficar quieto manteria afastados os assassinos.

No último dia, lembro do meu pai em pé no campo. Atirava pedras o mais longe que conseguia. Minha mãe gritou com ele: "Essas pedras são minhas, seu ladrão!". Meus pais não estavam mais vivos, eu soube imediatamente, sem precisar de palavras.

Aconteceu à noite. Eu não sabia o dia, o ano ou o século; foi só mais tarde que minha mãe Khadija me contou as datas.

Quando aconteceu, fechei os olhos. A morte são mil pessoas que sussurram, fazem "psiu" com um dedo nos lábios, avançando e recitando algo misterioso, depois examinando a escuridão do quarto onde duas meninas estão enroladas dentro de um tigre estampado num cobertor quente. Uma tem oito anos de idade, é alta e magra, e sua risada a protege das mordidas dos cachorros, das picadas das vespas, do frio, dos golpes da mãe e dos espinhos. A segunda tem cinco anos, com sua irmã mais velha como mãe, pai e irmã. Elas se calam para ouvir a terra sendo revolvida pelas botas. Ouça, você também. Essa história não tem uma língua de fora, nenhuma bandeira ou data fixa, pois pode ser revivida a qualquer momento. Não há veteranos vaidosos, nem fotos. Ela mostra apenas um buraco e uma cicatriz no pescoço, um "sorriso". Ouvimos passos, depois breves conversas, depois passos, eles se aproximavam. Quando chegaram à nossa cama no chão, senti sapatos pesados e sujos sobre meu cobertor e um cheiro pior do que o das peles de carneiro estendidas para apodrecer e secar ao sol. Fechei os olhos com mais força ainda, porque às vezes é isso que acontece: se você fechar as pálpebras, as coisas perigosas desaparecem. Você acorda de manhã, sem se lembrar de nada. Um único cachorro esquecido pelos assassinos latia e assim continuou a noite toda como um animal em fuga. Por que acredito que esses homens ainda são cavalos nos dias de hoje? Os cavalos voam para longe e vejo um sol irreal em uma das mãos, uma lanterna e um vestido de mulher, uma saia com um cinto e cartuchos de rifle. De repente, fui arrastada pelos pés quando ainda não havia terminado de pensar em alguma explicação para aquilo tudo. Então meu cabelo foi puxado para trás com uma das mãos e minha cabeça, onde eu tinha me refugiado, caiu no chão do lado de fora da cama. Alguém se curvou e senti sua respiração na minha testa, com um cheiro de carcaça.

Ele sussurrou no ouvido de outro cúmplice que era preciso agir rapidamente; mas isso duraria vinte e um anos. Quando cortam sua garganta, você não acredita, porque não dói, mas sente como se tivessem aberto a porta para o inverno e que seu estômago sente frio. Abro bem a boca. Posso ouvir o som de um pequeno osso se quebrando, ou um galho ou uma caneta quebrada. Acho que é minha laringe. Quero gritar, mas bebo sem parar alguma coisa quente e suave (meu próprio sangue?).

De repente, entendo: não tenho mais voz. Entro em pânico. Minhas pernas se agitam como as de uma afogada e tento agarrar a mão que puxa meu cabelo, mas o riacho me inunda. Vejo o pequeno curso de água de Had Chekala, vejo uma galinha morta, vejo a mão da minha irmã esmagada sob um sapato.

Uma onda escorregadia e gelada se espalha da minha garganta para o meu estômago. Abro os olhos. Na escuridão pisoteada, minha irmã pronuncia uma palavra que soa como um choro, e eu imagino que ela tenha implorado ou gemido. O homem empoleirado em cima de mim apoia um joelho na minha barriga, resmungando algo sobre sua faca ou sobre a falta de tempo. Então, surpreso, ele se vira para ela, e vejo seus dentes podres em meio à barba brilhando com baba e o lampejo da lanterna de seu ajudante. Ele não terminou seu trabalho, diz "em nome de Deus!" e vira minha cabeça para o leste, onde o sol ainda está escondido. Está furioso, sua mão puxa meu cabelo enquanto tento ficar quieta para não o irritar ainda mais, ele e sua faca. Minha irmã o encara com olhos arregalados que o convidam a não sei o quê e parece conversar com ele, nesse silêncio alucinante, há várias horas. Talvez ele tenha ficado surpreso, porque afrouxou o aperto sobre mim. Os cães se aproximam do meu peito e eu me afogo com toda a água quente do meu sangue tentando fluir de volta para o meu corpo. Essa calmaria nos faz acreditar que tudo é infundado, que nada está acontecendo e que fechar os olhos com bastante força vai fazer com que a manhã chegue, puxando-a por seus cabelos dourados. Posso ouvir claramente minha irmã chamando o homem, ele me solta, vira-se para ela e então percebo uma luta em curso, como se disputassem o cobertor do tigre. Não há para onde ir.

Enquanto os dois homens discutem entre eles, minha irmã diz algo que se perde na água que vaza de sua garganta. Fecho os olhos e tenho a ideia mais louca e idiota. Começo a contar, gorgolejando. Eu olho, cruzo com o olhar intenso da minha irmã e fecho os olhos de novo como se tivesse que cavar um buraco dentro de mim, um poço, uma porta escondida de todos. Fiz xixi, posso sentir a água congelada fluindo entre minhas coxas e me mordendo. Sinto o incômodo e acho que fiz algo errado, penso na minha mãe e nas suas lamentações. Lá fora, um canto se levanta e, desta vez, ela quer algo além de sua parte de terra. Minha mãe canta, fica em silêncio, canta novamente, fica em silêncio, canta novamente. Sua voz parece tão linda que quero me juntar a ela com minha garganta aberta. Talvez meu pai apareça se eu abrir os olhos, e os homens se contentem em apenas roubar nossas coisas. Um deles sussurra um nome abafado, eu me finjo de morta, um pouco mais e estou morta. À luz da lanterna, vislumbro o assassino. Ele se vira para minha irmã e corta sua garganta num único movimento cuidadoso. Ela parece soltar uma gargalhada que a mão não consegue mais conter e repete algo para mim que não consigo entender. Os gritos se tornam cada vez mais altos, o canto, belo como um antigo reencontro, e o cheiro do fogo chegam até mim, em meio à confusão dos meus sentidos. Ele, o degolador, trabalha duro para efetuar sua oferenda a Deus, tem dificuldade, minha irmã é mais velha e se debate com mais força, posso sentir isso no cobertor que se desloca na direção dela.

Estou gelada como a água enterrada em algum lugar entre dois vilarejos no inverno, sei que, se abrir os olhos, o degolador verá que ainda estou viva, que sua lâmina não me atravessou completamente. Penso nas festas distantes. E ao longe minha mãe canta, faz uma pausa e depois retoma um velho lamento no meio da noite. O cobertor do tigre vai feder a urina, tudo isso vai acabar. O vilarejo mais abaixo não diz uma palavra e seus habitantes rastejam por minhas pernas como formigas. Quando sua garganta é cortada, você espera. Então você cai no sono, acho. Não consigo lembrar de todas as sensações, mas em certo momento minhas mãos desapareceram e meus pés se moviam em degraus inexistentes. Tropeço deitada em escadas que só havia visto no vilarejo. "Trinta e três, trinta e quatro, trinta e cinco..." Se eu abrir os olhos, ele vai voltar para mim. Mas e se os mantiver fechados? Minha irmã repete algo para ele. Sua voz sufoca na água inexplicável. Minha mãe para de cantar.

32

Eis o que aconteceu e que nunca aconteceu. Em lugar nenhum. Não está escrito, exceto por algumas tatuagens e cicatrizes. Não há história para esse tipo de histórias. Não há livros, nem veteranos, nem monumentos como os da guerra de independência da Argélia. Acho que os jornais noticiaram o número de mortos no massacre de Had Chekala: mais de mil mortos em uma noite. Depois, como a vida é longa e não é possível engolir números intermináveis sem vomitar, convinha diminuir os números. "Dezenas de mortos", dizia a manchete de um jornal que Khadija me mostrou um dia para zombar dos jornalistas. Toque aqui, bem próximo à minha orelha esquerda. É o meu famoso "sorriso" que cala a boca das pessoas. Meus lindos olhos dourados não são um contrapeso.

Na noite de 31 de dezembro de 1999, os katibas dos grupos islâmicos armados decidiram nos punir; os homens do "dia" também, à sua maneira. Tivemos nossa eletricidade cortada um mês antes, sob a acusação de que a fornecíamos aos terroristas para que pudessem fabricar bombas e soldar peças. Ficamos entre a escuridão e o sol frio. Em pleno inverno, era difícil, e não tínhamos escolha a não ser parecermos pedras e nos fecharmos em nosso próprio silêncio. Irmãs. Pais. Mães. E os cabelos soprando ao vento vermelho enquanto o fogo os clareia. Foi um jogo de vai e vem entre uns e outros, de acordo com as armas que apontavam para nós. Chegávamos ao fim de uma longa guerra e os tempos, assim como os sentidos, estavam confusos no país. Quem matava quem? Os Emires se massacravam entre eles mesmos, alguns por estarem desesperançosos com Deus e suas promessas, outros devastados pelas traições e suspeitas em relação a seus próprios companheiros de armas.

O que aconteceu naquela noite em Ouarsenis nunca foi esclarecido nem decifrado pelos jornalistas ou pelo Estado. Contabilizaram mil cadáveres, depois questionaram essa contagem e a mensagem deixada pelos assassinos na lama sangrenta. Por que esse massacre? Seria o sentido inusitado de fim do mundo que aqueles monstros queriam como recompensa por suas matanças? Agora é Khadija quem conta, pensativa. Sua voz se torna professoral, como se quisesse me fazer entender que está fazendo uma autópsia da minha carne viva. Ela levou dez anos para completar a história e preencher os buracos no espelho onde eu estava desfigurada e separada do resto do meu corpo. O "Estado do Dia", como era chamado pelos camponeses e pastores da região montanhosa, alojava-se em um quartel no sopé dos primeiros maciços. Os soldados, desnutridos e tremendo de medo e frio, nutriam desconfiança e raiva contra os criadores da região e os povos do alto Ouarsenis. Fomos acusados de cumplicidade com os terroristas, os "Tangos", como eram chamados naquela década. Éramos suspeitos de alimentá-los, de mantê-los aquecidos e de lhes oferecer nossas casas. Por isso nos queriam mal e esperavam pela nossa morte. Depois, havia o "Estado da Noite". Os grupos islâmicos armados. No final do século, eles chegavam de todas as partes para se infiltrar em nossas montanhas e confiscavam nossos carneiros, matavam os "traidores" em nossas próprias casas e repetiam que era exatamente como nos tempos da França. "Existe a guerra de Deus e depois há os traidores, de que lado vocês estão?", clamava o líder de olhos enlouquecidos. Nós nem sabíamos onde estávamos, nesse vaivém entre a vida e a morte.

Isso continuou por alguns meses e, um dia, uma das duas partes, um dos dois "Estados", decidiu acabar com as pessoas cinzentas e imóveis sentadas no meio de seus campos de pedra. Em 31 de dezembro, os grupos se dividiram em dez brigadas e, no meio da noite, abateram inicialmente os cães, cavalos, animais de todos os tipos, até mesmo as galinhas, para poderem avançar em perfeito silêncio. Sete aldeias, doze povos dizimados. Depois, vieram em nossa direção, nós, as pessoas, minha irmã e eu, sob nosso cobertor bordado com um tigre inútil. No dia seguinte, na aldeia de baixo, encontraram-se fugitivos com olhos perplexos. Ainda seguravam suas panelas, galinhas mortas ou cachorros sangrando. Quando se atravessava o riacho, em direção às montanhas, e se fazia o caminho de volta, descobriam-se ao longo da rota de fuga vários sinais espalhados. Era possível captar a olho nu o estado de espírito dos sobreviventes conforme os diferentes momentos da noite fatídica. Na base da montanha, encontraram-se louças mais leves. No meio da trilha que subia, viram-se objetos mais pesados, um baú, cobertores e utensílios de cozinha, e até sacos de sêmola. Mais perto da cratera, viam-se as riquezas mais significativas: baús, grandes tapetes usados em ocasiões especiais, enormes animais mortos. Ao fugirem, os sobreviventes haviam se livrado daquilo que lhes pesava. Depois, subiu-se de volta e, enquanto o céu cinzento se escondia no coração das testemunhas, contemplaram-se os cadáveres. Ficaram sem palavras diante dos cães mutilados, das pessoas, das mãos, das vísceras e, acima de tudo, das cabeças cortadas, que olhavam para uma nuvem, para uma memória ou para um assassino. A pele parecia acinzentada, a língua para fora e, muitas vezes, os crânios eram invertidos para fora da auréola de sangue sob as cervicais. A terra estava preta por causa do frio e pouca grama sobrevivera ao pisoteio selvagem dos assassinos.

Reinava sobre essas montanhas escarpadas (a voz de Khadija vacila como uma vela) um silêncio que nunca mais será superado por nenhum canto, nenhuma casa ou fogueira. Na manhã de 1º de janeiro, descobrimos que todos os povos haviam sido dizimados. Cerca de mil pessoas foram assassinadas em uma noite nos arredores da nossa fazenda. O número, diz Khadija com uma voz que tenta tirar os espinhos das palavras, abalou o país. Não acreditavam nele. É um tipo de somatório que diz respeito a contos, paraísos, batalhas míticas ou rumores imprecisos. Dizia-se com convicção, como os mentirosos, que exatamente um milhão e meio de pessoas haviam morrido na guerra contra a França, mas agora, mil mortes numa só noite continuava sendo um número inconcebível. A contagem foi reduzida. Alguns jornais falavam em "dezenas de mortos". Outros em "323 mortos". E outros em "212 mortos". Outros nem contavam mais. Como no amor ou na riqueza extrema. Khadija faz uma careta, ainda envergonhada e escandalizada, anos depois dos acontecimentos. Eu também não acredito em nenhuma recontagem rigorosa. O tempo se oferece em uma única cena. E acredito que a partir de um certo momento as pessoas têm a mesma idade para sempre, e que andamos em círculos se não decidirmos viver e dar à luz nós mesmos.

O número foi então clara, eficaz e assustadoramente negado, cortado, eliminado, corrigido, apagado e, no final, dez anos depois, tudo o que restava era eu. Eu, que havia sido encontrada pela manhã, com os olhos fechados para que o assassino acreditasse que eu estava morta, assim o levando a cortar a garganta da minha irmã em vez da minha. Como se ela fosse o carneiro substituto. Levaram-me aos gritos, aos encontrões, tomando meu pulso. Minha mãe Khadija estava no hospital de Relizane como voluntária e me encontrou, quase morta, em meio aos sobreviventes encaminhados para lá. Ela acompanhou minha maca, ficou de olho em mim e foi comigo na ambulância até Orã, quando meu caso foi considerado sem esperança e ficou decidido que eu seria trasladada de madrugada para um hospital maior. Ela me via como destinada diretamente ao seu ventre, por um caminho de sangue e de sorte. "Sim, eu estava lá. Eu queria apoiar, ajudar, lutar", e ela se perdia em suas motivações vasculhando dentro da mente. Retomou a própria história de órfã adotada que queria consertar o mundo e se oferecer como guardiã para os pássaros, os degolados, as crianças nuas, as gaivotas, os carneiros e todos aqueles que tinham duas línguas e uma rachadura que os impedia de contar sua história.

Perdoe-me.

33

Últimos minutos antes de escurecer

Taïmoucha. Esse é o diminutivo de Fatima. A filha do Profeta tinha esse nome. Esse também é um caso de espelhos quebrados, pés descalços na noite e uma faca na garganta. Minha irmã parece enorme para mim quando eu, uma criança de cinco anos, a olho por entre as árvores. Ela ri como se quisesse me tranquilizar dizendo que o mundo é tão bom quanto miolo de pão quente. Ela aponta para mim os gafanhotos nos arbustos. Sua testa é larga, seu rosto é fino e sua pele é marrom, a pele de nossos ancestrais. A minha é clara. Somos parecidas com nosso pai, se ele tivesse nos mostrado seu rosto e não apenas suas costas curvadas sobre seus carneiros amedrontados. Taïmoucha estava sempre inventando brincadeiras com peixes ausentes, trançando espigas, traçando o trajeto de algum riacho, e era excelente em capturar estrelas num copo d'água à noite. Adorava deixar pegadas: no caminho, nas cinzas do fogão da cozinha, no sangue dos carneiros que meu pai abatia, na água lamacenta do inverno. Até hoje, quando estou sozinha e não tenho mais nada para fazer, vejo pegadas, juro. Nas paredes descascadas, nas nuvens, no mar ou no lombo de um cavalo.

Também me lembro de suas mãos. Muito grandes, como se quisessem se somar às suas palavras e demonstrações. Ela parecia feliz por estar viva, cantava quando achava que estava sozinha e minha mãe a olhava como se ela fosse um infortúnio ou uma estranha. Talvez os animais a amassem. Gosto de pensar assim. Costumávamos brincar muito nos campos ao redor da fazenda. Se esconder. Contando. Um, dois, quatro, vinte. Eu corria, avistava um buraco, um muro baixo, uma sombra no galpão, e ela fingia não me ver, fechava os olhos, contava e saía fazendo um longo desvio que me levava a estremecer de alegria, depois voltava, preocupada, me deixando pensar que ela estava com medo, depois se sentava e eu reaparecia para fazê-la rir.

Fui encontrada encolhida num canto, como se estivesse morta depois de rastejar para debaixo do baú de madeira da minha mãe, onde ela guardava os cobertores grandes. Eu havia me arrastado até lá, ao longo de um fio d'água vermelho. Era ali que eu costumava me esconder quando brincava com a minha irmã. Eu tinha carregado minha cabeça em uma mão e meu corpo na outra; da minha irmã, só encontraram inicialmente a cabeça. Depois, os rastros de sangue dela, como um caminho, apontavam para outros cadáveres. Meus pais não puderam ter seus corpos reunidos de novo para o enterro. Aliás, ninguém jamais foi enterrado completamente. Os militares se recusavam a acompanhar os aldeões, que, munidos de pás e pedaços de pau, se encarregavam de enterrar os corpos nas fendas da encosta da montanha.

Khadija tem uma outra história, que ela costuma contar quando se lembra de seu momento de maior raiva. Assim que o massacre foi descoberto, em 1º de janeiro de 2000, com os vilarejos incendiados, os restos de cadáveres mutilados fumegando, não se sabia o que fazer. Então encheram os poços com cadáveres e, quando os poços não eram mais suficientes, enterraram os outros nas valas que as chuvas haviam cavado. E quando a chuva voltou a cair, um mês depois, as fossas foram reabertas e os cadáveres deslizaram em direção à aldeia em sua nudez esverdeada, e a corrente de água os depositou nas portas das casas pobres. Cavaram-se então mais buracos, e eles foram enterrados novamente. Depois, uma enchente formada pelas águas passageiras os desenterrou, e assim por diante, até que todos se exauriram, mal conseguindo distinguir os mortos dos vivos. Não sei o final dessa história. Khadija também não.

Fui degolada de orelha a orelha. Fui cortada de uma só vez, mas o degolador fracassou em seu sacrifício. Por isso, sobrevivi. Me pegaram. Khadija me arrastou de volta, gritou, correu em todas as direções, chorou, me abraçou e mobilizou todo mundo para que me costurassem no hospital de Relizane; sobrevivi graças a ela, graças à sua tenacidade perante a equipe totalmente sobrecarregada naquela noite. Muda, sem cordas vocais, sem uma única palavra a dizer para concluir essa história. Com um buraco na garganta e olhos enormes. Passei por uma traqueostomia para poder respirar novamente, e os cirurgiões desenharam um sorriso diabólico para costurar minha cabeça de volta no pescoço. Tenho carregado comigo esse ricto, que exaure todas as línguas, nos últimos vinte e um anos. Um sorriso bobo, tão grande quanto a alegria, a felicidade e a zombaria. Ele vai de orelha a orelha e está bem registrado sob o queixo, limpo e silencioso; corta a língua em duas; reproduz a alegria quando ela não é mais alegria. Minha mãe, Khadija, me deu o nome de Aube[1] para desafiar dois destinos noturnos, o dela e o meu. Meu outro nome, de minha vida anterior, havia sangrado até ressecar e somente minha irmã Taïmoucha se lembra dele toda vez que volta em meus sonhos. O outro nome simplesmente se foi, meu feto, minha concha a ser esvaziada, minha libélula sem asas, coração dentro do coração, centelha vermelha, voz dentro das palavras, as próprias palavras, a língua que por fim encontra um ouvido. Você entende?

Eu morri quando tinha cinco anos e você vai morrer hoje à noite ou amanhã de manhã, antes que minha mãe volte. Amanhã os carneiros serão abatidos, eu vou engolir os três comprimidos e você vai estar livre. Eu teria gostado disso. Uma garota que continuasse falando e falando e falando por um milhão e meio de noites sem parar, para que pudesse contar tudo no meu lugar, como os livros contam no lugar dos desaparecidos. Juro, minha filha, que eu teria gostado. Ouvir você, ver você rindo com os dentes do sol e abraçá-la para que eu pudesse encontrar meu próprio corpo novamente e amá-la para que as duas línguas se tornassem uma só que não parasse de contar histórias. Uma bela língua em sua boca, forte, poderosa, uma torneira, uma fonte, a chuva, todo o mar em seus olhos e o céu em seu peito que ajuda as palavras a içarem suas velas. Mas agora é noite em Orã. O Dia do Sacrifício começa com uma oração pela manhã. Por toda a cidade, os homens agradecerão a Deus por ter criado os carneiros para serem abatidos, mulheres para serem escravizadas, o mundo para ser purificado, os vestidos para serem jogados das janelas, perfumes para serem proibidos, prostitutas para serem imoladas. Minha

1. "Amanhecer", em francês. [N. T.]

filha, eu não choro, porque isso é muito ruim para a cânula e o enxerto. Taïmoucha, fechei os olhos e desde então estou cega para o brilho do mundo, e nada atinge o meu coração, porque fui covarde e me fingi de morta para que o assassino se ocupasse matando você, e assim ganhar tempo; ganhar vinte e um anos. Eu me escondi e não entendi o que você me dizia, porque meus ouvidos estavam zumbindo e o sangue os afogou. Quantas vezes busquei na minha memória, mas não consigo me lembrar claramente do que aconteceu naqueles momentos. Eu não ouvi. Eu não deveria estar vivendo. Então, querida, como você espera que eu dê vida a alguém? Um copo de água e você se dirigirá a não sei quem e dirá que quer um outro útero para vir ao mundo. O que você espera? Viver neste país? Não há nada AQUI. Posso ouvir você me respondendo: "Sim, mas também não consigo ver NADA do outro lado. Eu quero viver". Não! Amanhã, ao amanhecer,

vou tomar um copo de água e

SEGUNDA PARTE
O LABIRINTO

1

20 de junho, 5h45, saindo de Orã
"Na porta do labirinto, você desperta."

É um mistério falar com alguém que não conhece este país. Que está do outro lado da palma do céu. Prisioneiro de outras leis, outras estações. Que sabe pouco sobre mim, além de minhas palpitações cardíacas, meus passos ou meus humores. Que me acompanha às cegas, que se aventura em minha noite mal iluminada, que me dá ouvidos quando o mundo se torna barulhento demais. Alguém como você, que nunca alcançou a terra, que não sabe se o céu está embaixo ou em cima, ou o que é o braseiro do presente. Para começar, talvez devêssemos escolher um nome para você enquanto estamos aqui, as duas, você acorrentada, eu louca para pegar a estrada. Eu me chamo Fajr, Aube, você sabe. Quanto a você, eu a chamo de Huri. Mas não se acostume. Pelo pouco que lhe resta de vida.

2

11h09
"Vamos entrar."

"MAS O QUE VOCÊ ESTÁ FAZENDO AQUI?" Ele grita (quem ele pensa que é? A polícia?) e seu rosto bronzeado perde a cor na contraluz. Suas sobrancelhas se franzem e quase assumem a forma de chifres. Sua mão se agita como se quisesse me ameaçar. Eu recuo, recuo, e, pouco a pouco, ele se acalma. "Você NÃO DEVE ficar aqui!" Ele fala cortando as palavras, como se se dirigisse a uma criança, e eu me pergunto: é assim que acontece quando você tem um pai ou um marido? Ele permanece paralisado, os olhos atormentados por uma emoção antiga, e é isso que me deixa perplexa: ele está com mais medo do que eu. De quem? Está ali uma jovem de vinte e seis anos, com cabelos mal penteados, marcas de golpes no rosto, vestindo uma camiseta rasgada e um lenço fino, em pleno verão, em volta da garganta. Os pés descalços, acima de tudo, plantados na terra deserta de uma estrada argelina. Uma mendiga resmungando ao sol, enquanto o país inteiro já voltou para casa e se extasia com o sangue de seus animais abatidos. Já passa das onze horas, e a Grande Festa já foi celebrada por toda parte, menos aqui.

É verdade que devo lhe causar medo com meus trapos. E com meu "sorriso". Mas isso não é tudo: ele tem medo de outra coisa. Mantém o dedo indicador apontado para mim para sinalizar meu erro inqualificável, a grande rodovia abandonada dando razão à sua indignação. Seu olhar agora se fixa na minha cânula, mal camuflada pelo lenço. Sua pálpebra esquerda se ergue e seu olho mais intrigado pousa sobre meu ferimento, depois se arregala de novo. Ele percebe que estou prestes a correr e desiste da advertência; ficamos nos encarando estupidamente, como animais perdidos.

"Posso deixá-la no vilarejo mais próximo. Se você foi roubada, há policiais lá e eles podem ajudá-la." O vilarejo mais próximo é Oued Tlélat. E é justamente de lá que eu venho. Eu estava na delegacia. Esse homem deve ser mais um maluco da estrada, outro estuprador, e meus pés me impulsionam, queimados e machucados de tanto andar. Estou pronta para fugir pelos campos para proteger você, minha Huri de orelha em pé. Calculo a distância e o tempo que ele levaria para me agarrar. Nós vamos correr, fugir, e ninguém vai nos deter, nem Deus, nem o Profeta, nem os policiais. Recuo lentamente em direção aos campos e o estranho fica parado.

É nesse momento que o motorista exibe um espetáculo que eu jamais poderia imaginar.

Sim, minha pequena Lua, você está registrando esse espetáculo pelos meus olhos, enquanto o vento aumenta. Seu rosto moreno, seus olhos brilhantes e seus dentes sujos se fundem numa expressão de fruta esmagada. De repente, ele começa a chorar e sua mão aponta para minha garganta. Ele explode em soluços, num gemido terrível. Engasga-se, como se estivesse engolindo do jeito errado, e suas palavras confusas se afogam. Seus olhos, diferentes um do outro, lacrimejam como se fossem duas pessoas distintas. "Não fique aqui sozinha, minha filha..." Ele geme. Diz o nome de Deus, suspira e soluça para se livrar dele, mas seu olhar me convence a não fugir. "Eles a comerão, minha filha. São lobos, e Deus sabe o que os homens poderão fazer com você nesses campos. Veja, eles já morderam você!" Ele aponta para a minha garganta e depois, atrás de mim, para a planície cercada e seu mato inóspito. Ele então para de chorar e volta a mostrar seu rosto de homem comum. Observa a estrada: "Você não pode ficar aqui, é impossível. Foi Deus que talvez tenha enviado você, não foi?". Deus? O estranho olha para mim e para o meu lenço sem parar. E conclui com esta frase, com um ar menos severo, quase agradecido: "Talvez você seja um sinal. Pode me dizer? É?". Em seguida, ele se vira para a estrada, tomado por uma visão. Os campos desertos ao redor estão nos sondando. Nenhum carro se aproxima e a rodovia continua vazia como no fim do mundo.

Após esse duelo silencioso, o motorista desaparece dentro do veículo e a porta do passageiro se abre: "Veja! Não tenho intenção de machucá-la. Entre, vou lhe dar uma carona, não vou deixá-la aqui. Eles vão comer você". Sua voz é chorosa, tão fraca quanto a de um moribundo dando seus últimos conselhos. Então ele me mostra o interior de sua cabine. Vejo o que ele tem a oferecer como prova: sua perna direita atrofiada, curta, pendendo sobre o pedal, com um sapato compensador e a barra da calça dobrada. É sua perna falsa. Minha língua interior se acalma repentinamente, pois capta um objeto na escuridão do medo dele. "Suba, eu a deixarei onde quiser se não nos entendermos. Eu me chamo Aïssa Guerdi, se você se sentir melhor sabendo meu nome." Eu o olho com atenção. Uma de suas pupilas desaparece sob uma pálpebra excessivamente grossa, enquanto a outra me encara sem piscar. Seu cabelo é branco, suas feições são acentuadas. "É um cavalo", você diz, lembrando-se de um dos poucos animais que habitam o paraíso, de acordo com o Alcorão. "Vamos lá, vamos subir. Nós somos malucas!" Então, vamos continuar essa viagem para a terra da minha irmã morta. Vamos contar a ele as suas razões e as minhas, e cada uma de nós vai voltar para seu próprio mundo.

3

11h22
"Pela esquerda ou pela direita?"

Sou um homem renomado. Mas há muito tempo ninguém acredita no que digo. Você entende? Para dizer a verdade (*ele olha para meus olhos grudados na estrada, depois para meu pescoço com o lenço verde meio aberto e estende a mão para ajustar o ar-condicionado*), eu não gostava de livros, porque eles são ladrões. Desde criança, desde o início da minha vida boba em Batna, cometi um erro. Eu achava que o casamento era o erro da juventude e a oração, o erro da velhice. Deus me cegou, ou melhor, minha mãe. Foi aí que minha maldição começou. Se eu soubesse escrever, teria escrito minha história, sabe! Em vez de contá-la em todos os lugares como um idiota em quem ninguém mais acredita há anos. E de ser insultado pelas costas com um apelido que não ouso repetir para você.

Quando eu era jovem, havia livros por toda parte em nossa grande casa em Batna. Você conhece Batna? Fica quatrocentos quilômetros ao sul de Argel. Não eram bem livros, aliás, mas sim as folhas abundantes de uma grande árvore sem frutos. Uma alfarrobeira branca havia caído no meio da sala de estar, e tivemos que conviver com ela, passando por cima de seus galhos e afastando suas folhas para conversarmos uns com os outros. Ela nunca estava morta, nunca estava sem galhos, nunca dormindo. Ou só com um olho fechado (*sua pálpebra esquerda mal esconde seu olhar divertido*). Ela sugava o nosso sangue, aquela árvore de Deus. (*Está ouvindo, minha Huri? É um pouco como a sua árvore, não é? "Certamente existe no paraíso uma árvore tão alta que, se um cavaleiro cavalgasse à sua sombra por cem anos, não conseguiria atravessá-la", disse o imã certa vez.*) Wellah, essa é a imagem que guardo dos livros na nossa casa. Como um outono que nunca termina, um outono pálido de cabelos brancos e folhas, em toda parte, até aqui (*ele aponta para o seu pescoço*).

Entende o que eu quero dizer? Em Batna, morávamos na rua da Independência, 56. Uma casa colonial antiga, com duas salas de estar, limoeiros no pátio e janelas francesas largas, à antiga, que costumavam ficar fechadas por causa da minha mãe. Ela era obcecada por mau-olhado, pessoas invejosas e maldições. As folhas de papel ocupavam nossas salas de estar, como convidados que não queriam mais perder nossa hospitalidade. Aos poucos, elas nos empurraram para os cantos, como se fôssemos uns boçais vindos de vilarejos vizinhos. Meu irmão e eu vivíamos em uma floresta de árvores brancas e cinzas, amassadas e rasuradas. Brincávamos nela, procurando fotos de mulheres sobre os cobertores, ou árvores no Brasil, ou espadas antigas e carros de corrida. Mas não era só uma brincadeira, minha filha, era também uma guerra para nossos pais.

As folhas monopolizavam nosso pai e competiam com minha mãe como uma segunda esposa, jovem e idosa ao mesmo tempo, velha e nova, ou mil outras segundas esposas, cada uma alojada em uma página com seu nome. Os livros pareciam negociar até mesmo sua cama, acho, suas noites resmungando com meu pai, hi hi hi (*quando ele ri, seus ombros sacolejam*)! Durante anos, os livros foram o foco da atenção do meu pai quando ele se propôs a se tornar um sábio reconhecido na nossa região. Seus olhos só se aguçavam perante os erros de digitação, a tipografia, a tinta correndo e as notas de rodapé que ele escrevia movendo a cabeça o dia inteiro. Nada mais o fazia vibrar. Nem o rosto da minha mãe, nem seus ombros nus, nem seus cabelos macios de ébano, aos quais ela às vezes se dirigia em frente ao espelho. Nem nós, seus dois filhos, meu irmão Benbadis e eu, o caçula de cabelos loiros. Os livros tiraram da minha mãe os olhos de seu marido, sua doçura desapareceu, e eles monopolizaram a atenção e as mãos do seu homem. Ela mal tinha direito a algumas palavras. Sabe, irmã, minha mãe nunca foi à escola, porque as mulheres de sua geração não iam, para preservar seu tempo, sua virgindade e sua reputação.

(*As colinas ao redor da rodovia aumentam, movendo-se silenciosamente através das janelas da van. A mão do motorista continua pairando no ar, acompanhando o voo de suas palavras, retomando o volante por um ou dois segundos. Sigo as colinas com os olhos, como fazemos com as ondas no mar. Elas se elevam em direção ao céu, mostrando um ou dois vilarejos, depois se transformam em enormes fendas, com outros vilarejos anônimos engolidos e árvores pregadas nas bordas de construções em miniatura. A cada quilômetro, a terra se torna mais profunda, com ondas agitadas. Sinto o peso delas no meu estômago. Vomitar...*)

Meu pai respeitava minha mãe El Hadja, juro a você, minha filha. Ele a observava enquanto ela se esforçava para limpar o pátio com sua vassoura furiosa ou para lavar a montanha de roupa suja. Ela esfregava e esfregava, e eu imaginava que ela queria apagar coisas de sua vida de mulher, rastros, manchas que a irritavam, humilhações ou boatos de vizinhas invejosas por causa de nossa casa maravilhosa. Mamãe, que Deus guarde sua alma, lutava contra os livros como uma diabinha, mas à sua maneira. Ah, sim! Ela não se deixava levar, veja bem. Em primeiro lugar, ela varria a casa principal e o pátio, o corredor, os quartos e a calçada na entrada da casa, tirando o pó, polindo e limpando todos os cantos, depois regava abundantemente os jardins da propriedade com grandes baldes de água cheia de raiva e praguejando. A água era inimiga dos livros do meu pai. Duas esposas, eu juro, minha filha. Uma que sabia ler e escrever e a outra que queria apagar para se vingar. Uma esposa de papel, a outra de carne. Digo a mim mesmo que a água era um pouco a sua tinta e que ela escrevia à sua maneira. Não? A água faz o papel enrolar e os autores e títulos se afogarem, e os livros então perdem toda a sua imponência. Acho que ela se sentia no direito de lutar para ter seu marido de volta. E, à noite, ela prestava contas disso à sua cabeleira achamalotada no espelho, e meu irmão Benbadis e eu ríamos. Seu cabelo, tão longo, tão bonito, parecia cair do céu como um anjo, e minha mãe rejuvenescia quando o penteava. Ah, que mulher magnífica e astuta era minha mãe! "Está sujo, está empoeirado!", ela repetia, e depois lançava uma enxurrada sobre os livros. Depois que ela limpava, enxugava e passava óleo em tudo em nossa casa colonial, os livros do meu pai se afogavam diante de seus olhos ressentidos e, às vezes, ela sorria, vitoriosa, mas com cuidado para não demonstrar isso. Eu juro, minha filha!

Durante as horas de faxina, meu pai levantava os pés, ou aguardava de pé na rua esperando que as coisas secassem, resmungava, obedecia às leis de sua primeira esposa ou voltava para a nossa livraria-tipografia na rua da Independência — é uma loja antiga, como você vai ver. Ele queria maldizer a sua vida, pobre homem, que Deus o tenha em paz também.

Estou lhe contando isso porque é aqui que a história realmente começa. Percebi isso anos mais tarde, quando as pessoas pararam de me ouvir, mesmo em nossa vizinhança, apesar do nosso nome de prestígio e do meu talento como contador. Eu deveria ter aprendido a ler e escrever. Quando você escreve, até as mentiras se tornam verdadeiras e ganham uma bela roupagem. Eu poderia hoje me livrar da minha história, que não me permite voltar para casa nem ter amigos ou a confiança e o respeito que meu pai tinha. Wellah! Ninguém mais acredita em mim há vinte anos, porque não tenho nenhuma prova. E agora, meu Deus! Agora Deus enviou você, e bem no dia do Eid.

Quando meu pai, na noite da grande lavagem, finalmente conseguiu chegar à sua escrivaninha na nossa casa, muitas pilhas de livros engoliam água a partir do fundo, inchadas e cinzentas como homens se afogando no mar de Argel. Ele era um homem severo, minha filha. Costumava bater na minha mãe, dava socos, e ela sangrava no nariz repetindo, desorientada, que voltaria para a casa de sua família, mas com a idade ele se desgastou, assim como sua raiva, e finalmente ele depôs as armas. Até mesmo os profetas de Alá tiveram que suportar mulheres difíceis, ele acreditava. Suponho que tenha aceitado seu destino de estudioso incompreendido. Para ele, os livros não eram livros, mas cavernas onde ele esperava pela iluminação. Ele ia até ali como quem vai a um café para matar o tempo ou prolongá-lo.

(*Essa estrada corta minha cabeça como uma serra, ela me divide em duas, minha filha, ela me fere na outra direção da minha vida. Hoje ela se mostra nua em meio a um céu azul, mas na minha lembrança o que guardo é um percurso travado, com nuvens espessas de inverno engolindo os viajantes. Sou uma sombra retornando à cena do crime de vinte e um anos atrás. Mas se não for para lá, aonde irei para finalmente começar tudo de novo e lhe mostrar a verdade?*)

A outra arma da minha mãe era o cuidado que ela tinha ao cozinhar pratos finos para o meu pai, com receitas de sua avó e sua mãe. São pratos geralmente reservados para ocasiões especiais, como um casamento, por exemplo. Wellah, ela os preparava como se fossem venenos ou assassinatos de cinema! Ela quase conversava com suas receitas. Falava-lhes de sua vida infeliz como segunda esposa, das traições do seu marido vítima de bruxaria: "A loucura é coisa de família entre os Guerdi!". Ela proclamava isso para as especiarias e para o espelho. (*Os olhos do motorista não olham mais para a estrada, mas para o passado. As pobres colinas amarelas lutam contra um vento irreal.*) À noite, ela apresentava os pratos seguindo a ordem de sua batalha: mel, peixe, pistache, ameixas em calda, saladas variadas, entradas, doces, salgados, frutas secas, molhos. Ela suspirava a cada apresentação para realçar o custo, em esforço e tempo, depois esperava na porta da cozinha para ver qual seria a preferência do meu pai. Ela ou a outra esposa? Que Deus dê descanso à alma de El Hadj também! Talvez divertindo-se, talvez preocupado com a equidade entre suas duas esposas, ele fingia hesitar. Meu pai sempre começava provando alguma coisa. Depois, com um gesto lento repetido toda semana, ele colocava o manuscrito do dia na mesa de centro, afastava o prato e começava a comer distraidamente com uma das mãos, enquanto com a outra folheava histórias antigas.

Mamãe costumava perder essa batalha com os livros. Aliás, os pratos marcavam o início de enormes discussões, que ouvíamos como uma tempestade e que embrulhavam nossos estômagos, meu e de meu irmão Benbadis, como marinheiros. Para El Hadj, meu pai, essa guerra que ela travava com suas receitas contra os manuscritos dele proporcionava uma certa diversão para a esposa legítima. Talvez fosse uma linguagem ou um jogo para ele também, não sei. Sabe, são as coisas íntimas, as coisas do coração, sobre as quais nossos pais não falam. Nossos corações são grandes, mas silenciosos; eles só se tornam falantes com estranhos ou quando a morte se aproxima.

Muitas vezes estávamos à mesa com ele nessas refeições de guerra, e Benbadis e eu ficávamos quietos, esperávamos e nada acontecia além da discussão silenciosa de sempre. Meu pai não dizia nada. O silêncio era sua vingança. A cabeça abaixada, os lábios franzidos e os olhos fixos nos escritos dos outros. El Hadj, meu pai... (*Quando menciona o nome do pai, sua voz grave fica levemente diferente, como se o pai estivesse bem na sua frente e ele tremesse um pouco diante dessa presença. Ah, estou quase me divertindo com isto: ele também carrega no ventre alguém que dá um nó em suas tripas seja no céu seja no inferno!*) El Hadj, meu pai, queria se transformar num livro. Ele queria se assemelhar a eles, eu acho. Ele gostava de parecer tão quieto quanto a palavra escrita, de não dizer nada mais do que o necessário. Ele era Hadj, ou seja, um homem que fizera a peregrinação a Meca e voltara. Ele dava a impressão de ser um juiz antigo. Em meio a essa batalha entre suas duas esposas, uma branca como papel ou como a pele das francesas, e a outra com cabelos pintados, ele sempre repetia a mesma frase para nós: "Uma boa refeição enche a barriga, a barriga sustenta o joelho, mas um livro levanta a cabeça e sustenta o homem inteiro". Tínhamos que acreditar nisso, meu irmão e eu, e não comer muito da comida caprichada de nossa mãe para demonstrá-lo. Depois de pesar sua porção de carne, Benbadis a comparava com o tamanho da minha franzindo ligeiramente as sobrancelhas, como se estivesse desapontado. E ciumento, que Deus o tenha em sua alma também.

E mamãe? Para punir nosso pai por seus sorrisos de sábio imaginário, ela costumava comer sozinha na cozinha, em pé, diante de suas panelas, mastigando o mesmo pedaço de pão sem gosto, em desespero. Ou, nos dias em que havia uma grande discussão, ela simplesmente se recusava a comer. Dizia, lavando a louça, que um dia partiria para seu povoado, perto da aldeia de N'Gaous, e nunca mais voltaria para "o louco dos papéis". Não sei dizer quando ela começou a acreditar que os seus ainda estavam vivos, talvez no final, quando perdeu a memória. Parece que no final a gente vê os nossos próprios mortos, não é mesmo? Mamãe esquecia que todas as pessoas próximas a ela já tinham morrido anos antes e que ninguém se lembrava dela, coitada, depois da morte dos três irmãos que haviam roubado sua herança! E quanto ao meu pai? Não sei o que ele tanto buscava nos livros. Wellah, hoje acho que a uma certa altura ele nem lia mais, apenas se abrigava nos livros abertos na sua mesa como em uma caverna.

Tenho cinquenta e três anos, minha filha, a mesma idade que ele tinha naqueles momentos, e agora posso entendê-lo melhor. Ele devia se imaginar sentado ao lado do próprio pai e lhe falando através da papelada, como através de uma cortina. Mas acho que ele falava principalmente, em silêncio, com sua irmã, minha tia Aichouche, que morreu antes de eu nascer. Ela morreu logo após seu casamento. E levou consigo o riso, o dele e o dela.

4

11h34, na estrada
"Sua história é um longo corredor, minha Huri."

Na única vez em que ele falou de sua irmã Aichouche, meu pai contou como ela o defendia dos garotos que o provocavam e batiam nele na época da França. Quando ele narrava essa lembrança, seu rosto se turvava. Era a ferida em seu coração, o livro que ele não escreveu, acho. Ah, sim! Foi uma verdadeira evocação, eu lhe digo, minha filha! (*Ele nunca vai parar de me chamar de "minha filha"?*) Estávamos no pátio da casa, no verão. Meu pai conversava com um tio. Comia uvas prazerosamente, deitado em nosso tapete mais suntuoso, um tapete de Ghardaïa. Eu estava sentado na entrada do salão, não muito longe dali, num pequeno degrau, e o vi olhando para o nada, com os olhos brilhando, como costumava fazer ao escrutinar manuscritos raros. Ele evocou a irmã como se ela estivesse diante dele. Seu rosto se iluminou, seu sorriso apareceu e ele voltou a ser criança, tentando rir e fazer os outros rirem. Eu soube então que a história era verdadeira e que havia embrulhado seu coração como um jornal. Nos livros, ele buscava essa intimidade, ou como esquecê-la.

Ah, El Hadj, que Deus o tenha em sua alma! De manhã, quando voltávamos da mesquita, em três, porque El Hadj nos obrigava a rezar com ele, minha mãe retomava a batalha. Ela atacava com sua arma favorita, a vassoura, até cercar o filho de El Hadj Guerdi Senoussi. Esse era o nome do meu avô, o homem que fundou nossa livraria. Minha mãe começava o dia agitando tudo em volta do nosso pai vestido de branco e das ideias de seus ancestrais, enquanto o bairro acordava ao som dos motores dos ônibus. E enquanto ela afiava suas armas, sentíamos o cheiro do café no final da rua, o café Marhaba (*já reparou que todos os cafés da Argélia costumam ter o mesmo nome, como se estivéssemos sempre voltando ao mesmo lugar?*), enquanto El Hadj se sentava em seu banco de veludo vermelho ornado de dourado e desaparecia dentro de alguma ideia, uma rima ou uma frase bonita. O banco vermelho era um lugar proibido para meu irmão Benbadis, sabe, mesmo ele tendo aprendido a ler e escrever mais rápido do que o esperado. Só para você saber, meu irmão recebeu esse nome em homenagem ao estudioso de Constantina que apoia o queixo na mão nas ilustrações dos livros escolares. Assim, durante todo o dia, meu pai, petrificado, esperava em vão que mamãe se cansasse e se afastasse com seus baldes para longe dos tesouros dele. Tudo isso, minha filha, sem gritos e discussões! Não! Não tem nada disso na nossa casa: somos uma família de notáveis. Na nossa casa, éramos silenciosos como os livros e avaros com palavras inúteis.

Quando perguntavam à minha mãe onde estava El Hadj, ela apontava para a porta dele, ou para seus chinelos, ou para o rosário quando ele estava fora, ou em direção ao leste, para indicar sua loja. Ele costumava se esconder na nossa livraria (batizada de El Houria em 1962 para celebrar a independência da Argélia), conservada tal como lhe fora legada pelo meu avô. Tínhamos, afortunadamente, o privilégio de sermos uma lenda no nosso bairro, sabe, minha filha. Ah, sim! Uma família de renome. Uma família que inspira confiança e que nunca precisou passar por um escândalo, ter de contar uma mentira ou ser designada por algum apelido depreciativo. Éramos respeitados havia um século, e nossa profissão, transmitida de pai para filho, nos permitia viver com conforto (*sua mão repousa no volante depois de conter o movimento pendular de um peixinho de lã azul pendurado no espelho retrovisor*). Nossos livros, publicados desde os tempos da França, nos deram uma voz rara e inestimável (*como ele está falante agora, não? Ele se inclina para o meu ouvido. Sua mão descansa no braço da poltrona, depois vai até o peito, que ele acaricia, pensando na sua família*). Deveríamos dar continuidade ao que meu avô havia decidido depois que seu próprio pai decidira, ele, um grande recitador do Alcorão e especialista erudito nos comentários.

Você provavelmente acha que eu falo muito, não é? Ha, ha, sim! Mas isso é porque preciso lhe explicar por que acho que Deus a enviou para mim hoje! Você caiu do céu. Ninguém mais acredita em mim hoje em dia, minha filha, apesar de sermos uma grande família. Não há provas do que eu digo; quando falo, meus conhecidos dão de ombros, olham para seus relógios ou para o céu e vão embora. Percebe? Eu, descendente de uma família cujo negócio é vender livros, sou acusado de mentira e deslealdade? Eu, o neto de Guerdi Senoussi? O único herdeiro de nossa livraria-tipografia após a morte do meu irmão Benbadis, da sua filha e da sua esposa? Acha que estou aqui na estrada porque sou órfão? Ah, não! É porque sou a única pessoa que pode acreditar em tudo o que tenho na cabeça, e que é verdade, como o Alcorão, como o Profeta, como Deus, como quando se está nu no túmulo.

Estão todos mortos: meu irmão Benbadis, sua filha, sua esposa, minha mãe e meu pai. Não posso ficar em silêncio, pelo meu passado, por todo o passado da Argélia. Não posso mais fazer isso, depois de ter vivido o que vivi. Uma faca despertou meu dom ao me esfolar vivo. Meu dom é citar números, nomes, lugares. Muito. De cor. A cada data, outra data aparece como pegando carona. Sobrenomes, nomes, lugares. É um dom que eu não sabia que tinha antes da minha história começar. Mas seria preciso saber ler e escrever para transformá-la num livro. Então, em vez disso, eu dirijo, o que me ajuda a esquecer e evita constranger os outros. Nossa história familiar é muito antiga, como os livros e as árvores, portanto, tenho muito com que me ocupar. E eu nisso tudo? Ah, era aí que eu queria chegar e (*ele não se parece em nada comigo, exceto no uso da língua, que flui como um fio de água, vindo de uma vida diferente da sua, tão incongruente quanto uma joia que ele tivesse roubado*)... e tudo começou aí. Da guerra contra os livros. Minha mãe contra o meu pai. É por isso que não pude aprender a escrever. E quando minha história começou a entrar na minha própria cabeça, o Emir dos degoladores me pediu para andar por toda parte e contar a todos o que eu tinha visto, só que não levei nada comigo, nenhuma prova. Vinte anos depois, ninguém mais acredita em mim quando começo a falar.

Fiquei do lado da minha mãe, e Benbadis do lado do meu pai, e os livros se vingaram de mim. Meu irmão se tornou um dos melhores estudantes de sociologia da Universidade de Argel, eu sou o motorista da nossa prestigiada livraria e não consigo escrever uma única palavra que permita que eu acabe com tudo isso dentro da minha cabeça. Para que essa ladainha de datas se interrompa e pare de me mergulhar na confusão.

Então, faço como os livros: conto histórias. Eu não gostava de livros, eles se enfileiravam como mulheres com inveja da minha mãe. Eu estava errado, wellah! Mas eu era muito jovem na época, com meus cabelos loiros penteados como uma banana. Achava que livros eram para pessoas mortas e velhas. Que idiota! Ah, meu pai não estava enganado quanto ao meu futuro. Mas no começo ele tinha esperança. Achou que nosso sangue nobre me levaria de volta aos negócios da família. No final, ele estava certo, pois aqui estou eu com minha van cheia de livros. Sentado no seu banco vermelho e dourado, ele me seguia com os olhos, entrecerrava-os, perdia-se em suspiros tomando seu chá após a oração de sexta-feira. Às vezes, ele me obrigava a organizar os livros, um caso de família. Podíamos organizá-los de acordo com diferentes critérios: ordem de chegada, ordem alfabética, ordem de publicação, ordem de assunto etc. Também podíamos organizá-los em pilhas, tão altas quanto um minarete, o que significava que queríamos ler todos eles, estudá-los ou fazê-los alcançar o céu. Mas eu ficava quieto, evitava ficar sob olhares do meu pai, e minha mãe estava sempre presente para dissuadi-lo de me assediar. Era como se ela quisesse desviar para si a raiva de um homem que tinha visto seu sangue nobre correr inutilmente pelas veias de um de seus filhos. Eu aguardava atrás das trincheiras na batalha entre o prato e a pluma, os temperos e os prefácios. Entre a recusa de comer e a recusa de falar, entre minha mãe e meu pai. Como se tratava de uma batalha de adultos, meu irmão e eu adotamos uma postura cautelosa. Benbadis, no entanto, aprendera a ler em voz alta para que meu pai El Hadj pudesse ouvi-lo e, diante dos meus olhos, acariciar os seus cabelos com orgulho.

Uma ou duas vezes, na nossa casa em Batna, minha mãe ganhou. Para evitar que fossem molhados, alguns livros foram retirados da casa e transportados em caixas para a livraria. Nossa livraria? Você vai ver, é um lugar onde vai poder trabalhar e… (*O que ele está dizendo? Como ousa pensar uma coisa dessas?*) Ah, o grande dia para ela foi quando percebeu, depois de uma gripe no inverno, que poderia triunfar com um truque tão simples quanto respirar. Sem vassouras, sem enchentes. Um dia minha mãe descobriu que podia vencer aquela guerra simplesmente tossindo. E ela tossiu, a princípio de leve, depois como se seus pulmões tivessem que descer a um poço ou a um subsolo para obter ar. Nessa perigosa aventura, ela assumiu um rosto lívido, ensombrecido pelo cabelo que se desprendia do lenço como um sudário. Ela tossia e tossia, e isso continuou por dias e dias. À noite, podíamos ouvi-la cuspir e, durante o dia, ela se encolhia diante dos nossos olhos com ataques violentos. Seus olhos lacrimejavam e o peito quase não conseguia conter seu coração frenético. Na nossa casa normalmente tranquila, sua tosse seca se tornou um barulho contínuo, quebrando o silêncio dos meus antepassados, nos atormentando, impedindo meu pai de ler e o tempo de passar. Em um determinado momento, furioso como um touro branco dentro de seu mantô encapuzado de dignatário de Batna, meu pai praguejou contra a má sorte. "Foi o irmão dela que me pegou!", repetia ele. Era meu tio Benh'med, irmão da sua esposa, que ele havia conhecido quando jovem. E ele havia se casado com sua irmã, que não gostava de livros, mas de água, de cozinhar e de pratos bonitos. Minha mãe não era ruim, mas deve ter se sentido esmagada pelos livros. Sabe, é difícil quando você não sabe ler, com a cara das outras pessoas rindo de você (*seu olho um pouco oculto pela pálpebra grande se ilumina por um momento em cumplicidade*).

Havia livros no quarto dos meus pais, na sala de estar, em pilhas e em fileiras; nós nem os líamos mais. Durante todos esses anos, meu pai continuou a folheá-los e a imprimi-los, perdendo dinheiro e ganhando sabedoria e respeito em Batna. É um ofício antigo na nossa família. Meu bisavô cursou teologia em Túnis; meu avô foi um grande estudioso que, no final da vida, parou de falar, talvez por ter entendido tudo. Meu pai El Hadj, antes de também se calar, quando teve seu câncer de próstata, nos contou uma história da qual minha mãe costumava rir. Segundo ele, meu avô El Hadj Guerdi Senoussi morreu esmagado por centenas de livros que caíram na sua cabeça. Um dia, quando estava corrigindo um manuscrito sobre a genealogia dos santos da nossa região, a terra tremeu e uma dezena de toneladas de conhecimento o soterrou, assim como o mar Vermelho caiu sobre o inimigo de Moisés. Uma avalanche de livros caiu na cabeça do meu avô e ele morreu da maneira mais honrosa para um livreiro.

Meu pai jurava que a história era verdadeira, mesmo que parecesse implausível.

Não se preocupe. Vamos dar meia-volta daqui a meia hora. Se você mudar de ideia. Podemos voltar para Orã no próximo anel rodoviário, em Yellel. Caso contrário, vamos continuar em direção a Relizane. Talvez uma hora e meia de viagem, se eu dirigir rápido. Onde eu estava? Ah, sim! Minha mãe deu de ombros e ficou calada, sorrindo e arrumando a pilha de pratos e galões de água sanitária. Riu um pouco dele, mas discretamente. É preciso dizer que ela se recusava a nos colocar contra nosso pai. Ela se zangava se alguém tentasse zombar dele pelas costas. Só a ela se reservava o direito de duvidar da história de seu sogro. Benbadis acreditava mais ou menos naquilo. Eu muito pouco. É possível morrer embaixo de livros, mesmo sendo muito pesados? Sob os vinte e dois volumes dos hadiths do Profeta segundo Al-Bukhari? Sob o peso de centenas de milhares de hadiths relatados pelo famoso Abu Hurayra, o suposto companheiro do Profeta, sobre o qual ninguém sabe nada? Não? Agora eu acho que sim. Especialmente sob o peso dos livros que não puderam ser escritos. Irmã, os livros que não existem são os mais pesados.

Talvez seja aqui que minha história começa, a que aconteceu comigo alguns anos depois na estrada, quem sabe? Se eu tivesse aprendido a escrever naquela época, poderia tê-la escrito. Agora, sem um livro para conferi-la, ela se multiplicou em minha cabeça, tem mil versões e não consigo mais ter certeza de alguns detalhes. Então Deus enviou você para mim! Eu tinha cabelos loiros ou pretos quando isso aconteceu?

Era de madrugada? À noite? A que horas? Wellah, é confuso porque quando você conta a mesma lembrança muitas vezes, ela se desfaz, sabe. Fica confusa e não permite que você viva e se lembre de outra coisa. Minha história é um pouco como a de uma esposa ciumenta que nunca para de falar. Se eu tivesse aprendido a escrever como Benbadis, estaria em casa hoje. Teria abatido um carneiro e rido com meus filhos. Por causa da minha história, nunca pude ter filhos, entende? (*Mas então quem é essa menina sorridente na foto do seu para-brisa? Será que estou sendo levada por um louco? Tateio a maçaneta da minha porta. Na pior das hipóteses, poderemos pular para fora, não é?*) Os livros que não foram escritos, isso não tem perdão.

Mamãe tossiu por três meses, portanto. Quase parou de respirar. A casa se transformou em cinzas, numa bagunça de roupas de cama amassadas e não lavadas, perdendo o brilho e o perfume. Não encontrávamos mais nada: camisas, sapatos, pratos, casacos... nada. Meu pai percebeu que poderia perder minha mãe, porque ela havia se tornado alérgica a poeira, papéis e livros, e as centenas de nossas obras cuidadosamente impressas foram então transferidas, como um exército derrotado, para os depósitos. Lembro-me disso como uma cena de vitória num filme de guerra. Quando os funcionários vieram para embalá-los em caixas e levá-los embora, a casa na rua da Independência rejuvenesceu, wellah! Naquele dia, ela parecia nova para nós. Minha mãe se levantou de novo sete dias depois que os livros foram embora, como se saísse de um período de luto. Pegou os baldes, os esfregões, os panos, a cera e o incenso, e a casa foi imediatamente colocada em ordem. Foi resgatada e arrancada da segunda esposa, e tudo brilhava como os olhos da minha mãe no espelho. Era um dia radiante de primavera, por volta de 1992, e minha mãe passeava de cômodo em cômodo, com seus cabelos pretos brilhando, sem lenço nem gemidos. Nós nos tornamos proprietários de um espaço extra. Estávamos felizes.

Naquela época, os manifestantes do partido da Salvação (os islamistas) entoavam slogans combativos: "Por ela viveremos, por ela morreremos!". Os iluminados gritavam sua paixão pela causa dos islamistas, e pessoas da Frente Islâmica da Salvação surgiam até de debaixo da terra. Marchavam em trajes militares, com bandeiras novas no ar, como se tivessem vindo de outro país. Você não sabe nada a esse respeito, não é? Não se ensina isso em lugar nenhum hoje em dia. É proibido. Naquela época, era possível sentir a guerra, a raiva, as vibrações de algo sombrio e intratável, e nos rostos às vezes era possível ler o medo e, às vezes, a intenção de iluminar o mundo com fogo e armas. Todos falavam sobre halal e haram, sobre o que Deus permitia e sobre o que o Alcorão proibia: cigarros, álcool, maquiagem, música, canções, risadas, calças justas, perfumes... Em casa, sabíamos que as eleições haviam sido vencidas pelos islamistas e pela Irmandade, mas os militares lhes negavam a vitória. O país então se tensionou como um arco. Uma noite, no outono daquele ano, enquanto todos dormiam, o alto-falante da mesquita crepitou e uma voz gritou: "Para a jihad! A jihad é um dever. Para a jihad!". Era o chamado às armas.

Mas nós, os filhos de Guerdi, tínhamos outra guerra para lutar. Não queríamos entender. Antes, os manuscritos e os exemplares impressos competiam conosco pela nossa própria casa. E agora nos sentíamos liberados. Meu pai se separou um pouco mais da minha mãe depois dessa batalha. (*Olho para a estrada deserta e procuro aquele anel rodoviário que não chega nunca. Ele havia dito meia hora para dar meia-volta, se eu quisesse. Mas para onde? Orã? Para quê? Khadija não vai voltar hoje...*) Meu pai procurou uma solução. Wellah, é algo ruim, mas acho que ele pensou em suicídio enquanto empilhava os milhares de livros no fundo de sua loja. Esperou em vão por algum tremor de terra. Ele não perdoou mamãe por sua vitória obtida à base da astúcia. Desde então, tudo o que restou de sua dignidade foi uma velha pele de carneiro. Aos meus olhos, ele se tornou papel molhado, tingido de cinza, verde, mofo e pensamentos sombrios. Seu rosto se embebeu em desonra e seu corpo murchou. Não estou mentindo, minha filha, e não quero desrespeitá-la. Aliás, já paguei por isso com o que aconteceu comigo alguns anos depois. Não é um sinal de Deus? Todos acreditavam na sua falsa história de uma morte honrosa sob uma tonelada de livros, e ninguém mais acredita na minha verdadeira história de centenas de milhares de mortes, embora todos a tenham vivido.

Está vendo?

É o destino.

(*O olho nu me encara e o olho embaçado me julga. Se eu voltar a Orã no final da tarde, depois de atravessar Ammi Moussa e visitar o Lugar Morto onde tive minha garganta cortada, vou acabar como esse velho tolo. Vou carregar dois cadáveres nas costas. Você e minha irmã. E se continuarmos? Mas para onde? Não me lembro de quase nada dessa estrada original, apagada pela rodovia erguida sobre o seu trajeto. Eu estava em uma ambulância.*

O que vamos procurar no Lugar Morto? Terra? Pessoas conhecidas? Quem vai se lembrar de mim? E se não conseguirmos encontrar transporte no final do dia para voltar a Orã? Onde vou dormir, com você na minha barriga?)

Sabe, meu pai era um grande estudioso: lia e editava livros sem parar, mesmo durante a guerra dos anos 1990. Você deve conhecer essa história, não é? Especialmente você, tenho certeza (*ele aponta para a minha cicatriz sob o lenço, como se indicasse o título de um livro*). Porque realmente houve outra guerra, diferente daquela descrita nos livros oficiais. Uma guerra de verdade, wellah! Com milhares de mortos, mas você deve saber disso. De 1990 a 2000. Ninguém se lembra disso hoje. A não ser a estrada. (*A estrada está ficando mais longa. Há vinte e um anos, ela me levou de volta à vida após a morte. De Relizane a Orã. Minha mãe Khadija disse: "Dei você à luz sem que nenhum homem tenha me tocado, como Miriam no Corão". Hoje, estou viajando no sentido contrário, e me recomponho juntando meus pedaços.*)

Durante a Guerra de Libertação, meu avô publicou livros dos maiores acadêmicos e teólogos argelinos, além de interpretações de sonhos e obras sobre plantas medicinais. Meu pai publicou romances de grandes autores árabes, como Naguib Mahfouz, atlas e livros escolares. Foi quando a guerra chegou que ele começou a mudar o catálogo. A guerra! Sim, a guerra! Não era a guerra contra os franceses, mas a guerra de todos contra todos. Tanto que, no final, ninguém podia jurar nada nessa névoa que durou dez anos. Uma maldição, wellah, esses "irmãos" que falam em nome de Deus. Você é jovem demais para saber, minha filha, embora traga a única prova de que isso aconteceu. Não é? (*Ele aponta para minha garganta e meu "sorriso".*) Diga-me, por favor, por Deus! Foram eles, e não um acidente? Eu já vi isso antes, sabe. Reconheço as marcas dos dentes deles, mas o que me perturba é que você está aqui, viva, e ninguém sabe que você existe.

Não me responda, não precisa explicar, eu sei. Deus a enviou neste dia de Eid. Tenho certeza. Quantos anos você tem? (*Ainda estou olhando para a estrada, tentando decifrar as placas indicando as próximas cidades. Sabe, minha filha, não quero que ele perceba o seu medo nem o meu.*) Sim! Quantos anos você tem, vinte? Vinte e cinco? Como minha filha, se ela tivesse sobrevivido. Não é minha filha, mas é como se fosse. (*Ele aponta para a foto da garota. Ela sorri. Começo a morder o lábio e a procurar uma saída, mas a estrada se estende como um longo barbante em torno das montanhas. O que Khadija pensaria de tudo isso se me visse aqui, na van de um estranho? Hoje de manhã, ela teria gritado na cara de algum policial do vilarejo de Tlélat mostrando com orgulho minhas fotos como sobrevivente dos anos negros, como dizemos na Argélia. Meu cartão de vítima do terrorismo, o cartão dela de advogada e artigos de jornal. Teria feito ameaças, minha mãe Khadija, esbravejado, apontando o dedo para minha garganta antes de pegar o celular e digitar nele furiosamente. "E qual é a história por trás disso?", me perguntou o policial esta manhã, indicando com um lápis a minha garganta, minha cânula, meu "sorriso". "Você foi realmente atacada?" Entendi imediatamente a que ele se referia. Às dilacerações das meninas de rua, às cicatrizes das prostitutas, às marcas nos corpos das mulheres de má fama, mulheres sem homens e sem sobrenomes.*

As mulheres que causam a seca nos campos do país e os terremotos. Daí esse gesto com um toco de lápis. Ele achou que eu era uma prostituta em fuga!)

O que se sabe sobre a guerra de 1990? Ninguém se lembra dela aqui, exceto eu. Data por data, nome por nome, acho. Ah, nem todos, não as dezenas de milhares, mas muitos deles estão na minha cabeça, os pobres desaparecidos. Essa é a história real. (*Sua voz se torna tão séria quanto uma sentença.*) Não há livros, filmes ou testemunhas para 200 mil mortos. Apenas silêncio! Você não fala nada, hein! Não lhe ensinaram sobre a guerra civil na escola? O que você responde para as pessoas que veem isso? (*Ele aponta de novo para a minha cânula.*) Eu tinha vinte e cinco anos quando essa guerra começou. Ela começou em nossa livraria em Batna, eu juro, em março de 1992.

5

Foi na primavera de 1992, numa segunda-feira, 2 de março. Naquele dia, meu pai chegou cedo da livraria e, com ele, a noite caiu para nos salvar do pior. Naquele ano, centenas de pessoas já estavam sendo mortas em todas as cidades da Argélia. Os homens barbudos, conhecidos como "Tangos", estavam sendo perseguidos pelos "Charlie", os militares. Certa manhã, na nossa rua da Independência, o chefe do comissário do nosso bairro foi encontrado numa lata de lixo. Ele havia sido sequestrado alguns dias antes. Em outra ocasião, na porta da mesquita, ao amanhecer, os fiéis encontraram afixada uma longa lista de pessoas condenadas à morte por "Deus". Todos torciam para não encontrar ali o próprio nome ou o de alguém próximo. Felizmente, meu pai não estava na lista. Somos uma família bem conhecida. Os outros, os condenados, receberam caixas com uma mortalha branca e sabão de Marselha. Sabe, minha filha, isso era para lavar cadáveres. Ah, você não faz ideia! Só se falava disso por semanas e semanas, em voz baixa: "a lista". (*Ele fica em silêncio, me examina rapidamente e depois se decide:*)

Vai, me dê um número!

(*Permaneço em silêncio, no algodão do motor ronronante, mas estou surpresa. Um número? Que número?*)

Vá em frente, irmã. Apenas um número, qualquer número.

(*Sua pálpebra milenar, a da esquerda, se ergue, seu olho oculto me espreita. Então minha voz de pássaro, minha voz de pato cambaleante, minha voz de inseto de verão, pronuncia "cento e setenta e três".*)

Ha! (*Seu olho brilha de prazer, pelo desafio, acho, sim, pelo desafio.*) "4 de maio de 1994: cento e setenta e três corpos são encontrados na floresta de El Marsa, na região de Ténès (Chlef). De acordo com o testemunho de suas famílias, eles faziam parte um grupo de mais de duzentos cidadãos presos pelos militares em 25 de abril de 1994 nas aldeias de Taoughrite, Ouled Boudoua, Sidi Moussa e Tala Aïssa, em represália à morte de cerca de quinze soldados em uma emboscada na região de Ténès." (*Sua voz muda, ele recita de uma só vez, como se estivesse lendo um jornal. Então olha para mim, satisfeito, e quase espera que eu aplauda. Decepcionado, encolhe os ombros e move a alavanca de câmbio. Sua perna direita, atrofiada e curta, não se move. Ele fala como um livro!*)

Devo continuar? 28? Aqui está: "Em 28 de fevereiro, Katia BENGANA, uma jovem estudante que se recusou a usar o véu apesar das ameaças de morte, foi assassinada em Meftah. 29? Em 29 de setembro, o cantor raï Cheb HASNI levou dois tiros na cabeça no distrito de Gambetta, em Orã. 24? Em 24 de dezembro, tomada de reféns no voo 8969 da Air France: quatro homens do Grupo Islâmico Armado fizeram duzentos e vinte passageiros reféns em um Airbus A300 no aeroporto de Argel".

O país estava em chamas, vivíamos sussurrando wellah, minha irmã, tudo em voz baixa, tremendo. Tudo ficou silencioso naqueles anos, duvidoso, como se tivéssemos roubado algo valioso e estivéssemos sendo caçados. Todos nos sentíamos culpados, cinzentos como lobos, sem graça como crianças amaldiçoadas.

Eu lhe falava do meu pai, de quando ele voltou à noite, trêmulo e atordoado como o Profeta ao encontrar o anjo pela primeira vez na sua caverna em Meca. Depois de trancar a porta de casa, dando duas voltas na chave, ele se retirou para o quarto e se recusou a comer. Minha mãe ficou preocupada e achou que poderia ser um problema de impostos, uma dívida ou um devedor que estava adiando o pagamento. Só que meu pai conversou com ela a noite toda e ela continuou em silêncio, como alguém prendendo a respiração debaixo d'água. Esperamos até o amanhecer para saber mais. Para entender alguma coisa, Benbadis e eu juntamos pedaços de papel imaginários, folhas enroladas, páginas amassadas. O que tinha acontecido naquele dia? Não sabíamos todos os detalhes. Na rua ainda se falava de bombas, de pessoas degoladas ou de policiais mortos, e os assassinos eram chamados de afegãos, companheiros do Profeta ou de versículos do Corão. Os Emires eram chamados de El Afghani, do Afeganistão, de onde voltavam sedentos de sangue. Em seguida, passaram a se chamar de acordo com os bairros de Argel: Moh Leveilly, Flicha e outros. Depois, com nomes malucos como "Lobo Faminto". Sabe o nome líder dos homens barbudos, "Lobo Faminto"? (*Você se lembra, minha Huri? Já lhe falei sobre ele.*) Não. Talvez você ainda não tivesse nascido. Já?

No começo, era longe, era em Argel, na estrada ou nas montanhas, e não nas nossas casas. Ouvíramos falar que tinham ocorrido muitos massacres na floresta de Zbarbar, por exemplo, na Casbá de Argel, em Blida. Não sentíamos tudo isso como uma guerra, e sim mais como uma chuva de granizo: podia atingir qualquer um sem motivo, simplesmente por estar nu, ser imprudente, um filho amaldiçoado ou um transeunte tolo. Um dia, chegou à nossa cidade, nossa vizinhança, no beco, na cozinha. Ah, você deve ter conhecido as duas irmãs Fella, por exemplo; eram ruivas, as chamavam de perdizes. Tinham dezessete e vinte anos. Tinham olhos lindos como os seus, irmã. Os homens barbudos as sequestraram num falso bloqueio de estrada, quando voltavam das férias em Argel. Você sabe o que é isso? É uma barreira em uma estrada que os Príncipes bloqueiam para matar, extorquir, levar mulheres jovens e matar os outros. Naquela época, esta rodovia Leste-Oeste ainda não existia. Ah, eles levavam as pobres moças numa terça-feira. Elas eram tão graciosas! Aliás, brigava-se na porta dos pais delas para ver quem conseguiria pedir a mão delas em casamento, as duas perdizes. Elas riam, as duas moças, riam de nós, até de mim, o filho de uma grande família, mas sem zombar, simplesmente porque estavam felizes por parecerem joias de ouro vermelho. Corações brancos, como dizemos na nossa terra. Os homens barbudos as sequestraram em 11 de janeiro de 1992 e as ofereceram como recompensa ao líder do grupo armado que estava vasculhando nossa região de Batna. Um tal de Khaled Beddaf, creio eu. Ele era o líder dos terroristas. O problema foi que o líder se apaixonou pela beleza de Fella, a mais nova, sim, ela era bonita como uma huri (*olha só, ouça essa!*). Ele depôs as armas assim que a viu de pé, amarrada, e, apesar do lenço que ela usava, uma mecha de cabelo vermelho ao vento verde da floresta chegou ao seu coração. Você acreditaria nisso? No instante em que olhou nos olhos dela, desistiu de tudo. Deixou de lado sua kalashnikov, seu Deus, seus hadiths, sua jihad. Louco de desejo e de amor, talvez, ou de luxúria, ou com pressa de tomar sua huri antes da morte e do Juízo Final, ele gritou e se jogou nela, dentro dela. Renunciou à guerra santa, à jihad de seus "irmãos" para estabelecer o califado na Argélia. E sabe o que ele ousou fazer? Naquela mesma noite, fugiu com ela e decidiu se render para se proteger de seus próprios soldados, correndo em direção ao quartel de Oued Chaâba. Só que seus seguidores o alcançaram, segundo a história, dois dias depois de iniciarem a caça ao homem na floresta de Bouhmama. Dizem que cortaram sua garganta, um centímetro de cada vez, com uma faca grande e desgastada, voltado para o oeste, na direção oposta a Meca e ao sol. Minha filha, me perdoe! É uma história maluca, acredite em mim, porque ela, Fella, tinha virado a cabeça dele para a vida com seu cabelo vermelho e seu riso ou silêncio de cativa. Eles achavam que era feitiçaria, os seus seguidores, e quanto a Fella, bem, tenho que lhe dizer, você é uma mulher corajosa (*a mão dele aponta para meu lenço*), eles a torturaram, depois a esquartejaram, e ela gritava, uivava, implorava, cantava, chorava, chamava por Deus e por seus pais. Algumas pessoas na nossa rua contam que até mesmo da cidade de Batna, tão distante da floresta do crime, era possível ouvi-la gritar a noite toda, wellah. Seus gritos se espalharam por toda parte como um vento de areia e impediram centenas de pessoas de dormir e pensar. E a irmã dela? Bem, os "lobos" também queriam matá-la. Sabe, minha filha, nos maquis, eles casavam as mulheres, mas cortavam a garganta delas se engravidassem, wellah. Talvez quisessem se sentir leves no combate, ou talvez não quisessem ser pais e temer pela vida de seus filhos. De todo modo, ela escapou, não sei como. Viram seus cabelos ruivos queimando na floresta, incendiando árvores, e ela também gritou por dias e dias. Foi assim que os soldados a resgataram antes de vasculhar a floresta em busca dos homens barbudos. A pobre perdiz! Ela nunca mais voltou para casa na nossa rua em Batna, nem para o nosso mundo aparentemente. Um funcionário da nossa gráfica me contou que tinha visto seus cabelos ruivos e sujos na estação Agha, em Argel, e foi assim que ele a reconheceu. Uma mulher que pelo menos se parecia com ela, vestida com trapos, que mendigava e cuspia em quem não lhe dava nada. Talvez ela tivesse outra história na sua cabeça e ninguém acreditava nela também. As histórias que não podemos contar até o fim, de uma vez por todas, nos deixam loucos. Ou quando as pessoas ao seu redor não acreditam mais em você porque você não tem nenhuma prova a lhes apresentar. Sim, é enlouquecedor.

Pela manhã, antes de sair para a mesquita, meu pai nos contou um pouco sobre o que havia acontecido no dia anterior: os homens barbudos de Deus tinham vindo vê-lo; tinham falado com ele; tinham evocado a memória de meu avô, que morreu sob uma tonelada de livros durante a colonização francesa. Pois é! Enfim, quero dizer que essa história de família era verdadeira e falsa ao mesmo tempo. Ele realmente foi encontrado sob uma tonelada de livros. Porém, tinha sido assassinado antes pelos Irmãos da época da França. Ele se recusara a pagar o imposto de guerra, ou então estava envolvido em um caso de ciúme entre acadêmicos ou com mentiras, ninguém sabe exatamente. Os "outros", os degoladores, sabiam disso, eles que adoravam reviver a guerra contra a França e fazer crer que estavam dando continuidade a ela. E explicaram a El Hadj, meu pai, indo à sua livraria depois da oração do crepúsculo, que ele não podia se dizer muçulmano e devoto em Batna e, ao mesmo tempo, insistir em vender romances, revistas indecentes com mulheres com rostos expostos e maquiadas, o manual escolar oficial ou livros que duvidavam de Deus, os pensamentos anexos dos hereges ou livros suspeitos, licenciosos ou vindos do exterior. Então, o que vender? O Emir deles, um jovem presunçoso que coçava o pescoço constantemente como se tivesse piolho e que meu pai teria esmagado como um mosquito no verão, o repreendeu e lhe disse com o dedo indicador metálico do cano serrado de seu fuzil em riste que aquela era a guerra sagrada, a guerra de Deus contra seus inimigos. "Escolha o seu lado ou venda livros de culinária", disse o tratante, quase rindo. Meu pai ficou melindrado com essa falta de respeito, enquanto meu irmão Benbadis e eu o ouvíamos.

Sim, pequena sobrevivente da estrada que Deus enviou para testemunhar comigo, o Emir da "região islâmica liberada" de Batna havia encontrado a solução em março de 1992. Uma saída honrosa para o meu pai: vender livros de culinária. Além de ter de pagar o imposto sobre a nova guerra, ele só poderia vender livros de culinária. Então, começamos a imprimir e a publicar livros desse tipo. Era fácil, gratuito e até vendia muito bem. Mas então meu pai entrou numa espécie de agonia por causa das toneladas de livros que não podia mais publicar, imprimir, vender ou expor na vitrine. Sim, nós o vimos encolher-se, andar pela casa e falar sozinho com raiva. De minha parte, eu o vi ser esmagado por aqueles milhares de livros fantasmagóricos com os quais ele sonhava como uma vingança. Toneladas de conhecimento, caixas cheias de páginas que ninguém poderia comprar e que ele não podia mais oferecer por causa daquele jovem barbudo e infestado de piolhos que brandia um fuzil de cano serrado.

Fez-se então uma grande limpeza na casa, com medo de que meu pai fosse morto. Escondemos o que pudemos nas nossas oficinas e livraria; queimamos os estoques profanos de livros condenados pelos islamistas. Também imprimimos livros de culinária, que colocamos em exposição ostensivamente na vitrine da El Houria. As pessoas paravam para olhá-los como se fossem pratos frios, impossíveis de comer ou sem sal. Foram publicados *Os pratos preferidos do Profeta*, *A cozinha segundo Aïcha*, sua esposa preferida, *Os alimentos celestiais*, *Pratos do paraíso* e *O atlas do cuscuz magrebino*. Isso posto, eles vendiam muito bem. *As plantas segundo os antigos curandeiros*, *As mil variações da sardinha*, *A sêmola e a guerra*, escrito por um velho amigo de meu pai, um ex-moudjahid, que havia lutado na guerra contra os franceses no Aurès (*a montanha onde se diz que a guerra contra a França começou, minha filha*). E como para aumentar a ironia, meu pai se viu ganhando mais dinheiro com esse novo negócio do que com o Alcorão, os hadiths ou a guerra da independência. Que Deus me perdoe, mas os funcionários sorriam como ladrões sortudos, enquanto ele se escondia em segundo plano. Wellah! Ele se perdia no meio das conversas, com os horários das orações e com os números da contabilidade.

Eu o via assim, e meu irmão parecia triste com essa visão, mas eu não. Não, quase escondi uma alegria da qual me arrependi à noite. Eis a minha maldição. Meu irmão queria herdar os bens do meu pai e se preparava para isso estudando e ficando em primeiro lugar na escola, elevando o nome da nossa família, enquanto eu tinha outros planos para minha vida: tornar-me jogador de futebol profissional, marinheiro ou até mesmo ir morar na França e enviar fotos do meu sucesso. He he, eu estava curtindo muito a minha nova liberdade sobre o cadáver do meu pai. É isso mesmo! Tinha vinte e poucos anos e adorava jogar futebol. Adorava chutar a bola com força e vê-la perfurar o céu com meus gritos. Eu jogava bem. Provavelmente você não conhece esse esporte, as meninas não jogam bola, não podem usar shorts e suar em público e levantar a voz para chamar uma colega de equipe. Gritar, correr até morrer, girar no ar, pular... Quando você joga futebol, é como se toda a madeira morta da sua vida se incendiasse nos seus pulmões (*ele hesita, considerando a minha cicatriz e a minha cânula*). Ah, sim, como sinto falta disso, do cheiro das bolas e dos jogadores, das risadas e discussões, dos números falsos nas suas costas e dos árbitros sendo xingados! Eu não queria deixar a barba crescer como a do meu irmão Benbadis, que se dedicava a fazer pose de sábio depois da oração e já falava sobre sua vida futura como professor em uma universidade em Argel. Além disso, eu não rezava mais, nem na mesquita nem em casa. Mas jogava sempre que podia, e os estádios me atraíam como tapetes voadores. Eu chutava a bola às sextas-feiras, nas horas da oração e quando os mais velhos faziam a sesta. Não era um grande jogador, admito, mas era tudo por prazer. Porque ninguém se divertia em Batna em 1992, nem na Argélia. Não havia lembranças felizes da guerra entre os militares e os homens barbudos. Exceto uma: quando tudo ia mal, todos se lembravam da partida contra a

Alemanha na Copa do Mundo de 1982, quando vencemos por dois a um e o país inteiro comemorou em júbilo! Então, nos estádios improvisados, escolhíamos os nomes dos jogadores daquele time de ouro. Eu era Belloumi ou Assad ou Madjer ou Guendouz, você não os conhece, eles são lendas em preto e branco com cabelos cacheados. Naquela época, eu tinha duas pernas!

(*Seus olhos se turvam com breve tristeza, até o olho enganoso do lado esquerdo, envolto pela pálpebra pesada. Sua perna direita atrofiada não toca o assoalho do carro, ele a dobra de novo, quase envergonhado, e eu finjo desviar o olhar. Vamos chegar a Relizane em menos de duas horas se eu não sair dessa van em ruínas ou se não voltar com ele. Ele jurou. Relizane é um hospital onde me recupero, de olhos fechados e garganta aberta. Ali tenho cinco anos de idade para sempre e me perguntam gentilmente qual é o meu nome e o da minha irmã, dos meus pais, dos meus parentes. A luz é laranja; lâmpadas se aproximam de mim e se afastam. Sou levada deitada de costas numa maca com rodinhas que balança entre uma sala e outra. Khadija me viu ali pela primeira vez, entre os caixões do massacre de Had Chekala...*)

Enquanto isso, meu pai perdia o prestígio e a autoconfiança. Os livros de culinária chegavam da gráfica aparentemente zombando de sua reputação e de toda a história da nossa família. No ano seguinte, El Hadj teve câncer, não pôde mais andar e morreu. Em uma sexta-feira, que Deus tenha sua alma em paz! Ele morreu em 11 de outubro de 1993. Vejo-o cada vez menos nos meus sonhos, não sei por quê.

Sabe, você que nasceu com essa marca incrível, a única prova de tudo o que aconteceu conosco em dez anos de guerra?

Os terroristas que desceram dos maquis nos anos 2000, com o início da lei de "Reconciliação", diziam que eram "cozinheiros". Foi o próprio Estado que ordenou que repetissem isso na frente dos jornalistas, para que pudessem se beneficiar da lei de anistia que só condena à prisão assassinos comprovados. Na televisão, no rádio e nos jornais, todos se declararam "cozinheiros", com os olhos tristes, voltados para baixo, em direção às suas mãos brancas. Invocavam a profissão de cozinheiros com a barba fedorenta e aspecto de famintos, e seus olhos eram frios. Ah, se meu pai ainda estivesse vivo! Teria caído na gargalhada, ele que só ria com um sorriso triste, tão magro quanto a lua durante o Ramadã. (*Sim, minha Huri, durante esse mês não comemos nada entre o nascer e o pôr do sol. A lua nesse período fica fina e magra.*) Ele teria triunfado sobre eles, os ogros. Teria zombado e apontado o dedo para eles, como fizeram com ele a partir de sua montanha, de onde assumiam a voz de Deus para gritar ordens. Teria ficado orgulhoso. (*A voz espantosa se torna alegre. Depois, fica em silêncio por um bom tempo. Ah, sim, minha Huri, vamos a Relizane, mesmo descalças. Não me sinto bem carregando você, matando-a ou fazendo-a viver, e minha irmã é quem vai decidir. Vamos para a região dela, debaixo da terra, entre as ossadas e as orações.*)

Sabe, não leve a mal, mas a estrada pode deixar a gente meio louco: tenho feito centenas de quilômetros por dia desde o fim da guerra, a verdadeira guerra. Quase nunca paro; e, no final, a estrada também fala comigo. Ela me conta sobre sua vida, e o que eu falo para você é o que penso com ela. (*Ele sussurra porque quer que eu pense que é um segredo ou uma nota de rodapé em seu livro imaginário.*) Dois tipos de livros vendem bem na Argélia: os de culinária e o Alcorão. E eles não se dão bem, acho. O Alcorão diz que você come melhor depois de morto, e os livros do meu pai dizem que deve se alimentar bem antes de morrer. Este país oscila entre um e outro, os fiéis mastigam um ou outro desses pratos separados pela grande morte, minha filha! (*Ele sorri, feliz por ter resumido uma parte da vida na Argélia.*) A estrada é longa e, às vezes, se põe a divagar. (*Posso vê-lo afundando no lodo da melancolia. A van continua a desvendar o caminho de sua bola perdida atrás das montanhas Ouarsenis a leste. Elas se aproximam como ondas. É possível distinguir as montanhas mães das montanhas filhas, as montanhas avós, mais altas e mais transparentes na névoa. Posso vê-las evaporando ao sol.*)

Nunca se sabe o que a estrada nos reserva.

A gente dirige.

A gente dirige.

Então, talvez aconteça. A estrada é como o destino.

É por isso que estou dirigindo neste feriado.

— Me dê outro número, irmã.

— Seis.

(*Ele fecha os olhos por um segundo e depois os abre novamente.*)

— "6 de janeiro de 1997. Massacre de cidadãos no conjunto habitacional das Oliveiras em Douaouda (Tipaza). Número de mortos: Vinte e três. Entre as vítimas estavam três crianças e seis mulheres."

(*Ele fica em silêncio e retoma:*)

— “6 de janeiro de 1995. A família LARIBI é dizimada: LARIBI Abderahmane, de quarenta e sete anos (nascido em 6 de julho de 1948), sua esposa LARIBI Yamina, de trinta e oito anos, grávida no momento do assassinato (nascida Bouamra em 13 de julho de 1957), LARIBI Redouane, de dezesseis anos (nascido em 24 de abril de 1979), são mortos em Blida, deixando um outro filho sobrevivente.”

6

O que vai acontecer agora que você pode mostrar a eles que isso é verdade? Porque com você é diferente. (*Ele começa a discorrer.*) Eles não vão se atrever a dar de ombros e zombar de você, ou ignorá-la, ou exigir que você mude de assunto, ou convocá-la para a casa branca onde ficam os serviços sociais. "Aïssa, você está ficando louco", advertem-me quando tento abrir a boca. "Aïssa, pare de inventar números e histórias, você vai acabar na cadeia." Está vendo? Minha perna não prova nada, mas você, com isso... (*Ele aponta para minha cânula, com os olhos ansiosos, e eu recuo com raiva. Nesse movimento, meu lenço se abre, revelando o curativo bagunçado que recebi depois da agressão dos dois ratos. O "sorriso" aparece com meus pontos, a linha, a carne e a fenda. Eu o vejo quase tremendo, prestes a dar um grito. Estou confusa, como se eu fosse outra mulher, uma múmia, um fantasma. Não. Quero dizer, como se eu fosse outra pessoa que de repente percebe que não está morta e nunca esteve, e que o rastro da faca também é o rastro da vida.*)

Eu vou lhe dizer, wellah.

Não quer beber? (*Ele me passa a garrafa d'água e eu a pego, porque você está com sede.*) Quer comer? (*Eu bebo, nós duas bebemos, você na escuridão pendular onde eu vou matá-la se minha irmã assim determinar. Leio: "Seja bem-vindo à comuna de Oued Rhiou". Mas não há nada além de colinas onduladas que se estendem até onde a vista alcança. A estrada, sob as rodas da van, contorna todos os vilarejos antigos. Só é possível vê-los à distância, silhuetas decuplicadas pelas sombras e edifícios. Permanecem então as fronteiras absurdas, os limites administrativos que acolhem e excluem, ou nos desejam "bom caminho" nas placas. Ele continua, e sua voz soa como uma oração.*)

7

11 h 53
"Em breve Relizane?"

Espere um pouco, você vai entender por que Deus a enviou hoje para mostrar às pessoas ingratas que essa guerra dos anos 1990 é verdadeira. Que tudo é real. As mortes, os números, os gritos, os assassinos, os nomes dos katibas e dos Emires. Quando chegarmos a Batna (*ah, olha só!*), eu vou lhe mostrar o estoque de livros de culinária na nossa casa enorme, com seus limoeiros, muito velhos, mas ainda verdes. Agora ela está vazia e empoeirada, mas os livros de culinária ainda estão lá, espalhados por toda parte, espertos, eles venceram a minha mãe com suas próprias armas, he, he! As pessoas ainda os compram; é o que eu tenho aqui (*ele faz um gesto com o polegar em direção à traseira da van*), eu continuo: eu os imprimo e os vendo.

Você vai ver que a casa não está uma bagunça. Ainda é a mesma de quando meu pai exibia seu bigode e seu manto branco, e eu as minhas duas pernas inteiras. Há anos que dirijo muito. Por causa disso, eu juro, minha filha, a estrada me persegue até mesmo em casa. Ela se enrola embaixo da mesa como uma cobra, esperando que eu a pegue novamente no dia seguinte para vender os estoques ou coletar o dinheiro das vendas ou os exemplares não vendidos nas livrarias de toda a Argélia. Sabe, faço esse trabalho desde os anos da guerra e nunca paro, ou quase.

Pronto! Vamos descansar em Relizane, se você quiser continuar, e, se não quiser, voltaremos para Orã. Em Relizane, vamos comprar sandálias para você e comer alguma coisa. Tudo bem? Depois da oração do Dohr (*a oração do meio-dia, minha filha na minha barriga*), alguns barzinhos costumam abrir, acho, ao meio-dia, mesmo num feriado como este. Vamos comer carne, você deve estar com fome, não? Quer beber mais?

Meu pai, antes de morrer de câncer de próstata, já estava quase incapaz de andar, gritar, matar uma mosca ou fugir da minha mãe. Com chás de ervas, murmúrios, cuidados, toalhas limpas, lençóis lavados, nos últimos dias da sua vida ela o cercou por todo lado, como um verdadeiro exército, wellah. Todos entendemos isso em casa: essa era sua hora de glória, o momento em que ela deveria aparecer como uma verdadeira mulher, de acordo com nossas tradições. Ah, sim, ela exagerava, é preciso dizer. Que Deus a tenha em sua alma, minha mãe! Acho que ela sonhou com esse momento a vida inteira, o momento em que meu pai dependeria dela para suas necessidades íntimas e, portanto, voltaria para ela inteiramente, mesmo que estivesse doente. É assim que as mulheres de verdade são. Não! Ela não queria se vingar, não acredite no diabo, ela só queria ser a esposa dele, e sua única esposa. Ela chorava quando precisava chorar, quando recebia visitas que vinham se informar sobre a saúde de El Hadj Guerdi.

Meu irmão Benbadis estava fora naqueles meses. Estudava na Universidade de Argel e conversava comigo apenas para me fazer sentir que eu não sabia escrever; eu ia buscar livros para guardar, comprar café ou cigarros (*Opa! Ele fuma? Será que peço um cigarro para ele?*). Durante a semana, quando meu irmão voltava para Argel, só eu ficava em casa, parado na soleira do quarto do meu pai. Ele ficava deitado, como que capturado por algo que evitara dentro de si mesmo havia muito tempo. Murmurava sem parar, como se quisesse falar com os mortos. Eu o observava, mas não podia dizer nada a ele, pois nunca havíamos conversado muito. Ele examinava o teto e respondia movendo a cabeça, silenciosamente. Devia estar pensando em sua covardia diante do Emir dos degoladores, que o obrigou a vender livros de culinária. Seus lábios faziam uma careta de desprezo e desdém por aquele inimigo instalado dentro dele mesmo. Ele brigou com o Emir até o último momento, eu acho.

Muitas vezes, ele quase se surpreendia por ver a minha mãe e eu ao seu lado. Eu não sabia o que confidenciar a ele, você sabe que na nossa casa não falamos sobre o que se passa no nosso coração. Eu ficava ali, de pé, e ele me olhava de longe, como se estivesse sentado no fundo de um poço. Eu lhe trazia água e analgésicos — “esses comprimidos me matam, não me curam”, ele resmungava — e expunha sua decepção repetidamente. “Como estou desapontado, como estou desapontado”, repetia ele, e quando tinha um pouco de força, batia com as mãos nas coxas magras. Eu ficava ali parado, incapaz de encontrar uma frase boa, como de um livro importante. Eu tinha duas pernas inteiras e fortes, mas o que ele poderia fazer com elas?

Ele não podia compartilhar mais nada conosco, a não ser o pão e os suspiros de um homem triste.

Poucos meses antes da sua morte, para acabar com seus lamentos, decidi, de supetão, assumir a livraria e a gráfica. Seus aromas, seu cheiro de cola de papel, seus silêncios eruditos, seus títulos antigos, suas caixas de papelão, seus números e a tonelada de livros que tinham esmagado meu pai, meu avô e todos os meus antepassados. Não o avisei, mas assumi os negócios da família e ele soube disso pelo cheiro da minha pele quando voltei à soleira do seu quarto. Daquele momento em diante, como se estivesse tranquilo, ele se voltou para a parede e para o meu avô, como se quisesse saldar uma dívida antiga ou fazer as pazes com algo. Acredito que meu pai pôde então jogar bola em sua vida secreta, e morreu. (*Sua voz vacila. Por que seus olhos ficaram duros como pedras? Por que o da direita se umedece e o da esquerda se ilumina com a raiva e a recusa em perdoar?*)

Ah, eu comecei passo a passo (*ele aponta para a perna morta e ri*). Os negócios iam muito mal durante a guerra. Elaborei balanços, comprei vans e percorri o país, livraria por livraria, para cobrar o dinheiro devido, os lucros, os estoques de não vendidos. Quase fomos à falência no final, por causa dos bloqueios falsos, das livrarias incendiadas e do temor das pessoas, que agora tinham medo de ler ou de que os outros soubessem disso. Sabe, minha filha, muitos livreiros foram assassinados por não venderem livros de culinária durante a década de 1990. Durante minhas viagens, encontrei pessoas que se lembravam do meu pai e baixavam os olhos porque não tinham dinheiro suficiente para pagar, ou baixavam a porta de sua livraria ao ficarem sabendo que eu estava indo para sua cidade. Apenas um, em Ouargla, no Saara, que conhecia a história do meu avô, me ofereceu chá e me convidou para ir à sua casa. Era no deserto (*o deserto, minha filha! É um lugar que imita a lua e nos permite ficar sozinhos no mundo*). Voltei várias vezes para vê-lo. Que noites agradáveis tivemos! Costumávamos rir das histórias maldosas daquela região, que tem um bom coração, wellah. As pessoas do deserto são os verdadeiros argelinos, para mim. O homem já estava tão velho que não se importava mais com números ou contas, e eu gostava disso. Sua pele tinha aspecto de pergaminho, a barba branca e ondulada, as mãos tão enrugadas que pareciam envoltas por peles de répteis. Estávamos sentados na areia, em uma ruela do seu vilarejo, e havia um crepúsculo maravilhoso que só se vê no Saara, laranja e azul. Passamos a noite ali, olhando juntos para as estrelas, que ele me explicava como um cientista satisfeito. Foi a última vez que me senti feliz sem dizer nada ou ter de fazer alguém acreditar em alguma coisa.

O que eu gostava nesse homem, que tinha a mesma idade do meu pai nos meus sonhos, era seu silêncio, que ele envolvia em um sorriso. Um dia, cheguei em pleno sol e ele me cumprimentou como se eu tivesse acabado de nascer. Um menino trouxe água para nos lavarmos, cuscuz e chá, tudo isso num silêncio que se aprofundava enquanto admirávamos as dunas do vilarejo de Sidi Khouiled. Você devia ir lá. Antes do anoitecer, Hadj Mimoun se sentava ao meu lado e incorporávamos o silêncio ardente do Saara, cada um de nós em sua própria parte do deserto. Não se tratava da discrição de estranhos presos em um lugar contra sua vontade, nem da de pessoas de luto. Era o silêncio compartilhado por dois verdadeiros irmãos. Refiro-me ao silêncio verdadeiro, quando a vida passa por você e o preenche com a vida do outro. Foi só no fim do dia, já sob o céu estrelado da noite, que Hadj Mimoun voltou a falar com o deserto, que recuava. Ele parecia decifrar pistas em toda parte, distinguindo pegadas de lagarto na areia macia. Amarrava as histórias umas às outras como com um barbante, lugares e seus nomes, livros e risadas, wellah! Eu o ouvia com um prazer que nunca tive ao ouvir qualquer outra pessoa: nem mesmo minha mãe ou meu pai jamais souberam me fazer sonhar como aquele velho. Ele me fez acreditar que eu poderia ler com facilidade simplesmente abrindo meus olhos para os sinais.

Naquela época, eu ainda tinha duas pernas fortes. Meu irmão Benbadis lecionava na Universidade de Argel. Tinha acabado de se casar com uma prima mal-humorada da mesma família que a nossa, mas que já vivia em Argel há uma geração, pois a linhagem Guerdi tinha de ser preservada como uma tinta sagrada. Em 1996, meu irmão e sua esposa se mudaram para o bairro de El-Biar. Ficava no centro da capital, em uma colina, no sétimo andar. Assim, você podia ver um pouco do mar quando se inclinava para fora da janela para se sentir em outro lugar. Para mim, que só o tinha visto nos livros, o mar era como uma jovem com quem você não tinha o direito de falar e que se dissimulava por trás de uma janela estreita e de uma floresta de virtudes. Sabe de uma coisa? Quando minha cunhada engravidou, a primeira coisa que pensei foi no nome da minha mãe, para que a filha deles não ficasse tão preguiçosa quanto a dela, e contei a ela, rindo. Minha mãe havia morrido alguns meses antes, três anos depois do marido; acho que ela queria descansar das tarefas domésticas ou segui-lo logo para recomeçar do zero. Ela sofria de Parkinson, Alzheimer, o esquecimento a assolava e ela mal respondia quando as pessoas a chamavam pelo nome. Morreu dormindo, no seu quarto, na nossa bela casa em Batna. Lembro-me de uma imagem: ela chorava, sem saber por quê, quando lhe mostramos limões maduros e amarelos como lâmpadas. Acho que essa era a única lembrança que ela tinha de toda a sua vida.

Depois de algumas visitas, meu irmão me expulsou da sua casa pela primeira vez. Voltei um ano depois, com um carneiro em oferenda e presentes quando minha sobrinha nasceu. O casal lhe dera o nome de Kalthoum e eu a chamava de Sandybelle para não voltar à história infeliz do nome da mãe, acredite, wellah. Sandybelle era uma heroína de desenho animado da época dos programas em preto e branco, nos anos 1980, quando os aparelhos de televisão eram tão raros quanto as joias de ouro antigas de Constantina. Ah, a filha do meu irmão, minha sobrinha, que é como minha filha, lutou muito contra a doença mais tarde. Como uma leoa. Perdemos horas de sono, perdemos os cabelos e o ânimo para responder às perguntas dos nossos próximos. Eles não eram bem-vindos em Argel, não queríamos saber de sua solicitude e seus suspiros quando souberam que Sandybelle estava perdendo os cabelos no hospital. Isso não existe entre nós. "Nada de cerimônias de morte antes da morte!", gritava meu irmão Benbadis, furioso, quando evocavam diante dele a misericórdia de Deus, o destino, os milagres, o risco de frequentes falsos bloqueios de estradas entre Argel e Batna, para onde ele voltava nos fins de semana, as degolações, as bombas e as ameaças contra os professores universitários.

Para esquecer tudo isso, eu costumava dirigir sem parar. Tentava organizar as coisas que estavam espalhadas na minha cabeça sem usar os livros, os textos ou a sabedoria da palavra impressa. Durante minhas viagens, as noites e os dias, nessa época, tinham a mesma cor cinza. Sandybelle estava com câncer e não sabíamos o que fazer nem a quem recorrer: a algum general ou a Deus? É preciso saber que, durante a guerra, os médicos estavam ocupados com os feridos e os mortos, e também eram assassinados caso não tratassem dos Emires ou dos combatentes armados. Veja, essa é ela, aqui, antes de morrer, um ano antes (*sua mão aponta para a foto pendurada no espelho retrovisor*). Ela tinha os mesmos olhos da minha mãe, tinha tudo dela e agora talvez estejam conversando uma com a outra ao lado de Deus. Imagino a morte como um edifício onde os falecidos são alojados de acordo com seus laços de sangue na Terra. Eu também não as vejo com frequência nos meus sonhos, a estrada tomou o lugar delas na minha cabeça, eu dirijo o tempo todo. Não leio, ou quase não leio, desconfio dos livros como minha mãe, mas os vendo como meu pai, e então dirijo e dirijo. Está vendo? (*Ele bate no espelho retrovisor.*) Coloquei a foto dela aqui para que as pessoas possam orar a Deus por ela.

Quer conhecer a história do peixe azul que deseja retornar à vida após a morte? He, he! Minha filha Sandybelle adorava a história do pescador e do peixe dourado. O peixe milagroso oferecia de tudo ao velho pescador que o devolvera à água e atendia a todas as suas vontades, mas sua esposa nunca estava satisfeita com o que ele trazia para casa. E um dia, o pescador perdeu tudo por causa da ganância da esposa, que queria sempre mais e mais. Sandybelle me enchia de perguntas sobre o peixe, como ele falava, por que os peixes de hoje em dia não falam, se Deus permitiria isso, e assim por diante, e ela adormecia quando eu a visitava no hospital em Argel. Histórias antigas como essas não significam nada para uma jovem como você, nascida há apenas alguns dias. Mesmo que eu acredite que você seja a prova de que tudo isso foi real. Você já viu sua cicatriz como um sinal de Deus? Uma escrita? Ah, você faz uma careta e acha que sou louco? Não, eu não sei escrever, mas sei ler, ora, sei ler o que você traz na pele. É o sinal. Essa é a prova, a única prova que já encontrei na minha vida desde o fim da guerra. Tudo foi apagado, não sobrou nada, é como se tudo tivesse sido inventado na minha cabeça, e então você aparece na estrada, no dia do Sacrifício, como se tivesse caído do céu! Se você voltou de entre os mortos, deve ser para contar algo e dar testemunho, certo? Você nunca se fez essa pergunta? Se você está viva apesar da sua garganta ter sido cortada, é por alguma missão, minha filha, mesmo que você não possa mais conversar como nós, é para nos dizer o essencial; há milhões de pessoas tagarelando neste país, ele está transbordando de tagarelas e vozes, mas é a sua que conta, mesmo quando você sussurra. Deus fez de você um sussurro para que todos nós fiquemos em silêncio quando você falar.

8

12h17
"Uma porta se repete, minha Lua."

Você é órfã de pai e mãe, não é? Tentaram matá-la em um ônibus? Em algum bloqueio falso na estrada? (*Meu "sorriso" o fascina, ele se segura para não se jogar dentro dele, como aquelas pessoas apaixonadas pelo salto no vazio.*) Naquela época, todas as manhãs os jornais registravam mais números de mortes do que de nascimentos. Por exemplo, eu me lembro disso: 23 de dezembro de 1998, vinte anos atrás. Você já tinha nascido? Era o vigésimo sexto dia do Ramadã. À saída das orações de Tarawih (*as longas orações noturnas durante esse mês de jejum, minha Huri*), um grupo terrorista parou um ônibus a caminho de Ténès. Uma linda cidade litorânea, sabe. Sim, minha filha, eles fuzilaram o motorista AMOR Abdelkader e o cobrador MAAMAR Antar, e degolaram os passageiros, cerca de vinte. Entre eles estavam KARBACHE e sua esposa, AYIOUAZ Hmida e seu filho de sete anos. Os únicos sobreviventes foram o filho de KARBACHE e uma garota de catorze anos da família Ayiouaz. Está tudo aqui (*ele aponta para sua cabeça*), é preciso, está tatuado. Eu sei por que carrego comigo essas histórias.

Conheço muitos números, que são como túmulos plantados em um cemitério. Dê-me outro número, por favor! Rápido!

(*Cheia de desgosto e amargura, eu digo "trinta e um", o número da minha vida*).

Trinta e um? "31 de dezembro de 1998. Três meninos de nove, seis e três anos e sua irmã de vinte e dois meses foram degolados, e sua mãe foi sequestrada e morta no vilarejo de Djebabera, entre Hammam Righa e Hadjout."

Quer que lhe conte a história de 32 de dezembro? Isso não existe? Pois escute.

Era de manhã. No dia 32 de setembro de 1997, ou 33 de dezembro, ou 34, porque esses são dias que não deveriam existir. Dias impossíveis, intermináveis, dias que são apagados ou nos quais vivemos sem poder nos livrar ou retomar a contagem do calendário natural. Eu estava voltando justamente de Ouargla, em setembro, tenho quase certeza, e me deparei com um bloqueio de militares entre Ouargla e Sidi Okba. Pareciam tão jovens, esses soldados: imberbes, os olhos distraídos pela luz cinzenta da manhã que envolvia todos os carros que se aproximavam do seu posto de controle. A estrada estava deserta e ameaçadora na época, uma verdadeira cobra sem cabeça. Eu me lembro das suas armas, fuzis e kalashnikovs: pareciam tão pesadas nas suas mãos pequenas! Com sua aparência de sonsas, elas eram maiores do que aquelas crianças presas a seus papéis no meio do deserto. Eles pareciam famintos e tinham de exercer suas funções como heróis da guerra de libertação e patriotas, como se faz o tempo todo na Argélia desde a retirada da França.

"Desça, e mãos na cabeça!", gritou o homem que me mandou parar no acostamento cheio de pedras.

Eu tinha acabado de me despedir do velho livreiro no Saara na primeira oração e me lembrei de que ele queria que eu ficasse por mais algumas horas, por precaução. "O que você está levando?", gritou o soldado menino. Respondi com a minha voz de menino de dez anos, como uma ovelha: "Livros de culinária. São para as livrarias de Ouargla e Timimoun", e juro que ele ficou embaraçado com esses objetos desconhecidos, esses livros que não tinham o que fazer naquele deserto que nos escutava. Ou talvez ele não tenha se surpreendido com os livros, mas com meu negócio, ou com a minha resposta, ou com a incongruência entre livro e areia. Mas ele parecia ter esquecido o significado da palavra "livro". Ou achou estranho e perigoso um homem levar livros em meio a uma guerra em que sangue e cabeças decepadas escorriam pelas ruas como caroços de azeitona embebidos em saliva de ogros. Seus companheiros com uniforme de combate verde me cercaram, intrigados, nervosos e assustados. Lentamente, com mil cuidados, abri a porta traseira da van. Eu também tremia pensando na possibilidade insana de ali aparecerem os "outros", os barbudos degoladores. Bastava uma sombra para que eles atirassem, aqueles pobres garotos em pânico: um pombo preso, uma cobra, um rangido. O deserto ao redor estava silencioso como um ladrão na noite e, de repente, eu estava com muita sede. Uma vontade de urinar se impôs em mim como uma tortura. Ignorando meu desconforto, o soldado me empurrou pelas costas com a ponta da arma. Ele estava com a cara fechada, com raiva de todos os seres vivos, do seu destino, dos seus chefes e da história deste país. Eu me lembro de que o deserto inteiro cheirava mal, como o cadáver de um cachorro atropelado por um caminhão semanas antes.

Eles revistaram a van, depois o líder os dispersou e me examinou; devia ter dezoito anos. Tinha olhos oblíquos, pele marrom e grandes botas de guerra. Ficou me olhando por um bom tempo e depois me interpelou em um tom falsamente autoritário: "O livro dos peixes, rápido!". Fiquei atordoado, com as palavras desacelerando antes de penetrar em minha mente como uma fileira de formigas. "O livro dos peixes", ele repetiu, e seu fuzil apontou para a caixa de papelão. Eu agia bem devagar, para não o inquietar. O deserto inteiro se voltou para nós, como se quisesse nos mordiscar com seus olhos rochosos. Abri a caixa e tirei um grande volume ilustrado com peixes e riachos cintilantes. Acho que era um livro sobre pesca na Noruega, que vendia bem por causa das fotos. Entreguei-lhe. Ele colocou o fuzil no chão e o folheou sem dizer uma palavra por um bom tempo, enquanto eu permanecia imóvel e o vento frio do meio-dia tentava penetrar nas minhas roupas. Os outros soldados examinavam o horizonte perigoso e esfregavam as mãos para se aquecer. De repente, ele se tornou uma criança e folheou o livro várias vezes antes de entregá-lo de volta para mim: "Faz meses que não vejo um peixe. A gente morava perto do mar, eu sou de Ténès". Ele me confessou isso com sua outra voz, a de sua verdadeira idade, depois se recompôs e ficou em silêncio, envergonhado por ter se deixado levar. Eu me ofereci para lhe dar o livro, mas ele me dirigiu um gesto rápido da cabeça como quem diz "dê o fora daqui!".

A estrada não é amiga, sabe, ela pode estrangulá-lo, roubar sua bagagem, cortar sua garganta, perdê-lo. Minha filha, você é a única prova. Não deve desperdiçá-la nem se aventurar indo a qualquer lugar. Sabe, é você ou o esquecimento. Conheço a estrada em todas as suas formas. Ela pode assumir mil faces, mas há apenas uma voz na sua cabeça, e você nunca deve ouvi-la. Uma garota como você, mesmo tendo passado por um trauma, ou que sofra de alguma doença ou esteja com raiva, não deve ficar parada ouvindo a conversa-fiada dela. Ela vai vir e vai deixá-la nua e vai roubar suas coisas. Ela não tem passado nem futuro; não está nem aí com isso. Ela vai pegá-la pelo pescoço e vai carregá-la por aí, fazendo-a acreditar que vai chegar ao seu destino.

Dirigi por mais duas horas naquele dia entre Ouargla e Biskra, pensando o tempo todo naquele jovem e nos peixes prateados da Noruega. Nessa parte deserta da Argélia, a estrada é sinuosa. Os peixes descansavam pacíficos em um riacho claro e benevolente na Noruega, sem saber que estavam na Argélia, no sonho de outro pescador perdido entre as dunas. Naquele mesmo dia, fui parado por outra barreira de soldados perto de um lugar chamado Korra. Esses eram tão distantes quanto djins (*ninguém sabe quem são esses seres, minha filha, durma!*) e tremiam de raiva e frio, congelados como postes. Pareciam ainda mais agitados do que os outros militares. Mandaram-me dar meia-volta rapidamente, pois o vilarejo seguinte, onde ficava o seu quartel, havia sido atacado naquela mesma noite por uma katiba de terroristas (*uma facção daquele exército de homens barbudos da guerra dos anos 1990, aquela que matou minha família e minha voz*). Fui revistado como um carneiro e expulso como um bandido. Tiros ressoavam no deserto.

O céu cindiu-se atrás de mim e então acelerei.

Eu me lembro de ter feito o caminho de volta numa única noite impossível e de me deparar com um lugar que nunca tinha visto antes, mas que nunca mais pude ver de novo com os olhos abertos. Foi ali que aconteceu a única história na minha vida que ainda não tem fim. A verdadeira história, minha filha. É a minha verdadeira história e que ninguém mais quer ouvir hoje em dia.

9

12h35
"Talvez eu esteja vendo a saída, minha Huri."

Agora que estou mais velho, acho que há uma outra estrada. Sempre existiu. Uma estrada escondida atrás de todas as estradas. Às vezes, ela ressurge como uma linha paralela e, outras vezes, se distancia e desaparece. Não é a que acabei por esbater com litros de café e discussões intermináveis durante as longas noites. Só descobri essa outra estrada, canibal, quando estava fugindo. Ela aparece como os carniceiros, sabe, minha filha, que escondem as carcaças em cavernas ou fendas. Que horas eram? Como saber? Até mesmo naquela época, nada estava claro no céu. Repeti tantas vezes essa história que ela não tem mais nenhum sabor ou detalhe; ela é verdadeira, sim! Mas é um pouco como se de tanto olhar para o rosto de uma pessoa por muito tempo a gente acabasse não a reconhecendo mais. Se eu duvido do que vi? Sim, minha filha, eu admito. Houve momentos em que pensei: Aïssa, refaça a sua vida, se case com uma mulher e vá à mesquita para merecer o paraíso! Em outros tempos, eu dizia a mim mesmo: se ninguém acredita em você, isso vai consumir sua cabeça como um câncer. Dirijo há anos para decidir essa questão: devo ouvir a estrada ou não? Penso nisso o tempo todo.

No início, achei que bastava falar com o policial ou com alguém no quartel e voltar para casa. Mas isso não era exato: a história se alojava aqui (*ele aponta para seus cabelos*) e se repetia. Sempre havia mais detalhes, ou menos detalhes, ou coisas que eu precisava mencionar. Mesmo à noite, eu me via batendo na porta da delegacia de Batna ou pedindo uma audiência com o coronel do setor militar da nossa cidade, na famosa vila Blanche. O chefe muito magro com um grande bigode me ouvia educadamente, somos pessoas conhecidas na cidade, uma grande família! Ele fazia anotações e acenava com a cabeça sob o retrato do presidente pendurado na parede acima dele. Depois, eu ia para casa, quase aliviado, e tentava dormir. Mas outros detalhes continuavam voltando para mim, como formigas ou lascas de louça quebrada: as botas dos assassinos, o cheiro, por exemplo. De javali? De cachorros vira-latas? Almíscar? Eu continuava tendo dúvidas. Era meio-dia? Mais tarde, quase no fim do dia? Vá saber! O céu também não estava claro para essa pergunta. E depois: quantos eram os assassinos? Como eu consegui dirigir por horas com a perna machucada e sangrando como um bezerro? Eu me interrogava para descobrir se estava mentindo, se escondia coisas de mim mesmo, se eu era um terrorista, um civil ou um militar, ou mesmo se não estava sonhando enquanto dirigia. Difícil de decidir, wellah.

Durante meses, recluso em nossa casa de limoeiros, me dirigi a mim mesmo com os lábios do meu pai em seu leito de morte, repeti e repeti a cena, todas as réplicas, todas as palavras que eu havia dito e as que os outros haviam pronunciado quando cheguei ao local, no coração da armadilha. Sabe, não devemos falar sobre essa guerra hoje em dia, e mesmo naquela época, as pessoas preferiam evitar o assunto, entende? Quando não há livros, fotos, testemunhas ou filmes, não há provas. Era o que eu pensava até ver você hoje na estrada, até esbarrar com você neste dia santo. Entende? Com o tempo, tudo ficou confuso. Os detalhes da guerra foram roubados, e não ouvimos mais o que escutamos ontem à noite antes de dormir. Ah, sim! Não é esquecimento. Com isso quero dizer que você pode se enganar sobre a versão, duvidar das imagens, acreditar que acabou. Mas uma história real como a minha não permite que você saia para a rua, faça a barba ou se vista, ela o mantém trancado em casa, sabe, minha filha? É um pouco como a batalha da minha mãe contra o meu pai, mas com um pai que não sabe ler nem escrever e uma mãe que não consegue limpar tudo o que há na casa que é a minha cabeça. No final, até os meus funcionários me evitavam. Meus primos ficavam quase entediados ou irritados quando me viam. Muitos olhavam para baixo e se afastavam, ou mudavam de calçada, ou evitavam me convidar para ir a suas casas.

Sim, minha filha. A vida é ingrata. Eu não tinha mais nenhuma prova, porque tudo sobre essa guerra que custou centenas de milhares de vidas já havia desaparecido há muito tempo. Deus, glória a Ele, escreveu livros para que nos lembrássemos Dele, wellah. Mas eu não aprendi a escrever. Alguns anos depois do que aconteceu na estrada para Biskra, ninguém mais queria falar comigo. Peguei a van de novo para continuar trabalhando na estrada como meu pai, vendendo livros de culinária, hadiths do Profeta e comentários do Alcorão.

10

12h45, em sua van branca

Desta vez sou eu, minha Huri de olhos arregalados. Sua mãe por algumas horas neste labirinto.

Vamos esquecer por um momento esse louco preso na sua história.

Que aventura para nós duas! Meu coração se enche de alegria ao pensar em lhe dar vida e morte ao mesmo tempo. Vamos perguntar a Taïmoucha como ela vai permitir que a gente se aproxime de sua ferida celestial. Talvez ela se recuse a deixar que a gente acorde com nossos dedos na garganta cortada dela. Vamos fazer muitas perguntas a ela se chegarmos ao seu covil, à sua tumba misteriosa e escancarada, onde sua cabeça foi jogada para longe do resto do corpo. Uma cabeça que é sol e um corpo que é noite, e uma decapitação repetida ao amanhecer e outra ao anoitecer. Na pressa dos moradores do vilarejo no dia seguinte ao massacre, ela provavelmente foi enterrada com um torso desconhecido, braços que não são dela, pernas de homem, e talvez ela se ache culpada e monstruosa após a matança de vinte anos atrás.

Hoje, o céu está tingido de poeira dourada, estradas pedregosas às vezes se estendem ao lado da rodovia, e já não tenho mais nomes para dar aos lugares por onde passo. Tudo é novo e velho ao mesmo tempo. É como um sonho muito jovem na cabeça de uma pessoa muito velha.

Você consegue ver as árvores através do vidro? Elas se aproximam e depois correm rapidamente para trás de nós. Os pombos também, já vi o céu lançar punhados deles no ar, e eles desciam de novo sem gravidade e refluíam de volta para o mesmo lugar de onde tinham vindo. Eu fiz isso por você, com meus olhos, olhei para o céu azul até perder a noção do alto e do baixo, e até mesmo para o sol, até que ele me fez chorar e ameaçou meu estômago com seus punhais. A estrada me mostra um vilarejo, mais construções, onde as pessoas se refugiam para não ter que viver. Agora uma lembrança me vem à mente! Sei que em 31 de dezembro de 1999, na ambulância que me levava por esta estrada antes da duplicação, eu sangrava; sim, eu ia morrer; sim, mas continuei contando enquanto minha garganta sorria. Dois, vinte, quarenta e quatro, eu me perdia, mas aparentemente era essencial, porque, entre a vida e a morte, uma menina de cinco anos se agarrava à contagem desses números desossados como se fosse sua vida.

11

12h49
"A última porta?"

Está me ouvindo, irmã? Não perca o fio da meada, eu lhe peço, é importante. O dia ficava mais longo com um sol quebrado feito um ovo naquela terça-feira de setembro de 1996. Como se abrisse os olhos pela primeira vez, eu soube que a estrada tinha cabeça, boca e dentes. A estrada é uma bruta que come carne e suga os ossos quando pensa estar sozinha, escondida no cheiro de peles imundas e urina. Depois de passar duas horas examinando cada quilômetro para ver se eu não me arriscaria a cair em alguma falsa barreira de assassinos, o local da barreira dos soldados crianças se revelou para mim. Vi toda a cena num piscar de olhos. Era como se um mau perdedor tivesse jogado ao ar um tabuleiro de damas. Vi manchas pretas no chão e no céu, marcas de pneus nas dunas e sangue por toda parte. Como se uma criança tivesse virado um balde ou manchado uma janela com tinta vermelha. Senti o cheiro do ferro no asfalto, na areia, na minha pele, na minha cabeça, até mesmo nas nuvens. Ainda hoje, vinte anos depois, quando tropeço, caio ou atropelo um cachorro na estrada, essa imagem me cobre como um lençol. Ela se lança sobre mim para me transformar em um djim, wellah! Foi nesse ponto que vi os profetas pela primeira vez. Ah, não, eu não contei o número de cabeças cortadas! Mais tarde, porém, eu fiz isso, para ter certeza do que via, e todas as vezes ficava em dúvida sobre o total. Contei durante anos, mas o total variava como um rosário sem fio. Dez? Doze? Apenas uma? Vá saber, com a memória! Ela é uma criança brincando com seus dedos.

O que eu fiz? Acelerei, irmã. Fechei os olhos e contei até dez, dirigindo por uma espécie de luz alaranjada, juro! Eu tinha me recusado a ver, mas tive alguns momentos para entender tudo, a partir de um único detalhe, sim: o rosto do menino que sentia saudade dos peixes. Dessa vez, ele parecia entediado, com os olhos fixos no céu amarelo e a cabeça sem tronco. Uma bola de futebol, com uma expressão incompreensível. Você já viu uma cabeça decapitada? Desculpe, eu não queria ferir seus sentimentos, mas só explicar as coisas para você. É quase engraçado ver uma cabeça decepada jogada no chão. Isso por causa do rosto sério do infeliz e sua expressão de irritação com algum detalhe secundário, sendo que ele já está morto. Não sei! Me pareceu ridículo e aterrorizante, especialmente com sua língua inchando para fora. Contei a cabeça do menino dos peixes e algumas outras ao redor dela. Pacotes pretos, dispostos por acaso, espalhados como em uma mesa de bilhar.

De repente, quando o tempo ficava mais lento, alguém atirou uma pedra na porta do passageiro, bem aí (*ele aponta para o meu lado*). Senti então a picada de um escorpião na minha coxa. Avancei pela estrada vazia em zigue-zague e atolei na areia vinte metros adiante. Foi quando o Emir veio na minha direção com seus homens, que saíram da areia rindo. Eles me arrastaram para fora da van enquanto eu tentava me fingir de morto e me empurraram com os pés como se eu fosse um cachorro morto. Um fuzil esmagou meu nariz, havia um sapato no meu pescoço e muito palavrório lá no alto, no céu, com uma barba que eu via de baixo. Você sabe disso, não sabe? (*Os olhos dele brilham com uma cumplicidade perigosa.*) Deve saber: quando você começa a morrer, é como se tirasse os olhos de um livro que não faz mais nenhum sentido e que as pessoas ao seu redor discutem num idioma estrangeiro.

— Dê um número.

— Dezesseis? (*Voz de lagarto, voz de peixe.*)

— "16 de dezembro de 2000: um grupo armado invade o dormitório da escola profissionalizante de Médéa. Dezesseis alunos e seu supervisor são assassinados."

12

12h59

Em seguida, dirigi, com os olhos quase fechados, até a cidade de Ouargla. O café tinha acabado de abrir as portas depois das últimas horas da noite. Um vento de areia vermelha envolvia as paredes e os rostos, e batia nas portas como se estivesse espalhando uma má notícia. O dia parecia um grande crepúsculo, com o sol perdido e sem brilho, como se estivesse doente. Tentei recuperar meus sentidos ouvindo minha respiração. Fiquei por bastante tempo estacionado em frente ao café deserto. Aterrorizado e vacilante, tive medo de sair do carro. Ah, garota, eu tinha me urinado todo e estava com vergonha. Algumas pessoas se juntavam perto de um ponto de ônibus para esperar, resignadas como postes. O mundo inteiro mal conseguia respirar, eu juro. Em um determinado momento, o vento de areia vermelha soprou pela cidade inteira, e eu podia ouvi-lo vaiando todo mundo. Fiquei assim, minha filha, a calça encharcada e o medo me impedindo de abrir a porta do carro. A estrada falava comigo com a voz de uma garotinha. Ela me dizia que se eu não tocasse o chão com meus sapatos por um dia, esse mesmo dia começaria de novo, seria reiniciado, como um motor, e não haveria nada para se ver, nada se repetiria. Acontece que, enquanto esmagava o meu tronco com o sapato, o Emir havia dito com uma voz áspera e cerimoniosa: "Vá e testemunhe, conte a eles o que você viu. Conte tudo, em detalhes". Acima da voz da estrada, havia a do Emir: a de Deus naquele momento, minha filha.

A história dos dezenove soldados cujas gargantas foram cortadas na barreira militar de Temacine gira agora dentro da minha cabeça, a história real, com mil detalhes e também o que eu tinha de fazer para torná-la tão conhecida como o Alcorão. O chefe tinha sido claro: "Vá e conte a todos o que você viu! Corra, seu desgraçado!", e ele deu um tiro para cima com sua kalashnikov, e os outros riram ao seu redor naquele dia de luz fraca, como uma vela vermelha. Ele gritou: "Corra!" e desde então eu tenho dirigido e corrido, mas a história não sai, ela fica aqui dentro, não tem para onde ir, pois a lei nos proíbe de falar sobre a década negra.

O menino soldado tinha dito que não via um peixe há meses. Você precisava ter visto a maneira como ele olhava atento para a grande imagem do rio norueguês, sua corrente azul-prateada com mil pedrinhas. Como um anjo folheando um livro de ouro! Mas agora as coisas estão se misturando na minha memória. O mesmo conselho foi dado a mim pela estrada, dois anos depois ou dois anos antes? Não sei mais, minha filha. Quando cheguei a Argel, no final da manhã, depois da longa viagem desde Annaba, ainda tinha a possibilidade, a estrada me sussurrou, de rebobinar o dia. Entre as minhas coxas, tive a mesma sensação de frio e o mesmo murmúrio da estrada nos meus ouvidos.

"Não desça, não ponha os pés no chão e tudo vai continuar como antes, nada vai acontecer e ela vai continuar respirando. Só não coloque a ponta da sua sola no chão. Continue dirigindo e vamos continuar juntos, ouvindo e apoiando um ao outro." Sandybelle, a filha do meu irmão Benbadis, era a única sobrevivente da sua família quando eles foram encontrados por volta das cinco da tarde. Ela já havia lutado contra um câncer, e se acreditava que o destino se contentaria com apenas um infortúnio. Ah, talvez eu não devesse ter dirigido como um louco naquela noite. Sabe, minha filha, eles pararam o carro do meu irmão em Kadiria. Com a esposa e a filha convalescente, ele voltava para Batna no fim de semana para passar um tempo na nossa casa. Sandybelle adorava os limoeiros, o pátio e os móveis antigos, que pareciam falar com ela.

Havia uma longa fila de carros parados pela falsa barreira montada por volta das quatro da tarde, em plena luz do dia, o que era incomum. Os assassinos revistavam os veículos um por um, extorquiam dinheiro dos passageiros e, em seguida, os degolavam, um por um. No mato, eles se revezavam para cortar suas gargantas. Sandybelle foi encontrada praticamente morta, já quase sem sangue, no meio da vegetação rasteira, com a garganta cortada pela metade. Está vendo? Você entende? (*Essa história é um mergulho em água biliosa, uma piada de Deus, minha Huri, ou uma grande gargalhada da minha irmã Taïmoucha em seu reino sem cabeça.*) Eu tinha dirigido feito um louco de Annaba até Argel e, no último momento, quando cheguei ao hospital Mustapha Pacha, hesitei. Se você não tocar o chão, as coisas vão permanecer no sonho, repetia a estrada. Era um sábado, madrugada de 7 de setembro também. Quando cheguei a Argel, ela ainda talvez estivesse viva, a garotinha corajosa. Talvez tenha dado seu último suspiro quando meu pé tocou o chão.

Só que agora, minha irmã, eu tenho dúvidas, entende? Será que eu fui parado na barreira antes da morte do meu irmão, da sua esposa e da sua filha Sandybelle? Não tenho mais certeza da ordem. Ou foi depois? É difícil decidir, a memória mente para mim ou me diz uma verdade ainda mais profunda. Primeiro, existem as datas: sábado, dia 7, para a primeira barreira falsa, e sábado, dia 7, para a segunda. Então falta o ano. Mas, naquela época, era sempre o mesmo ano em meio à guerra e tantos massacres. Mil anos em um dia, um dia de mil anos. Com certeza você vai me perguntar: "E a sua perna?". Nada é certo. Fui ferido pelo Emir e seus homens no deserto, sim. Sangrei como um bezerro durante as horas na estrada para Ouargla, onde fui encontrado desmaiado na minha van e confundido com um terrorista em fuga até descobrirem, na traseira da van, os meus livros, que me salvaram a vida — os terroristas não liam, e fui então inocentado. Mas também posso ter sofrido um acidente dirigindo à noite de Annaba para Argel, nesse mesmo dia que não está nos calendários, o mesmo ano, apagado de todos os lugares, dirigindo como um louco. Acha que estou exagerando minha história verdadeira? Não, dificilmente. Acho que devo mentir de vez em quando, como fazem os livros, para que a verdade mais importante seja admissível. Mas você sabe que não há vestígios, detalhamentos ou imagens da guerra dos anos 1990, ninguém se lembra ou quer se lembrar desse passado, de você, de mim. Aliás, uma perna mais curta não é nada comparada à cicatriz no seu pescoço. Isso sim! Isso é um sinal explosivo! Entende?

Não sobrou ninguém no final da guerra: nem meu pai, nem minha mãe, nem meu irmão Benbadis. Nem mesmo Sandybelle. Veja bem a foto dela.

13

"No centro do labirinto, eu acredito."

Naquela manhã de setembro de 1996, o soldado jazia como um peixe sem barbatanas, com o sangue pingando no asfalto e se espalhando. Não em poças, mas em pinceladas furiosas. Os nove, dez ou dezenove soldados que faziam aquela barreira haviam sido mortos uma hora depois de eu ter passado por ali naquela manhã. Não me movi, exceto por uma pedra no meu peito que esmagou minhas costelas. Ao redor, o vento cobiçava a respiração deles e o grande Saara dava as costas para nós. Você sempre tem a impressão de que alguém o está observando de longe nesses lugares onde nada cresce, exceto os sonhos ou o nascer do sol. Tive dificuldade de ver os corpos, mas vi as cabeças espalhadas pelo chão. Pedras, pessoas deitadas no vazio, corvos ou ratos, era isso que eles pareciam.

O que eu poderia ter feito, minha filha? Naquela época, você só tinha uma vida, a sua própria. Então, fugi na minha van branca com meus livros de culinária e os peixes da Noruega. Peguei a estrada novamente, repetindo para mim mesmo que não era verdade, que nada era verdade, até que um tiro soou, perfurou minha porta e um escorpião me picou na coxa.

O deserto riu às minhas costas, ele, o Emir e seus homens. Minha urina escorria pela minha perna, meu coração batia nos meus pulsos e minha van se arrastava de barriga pelas dunas imóveis. Mas eu não conseguia pensar em mais nada. Mais tarde, dirigi às cegas, batendo os dentes. A estrada me acolheu nos braços, para me acalmar, acariciar meu pescoço e me sussurrar palavras de pessoas idosas que não têm nada a perder. Elas me pegaram e me arrastaram pela areia fria.

Sandybelle, a filha do meu irmão, morreu em setembro do ano seguinte, mas às vezes a estrada me diz que isso aconteceu no ano anterior, é difícil decidir, como você vê. Assim como sua mãe e meu irmão Benbadis, que sabia ler e escrever e lecionava na Universidade de Argel, dando mais brilho ao nome de nossa família. Faz quase vinte anos. (*Ele olha para a foto e ela sorri para ele. O peixe azul sob o espelho retrovisor puxa seu anzol e salta enquanto a estrada faz a terra balançar. Devo saltar assim que ele diminuir a velocidade? E para ir em qual direção? Em direção a Orã? Em direção a Relizane? Para o lugar onde perdi minha voz, para minha irmã, que quer saber por que fechei os olhos e fiz o Emir achar que eu já estava morta?*) O 7 de setembro é um 34 de novembro, um 40 de novembro. Eu estava dormindo em um quarto de hotel em Annaba depois de visitar as livrarias da região. Quando o telefone tocou tão tarde, eu sabia que eram más notícias. A cada chamada, as vozes dos meus interlocutores eram amigáveis e suaves. Eram nossos vizinhos em Argel ou Batna. Todos eles respiravam fundo no aparelho antes de escolher as palavras que entrariam na minha cabeça. Sentado na minha cama, atordoado, eu tinha a impressão de estar debaixo d'água ou em um buraco, conectado a eles por um fio. Eles respiravam, perguntavam sobre Deus ou minha saúde, explicavam que era um longo caminho até Argel, até o hospital Mustapha Pacha, e que eu tinha de ir porque meu irmão estava lá ou que eu não deveria ir porque era tarde demais. Então, peguei o caminho mais longo, que se estendia tanto quanto a vida. Ela me levava a desvios, diante de pedras que caíam da montanha pelo caminho. Eu dirigia contra o vento. Sim, eu chorava. (*Ele está lacrimejando aqui, com o olho esquerdo, e eu não gosto de sentar ao lado de pessoas que estão chorando, porque elas acham que lhes devo alguma palavra.*) A estrada não cedia, resistia, tentava me impedir de seguir em direção à entrada de Argel. Agora me dou conta de que passamos quinhentos e quarenta e nove quilômetros conversando e negociando. "Não vá", ela me dizia, e sua voz era a da minha mãe. "Não tente chegar lá. Tudo vai se tornar real e pesado assim que você colocar os pés no chão. Você não vai conseguir carregar nada nas suas costas de homem aleijado", e a voz dela soava como a do meu pai. Uma mulher me telefonou enquanto eu dirigia em um mundo diferente do nosso. Ela gritava coisas confusas para mim. Ela era parente de nossos sogros e nos amaldiçoava, nós, "os homens Guerdi e nossa loucura por livros". Ela dizia que foi por causa dos livros no carro que meu irmão foi atacado. Mais tarde, um homem me informou com frieza que ele era policial e que eu devia chegar antes do meio-dia. Depois, um senhor de idade me deu os pêsames, mas não lembro seu nome, ele parecia conhecer meu pai. Outra mulher me disse "agradeça a Deus, Ele é o Eterno" e depois passou a falar com Deus e não comigo. Finalmente, consegui chegar a Argel antes do meio-dia, coloquei os pés no chão e a estrada bafejou, decepcionada. Dirigi-me ao hospital Mustapha Pacha. As paredes eram imundas e tudo pesava muito sobre os ombros de quem passava por seus corredores. Montanhas nos meus ossos.

Sandybelle já estava morta, eu soube disso porque o silêncio era absoluto, como se meus ouvidos estivessem tampados com algodão. A criança estava com a cabeça enfiada em seu leito, muda, estranhamente inclinada para trás, com um grande curativo no pescoço, maior do que o seu. Meu irmão Benbadis e sua esposa também tinham morrido, posto que não estavam ali chorando. Estavam em algum outro lugar, de uma vez por todas. Poucos vestígios deles foram encontrados no carro onde foram degolados. Eles foram queimados junto com os livros que transportavam.

Meu pai apareceu para mim por um momento. Passou pela minha mente. Percebi então que eu era o último dos Guerdi e que não seria capaz de escrever a continuação da nossa história tão antiga, e que todos os meus ancestrais ficariam ressentidos comigo. Talvez o nome da nossa família desaparecesse por causa do meu jogo estúpido contra meu pai. Chorei e pedi perdão a todos. Nos corredores, os médicos, atarefados, me observavam. As palavras não tinham mais o fio que as perfurava para formar um colar, como os que havia no pescoço da minha mãe. Naquela noite em Argel, a língua sábia do meu pai perdeu sua cola e suas folhas, sim, minha filha. As folhas escorregaram para o chão e andavam sobre elas, seguindo a noite em seus esconderijos: uma porta mal fechada sobre duas camas vazias, olheiras num rosto, um pedaço de cadeira, uma lâmpada queimada nos banheiros sujos do hospital. As janelas dos escritórios, onde se aguardava a papelada para transportar o corpo para Batna, estavam abertas para se visualizar a noite que não sabia para onde ir. Jurei a mim mesmo, minha filha, que nunca mais deixaria de dirigir.

Nos últimos vinte anos, tenho ido a todas as livrarias e ficado esperando do lado de fora quando elas estão fechadas. Distribuo livros de culinária e livros sobre o além, o paraíso, as mulheres do paraíso, os hadiths do Profeta e a guerra de independência, e ganho bem. Prefiro dirigir durante o dia, e nunca paro. Sabe, até tive a oportunidade de ser casado por alguns meses, mas minha esposa logo me deixou, levando com ela minha televisão e minhas louças, porque não suportava esta segunda esposa errante, a estrada, que lhe roubava o marido. A bela estrada de cabelos negros longos sob o pente do sol. E para me punir, a preguiça da minha esposa se tornou enorme, assim como seu corpo. Ela não levantava mais a mão para arrumar o cabelo, tirar o pó da casa dos Guerdi, guardar os livros excedentes nas caixas ou deixar que o teto do nosso quarto de dormir se afastasse da minha cabeça quando eu voltava de longe para descansar. Nada, minha menina. Ela me deixou, e ainda bem! Quando você vier à nossa casa, vai ver que tudo está como nos nossos dias de glória: os mesmos móveis e os mesmos lençóis... E que entre os livros do meu pai e a água da minha mãe, foi a poeira que venceu, mas não em todos os lugares. Ela venceu nos cantos, nas superfícies mais elevadas, e, no pátio, as ervas daninhas cresceram nas rachaduras das lajes, e nossos limoeiros ficaram desgrenhados, transbordando de limões comidos por pulgões. É lá que você vai ter de viver e descansar se não souber para onde ir. (*Eu me viro para esse louco, de boca aberta, porque seu olho esquerdo se ergueu para me mostrar o vazio da sua vida, sua esperança louca.*)

Não tenha medo! O que eu quero dizer é que Deus a enviou aqui com um sinal. É bom que você tenha exposto seu ferimento. (*Ele levanta um dedo em direção ao meu pescoço e eu recuo.*) É a única prova que temos! Ninguém mais acredita em mim na vida real, e eu não consigo escrever. Você apareceu do nada e a minha vida parece ter uma voz melhor agora. Perceba. Você não precisa dizer nada, só precisa olhar nos olhos deles e tirar o lenço do pescoço de vez em quando. Além disso, você pode trabalhar na nossa gráfica em Batna se quiser se manter ocupada. Mas, me conte. Quem fez isso com você? (*Não se preocupe, minha filha! Nós vamos descer e sair correndo. Respire devagarinho contando até dez. Inspire e expire.*) Se continuar andando assim descalça por quilômetros a fio, a estrada vai deixá-la nua (*ele olha para minha camisa, que está um pouco rasgada no ombro, e para minhas calças, que estão marcadas nos joelhos por causa da minha queda*). Você é uma mulher; ela vai entregá-la aos homens, vai perdê-la, vai traí-la e a engolirá no deserto. Desconfie! Sou um pouco perdedor, um pouco vencedor, mas vou salvá-la, eu juro. Vamos para Batna e lá você estará a salvo.

Não fique andando sob o sol, pois ele enlouquece a gente em junho.

É verdade que hoje não tem ninguém; os homens estão ocupados com os animais. Mas depois vai ser a sua vez, minha pequena. Portanto, você tem de me ouvir. Vamos comer em

Relizane e depois continuamos. Olhe, pegue essas minhas sandálias para as abluções (*ele se vira, estende a mão para trás e tira um par de sandálias masculinas de plástico vermelho*). Você precisa saber ludibriar a estrada, levá-la para outro lugar como um cachorro mau, fazê-la acreditar que você não existe, se esconder na minha casa. Hein? Escute o que estou dizendo! (*Preciso correr, meu Deus! Ele não consegue correr, por causa da perna.*) Em Batna, não vai lhe faltar nada e a estrada vai acabar. Eu poderia até parar de dirigir. Tenho funcionários que podem fazer isso por mim, mas não faça a escolha errada: por Deus, não estou procurando uma esposa, mas uma filha...

— Dê-me outro número.

(*Desta vez eu não hesito. Tenho que jogar o jogo. Uma placa anuncia "Seja bem-vindo a Relizane".*)

— Vinte e um.

— Vamos lá: em 21 de junho de 1996, três cadáveres de mulheres foram encontrados na floresta de Baïnem, perto de Argel. Uma das vítimas era cabeleireira.

14

Por volta das 13h, em sua van branca

Há quanto tempo ele está fechado nessa lenga-lenga interminável? São quase duas horas, minha lua sangrenta, minha flor de carne. E eu quase duas horas de olho nas mãos dele. Sobretudo a mão direita, que desliza pelo ar, perto do meu rosto. Observando sua alavanca de câmbio, seus olhos diferentes, um coberto por sua pálpebra áspera, o outro incapaz de se fechar, atormentado e desconcertado. Um tempo excessivo tentando diferenciar a parte do vento, a da cegueira e a da língua interior em sua longa narrativa. Percebi imediatamente quando vi a foto da sua sobrinha ou filha sob o espelho retrovisor; aqui está um homem que coloca a sua língua interior à frente da língua dos outros. Acredite em mim, esse homem nunca vai conseguir manter a boca fechada. Se ele ousar fazer isso por um segundo, vai ficar amarrado em seu enorme silêncio de ansiedade. Ele já perdeu a voz uma vez, por algumas horas, e não quer que isso aconteça de novo. Ele espera salvar a pele contando seu passado.

Planície amarela, colinas sem leite, cabras, cachorros, postes, postes, postes e fios balançando para frente e para trás, e toda essa estrada se reproduzindo várias vezes, sem parar, encapelada, no meu estômago, vomitando. Pensei em abrir a porta em meio às imprecações desse estranho. Queria sair daqui e saltar no vazio, rolar no chão, me quebrar em mil pedaços como uma louça com seu desenho de pássaro verde do paraíso. Não seria uma solução, morrermos juntas sob os olhos da minha irmã?

15

13h11
"Outro corredor e paredes, minha pérola na minha barriga."

Por que eles me pouparam? Por que eu?

(*Ele se vira para mim para me fazer pensar que está esperando minha resposta e depois se apressa a retomar a fala com medo de recebê-la. Perdi o fio da meada da sua história, estou atordoada e meus pés às vezes acordam com dor, como se eu tivesse me enfiado em um arbusto de espinhos. Quanto tempo caminhei ao longo da estrada antes de entrar na sua van branca? Talvez dois ou três quilômetros sem sapatos, não sei.*)

Eu era apenas um jovem motorista imprudente naquela estrada em uma manhã. Naquela época, todos diziam que não se devia dirigir nem antes nem depois do sol, mas ninguém se mantinha fiel a isso, porque era difícil acreditar na guerra. Ela estava ali, com suas bombas, suas decapitações, seus estupros de mulheres sequestradas e seus cadáveres, mas todos nós queríamos viver como antes, não ver, passar por cima dos corpos e continuar falando sobre tudo e qualquer coisa, especialmente sobre mulheres e a falta de chuva. As estradas pareciam saudáveis, limpas e inocentes, até nos depararmos com Eddib el-Jiâane (*"Lobo faminto" na minha língua secreta*). E então, continuo perguntando a mim mesmo: por que bem eu? Hein? Por que não o motorista que vinha atrás? Havia outras pessoas dirigindo sob o céu vermelho, ouvindo música ou conversando com os amigos adormecidos nas suas cabines. Não era uma estrada de porte, mas era a estrada principal daquela região desértica. Isso foi muito antes de existir a autoestrada Leste-Oeste dos anos 2000, que apagou seu contorno. Você conhece essa cidade, Biskra? Fica no sul. É claro que, naquele momento (*ele continua a olhar para mim e eu entendo sua preocupação: tem medo de que eu pare de acreditar nele, que eu desligue. Eu desliguei. O dia oscila como papel molhado, uma página de jornal ao vento, nela há uma data e...*), eu não podia imaginar que cabeças estavam alinhadas na beira da estrada para fazer com que presas como eu diminuíssem a velocidade. Que idiota!

Eu não pensei em nada na escuridão das minhas pálpebras enquanto meu corpo era arrastado pela areia. Ou pensei no meu pai, no seu mantô branco, no seu limoeiro e nos seus livros, mas não falava nada porque não conseguia respirar. Os terroristas me empurravam com os pés, rindo enquanto eu insistia em me fingir de morto, e eles se divertiam loucamente, gargalhando e batendo as mãos nas coxas. Emudecido, eu invocava os nomes de Deus e os versos se misturavam na minha oração demente. (*De tempos em tempos, Aïssa me observa, preocupado com minha cara de morta. Posso sentir que ele está com medo, que está perdendo o fôlego, que se preocupa que eu me afunde ainda mais no assento, na minha cabeça. Ele avalia o meu silêncio.*) Talvez tudo tenha realmente parado, até mesmo o sangue no meu coração. Acho que não sentia nada, como uma pedra, não era o inverno, não era o dia do Juízo Final, não era insônia. Eu esperava a minha vez de ser degolado como um carneiro, e me via aguardando a minha vez. Quando me tiraram da minha van coberta de areia, não senti nada, não tinha pernas, nem cabeça, nem língua, apenas olhos, e os fechei. Aquele jovem que eu era achava que a guerra fosse um filme da época da França, ou conversa de botequim. Você compreende isso?

Eu não lia jornais. Não lia e não sabia escrever. O grande erro de um Guerdi. Ele dividiu minha vida em duas naquela manhã, com os canos pretos dos fuzis serrados. Uma parte se imaginava eterna, com uma bola de futebol voando pelo ar. Essa era a vida anterior. Essa parte morreu como uma camisa velha que se tornou um pano de prato, e como a minha perna. Vieram a estrada, os milhares de quilômetros no painel, e, portanto, a segunda parte, a que procura alguém para falar de uma história que, na minha cabeça, não tem fim.

Eu já lhe disse, não? Quando se dirige sozinho por muito tempo, a estrada conversa com você. Ela conta a história da nossa própria vida enquanto os postes, as árvores e as colinas fogem como pessoas que não conseguem mais ouvi-lo, e, acima de tudo, ela revela coisas para você. Com o passar do tempo, no início comecei a duvidar da minha versão, do que eu havia visto com meus próprios olhos durante duas horas. Depois, como não tinha pai, nem filho, nem casa, eu me vi obedecendo a voz da estrada e recomeçando minha história do início. Quando cheguei à marca de um milhão de quilômetros, percebi que não, eu não deveria ter dúvidas. Que era uma história única com mil significados, aquela em que o Emir Lobo Faminto e os seus me salvaram a vida após o massacre dos dezenove soldados na estrada para Biskra. Se você pensar bem, isso parece mais sério do que um mero acaso. Porque, se os assassinos me escolheram para contar sua história sangrenta naquele 7 de setembro, foi porque eu havia sido indicado. Por quem? Deus, meu pai, meu avô, os livros, ou sabe-se lá o quê.

Sabe, você não precisa acreditar em mim, basta me ouvir (*ele olha para mim e, atrás dele, desfila uma dúzia de árvores fugitivas*), e a estrada, se você olhar por tempo suficiente, também vai falar com você. Ah, mas você é uma moça. O que estava fazendo neste feriado em uma estrada deserta? Você não tem família? Você não tem nem sapatos! (*Ele se cala e se aprofunda na sua cabeça para desenterrar algo do subsolo, depois volta a emergir de seu jardim demente.*) A estrada é ruim para uma mulher, sabe, é maléfica e, acima de tudo, acaba com sua honra e sua reputação; ouvir a estrada é a pior coisa para uma mulher. A pior de todas, acredite em mim! Você não gostaria que eu desse meia-volta e a levasse de volta? Você sabe de onde veio? Sabe para onde está indo? Não? Ainda não quer me contar? Você vai se arrepender, eu juro. (*Percebendo o sentido infeliz dessa ameaça, ele se apressa em corrigi-la com uma risada.*) Não, o que eu quero dizer... quero dizer que você vai torcer o nariz por ter me dado a chance de falar primeiro. Todo mundo se arrepende disso! Depois, vai pensar em sair correndo sozinha pela rua ou tapar os ouvidos ou implorar para que eu recupere o fôlego. Todos com quem eu cruzo no caminho acabam correndo como loucos para longe de mim. Meus interlocutores geralmente se sentem mal diante de mim, como se estivessem olhando para uma deformidade (*ele dá uma olhada rápida na minha cânula*). Elas olham para a esquerda e para a direita, depois dão de ombros, como Deus quando não pode fazer nada após uma oração contra a seca em um país amaldiçoado. Eles pagam o café, me desejam o céu ou boa sorte e caem fora. Tudo isso porque, quando me sento, eu começo a falar sobre a minha história, que eles já não querem ouvir há muitos anos.

Eu falo e, assim que começo a falar, a estrada fala através de mim. Toda essa história volta e eu a conto novamente, tentando ser preciso. Digo a mim mesmo que vi alguns detalhes incríveis que ninguém mais viu, que me lembro de muitas coisas e que isso é necessário na Argélia. As pessoas me dizem um número e eu falo a data de um massacre, o local, às vezes os nomes dos mortos. Quem pode fazer isso? Hein? Só que as pessoas fogem para não saber mais nada sobre o que aconteceu durante a guerra. Elas se enroscam em seus djellabas, correm como se estivessem fugindo de um barranco e não olham para trás para ver se as estou perseguindo com minha van. Então, o que eu faço? Continuo falando. Fui enviado, não é minha culpa, sou um mensageiro.

O Emir Lobo Faminto tinha falado comigo como se eu fosse uma criança. Seu rosto estava inclinado sobre o meu como se quisesse comê-lo, preenchendo o céu como um ogro, e seus dentes cheiravam a mofo. Enquanto seus lábios se moviam, enrolado na areia, diminuído como um inseto, eu só conseguia ver suas narinas peludas: "Você vai a todos os lugares e vai contar o que viu. Cada detalhe, está bem? Eu sou a ira de Deus, seu castigo. Você vai fazer melhor do que os jornais, a televisão e os rumores:

vai contar tudo em todos os lugares, começando pelos militares, a polícia, as prefeituras, os cafés, nos locais de casamentos, de condolências e nas estações. Você vai a todos os lugares, hein? As pessoas precisam saber quem eu sou, o que quero e o que estou fazendo em nome de Alá. Porque vamos vencer por meio do terror e da Verdade. Repita!". Eu repeti, sangrando sem saber; eu morria sabendo daquilo tudo. Acenei com a cabeça como um homem morto nas mãos de seu lavador. "Você é o Lobo Faminto, você é o Emir da região. Você degola os ímpios, os renegados, os traidores de Alá, os franceses, os infiéis, você é a ira de Deus. Você está furioso com as eleições, com a devassidão, a nudez, as mulheres seminuas, os vinhos, os judeus, você é a espada de Deus e sua justiça na terra que é dele." Eu repetia, gemia, e lágrimas escorriam dos meus olhos, e minha calça cheirava a covardia. Ele ouviu paciente enquanto eu atestava suas palavras e mergulhou seus olhos nos meus como grãos de fogo. Em seguida, acrescentou o que mudaria meu destino: "Corra, conte tudo o que viu e tudo o que sabe sobre nós, para nossa glória e a de Alá".

Está vendo, minha filha, esse meu destino finalmente escrito? Depois de dez anos de guerra, todos os Emires e os grupos islamistas foram derrotados, mortos ou convertidos em cozinheiros mentirosos, todo mundo esqueceu os crimes, as perdizes de olhos verdes, as mulheres estupradas e as cabeças decapitadas. Menos eu. A história, com todos os seus números, nomes e sobrenomes, está dentro de minha cabeça e ninguém acredita nela, entende? Eu não tenho provas. Depois daquilo tudo, com sua pesada coronha, o Emir me deu um golpe na coxa que fez meus ossos estalarem e me levantou para me jogar na van. Então, percorri a Argélia inteira para repetir a história.

16

13h15, em sua van branca
"Estamos andando em círculos, minha Huri,
estamos perdidas, vamos para a esquerda novamente!"

Duas horas atrás eu estava à beira da rodovia e não tinha mais um nome na cabeça. Não sei se você se lembra, mas consegui recuperar o que encontrei no meu carro, que havia sido erguido sobre alguns calços de pedra, antes de fugir da polícia. As chaves da nossa casa e cerca de 3 mil dinares em notas pequenas. Os dois ratos no caminhão levaram todo o resto. O policial em Oued Tlélat, irritado e indiferente, me mostrou o meu carro com o porta-luvas quebrado, o apoio de braço rasgado e os dois pneus traseiros desmontados e roubados.

A van branca diminuiu a velocidade quando eu caminhava como uma bêbada sob o sol de junho e a vontade de vomitar me pressionava o estômago. Eu não havia comido quase nada desde a manhã e meus pés descalços doíam. Você, minha Huri, mantinha os olhos fechados, as pálpebras fechadas em relação à sua decisão. "Vamos perguntar à sua irmã. Vamos perguntar a ela." Eu lhe dizia: "Acalme-se e conte até dez". Você respondeu: "Não podemos contar antes de nascermos, tudo parece instantâneo, infinito e novo. Rio de vinho, rio de tempo. Preciso viver o primeiro dia da minha vida para poder contar meu primeiro número". A van branca diminuiu a velocidade e o motorista se inclinou para mim pela janela. "Você está com problemas, irmã? O que está fazendo aqui, irmã?" É assim que as mulheres são interpeladas quando se quer deixar claro para elas que não estão pensando em seu sexo ou em seus corpos, que elas têm a imunidade de uma parente em quem se está proibido de tocar. Eu não respondi. Estava descalça, com o boné na mão e aquela cara estúpida que sempre faço quando acredito demonstrar raiva sem que ela consiga sair pela minha cânula. Eu havia notado uma grande pedra ao fundo, quase quatro metros atrás de mim. Se eu corresse, poderia pegá-la. Ele não me alcançaria, sua cabeça sangraria e eu furaria um de seus olhos. Mas logo percebi que ele não tinha uma faca, nem garras, nem ódio nos olhos. Olhei detidamente para seu rosto duro, que o sol devia ressecar todas as manhãs. Ele acenou com a mão de novo, depois a estendeu com a palma aberta. "Entre, você não pode ficar aqui na beira da estrada, as pessoas são más. Para onde exatamente você quer ir?" Ele olhou para os meus pés descalços. Os policiais tinham me encontrado escondida atrás de um arbusto na beira da estrada, longe do meu carro destroçado no início da manhã. "Entre!" Então ele se calou e deixou que a estrada deserta entrasse na minha cabeça com toda a sua ameaça. Ela era longa e silenciosa, como o fim do mundo. Foi nessa estrada que eu nasci há vinte anos. É a estrada que vai de Relizane a Orã. Hoje, ela vai de Orã a Relizane.

Ele me conduz ao início de sua história ou ao começo da minha. Você estava dormindo quando saímos de Orã esta manhã. Você dormiu até a hora em que fui agredida na estrada. Agora sou eu quem sonha em dormir na sua barriga para descansar.

17

13h20
"Onde estamos, minha Huri?"

Por que você olha o tempo todo para o relógio? É a estrada que você precisa vigiar. A estrada. Não confie nela, minha filha. DE JEITO NENHUM. Olhe, o que você está vendo aqui? (*Não vejo nada. A rodovia Leste-Oeste, ondulante como mil mulheres dormindo, não tem começo nem fim. Ela rola sem rosto algum, a não ser aqueles que o viajante leva consigo em sua sonolência. Ela avança rumo à montanha, e nos sentamos em suas costas como em um camelo velho. Ela engole as dunas. Não há ninguém...*) Você acha que ela está vazia, mas não está. Os lobos estão escondidos atrás dos arbustos, atrás dos sorrisos e das palavras bonitas. Ela nem sempre foi assim na década de 1990, mas agora parece pacífica e madura. Na época da guerra, era preciso pegar estradas secundárias para fazer a viagem de Orã a Argel, que levava sete horas. Os aldeões nos viam passar, com os olhos sem expressão, incapazes de fazer qualquer coisa além de contar e invejar. Coitados. Quando meu pai morreu, em 1993, assumi seus negócios. Na época, a estrada era ruim, cheia de buracos e queimada em alguns lugares. Era preciso ir devagar, recuar rapidamente e voar entre as cidades e os vilarejos. Sobretudo no Leste ou na Cabília. Era preciso ter asas para sobreviver naqueles anos, minha filha. Os falsos bloqueios estavam por toda parte, as gargantas eram cortadas pela nuca, degolava-se como se respira. Dê-me um número!

— Catorze.

— Catorze de janeiro de 1994. "Durante a noite do Aïd el-Kébir: terroristas atacam o hotel dos caçadores em Telagh (Sidi Bel Abbès). Cerca de sessenta militares são assassinados, incluindo dois recrutas do serviço nacional, FEKHADJI Mokhtar (vindo de El Aïn 'Tipaza) e SIAFE Ali (vindo de Mascara). Os terroristas roubam uma grande quantidade de armas. Esses atos ocorreram graças à cumplicidade de um oficial de Aïn Defla." De acordo com alguns testemunhos, esse oficial se beneficiou ainda em vida da lei de concórdia civil. Está vendo? Você nunca deve sair sozinha como está fazendo. Naquela época, os terroristas podiam surgir numa virada da estrada, numa curva, surgindo do alto de uma ladeira. E ali (*minha Huri, eu me lembro dos onze professores, tenho a foto amarelada e silenciosa deles em casa, em Orã*), sombras com cheiro de javali faziam sinais para você parar e o interrogavam. "Você ora para Deus? Quantas prosternações se deve fazer durante a oração do amanhecer? Recite dois versos da Sura da Vaca..." Você não sabe, você gagueja. Fazem você descer do carro, se ajoelhar e mandam pegar alguma coisa no chão. Seu pescoço então se expõe e sua cabeça é cortada. Você já viu cabeças cortadas? Eu já. Várias vezes.

Eu sentia de longe, então, o cheiro desses javalis, minha filha, os "Tangos", como os militares os chamavam. E como?

A estrada que esconde uma falsa barreira é silenciosa. Ela está disfarçada em florestas, matagais ou fendas. A regra é dirigir atrás de algum outro veículo e deixar que ele ilumine o caminho. Então, se você não vir nada vindo na direção oposta por quinze minutos, desconfie. A estrada faz sinais com os dedos para você. Deve-se dirigir apenas durante o dia? Ah, não! Mesmo durante o dia, você pode se deparar com um bloqueio de estrada falso. Dura quinze minutos, eles param as pessoas, cortam sua garganta por nada e depois fogem para se esconder nas casamatas e montanhas de Chréa, perto de Argel. O dia não o protegerá, nem a lua, nem o sol. Somente a estrada pode fazê-lo, desde que você entenda sua linguagem. Aqui, veja: ela parece nova e avança como uma mulher livre, mas não é. Os javalis podem voltar. Os javalis podem voltar. Aqui, agora, depois da "Reconciliação" e da aprovação da anistia, eles podem andar por aí em plena luz do dia, rezar e até esquadrinhar você com desprezo. Eles venceram a guerra, minha filha. Os militares também venceram. Somente os mortos perderam. Duzentos mil mortos por nada!

Quantos quilômetros já rodei na minha vida? Acho que já dei doze voltas pelo país inteiro. Conheço quase todos os cafés de todos os vilarejos. Se você somar todas essas distâncias, acho que quase fui a Meca e voltei. Pelo menos duas vezes. É importante entender o que a estrada está lhe dizendo: evitar suas armadilhas, escutar o mugido da vaca que ela faz imaginando estar sozinha, ficar atento às emboscadas dos javalis de Deus. Cuidado, o sono também pode causar acidentes, minha filha! Mas, durante a guerra, os javalis de Deus matavam mais pessoas do que os freios ruins, um disco de embreagem solto ou falta de sono. A estrada é como um cavalo. Você gosta de cavalos? Não dá para entendê-los apenas de olhar para eles, só quando se está montado neles.

— Me dê outro número, minha filha.

— Um.

— Em 1º de novembro de 1994, seis crianças foram mortas e dezessete ficaram feridas quando uma bomba explodiu no cemitério de Mostaganem. Em Sidi Ali, um pequeno vilarejo. Escoteiros, minha filha. Estavam lá para o quadragésimo aniversário da outra guerra. Nos túmulos dos outros mártires. Mohamed CHAWKI AYACHI (sete anos), Mehdi BOUALEM (nove anos), Mohamed HACHELAF (oito anos) e Abdallah CHOUARFIA (doze anos).

18

13h25, não muito longe de Relizane
"Estamos nos aproximando da saída..."

Quando ele para de falar por um momento, olho para as montanhas à minha frente e elas se condensam, ficam mais pesadas e dobram seus vestidos marrons. "Não posso ajudá-la se você não me contar nada. Você também pode vir a Batna, onde tenho amigos em associações. É um longo caminho, mas podemos parar; se você confiar em mim." Você o escuta, minha Lua? Ele agora me mostra sua perna morta, como se quisesse me provar que não poderia correr, bater em mim ou me agredir. Sua mão toca na alavanca de câmbio e a van infla seus pulmões. De repente, sem que nada o justifique, sinto pena de nós dois nesse deserto de atrofiados. A perna dele sangra à sua maneira, ou talvez ele esteja dirigindo assim há anos para não ter que descer da van, mancar na frente de outras pessoas e mostrar a carne inchada ao redor do ferimento. E é aqui, minha pepita de jade, que tomo minha decisão no calor da hora, como se quisesse dar ao destino todo o peso do meu corpo. Levanto a mão para desfazer o nó do meu lenço e, em seguida, estendo meu pescoço na direção dele para que ele possa ver o "sorriso" em todo o seu esplendor, sua chacota, com dezessete centímetros de comprimento. Lanço em direção ao rosto dele a cânula, com toda a sua monstruosidade, o buraco escancarado na língua exterior. Ele não se dá conta disso de imediato. "Sim, é difícil ter um carro como esse para uma pessoa com deficiência. É caro e a única oficina que os adaptava para pessoas como nós acabou de fechar. Ele vale mais do que minhas duas pernas!" Ele ri, atento à estrada. Vejo seus dentes amarelos, mas também algo semelhante a traços infantis, misturados com madeira morta. Quando ele se volta para mim, vê minha cicatriz, dessa vez se oferecendo de todo, nua, exposta como o sexo felpudo da morte. Ele acusa o golpe, muito brevemente, mas não parece incomodado com meu corte e se força a absorver a falha em sua língua e sob meu pescoço. Em seguida acho que se petrifica, extasiado em algum lugar, os lábios trêmulos, transido como uma pele fria ao sol. É a primeira vez que meu "sorriso" tem esse efeito em um homem. Em geral, os homens olham para ele com curiosidade, ficam horrorizados, se afastam ou fingem não ver, e isso os deixa mudos ou muito falantes. Neste caso é diferente. Um impacto de luz crua, como alguém dando de cara com o fantasma temido e aguardado de uma pessoa amada e perdida. Para ser sincera, minha Huri dos pentes dourados, minha Vida, eu também estremeço diante do meu reflexo nos dois olhos diferentes dele. Sua expressão feliz diante da minha ferida me proporciona uma alegria selvagem, fértil e poderosa. Pela primeira vez, sou adorada na minha abominação!

Em seguida, Aïssa é absorvido pela estrada novamente. Perto do trevo que bifurca em direção a Mostaganem, seus olhos pousam sobre mim e parecem me interrogar. Sem que eu responda, ele decide por nós dois. "Vamos para Batna": sua voz se torna mais firme, como a de um homem decidido a salvar a vida de um náufrago em pleno mar. O que está me acontecendo desde esta manhã deserta? O que você está fazendo comigo, estrangeira no meu sangue, com seus caprichos? Amarro o lenço verde de volta no pescoço, com delicadeza.

19

5h49, na saída de Orã
"Aqui estamos, de volta à entrada do labirinto."

Nós nos lembramos do primeiro dia de nossas vidas? O sangue? Os gritos? O esforço da barriga e as contrações que expulsam? Sim, eu consigo. Também tenho a sorte de me lembrar da última hora da minha vida, sim, minha misteriosa Jade no meu peito gelado. Toco os dois segredos de Alá, os dois a que somente ele pode responder. Não estou viva nem morta, mas sou um ser invertido, um peixe misterioso. Nasci no dia 1º de janeiro do ano 2000, certinho. E morri num 31 de dezembro, o dia anterior. Juro a você, minha filha, que nenhum profeta listado no Alcorão pode alegar ter conhecido ambas as datas.

Eu me lembro de tudo pelos olhos da minha mãe. Cada segundo. Desde o momento em que vim ao mundo, procurando o início da minha história em uma caixa lacrada. Na ambulância, minha mãe Khadija, muda e congelada ao meu lado, se contorcia em uma dor que meu cérebro não podia imaginar. Nos seus olhos brilhavam a raiva e o domínio frio que ela sempre esbanjava diante dos clientes e juízes no tribunal de Orã, mas dessa vez derrotado. Na minha névoa de sobrevivente, Khadija parecia estar negociando com as pessoas preocupadas ao meu redor. A ambulância gritava e escandia um som lancinante vermelho e azul. Eu havia sido tirada do hospital de Relizane após o massacre. Não sabia que estava sendo levada a Orã para tentarem me costurar ao resto do meu corpo. Khadija estava cheia de sangue, manchada como uma morta, suja e com os cabelos desgrenhados. Não trocava de roupa havia dias. Nós duas tínhamos acabado de voltar do mesmo Lugar Morto. Talvez seja assim que se dá à luz. Minha mãe estava ensanguentada e silenciosa como as flores sobre os mortos; quanto a mim, pesada e constrangida, era impossível me sentar, apesar das minhas tentativas. Minhas mãos estavam amarradas à maca, para evitar que eu encostasse na minha garganta. Presumo que todos na ambulância esperavam por aquele grito de libertação dos recém-nascidos. Aquele choro que faz você rir de felicidade, apesar de que eu já tivesse cinco anos de idade. "Eu tinha me oferecido para ajudar no hospital", minha mãe me contou anos depois. Guardo como a lembrança de uma bandeira no alto de uma guerra sem voz as grandes poças secas em seu jaleco branco amassado, gemidos de exaustão e mãos de outras pessoas ajudando-a a me transportar. "Está me ouvindo? Está me ouvindo?", repetia uma voz a uma outra voz nesse lugar sem carne.

Estávamos nesta mesma estrada, no sentido contrário. De Relizane a Orã. À noite. No inverno. Eu me lembro da maca balançando como um animal, quase saltando no ar e se contorcendo, lançada em um mar sem sela. Um braço envolvia minha garganta, enquanto minha irmã mais velha, Taïmoucha, se deixava dominar e implorava minha misericórdia na grande sala de zinco e terracota da nossa casa. Ao redor, a noite se revelava em estilhaços insuportáveis. Acho que eu estava procurando palavras. Mas as palavras se esvaíam como gaivotas ao vento. Nasci com os olhos bem abertos, incapaz de gritar.

20

6 horas, na rodovia
"Volte a dormir."

Sob o céu, a terra está nua, deserta e seca. Um animal magro, talvez uma cabra ou um carneiro, se deixa entrever na beira da estrada. Ninguém o comeu, para fazer dele uma lembrança festiva na nossa montanha; ele jaz ali, seco, com a cabeça enfiada na mata. Ela vive e morre de agora em diante em um pedaço de terra queimada, enegrecida em alguns lugares e pisoteada. Aparentemente, um grupo de homens passou por aqui. No chão, palha e feno estão espalhados. Um tronco de árvore ainda está fumegando, lembrança da fogueira de ontem. A fumaça que sobe no ar mostra para onde vão as almas mortas. Você já ouviu falar da famosa Noite do Destino, minha querida? É a noite em que Deus desce até o último céu para ouvir os homens, um a um, que acreditam no seu fervor. Essa noite corresponde ao vigésimo sétimo dia do mês do Ramadã. A minha eu dato no trigésimo primeiro dia de dezembro de 1999. Minha noite do destino.

Estava escuro, senão como explicar a ausência de lembranças precisas? O motivo de eu estar aqui é encontrar a casa de terracota com a porta de zinco. Espalhada na fachada deveria haver uma videira velha. Duas ovelhas, amarradas não muito longe, morreram presas, por nada, ou apenas para provar que a morte esteve em toda parte, como uma expiração coletiva. Atrás do pátio fica o curral. Ele ainda está de pé, embora todo calcinado. À esquerda, eu me lembro de uma árvore seca e dura que parecia não gostar de ninguém no seu humor invernal. Só consigo ver parte dela, na minha memória do Lugar Morto. Ela não tem folhas, assim como alguém não tem filhos, seus galhos finos estão escondidos da vista. O céu ainda está claro, apesar do que aconteceu na véspera. Algumas nuvens formam ilhas de vapor. Tão acima, ele não foi afetado pelo destino da nossa fazenda. Há também um homem parado ali, olhando para a construção em cinzas. Nas minhas lembranças, essa figura nunca se move. Ele está de costas para mim, e isso torna irrisórias a minha voz, as palavras que eu gostaria de lhe dizer, as minhas perguntas. Seu braço direito está suspenso no ar, como num gesto interrompido. Estaria chamando alguém? Protege-se de um golpe? Sua camisa é branca, ou deveria ser se o local estivesse mais iluminado. O que noto é que o homem usa sandálias de borracha ou sapatos gastos, mas não consigo distinguir esse detalhe importante. Por quê? Porque, minha Huri, eu preciso entender por que não tem nenhuma pegada dele nesse chão de cinzas. Tenho que decidir se ele correu, se se interpôs, se lutou ou se ficou como na foto, parado, enquanto minha mãe, minha irmã e eu éramos degoladas. Talvez ele tenha ficado envergonhado assim desde o dia anterior, desde o amanhecer, ou desde que o sol atravessou seu corpo.

No final do dia 1º de janeiro, os moradores de Had Chekala vieram até aqui para coletar as partes dos corpos e decidir como enterrá-las, porque na vala comum os mortos haviam sido cortados em pedaços com machados. A decisão foi tomada de forma aleatória. Dois braços por cabeça, duas pernas por pessoa. Sem procurar combinar gêneros e alturas. Era preciso reconstituir os corpos como desse e o mais rápido possível. Porque os assassinos poderiam voltar a qualquer momento. Olho novamente e tudo aqui parece sem sentido, inclusive o ato de matar. O que essas vítimas empobrecidas poderiam representar em um lugar onde mal se pode respirar, seja no verão ou no inverno?

Esta cena é uma foto. Eu a encontrei em um jornal depois que terroristas incendiaram uma fazenda perto de Argel na década de 1990. É um lugar anônimo. Nunca estive lá, mas às vezes o visito, como a gente tateia uma parte indolor do nosso corpo, uma cicatriz antiga com lábios enrijecidos. Eu chamo de Lugar Morto, minha Huri vinda de um domo de pérolas e esmeraldas. É o lugar onde nasci e onde quase morri, perto de Relizane, nas montanhas, porque na minha memória ele se parece com a nossa fazenda, quase em todos os detalhes. Basta fechar os olhos para ver. Também devo confessar que nem eu nem a minha mãe, ou seja, minha segunda mãe, Khadija, voltamos lá em vinte anos. Não queremos voltar. Não é doloroso, é mais como a carcaça de um carneiro que secou ao sol. Além dessa foto encontrada, veja bem, não tenho lembranças precisas de minha vida antes de nascer, mas presumo que o Lugar Morto (a fazenda do meu pai, onde nos degolaram, junto com milhares de outras pessoas espalhadas por Ouarsenis) deve ter sido mais ou menos assim.

Antes de encontrar essa foto, eu não tinha nada para determinar o lugar certo. Em Orã, as pessoas vinham ouvir o relato da minha mãe sobre as minhas origens e o meu acidente, e eu me via tão ignorante quanto elas, incomodada, como se tivesse roubado a vida em vez de dispor dela naturalmente, como elas. Para os visitantes exageradamente curiosos ou malcomportados, Khadija dizia “psiu”, com o dedo indicador nos lábios, e o silêncio que se seguia era estragado pelo peso morto que eu era, com meus grandes olhos verde-acinzentados voltados para eles. Todos paralisados na sala de estar do nosso apartamento, não era possível falar ou ficar em silêncio sem pensar nesse lugar e sentir seu peso falsificado. Então eu voltava ao meu quarto e pegava essa foto.

É para lá que vamos, enquanto o som do vento no meu ouvido me faz pensar que estou dirigindo mais rápido do que ele. Nunca fui tão longe assim, minha pequena Lua. Vamos ultrapassar esse maldito caminhão que avança em zigue-zague como uma criança em uma bicicleta e chegar à terra da minha irmã.

Tudo vai se tornar realidade para os seus olhos, que nunca piscam.

O que você está ouvindo, esse ronronar suave, é o meu carro e, se ele está falhando, é por causa do idiota que dirige o caminhão à nossa frente. Agora tento me deslocar para a esquerda para poder acelerar pela faixa de ultrapassagem. O caminhão vai muito rápido. Está bloqueando o meu caminho, o rato! Os homens acham que as mulheres acabam com sua honra quando dirigem na frente deles. Eles me deixam louco, esses motoristas de gado. É a hora em que eles voltam para casa, para as regiões mais recônditas da Argélia, depois de venderem seus animais. A cidade de Orã logo vai estar vazia. Os ancestrais vão gritar suas palavras e o degolador vai assumir seu ar de importante, recitar um voto divino, murmurar "Bismillah" e "Allah Ouakbar" antes de cortar a garganta da oferenda, com a mente imersa no êxtase de seu ofício de um dia. A cidade inteira vai prender a respiração e todos os animais vão gemer no lugar dos homens para reencenar sua morte e ressurreição. Carneiros jazem por toda parte, imobilizados e mudos. As línguas internas e externas vão se misturar enquanto Deus contabiliza os sacrifícios.

SAIA do meu caminho! Mas é incrível, minha sardinha azul do paraíso! É incrível, os homens deste país! Ele está atravancando o caminho, o rato! Aliás, há dois deles, e estão rindo como palhaços. Não vou deixar barato! Não tenho muito tempo, minha mãe vai voltar depois de amanhã, no máximo, e então essa viagem vai ser impossível. Quando penso que ela nunca concordou que voltássemos ao Lugar Morto... Não falamos sobre isso há anos. Quase tenho que pisar no seu corpo para ter o meu de volta. Eu o quero. Quero que você coloque seu dedo na história que me valeu este sorriso que vai de orelha a orelha. Quero que você converse com ela, com a minha irmã, e negocie para nós duas o direito de viver ou o dever de morrer.

21

Às 6h10, o sol se destaca em meio aos dédalos das montanhas ao leste

Aí está ele, o sol se levanta como um irmão que nunca tive. Sinto uma vontade louca de dançar. De incendiar a terra com meus quadris e minhas explosões de energia. Você escuta a minha risada? Vocês riem assim no paraíso, vocês, as huris virgens, há um milhão de anos? Estamos indo para a terra da minha irmã, como você queria. É a grande rodovia Leste-Oeste. A que leva a Argel: aqui, ela está deserta. Veja à direita: há fazendas arruinadas e vacas. Elas marcam o campo com suas silhuetas protuberantes.

Confesso, sim, eu não me atrevi.

Preferi pegar a estrada.

Não engoli os três comprimidos.

Sozinha, com os três comprimidos na mão, eu disse a mim mesma: por que não? Minha Huri quer viver, ela quer saber. Ela exige que eu lhe mostre. Então, eu vou lhe mostrar. Foi o chamado do muezim nesta última aurora da sua vida que a salvou por um tempo. Não porque eu acredite em Deus (ele é que não acredita em mim), mas porque eu disse a mim mesma: "Por que não ir lá? E se couber a Taïmoucha decidir entre nós?". Eu disse a mim mesma: o Lugar Morto ainda existe e os habitantes da nossa aldeia de Had Chekala certamente ainda estão lá. Eles devem comentar uns com os outros sobre aquela noite terrível, e se lamentar por não terem podido enterrar seus entes queridos. Então você vai ver com seus próprios olhos, que são os meus, e morrer por vontade própria. Como uma vela ao nascer do sol.

22

8h10
"Como se sai de um labirinto?"

Para matá-la, a lei é clara e os ritos são precisos. Devo fazer isso pronunciando "Bismillah, Allah Ouakbar", "Em nome de Alá, Alá é o maior". Em seguida, o instrumento: não uma faca de cozinha, uma serra ou um machado, mas com aço tão afiado quanto uma verdade antiga, tão fino quanto a juventude e tão brilhante quanto uma segunda vida. O Profeta teria dito: "Deus prescreveu a excelência em tudo. Portanto, quando você estiver prestes a matar, faça-o corretamente (ou seja, sem crueldade); quando abater um animal, faça o mesmo. Afie bem sua lâmina e trate o animal com delicadeza". Não sou o tipo de pessoa que procura suas motivações mil anos atrás, mas veja, isso já está estabelecido há muito tempo. Sacrificar quem por suas crenças? Os bovinos, os ovinos e os seres humanos; as crianças indesejadas; as pessoas que desaprovam; aqueles que ficam no meio durante uma guerra; aqueles que não rezam, não jejuam e não acreditam que você é Deus. Matar se faz em um único movimento, não torture o animal, Deus insiste nesse gesto de precisão; faz-se o bem quando se corta com um único golpe de faca, no ponto abaixo da laringe, a garganta, o esôfago e os grandes vasos sanguíneos em um único golpe, abaixo da laringe. A laringe deve permanecer obrigatoriamente do lado da cabeça. Eis o que eu li: "Uma incisão profunda e rápida com uma faca afiada na garganta, de modo a cortar as veias jugulares e as artérias carótidas, tudo isso rapidamente, mas deixando a medula espinhal, para que as convulsões melhorem a drenagem. O objetivo dessa técnica é drenar com mais facilidade o sangue do corpo do animal, para que a carne fique 'mais higiênica'. O animal deve ficar totalmente sem sangue". É proibido matar um animal de forma cruel ou apenas por prazer.

No entanto, se eu fecho os olhos, lá estão os olhos dele, meu degolador apressado, gravados no escuro. Estão inflamados, como se ele estivesse penetrando uma mulher estuprada, seja pela pressa ou pelo prazer louco de agradar a Deus; eu permaneço flutuando. Não sei qual de nós estava de olhos abertos, minha irmã ou eu. Eu me lembro de um estremecimento ou de uma respiração contida, uma celebração absurda e metódica para crentes desconfiados. Quem era esse homem? Não sei; na época, os seus iguais, barbudos, usavam nomes antigos, pseudônimos da época dos companheiros do Profeta. O mais conhecido na nossa região, de acordo com os recortes de imprensa amarelados que guardamos em casa, era chamado de "o coxo". Ele era um pé torto, ex-cabeleireiro atuante perto da cidade de Aïn Témouchent, e foi morto por seu ajudante, que escolheu o estranho nome — juro que é verdade, minha filha, juro que é verdade — de "Lobo Faminto"!

Observe que "Lobo Faminto" era um homem, e essa é a primeira condição para ser um degolador. O sacrificador deve ser púbere (o meu era, eu sabia pelo modo como ele segurava meu pescoço). No entanto, o texto diz: “Um animal sacrificado por um louco, um bêbado, um viciado em drogas, uma criança (impúbere) ou por qualquer pessoa com faculdades mentais prejudicadas não é lícito”. Nesse caso, nós nos perdemos quanto ao meu destino: eu, que me chamava L’bia e tinha cinco anos de idade, sou um sacrifício lícito, um fracasso, uma mulher, um animal ou um espectro? Depois, há o seguinte: “O sacerdote deve apresentar no corpo e nos trajes uma higiene absoluta. Ele deve estar vestido de acordo com as normas sanitárias”. O cheiro do meu assassino empesteava tudo, era sufocante como um confinamento e rançoso como carne podre. Seus sapatos estavam cheios de lama e suas roupas pareciam ter sido arrancadas de animais. Além disso, como minha mãe contou, “no dia 1º de janeiro, após o grande massacre, as roupas dos matadores podiam ser vistas por todos os caminhos e vilarejos, porque os assassinos tinham tido o cuidado de trocá-las pelas roupas de suas vítimas quando os tecidos não estavam muito manchados de sangue ou dos excrementos do medo”. Um guarda-roupa em um cemitério.

Por fim, diz-se que é preciso cuidar para “nunca sacrificar um animal na frente de outro que esteja olhando para ele e não mostrar a faca ao animal antes de ele ser sacrificado, a fim de evitar qualquer estresse visual antes do ritual de abate”. Minha irmã Taïmoucha me observava e sussurrava palavras. Ou ela estava recompondo meu nome? Ou talvez estivesse me passando uma ideia, ou todo o pânico nos seus olhos, ou suas feições agredidas pela morte, enquanto eu fechava os olhos para obedecer ao Deus com sapatos de excremento. Nunca decifrei o mistério do que ela me dizia naquele momento. Eu recitava números para fazer o relógio voltar para a noite anterior, quando eu e ela respirávamos e ríamos. Falávamos uma com a outra em voz tão baixa que era como um diálogo entre dois corações dentro de um mesmo corpo.

Aqui está ele de novo, o motorista do caminhão, está indo longe demais, meu carro vai superaquecer se eu seguir assim, vou ultrapassá-lo. Sim, no próximo declive, vou me atrever.

AGORA.

Pronto. Os dois cafetões esfarrapados abriram os olhos diante do meu dedo médio.

Agora, você viu?

Eles estão acelerando atrás de mim, mas não há nada que possam fazer. Estou tremendo de tanta felicidade contra esses imbecis! É como água fresca, essa pequena vingança, uma água gotejando em pleno mês de junho.

Bem, eu estava dizendo que o abate é uma profissão e me perdi nos detalhes do ritual. Observe também que tomei uma longa ducha esta manhã, porque o sacrificador tem de estar puro. Como quando se engolem três comprimidos, minha Huri, que me vem daquele paraíso "onde a terra é farinha branca, almíscar puro", de acordo com um hadith.

A última injunção: está dito que se deve deixar o animal se agitar, perder todo o sangue, ficar tetanizado e acreditar que está fugindo em direção ao vilarejo de Had Chekala, embaixo, movendo as patas acima do riacho nas montanhas de Ouarsenis. “As contrações das extremidades observadas após o sangramento não são um sinal de sofrimento, mas sim um reflexo nervoso natural devido à falta de irrigação e oxigenação do cérebro.”

Percorremos mais de sessenta quilômetros. O país está vazio, como se seus habitantes estivessem assistindo, lá no além, a uma grande palhaçada. Em sua extremidade leste, a estrada começa a se desprender do solo.

Nunca estive tão longe sozinha. Nunca.

23

8h30, entre Orã e Oued Tlélat

Não pense que é fácil pegar uma estrada deserta em um feriado, sozinha e com apenas o sol brilhando nos meus olhos, mas que não esclarece todos os meus pensamentos. Uma mulher não viaja sozinha na Argélia, muito menos em um dia de Sacrifício. Há coisas que você nunca poderá fazer se vier a este mundo. Por exemplo, caminhar sozinha sob uma chuva forte, se sentar sozinha em um banco de um jardim público em frente a uma montanha que se recusa a falar com você. Ou se vestir como quiser, rir na rua ou agradecer a um estranho que se aproxime de você pelas costas pensando estar diante de uma prostituta simplesmente por você ter sido tão gentil quanto uma planta doméstica. Você vai sair em grupos (somente nas cidades, porque nos vilarejos é impossível), durante o horário de folga em que os homens estão nas mesquitas, para visitar um cemitério ou se casar com um parente. Há coisas que Deus nos proíbe: enterrar os mortos, gemer sobre um túmulo, abater um animal em sacrifício, herdar uma parte igual à do homem, fazer depilação durante o mês de jejum, mostrar os braços nus ou levantar a voz, cantar na rua, fumar cigarros, beber vinho, revidar pontapés. A estrada é longa, assim como essa lista. Ninguém vai acreditar na minha história. Como posso explicar que estou indo para a montanha para lhe mostrar o local onde fui morta e agora para matá-la e lhe poupar da vida? É um pouco tortuoso, como amar ou odiar.

A estrada é tão reta que eu avanço oscilando nas minhas lembranças.

24

"... Meu nome é Mimoun. Você já viu como eu nado bem?", ele sussurrou para mim. Naquela praia deserta no inverno, alguns funcionários do hotel vizinho circulavam por ali como pessoas esquecidas. Sua voz fraca, encoberta pelo mar tão próximo, me surpreendeu. Foi por isso, minha Huri, que viajei trinta quilômetros de Orã naquele dia. Para me sentar ali sozinha, ouvir o mar e imaginar palavras. Desde que passara a ter um carro, eu costumava voltar sozinha àquele lugar.

Eu não estava prestando a menor atenção nele, mas o desconhecido sorria para mim. Ele insistiu por um momento, quase idiota. Talvez seu rosto fosse bonito, pelo menos à primeira vista. Sentado a dois metros de mim, ele me encarava com seus olhos claros. Seus cabelos castanhos escurecidos pela água. Irritada com a audácia, dei de ombros e me virei ostensivamente para o horizonte. O desconhecido acabaria desanimando. Uma mulher solitária sentada na praia chama a atenção, mas eu não sou uma mulher: basta olhar para a minha cânula para perceber isso. Tinha ido até ali para descansar minhas duas línguas. Vir para perto do mar era minha maneira de nadar, porque eu nunca soube nadar.

"Meu nome é Mimoun", ele repetiu, com sua voz aguda, como se tentasse impor uma conversa. Continuei impassível. Observava o mar do qual ele acabara de sair tremendo de frio; o dia estava gelado. Ele expunha aquele enorme sorriso e um short amarelo que se colava às suas pernas pequenas. Era muito estranha a desproporção entre seu belo torso nu e suas pernas curtas e arqueadas. No início, eu havia notado seu corpo se debatendo elegantemente contra as ondas cinzentas. Então, sua cabeça emergiu da água enquanto ele nadava na minha direção.

A voz fraquinha então disse: "Aquele ali é o meu". Seu dedo apontava para um dos barcos a remo na areia. Ele tinha conseguido: virei a cabeça e vi quatro barcos que em algum momento tinham sido puxados para secar. Três deles estavam encalhados como animais mortos. O dele, erguido sobre a areia, tinha um nome em grandes letras brancas pintadas em árabe: "*Al Burak*". "Você sabe quem é?" Sua entonação parecia quase infantil. Fiz uma careta, arrogante. Quando se mora perto de uma mesquita, a gente sabe mais sobre os profetas do que sobre seus vizinhos. Al Burak é o nome do cavalo alado do profeta Maomé, minha Huri. Ele o levou para El Qods e depois para o céu, numa noite.

Mimoun se permitira sentar perto de mim, mas não ousava se aproximar muito. Era um sinal de educação. Então me lembrei de suas pernas arqueadas e quase sorri, maldosa. Por quê? Pareceu-me que ele mesmo se divertia ao mostrá-las com indiferença. Eu faço a mesma coisa com a minha cânula. Fiquei em silêncio.

Você queria saber quem é o seu pai? Vou imitar a voz dele, porque você pode ouvi-la em mim. Ouça: "Bastardo! Bastardo!". Eu o imito mal? Ele diz isso com a cabeça inclinada para um lado, os olhos semicerrados e rindo, e a voz como a de um papagaio.

Ele me contava como se faz para nadar no inverno, contra as ondas, e para pescar bons peixes na direção oeste. Seu conselho era ser paciente.

Ele foi paciente.

Quando voltei, no fim de semana seguinte, ele estava me esperando de pé perto do *Al Burak*. Nós nos cumprimentamos e ele continuou sua história, como se não tivesse passado tempo algum. Naquele dia, me ofereceu um café em uma jarra velha e me contou como aprendeu a nadar ainda muito jovem. Ele descreveu a cena: costumava se esconder no mar para fugir da perseguição das crianças das fazendas vizinhas dos Andalouses. "Você mergulha, e então nada chega aos seus ouvidos. Você ouve só a água, como se estivesse dormindo. O mar entra nos seus ouvidos e tudo o mais desaparece." Por que essa história boba? Nas vezes seguintes, sem nunca fazer qualquer menção à minha cânula, ele tentou me ensinar a nadar, pois percebeu que a água me assustava. "Nunca lute contra ela, apenas se jogue e não entre em pânico. Respire com calma! Sempre!"

Então você, meu pequeno nó de vida e sangue, está tentando entender. Como esse homem com o torso de um falso herói e duas pernas de caranguejo conseguiu colocar as mãos nas minhas tatuagens? Como ele pôde me levar para dormir nos seus braços no pequeno barraco atrás do complexo turístico totalmente vazio no inverno? Foi na sua velha casa pré-fabricada, numa outra sexta-feira, que me vi fumando um cigarro, com a cabeça dele apoiada na minha barriga. Eu tinha adquirido o hábito de voltar para a praia na hora da grande oração semanal, porque Khadija tinha de ficar em Argel por quase um mês. Parecíamos ser verdadeiros órfãos: eu, ele, o mar e os barcos. No seu quarto, aquecido por um aquecedor elétrico, o silêncio despertava o desejo. Uma lâmpada nua pendia do teto. As janelas antigas davam para uma mata alta e os eucaliptos gigantes nos observavam com reprovação. Eu falava pouco com Mimoun e ele se contentava com meus olhos verdes, me chamando de "minha muda".

Então, "por que você aceitou?", você me pergunta, curiosa como uma estrela precoce.

Eu não sei. Minha língua interior não entende bem. Talvez por pena. Ou curiosidade. Ou cansaço. A esperança de Khadija de consertar minhas cordas vocais já me atormentava naquela época. E, além disso, sempre tive um fraco por homens abandonados. Mimoun acrescentava a tudo isso seu sonho cômico de ir para a Espanha, nem que fosse nadando. "Não é longe!", ele me garantia. "Meio dia de viagem se você tiver um bom motor no barco. Se você aperta bem os olhos quando o tempo está bom, dá para vê-la." Em seguida, acrescentava: "Faltam só vinte milhões de centavos para eu poder fazer o primeiro pagamento ao traficante. E vou lhe dar o resto na chegada".

Ele sonhava com aquele país, a cabeça apoiada na minha barriga depois do enlace. Calculava em voz alta quanto dinheiro precisaria para pagar a passagem, quantos quilos de peixe ele teria de vender para levantar a quantia exata.

Então, na terceira sexta-feira, bem distante de todas as mesquitas que o mar nos levava a esquecer, Mimoun me contou sua história. E essa história é sua, minha Huri. A mãe dele havia morrido cinco anos antes. Ele era pescador e cheirava a peixe para todos, menos para mim. Eu não tinha acesso ao reino dos odores, então ele podia se aproximar e se deitar em cima de mim sem se preocupar. "É verdade isso? Você não sente cheiro nenhum? Jura?", ele perguntava. Eu jurava com minha voz ofegante e ria. Sem dúvida por coquetismo, eu tentava me parecer com o mar: nua, zangada, atordoada pelo inverno. Ele nos tratava, aliás, da mesma forma, mergulhando em nós para esquecer os insultos ou a própria história. O pai dele era militar. Foi assassinado em 1999 nos maquis de Chlef, a leste de Orã. Mimoun me mostrou a foto, dessa vez com uma voz mais séria. A imagem o protegia do mau-olhado, das calúnias, da fome e de qualquer ameaça de despejo da cabana atrás do hotel. "Ninguém se atreve a pensar nisso quando eu mostro isso", dizia, teatralmente. Nem mesmo os policiais do vilarejo vizinho, que desconfiavam de todos os jovens. "Eles me cumprimentam, acenam com a cabeça respeitosos. E desde pequeno faço a saudação militar para eles", detalhava Mimoun.

A foto mostrava uma fileira de militares de pé com a cara bem séria, bombeiros e seis policiais com galões dourados carregando um caixão, totalmente coberto por uma bandeira, sobre a qual fora colocado um pequeno buquê de flores. Contra um céu azul intenso e distante, a cerimônia parecia estar sendo realizada aos pés de uma aeronave militar. "Tudo está aí. Você precisa olhar com cuidado; há milhares de coisas para ver aí se você se concentrar. Sim, é como nadar embaixo d'água, mas é possível captar muitos detalhes." Eu me inclinei, curiosa. "Não é preciso sair da moldura de madeira nem procurar em outro lugar. A história está toda aí. Minha mãe insistia nisso. O país inteiro se reuniu ali para a cerimônia, dizia ela. Respeito por toda parte, pessoas sérias e em altos cargos, o hino e a bandeira sobre o caixão." Mimoun não tinha nenhuma outra foto do seu pai. "Está tudo aí. É toda a nossa história." Sua mãe sempre usava essa foto. Ela a mostrava quando ia às autoridades para pedir ajuda, para ser abrigada ou para manter o barraco, atrás do complexo, quando os vizinhos eram despejados. Eu imaginava uma viúva com um filho para sustentar.

"Ela era infeliz?" "Não!", respondia Mimoun à minha pergunta silenciosa, estufando o peito quase comicamente. "Minha mãe foi feliz por exatamente trinta dias, e até o fim da vida me contava em detalhes tudo o que aconteceu durante esses trinta dias de vida em comum com o meu pai. Trinta dias sagrados, como o Ramadã." Esse nadador maluco conhecia os detalhes desse mês do mel tanto quanto alguém que tivesse decorado dez dicionários sobre os insetos das grandes florestas.

"Mas por que somente trinta dias?", você sussurra para mim, intrigada, na sua escuridão acalentadora.

Eis, então, a sua história. É a voz da mãe que eu ouço na voz de Mimoun.

"Eu me chamo Zahra. Morava perto de Achaacha, cem quilômetros a oeste de Orã. Morávamos no douar[2] de S'haya, bem na encosta da montanha. É uma região de montes, pedras e vinhedos, empoleirada bem longe do mar. Entre o céu e a terra, nos

2. Divisão administrativa da época da colonização francesa. [N. T.]

sentíamos felizes, apesar da pobreza. Eu vivia à sombra do meu pai, da minha mãe e da minha irmã mais velha. Meu pai era camponês, em nosso lote de terra. Ele cultivava o que podia vender à beira da estrada, na parte de baixo do douar. Na época em que minha história começou, não sabíamos quase nada sobre a guerra, exceto o que era transmitido pela televisão. Mas podíamos sentir que ela estava chegando. Principalmente quando nossos homens adquiriram o hábito de discutir o assunto em voz baixa entre eles e exigir que nós, as moças do douar, parássemos de mostrar o rosto em plena luz do dia e de levantar a voz dentro das nossas paredes de barro.

"Então, um dia, nós os vimos.

"Na aldeia, todos nós pegávamos água em uma torneira comum que havia no meio das nossas casas. Foi lá, ao anoitecer, que os vimos. Vestiam djellabas e turbantes sujos, todos armados com facas e fuzis, os rostos cobertos por barba, os olhos brilhantes e perigosos. Estavam reunidos em volta da torneira e lavavam as mãos. Em seguida, a água que corria pela encosta ficou vermelha, depois rosa, depois quase preta. Eles lavavam as roupas e as mãos sujas de sangue. No chão, perto deles, havia três sacos. Em cada saco, a cabeça de um homem fazendo careta, com as pálpebras inchadas como se tivessem acabado de acordar. Então tudo virou de cabeça para baixo em nossas mentes e em nosso pequeno douar. Todos nos vimos em uma espécie de região lamacenta. O silêncio tornou-se um incômodo, o mar ficou marrom como uma ferida antiga, gritar alto era como querer a própria morte, os olhos entravam em pânico ao menor ruído e os homens da nossa aldeia vagavam como sonâmbulos. Nossas mães, em particular, tremiam de medo quando nós, as virgens da aldeia, não estávamos sob suas vistas. Depois disso, os degoladores começaram a passar com frequência pelo nosso douar para lavar as mãos ensanguentadas, e não ousávamos mais beber daquela torneira. Cada vez exigiam mais: pão, carne, roupas, e depois pegaram o hábito de ameaçar nossos homens. Eles examinavam nossas janelas fechadas com olhos famintos. Depois de suas passagens, a água ficava com um gosto ruim, como se eles a tivessem corrompido. Sem admitir isso abertamente, não ousávamos mais usá-la para nos lavar, para beber ou cozinhar.

"Então, um dia, soldados vieram e ordenaram que deixássemos o douar porque, segundo eles, iriam bombardear as montanhas do Dahra na nossa região. Para onde ir? Éramos pobres demais para ter esperança de recomeçar em outro lugar. O que iríamos comer sem a nossa terra? 'Saiam daqui!', gritavam os soldados. 'Fiquem aqui e não se mexam', diziam os degoladores quando a noite veio. Então ficamos e não fizemos nada. Meu pai perdeu a fala e suas costas se arquearam de vergonha. Todas as manhãs, os soldados voltavam, irritados e assustados, insistiam e minha mãe gemia: 'Mas para onde nós vamos? Não temos para onde ir!'. A guerra estava, de fato, em toda parte. Um dia, vi que o líder dos soldados era um homem alto, moreno e escuro, e que seu rosto era duro e belo ao mesmo tempo. Como a montanha no céu. Seus olhos doces queriam contar uma história para alguém que ele ainda não havia escolhido.

"Eu, Zahra, já tinha dezessete anos e estava me tornando uma bela jovem. Minha mãe temia que eu fosse sequestrada, porque os assassinos adoravam as virgens e as levavam para as montanhas. Um dia, depois de uma inspeção em nosso douar, o chefe do exército, que nunca sorria, me encarou por um bom tempo com seus olhos incomuns, e isso deixou uma ausência no meu peito depois que ele se foi. Aos seus olhos, eu era uma jovem graciosa. Minha pele era prateada, como se eu tivesse vindo do paraíso. Meus cabelos eram ainda mais loiros no verão, e meus olhos eram azuis como os de todas as mulheres dos povos de nossa região. Os olhos dele, negros, brilhantes e cheios de palavras secretas como nos filmes, fizeram meu coração balançar. Eu me apaixonei como se vivesse na televisão! Seus homens o chamavam de coronel Mimoun. Veja, meu filho, ele me enchia de muita atenção e propôs ao meu pai uma solução: 'Pegue sua família e vá morar ao pé das montanhas no vilarejo de Sidi Ali. Ali fica a casa do meu pai, que morreu há muito tempo. Está vazia, porque minha mãe mora comigo em Bousfer, perto de Orã'. Sua voz era firme, mas carregada com uma segunda intenção. Meu pai entendeu tudo quando o viu olhar para mim como se fosse um sol procurando um lugar para se pôr. Então deixamos as montanhas para nos estabelecer nas planícies.

"Dois meses depois, em uma tarde de sexta-feira, ele veio bater à nossa porta para pedir minha mão em casamento. Ele ainda não sorria para mim nem falava comigo diretamente, mas uma promessa em seus olhos me fez sentir que eu seria feliz, como se eu fosse renascer ainda mais bela. E nos casamos! Eu fui escondida em um carro cheio de flores e com música proibida pelos degoladores. Trajando um vestido branco, fui levada para a casa do seu pai ao som de cânticos."

Quando parou de falar, minha Huri, Mimoun olhou para mim e riu. "Bastardo! Bastardo!", ele imitou em sua voz fina e zombeteira. Isso me sobressaltou. Às vezes, essas irrupções me davam medo. "Sabe, minha muda, que foi assim que aprendi a nadar? Hoje em dia, juro que acho que posso nadar até a Espanha! Eu corro, e todas as crianças das fazendas dos Andalouses me perseguem e gritam 'Bastardo! Bastardo!' e eu me jogo no mar. Ele penetra nos meus ouvidos e não ouço nada além do meu coração escondido sob as ondas. Ninguém sabe nadar tão bem quanto Mimoun! Está me ouvindo?"

Não, eu ouvia na verdade sua mãe nele, contando os seus trinta dias de um mel desconhecido. Mimoun continuou.

"Então nos mudamos para Bousfer. É o vilarejo das casernas dos militares perto de Orã. Minha mãe jura que foi o melhor mês de sua vida. Toda noite era como se fosse Eid. Minha mãe Zahra me contou milhares de detalhes ao longo dos anos. Contou como meu pai chegava em casa à noite, sorria para ela e sugava seu coração. Contou como ele sussurrava à noite para que minha avó não os ouvisse fazendo amor. Contou que ele acariciava seus cabelos fogosos no escuro, detalhando como seus olhos voavam o verão inteiro para eles. Ela me revelou como ele falava do futuro radiante do seu relacionamento. Sabe, minha muda? Conheço precisamente o cardápio do meu pai no céu. Como ele engraxava seus sapatos militares. Como ele falava, ou ficava calado, ou coçava a cabeça. Eu sei tudo sobre ele, minha muda. Minha mãe olhava para mim como se um dia eu tivesse que trazê-lo vivo de volta para casa."

Mimoun então me mostrou uma foto de Mimoun invisível no caixão, com os policiais de galões dourados nos ombros. "Está tudo aí, não desvie o olhar!", insistia ele. "Não olhe e não dê ouvidos a nada do que disserem sobre você. Tudo está aqui nesta foto. O resto é mentira", repetia, nele, sua mãe Zahra.

Um mês após o casamento, Zahra percebeu que estava grávida e pediu ao marido para visitar sua família. "Ela queria dar a boa notícia", me contou Mimoun. "Minha mãe foi até os meus avós na sexta-feira à noite. E na sexta-feira à noite alguns vizinhos foram visitá-la e cantaram para a criança que estava por vir. Naquela mesma noite, os terroristas chegaram na casa e degolaram todos eles. 'A voz de uma mulher é uma nudez, um pecado, um chamado ao pecado. Como vocês se atreveram?', se enfureceu o Emir das facas. Ele tinha alguns sacos e machados nas mãos. Degolaram todos os nossos familiares e vizinhos, exceto minha mãe Zahra e minha tia, que eles levaram para as florestas de Chlef, para os maquis.

"Ah, e o final? Os soldados fizeram uma batida e trouxeram minha mãe de volta depois de um mês em cativeiro. Sua irmã, minha tia, que era virgem, foi morta no confronto. Milagrosamente libertada, minha mãe Zahra se reencontrou com o marido, que a levou de volta a Bousfer em um cortejo de carros como uma recém-casada. Ele estava louco de alegria e raiva, mas minha avó não queria mais a nora, cuja barriga já crescia visivelmente.

"'Bastardo! Bastardo!', gritam as crianças às minhas costas enquanto corro em direção às ondas.

"Eu estava esperando na barriga dela, mas era um bastardo. Está vendo, minha muda de olhos verdes? Minha avó exclamava que eu era fruto de uma desonra. Ela exigiu o divórcio, mas meu pai se recusou. Ele resistiu mais uma semana e depois foi morto durante uma batida, justamente nos lados de Chlef.

Seu corpo foi levado de avião de volta para nós em Bousfer, onde foi enterrado com honras. Está vendo?

"Quarenta dias depois, minha avó nos expulsou e viemos para cá, porque, na época da guerra, esse complexo estava vazio: não havia nadadores nem turistas. Mostramos a foto e nos deram as chaves desse pequeno barraco. Foi aqui, durante anos, que a minha mãe me contou sobre seus trinta dias de mel e como minha avó jogou fora na rua as nossas coisas em Bousfer, gritando 'Bastardo! Bastardo!'.

"Mas um dia, quando eu tinha dez anos, minha mãe me levou para vê-la. Minha avó costumava me assustar muito nos meus sonhos. Mas quando batemos na porta e ela me viu, caiu em prantos, arrancando os cabelos e arranhando o rosto. Tocou meu rosto e dessa vez me reconheceu imediatamente. Eu era um sósia do meu pai. Tinha o queixo dele, os ombros, o torso de nadador, os dentes e o sorriso, o jeito de falar, as covinhas. Minha mãe até me deu seu nome, Mimoun. Talvez assim ele tenha saído do caixão."

Então Mimoun suspirou e admitiu: "Não é uma história engraçada, sabe, minha muda. Eu me orgulhava dela quando pequeno, e, quando gritavam para mim 'Bastardo! Bastardo!', eu dava de ombros e nadava ainda mais. Eu não era dono nem mesmo do meu nome, toda a minha vida estava em uma caixa de madeira sobre os ombros de alguns policiais. Está vendo, minha muda? Eu me orgulhava. Só que agora que as duas morreram, minha mãe e minha avó, eu quero ir morar na Espanha".

Então, minha Huri, quando ele chegou à última tatuagem das minhas coxas, eu entendi: esse homem não existe. "Nada aqui me pertence. Até mesmo o *Al Burak* é o barco de um armador de Orã. Ele o cedeu para mim quando viu a foto."

Estávamos deitados lado a lado. Eu na minha voz interior e ele no caixão de Mimoun. Sabia, meu peixe de sangue e ouro, que levamos nosso riso até o casamento? Ah, sim, nós nos casamos! Na prefeitura. Quando o oficial pediu para ver meu pai, eu lhe entreguei meu cartão de vítima do terrorismo, de órfã. Também tirei o lenço da garganta, então ele abaixou a cabeça e registrou nossos nomes. Depois fomos passear em Orã, tristes e aliviados. O que Khadija, que estava em Argel, acharia? Era como resolver um mistério. Ou zombar de todas as leis possíveis, minha Huri. Seu pai parecia aterrorizado diante do fato de ter se tornado adulto e parou de sorrir. No trigésimo dia depois do nosso encontro, ele me levou para nadar. Eu me agarrei ao seu torso e, pela primeira vez na vida, flutuei na água gelada sem dar pé. "Bastardo! Bastardo!", repetiam as gaivotas em direção a ele.

Depois fiquei alguns dias sem tornar a vê-lo, indecisa, em Orã. Essa história me pareceu então um absurdo, um mau conselho dado pelo mar, mas acabei voltando para os Andalouses. Mimoun não estava em sua cabana nem ocupado com as redes na praia. Alguns pescadores com olhares zombeteiros finalmente me deram uma notícia: o "pobre Mimoun", como eles o chamavam, havia partido com os traficantes.

O mar nunca responde às perguntas.

25

9h07
"É um beco sem saída."

Um tiro, depois dois. Uma explosão de borracha perfurada por metal. Um chiado em tom de urgência. Foi de repente. Então perdi o controle e a estrada se deslocou e se amassou sob meu carro como um tapete. Acabei mancando pela rodovia numa roda só. Você sentiu, como eu, o solavanco e o breve grito do pneu já em lascas? Sim. Eu esperava isso nos meus sonhos ansiosos, mas não aqui, não nesta manhã. Arrebentar um pneu em plena luz do dia, sem ninguém por perto! Paro no acostamento com dificuldade e recupero o fôlego. O céu silencioso me envolve. Quando saio do carro, vejo o pneu todo perfurado. Eu me viro e olho para trás, para os pedaços pretos de carne. Ele explodiu em milhares de gravetos. O aro ainda está fumegando. O carro parece desdentado para mim, ferido na pata. Na cidade, você acredita em dinheiro; em uma viagem, você conta os sinais. Será um sinal? Nunca aprendi a trocar um pneu.

Não tenho ideia do que fazer. Estendo meu ouvido e espero vislumbrar um carro ou um viajante. Ao longe, um cachorro late, aumentando o vazio. Não há ruído de motor vindo de nenhum lado. Até Deus deve estar ocupado, contando o número de sacrifícios. Esta viagem não me quer, é tão claro como o dia. Nem o Lugar Morto nem minha irmã nos querem. Por que você me empurrou nas costas para ela, menininha? O que vou fazer agora? Talvez devêssemos refazer nossos passos. Então, cada uma de nós voltará para ali de onde veio: você para o céu, eu para o meu salão de beleza.

26

9h20

Eu não queria que você o visse, então fechei os olhos. Dentes grandes, pretos e pontiagudos saíam de sua boca com hálito amarelado. Ele deve ter o quê, trinta anos? Mil? Sua camisa é vermelha. Ele tenta agarrar minha garganta, sua mão toca na cânula e uma careta de horror o atravessa. Sem pensar, dou alguns chutes fracos, inúteis. No meu terror, me vejo desprovida de peso e força, desossada. Seu companheiro vasculha o carro e grita: "Você é uma prostituta!". Ele mostra meu maço de cigarros. "Onde você escondeu o dinheiro? ONDE ESTÁ?" Seu parceiro me empurra contra a porta do lado do motorista e a chapa metálica bate na minha nuca. Cair em um poço. Minha mãe. Uma pedra perfeitamente redonda que Taïmoucha me entrega, rindo. Não chorar. Apertar os dentes. Reivindico o direito de gritar como todos os vivos. Mas é em silêncio que tudo se opõe à sua mão que agarra o colarinho da minha camisa. "Você OUSA insultar um homem? Você?" Sua voz invasiva tomou posse da minha cabeça. Meu coração bate por nós duas e a defende da morte súbita. Meu coração quer evitar que você caia no mundo do vazio. Você está enrolada como uma bola no escuro, e penso em me juntar a você fechando os olhos. Então, em um movimento conduzido por todas as mulheres antigas, eu me enrijeço, me levanto, me rebelo e a raiva se retesa em mim como uma lança. Só por ser mulher significa que sou um animal a ser revistado? Tento defendê-la com minhas unhas e meus pontapés no ar. A mão direita do agressor se solta e escorrega. O outro ainda me segura pelo colarinho, me arranhando com sua fúria masculina. Vejo uma unha amarela na bagunça da minha cabeça. O cão olha para mim, tentando descobrir o que vou dizer. Ainda posso ouvir seu cúmplice gritando, rindo e imitando uma mulher que chora em seu carro. A mão fria desce até meus seios e encontra meu sutiã. Ela retorna ao meu pescoço e roça no meu lenço verde. Meu rosto é puxado em direção ao céu, que nada faz, e a respiração do homem se instala no meu ouvido. Eu solto um "Mmmmmmmmm..." alto, carregado de lamento.

A porta se abre, se fecha, se abre novamente e se fecha de novo, e o cúmplice fulmina, irritado e decepcionado por não encontrar o que buscava. Era ele que estava sentado ao lado do motorista quando o caminhão passou por mim da primeira vez. Aquele a quem eu mostrei o dedo e que aparece na periferia do meu olhar. Seus olhos são tão odiosos quanto os dos ratos que encontramos nas primeiras horas da manhã nas ruas de Orã. Eles correm, galopam, com pressa para voltar ao ventre da terra. Seus olhos brilham, perversos, eles não admitem que os surpreendam nus. A mão se estica e penetra entre minhas coxas, mas o botão da minha calça atrapalha a pegada do rato de dentes faltantes e pretos. Os ratos não nos perdoam, eu creio, por habitarmos nas paredes de Orã no lugar deles. Daí esses olhares penetrantes, essa pressa e essa mão. Eu grito, mas me lembro de que não sei berrar e de que minha língua interior não tem esse poder. Dentes mordem minha bochecha e sua mão vira meu rosto para ele. Não tenho mais nenhuma esperança de me livrar disso com você sã e salva. A vida é um saco de estopa costurado ao meu redor, me impedindo de respirar. Eu quero matá-lo com minhas unhas e minha mente. Ele atrai meu rosto para seus lábios rachados. Meu lenço escorrega, cai, e meu curativo revela o que ele estava procurando em mim, enquanto o parceiro vocifera e rola meu estepe, que ele coloca a bordo, rindo.

É o buraco na minha garganta que o rato descobre.

E de repente ele para. Seus olhos se reviram na sua cabeça quase careca e uma onda de repulsa aumenta sua feiura. Você acredita? Ele fica paralisado, retorcido por uma careta e pela descoberta do horror da minha vida. Parece indeciso. Ele queria uma mulher, mas caiu com uma ovelha degolada.

Eu sou o monstro, a cena se inverte brutalmente.

Sou eu o monstro, que agora deforma os traços do seu rosto.

Eu gostaria de ser bem pequena, de afundar em mim mesma e me esconder em um lugar como o seu. Gostaria de morder minha mão e deixar o sangue fluir, sem me preocupar com cadáveres ou com o inverno. Sinto um líquido escorrendo pelas minhas coxas. O agressor careca me afasta com violência, como se sentisse insultado, sujo. Ele limpa as mãos nas calças. Cospe, incapaz de acreditar no que está vendo. Aponta minha garganta para o parceiro, que interrompe sua dança. Este se aproxima, se inclina sobre mim novamente, aberta e dilacerada. Então, uma pedra enorme cai do céu e atinge minhas costas. Ela é seguida por espinhos que laceraram meu rosto.

O homem careca me chutou como um cão para fora de casa. Caí de costas para o céu. Seu companheiro ainda tenta entender, ele está com minha mochila e alguns outros objetos que não consigo identificar. Sapatos se deslocam no meio das pedras. Aperto os dentes para você não sair de mim como um caroço, para não perdê-la, para que você fique aí e nada a atinja dentro da minha cavidade nutritiva. Aperto minhas coxas, meu ventre, minhas mandíbulas, minhas mãos e começo a contar. Um, dois, três, quatro... As solas rangem na estrada e o céu pesa enormemente sobre minhas pálpebras vermelhas. Os dois ratos estão conversando e posso ouvir suas vozes na minha noite fabricada. Eles quebram uma janela. Insultam um deus, ou quem quer que seja em sua linhagem de ancestrais vermelhos de vergonha. Alguns minutos depois, o motor do caminhão bilioso é ligado de novo.

Continuei na minha noite, e o dia ao meu redor avançava nos meus ouvidos. Eu não escutava mais nada e estava frio entre minhas coxas molhadas. Idiota! Buscava pela agitação dos insetos nos arbustos, contava e recontava os números, virei o rosto para o sol e tentei verificar através do ouvido a extensão do mundo. Também comecei a chorar, porque você estava se mexendo. Ficamos ali paradas por um minuto ou dois, ou mil, simplesmente para nos reencontrarmos. Nada escorria em minha garganta, nenhum sangue. Você não estava morta, mas enganchada feito lã, como um peixe ou uma representação de vida oposta ao Lugar Morto. Por um minuto, instalou-se uma escuridão inconcebível: uma enorme meia-noite suavizada, alaranjada, que se assemelhava a sangue em meus ouvidos. Porque sim, eu me senti atravessada pela onda da nossa sobrevivência, e ela era solar e forte. O sol aguardava que eu tomasse uma decisão. Adormecida, eu cochilava em um outro mundo sem estrada, um mundo de chegadas, de absolvições. Você me velou, creio, até que eu acordasse.

Meu lenço verde está preso a um arbusto amarelo. Ao apalpar meu rosto, noto sangue nos meus dedos. Há também farpas no meu peito. Percebo então os meus pés descalços. Meus tênis foram roubados.

Eles roubaram tudo de mim.

Até mesmo os dois pneus traseiros.

A rodovia está deserta. Ela não viu nada.

27

"Não sei que horas são neste labirinto."

Eles roubaram tudo de mim quando eu estava inconsciente; por falta de algo melhor, por falta de um corpo de mulher para estuprar. Durma, minha lua do dia. Não sei como andar descalça, estou mancando, lá fora o céu caminha em direção a Orã para a festa do Eid. Vou na direção contrária, em direção a um vilarejo. Ele deve estar a no máximo três quilômetros de distância. Agora sou uma mulher errante, uma vagabunda. A presa ideal para os homens deste país que sonham com virgens e defloramentos perpétuos. Dizem que quando uma mulher não pertence a nenhum homem, pai, irmão, marido ou mesmo filho, ela é chamada de "errante". Os homens falam dela como um terreno baldio, uma propriedade que sangra uma vez por mês, uma moeda desenterrada do chão, um saque.

É minha irmã Taïmoucha.

Tenho certeza disso. Ela se opõe como o vento, arqueia as costas com toda a sua ausência, não nos quer na fazenda, seu covil de ossos.

Caminho em direção ao vilarejo. Há uma placa com seu nome, "Oued Tlélat". Ali vou poder pedir que meu carro seja rebocado ou que alguém me leve para casa. Mas perdi o meu telefone também. Não temos mais nada a fazer, minha pequenina moeda na fonte do meu ventre. Está convencida agora? Temos que voltar. Definitivamente, esse não é o caminho certo. É uma ideia maluca, ruinosa e péssima tentar voltar no tempo, ou procurar evidências para negociar com uma mulher morta. Vamos voltar, pegar um táxi no vilarejo de Oued Tlélat. Vamos engolir juntas esses três comprimidos e você vai partir, para evitar o destino de ser uma mulher errante descalça neste país. Você vai voltar a ser uma huri e vai ficar atenta aos amigos do Profeta no dia do Juízo Final.

Ainda estou mancando, mas se caminhar pela beira da estrada, vou chegar às primeiras casas e minhas calças vão ter secado. Juro que eu tinha uma vontade louca de lhe oferecer essa viagem rumo à verdade. Mas você pode ver que é impossível, e até mesmo perigoso. O que me salvou dos dois ratos não foi meu grito, mas meu "sorriso". Minha fenda no pescoço.

Estaremos lá em breve para pegar um táxi, se houver algum disponível.

Nenhum som.

Sim, um som.

Meus passos ao sopro de minha cânula.

28

10h17 no relógio da delegacia de Oued Tlélat

— E o nome?

— Fajr.

Eu repito, porque ele se inclinou para mim, como sempre fazem quando me veem pela primeira vez. Ele parece entediado e não sabe como proceder neste dia sagrado. "Mas você estava sozinha na estrada, hein?" Ele insiste, minha libélula, você consegue entender a língua dele? Ele quer que eu entenda que uma mulher não deve circular sozinha, sem a companhia de uma figura masculina, uma sombra tutelar, num país vazio, nessa hora silenciosa que se segue ao degolamento dos animais. Ele digita em seu teclado sujo, faltando algumas teclas. O homem procura palavras, olhando para a tela do telefone como se vigiasse algo assando num forno. Então, hesitante, ele se volta para mim. Parece jovem, mas sua calvície se apresenta como uma maré seca, e ele coça o alto da cabeça como um colegial diante de uma pergunta difícil. Acho que é sua maneira de lidar com a vida. Suponho que os policiais casados, seus colegas mais velhos, estejam em casa com suas famílias, no andar de cima, em seus apartamentos na caserna. Ouvimos os sons abafados de passos, crianças e gritos de mulheres ocupadas em sangrar suas carnes e acalmar seus filhos agitados diante da visão do sangue.

O policial entediado procura perguntas para me fazer e olha de vez em quando para a minha cânula e para a cicatriz na minha garganta, o "sorriso" que meu lenço não esconde totalmente. Deixo que ele se empolgue com suas hipóteses. No pátio que vejo pela grande janela do escritório, uma luz branca ilumina um mundo supérfluo. Poças de sangue enegrecido permanecem no local dos degolamentos. Três cabeças de carneiro jazem em um parapeito. Duas outras se acumulam em uma grande bacia. Um 4×4 está estacionado sob uma cobertura de zinco.

Foi nesse veículo que me trouxeram à caserna do vilarejo. Eu caminhava pelo acostamento da rodovia, onde meus agressores me deixaram inconsciente antes de fugirem com minha bagagem e meus pneus, meu telefone e meus tênis. Caminhei em direção ao vilarejo por meia hora, depois ouvi uma sirene e o veículo off-road dos policiais parou no lado contrário da rodovia. Uma voz gritou para que eu ficasse parada enquanto eles davam a volta. Quatro policiais se amontoavam no 4×4, entediados, em patrulha. Eles me examinaram sem muita curiosidade. Dez minutos depois, com uma indiferença carrancuda, me levaram com eles, em silêncio, descalça e cheia de culpa. Não sei se eu estava cheirando a urina. O veículo sacudia para frente e para trás, aceleraram e chegamos à brigada de polícia de Oued Tlélat. Rindo como se fosse de um trote, os quatro policiais conversaram por um bom tempo em sua sala. Eu esperei sentada em um banco de madeira na entrada. Então alguém gritou: "Anissa?" ("Senhorita", na minha língua interior). Eu examinei bem o local para encontrar respostas breves e razoáveis para dar, fazer tudo rápido e voltar para Orã: uma mesa de metal, escaninhos mal fechados transbordando de papéis, folhas sob uma impressora empoeirada e um assento desconfortável para os queixosos. O único som era o do teclado do policial que registrava meu depoimento. O vilarejo de Tlélat parecia tão silencioso como se estivesse atrás de um arbusto gigante. Acho que eram dez horas da manhã. Eu não tinha mais meu relógio nem meu celular, os dois agressores haviam levado tudo como se quisessem se vingar de sua decepção. O sujeito mais velho estava sem alguns dentes, e seu cabelo, queimado por não sei o quê, dava-lhe um ar de pedreiro numa obra terrível. Mas o que eu mais me lembro são suas pegadinhas e sua hilaridade. O outro estava quase pulando de excitação. "Uma mulher? Uma mulher que se atreve a insultar nós, homens?" Estremeci. Acho que você sentiu isso, pois se retraiu, os joelhos dobrados, dentro de mim. Eu só pensava em você, sua presença minúscula, sua pupila risonha, sua fragilidade. É assim que nos tornamos mães?

"Você é de Orã?", perguntou o jovem policial depois de dar uma longa olhada na tela. "Está viajando?" Ele tenta descobrir uma forma de me localizar em seu mundo de documentos administrativos e identidades, já que não tenho nada além disso. Um riso: exatamente como no dia em que nasci. Eu apareço quase nua, quase sangrando. Informo o nome e o sobrenome de Khadija Az e nosso endereço no bairro de Miramar. Como lhe explicar que esse não é o meu sobrenome? De vez em quando ele mexe em seu quepe verde, preparando a próxima pergunta, mas posso ver que está se cansando da situação, olhando de novo para o relógio. "Vamos ficar assim: você foi agredida e lhe roubaram tudo o que tinha, segundo sua declaração. Ainda de acordo com o que foi dito, você não conhece seus agressores. Eles fugiram em um caminhão cuja placa de identificação você não tem." E depois: "O que você fazia na rodovia esta manhã, para onde estava indo sozinha?".

29

Quase 14h, chegamos a Relizane
"É a saída do labirinto, minha Huri."

Fui encontrado desmaiado na minha van, ferido e com a perna ensanguentada. Os policiais foram alertados e os soldados do quartel de Ouargla me levaram no caminhão deles, como um carneiro, com as mãos amarradas nas costas. Pensei que fosse morrer, algemado, faminto e abandonado em uma sala no porão de um quartel do setor militar. Podia ouvir gritos e berros. Isso durou horas, porque, na confusão, eles pensaram que eu era um Emir ou um barbudo armado que tinha fugido da sua katiba. Sabe quem salvou a minha vida, irmã? Foram eles. (*Ele faz um gesto com o polegar para trás. Os livros?*) Sim, os livros, porque a van trazia na carroceria o nome da nossa família, nossa genealogia, nossa reputação, está vendo, minha filha? O traço do nosso sangue nobre foi encontrado no meu sangue, que escorria.

Minha perna, que ficou sem cuidados por horas, estava quase perdida, gangrenada pela metade. Tiveram que fazer milagres em Batna, para onde fui transferido, a fim de evitar a amputação. Sete meses com apoios nas pernas para manter uma tração permanente e colocar o quadril e o fêmur no lugar certo. Depois, tive de encarar a reeducação e todo o resto: as escaras por ficar deitado, vômitos por causa da medicação, vontade de me coçar, de me livrar dos contrapesos, de morrer ou implorar a Deus e aos visitantes da nossa vizinhança. Na Argélia, não se levam flores nas visitas ao hospital como nos filmes, mas sim comida, sopas, purê de legumes e, acima de tudo, bananas. Antigamente, as bananas eram raras na Argélia; somente os imigrantes as traziam, no verão, quando voltavam para casa para passar as férias. Está vendo? As bananas eram mais uma fruta de verão que crescia dentro das malas, nos portos e aeroportos, sim (*risos, dentes de cavalo, rosto inocente, mas determinado*). Então, me trouxeram muitas bananas, sopa, melancias e sucos e, aos poucos, as bananas se tornaram raras na mesa de cabeceira do hospital da nossa cidade. As pessoas se cansaram da virtude e da fidelidade, minha irmã, wellah.

Mas se havia quem não me deixava dormir ou ficar entediado, eram os militares. O líder deles estava em Batna, o chefe do CTRI, o centro de inteligência militar. No início da minha estada, ele se deu ao trabalho de vir perguntar sobre mim todos os dias. Era um homem alto e muito magro, com os dedos amarelados de fumante inveterado e olhos muito inteligentes, como se soubesse ler e escrever desde o dia em que nasceu. Eu sempre me surpreendia com sua magreza: como se pode ser tão poderoso na vida, tão temido, sem ser gordo e musculoso? Assim que ele aparecia no meu quarto com bananas, eu pensava nisso, e depois esquecia enquanto conversava. Às vezes ele vinha em seu uniforme sob medida, como uma bandeira em um mastro, sem um sorriso, e outras vezes vinha à paisana, com um sorriso no rosto.

Devo dizer que ele era um homem brilhante que sabia decifrar os silêncios, as hesitações, os olhares, as mentiras, tudo! Ele me interrogava permanentemente sobre minha história de sobrevivente do massacre dos dezenove soldados, e com ele minha história se tornava mais madura, detalhada, precisa, tão espessa quanto um livro, tão fabulosa quanto um tapete antigo, e, ao me concentrar, eu via novamente muitos elementos que costumavam ficar nos meus sonhos ou nos meus rancores. Revia detalhes claros que acho que não tive tempo de notar quando quase fui degolado: o número de dentes enegrecidos na boca do Emir Lobo Faminto, os pelos no seu nariz, seus molares quando ele gritou nos meus ouvidos, o número de mortos que consegui contar de novo com os olhos fechados, a cor das roupas dos barbudos, seus uniformes, suas armas e a temperatura do Saara, atento ao menor passo estrangeiro em seu vasto corpo. Ah, sim, o coronel Chahid... (O chamavam assim, mas era apenas um pseudônimo — porque todos os oficiais superiores da Inteligência do nosso exército usam pseudônimos e às vezes são confundidos com cantores de raï.)

"Cheb Chahid", interpelei um dia o coronel, que permaneceu em silêncio e me encarou com frieza. Pensei então que ele pegaria suas bananas e nunca mais voltaria. Não era prudente dizer esse nome em voz alta, minha filha, nem mesmo em tom de brincadeira. "O que aconteceu naquela tarde? Conte-me de novo!", ele ordenava fumando perto da janela, de onde me jogou duas bananas, que peguei em pleno voo, amarradas à minha cama e aos meus contrapesos. Ele queria saber como eu havia sido preso, ferido, espancado e enviado com uma missão pelo famigerado Emir Lobo Faminto, que tinha me dado ordens divinas para contar todos os detalhes do massacre, com o objetivo de aterrorizar tanto os vivos quanto os mortos. Enquanto eu me estendia aos seus pés como num túmulo, o Emir repetia para seus homens que "essa religião foi perpetuada pela memória e pela espada", com seu sapato enorme pisando no meu pescoço de cabra. E naquele quarto de hospital, pouco a pouco, com centenas de quilômetros de distância entre eles, o desejo do coronel Chahid de ouvir encontrou e satisfez o desejo do Emir Lobo Faminto de falar sobre si mesmo, e os dois personagens, na minha cabeça anuviada pelos medicamentos, se abraçavam como irmãos inimigos, se apertavam com seus braços cúmplices, e eu, Aïssa Guerdi, livreiro de pai para filho, me via pequeno e minúsculo a seus pés, gemendo.

Contei ao coronel todos os detalhes daquele dia único, a mais leve entonação, a cor mais frágil e, às vezes, eu inventava, ou talvez fosse a própria história que, pouco a pouco, me dava à luz e restaurava meu corpo massacrado. Meus dedos dos pés começaram a sair do frio e a se mover, minhas costas a se endireitar no vão da cama, minha boca voltou a sentir o gosto das frutas. Comecei a ver meu rosto com clareza nos espelhos novamente, e meus lábios redescobriram como sorrir. No final, tudo o que eu havia perdido na tumultuada história do meu degolamento fracassado eram minha perna direita e meus cabelos. Todo o resto me foi devolvido, assim como as roupas são devolvidas a um prisioneiro no final do cumprimento da sua pena, ao deixar a penitenciária.

O coronel foi benevolente, atencioso e encorajador, anotava tudo, reconstituía os detalhes, escrevia quase tudo em seus cadernos, corrigia inconsistências, riscava e polia o estilo, especificava datas e horários e, às vezes, na minha felicidade como um homem autorizado a ter uma segunda vida melhor que a primeira, ele me parecia a reencarnação do meu próprio pai. Por outro lado, o Emir deve ter se sentido realizado com a minha memória, realizado em seus desejos de terror: dali em diante, por causa dele, graças a ele, sua faca, suas kalashnikovs, sua risada, seus dentes, seus pelos e sua barba, eu não podia esquecer de nada. Tudo havia sido gravado em mim com o ferro em brasa da ameaça e eu não podia mais esconder as muitas histórias daquela guerra. O coronel anotou tudo, passou a limpo seu relatório para os superiores e me agradeceu, depois foi embora, em passos decididos, com seu corpo alto e magro como um cabide. Até que um dia, ele não voltou mais ao hospital onde eu me recuperava visivelmente desde que minha história se tornara mais límpida na minha mente.

Mais tarde, ele me enviou duas caixas de bananas, caixas de suco de damasco, um jaleco vermelho e perfumes. Eu o vi mais duas ou três vezes em seu escritório no quartel, depois ele também desapareceu e foi transferido para Argel. Levou consigo meu relato sobre o massacre dos dezenove soldados entre Biskra e Ouargla e o segredo da eliminação bem-sucedida do Lobo Faminto alguns meses depois. E quanto a mim? Voltei para casa, confuso, ainda sem saber o que fazer da minha vida.

30

Sem meu avô na cabeça do meu pai e ambos empoleirados na minha própria cabeça, a livraria teria desaparecido, sim, eu juro! Os livros, mesmo que pareçam pessoas que nunca morrem, não podem fazer nada sem nós, seus livreiros. Eles não têm braços, pernas ou boca. A água pode desmanchá-los, minha mãe entendeu isso, que Deus a tenha, mas a poeira, o esquecimento e o fogo também podem. Quando voltei a trabalhar na rua da Independência, nossa longa tradição de livreiros era como uma árvore morrendo junto com os limoeiros da nossa casa, todos entrelaçados em agonia. Minha história foi escrita quase inteiramente pelo coronel Chahid. Mas na nossa família, no nosso bairro, entre as pessoas que eu conhecia, não havia nenhum vestígio dela. Então, veja, não é minha culpa, pois eu comecei a contá-la. A ler todos os relatos que encontrava sobre os massacres da guerra civil. Porque, não sei se você sabe, durante aqueles dez anos, os jornais divergiam sobre o número exato de mortos, detalhando os massacres, os falsos bloqueios de estradas, a rendição de terroristas ou sua eliminação, e eu lia tudo sentado na soleira da nossa livraria El Houria e, milagrosamente, tudo ficou em mim, como se eu, enfim, tivesse me tornado um livro! Você entende? Ao Emir isso custaria a vida: havia despertado esse talento em mim com sua arma e sua faca de açougueiro, e o coronel havia incentivado esse dom sem precedentes. Para o Emir, isso custaria a vida: eu contribuí para tanto contando tudo o que sabia e até mesmo o que não sabia, até ele ser preso e morto graças às minhas inúmeras pistas sobre suas roupas, suas feições, suas armas e seus sotaques. Eu me lembrava dos números do seu fuzil, de seus sapatos, da sua roupa, e tudo isso tornou possível rastreá-lo até um quartel onde esse equipamento havia sido roubado, prender seus cúmplices, rastreá-lo até seu covil e matá-lo como um javali.

A morte, os massacres e as decapitações se espalharam por todas as regiões da Argélia, e pouco a pouco tudo isso foi voltando para mim, para os meus olhos e a minha memória, que, enquanto engolia mais rapidamente do que eu os escritos, engordava, se fortalecendo como um grande livro de 10 mil páginas, a verdadeira coletânea dos fatos e dos ditos dos Emires. Eu era um pouco como os vinte e dois volumes de palavras sagradas de uma nova era de profetas monstruosos. Eu recitava tudo acariciando minha perna estropiada, na falta de um animal de estimação, que Deus me perdoe por esse sacrilégio. Você conhece Abu Hurayra? É um homem que colocou seu nome em todos os hadiths do Profeta e que deve seu pseudônimo a uma gata que ele adorava, séculos atrás. Em todos os lugares se diz que "Abu Hurayra relatou que o Profeta disse que...", mas ninguém conhece esse homem que, segundo dizem, ficou órfão em um povoado no Iêmen, conheceu o Profeta por apenas alguns meses e relatou um milhão de frases. Eu era um pouco como ele: não me esquecia, relatava, detalhava e inventava.

No início, era magnífico, e isso me preenchia como o amor ou o mais doce dos pratos com amêndoas. Fui ouvido com seriedade e respeito no café Marhaba do nosso bairro. Somos pessoas de renome. Naquela época, minha irmã, as histórias de massacres eram verdadeiras. Dê-me um número!

— Seis.

— "6 de janeiro de 1997: massacre de cidadãos no distrito dos Oliviers, em Douaouda (Tipaza). Número de mortos: vinte e três. Entre as vítimas estavam três crianças e seis mulheres." Outro número?

— Dezessete.

— "17 de fevereiro: na aldeia de Kerrache, a cinquenta quilômetros de Argel, os terroristas islamistas de Antar Zouabri massacram trinta e uma pessoas." Em um comunicado, este último reivindicou a responsabilidade pelo massacre e corrigiu o número de vítimas, que ele disse ser quarenta e uma e não trinta e uma, como anunciado na imprensa. Você vê como é... Mais um?

— Vinte e quatro.

— "24 de dezembro de 1994: tomada de reféns no voo da Air France no aeroporto de Argel, três vítimas: Kamel BERKANE, inspetor de polícia SWPJ (Serviço Wilaya da Polícia Judiciária de Argel). Ele estava de licença e viajava no avião. Yannick BEUGNET, vinte e oito anos, cozinheiro da embaixada francesa na Argélia. Bui GIANG TO, adido comercial da embaixada do Vietnã." Está vendo?

Foram grandes momentos de erudição, e as pessoas se reuniam ao meu redor, respeitosas e sérias. Tudo voltou à vida: as cores, os sabores na minha xícara de chá, o céu, que adquiriu a tonalidade de papel antigo, e o som da minha própria voz, que se assemelhava à de um recitador do Alcorão capaz de fazer as pedras chorarem com seu canto. Está vendo, irmã? Eu relatei tudo sobre esses dez anos de guerra: nomes e sobrenomes das vítimas, lugares, circunstâncias. Eu conhecia os grupos armados por suas assinaturas criminosas, as florestas perigosas, as curvas das estradas sangrentas. Todos os dias, eu entrava mancando no café e abria um livro que não existia, e as pessoas demonstravam respeito por mim acenando com a cabeça e se calando, por causa desse livro, único no mundo, em vinte e dois volumes dentro da minha cabeça e do meu coração.

Isso continuou por um bom tempo. Cheguei quase a ficar famoso com apelido de Abu Hurayra, mas, exatamente como nos livros, há sempre um mal-entendido: um dia, foi eleito um novo presidente da República que gritava muito batendo nas mesas e decidiu que tudo tinha de ser esquecido, apagado, e que tínhamos de seguir em frente, assassinos e mortos. Ele foi eleito em 15 de abril de 1999. No dia seguinte foi o Dia do Conhecimento, e esse novo presidente nos dizia que não sabíamos de nada e que tínhamos de esquecer tudo.

31

Isso começou no café Marhaba. Eu podia ver no rosto, nos olhares levemente zombeteiros, no número crescente de ausentes entre meu público no café local. Desde 2005, as pessoas me ouviam cada vez menos, às vezes dando de ombros e, acima de tudo, me interrompendo sem nenhum pudor com perguntas bobas: "Como você sabe de tudo isso?", perguntava um. "Não foram os militares que mataram usando roupas de civis?", murmurava outro. Um terceiro acrescentou com escárnio: "Tudo isso são apenas histórias e boatos para provocar uma guerra, são a França ou os judeus que estão tramando". Primeiro eles levantaram as mãos para me interromper, depois começaram a fazer isso sem consideração ou respeito, até que não restou nada de minha aura além de papéis amassados.

O conhecimento se perdeu, assim, na cacofonia de cadeiras e zombarias, fiquei hesitante e, mais tarde, minha honestidade e meus números foram contestados. Quando começaram a aumentar o volume do rádio toda vez que eu entrava no café, percebi que o que eles opunham a mim não era a dúvida, mas a irritação, a vontade de ir embora e ouvir outras coisas. Aos meus números, eles preferiam os longos sermões do nosso novo imã e sua descrição das huris no paraíso. O verdadeiro

Abu Hurayra, aquele que compilou todos os hadiths conhecidos e desconhecidos, agora me superava, mil anos à minha frente. À minha história, os outros preferiam a televisão, um filme, o chamado para a oração ou um cantor de raï, sabe-se lá o quê, minha irmã.

O diabo é a soma de mil detalhes, meu pai às vezes me dizia. As pessoas em Batna não queriam mais saber do meu livro imaginário, da minha memória, do meu talento despertado por acidente. Esperavam por uma outra história extraordinária e com a mesma qualidade, mas sobre mulheres, sexo, Meca ou os judeus. Talvez isso seja exatamente o que Abu Hurayra já tinha entendido séculos antes: você diz ao público o que ele quer ouvir! "Você não poderia se lembrar da guerra contra a França? Dos hadiths do Profeta?", me perguntavam, antes de ficarem entediados e abandonarem a minha mesa. Será que eu conseguiria ser melhor do que o novo imã da nossa mesquita local, que não sabia nem o nome do imã que foi decapitado na época do meu pai? Será que eu poderia ficar calado? Não escrever nada com a minha língua na minha boca? Não pensar como um livro? Deveria me levantar da cadeira e ir embora? Eu respondia: "E os mortos, as crianças mortas, as gargantas cortadas, as mulheres estupradas e depois assassinadas? Os falsos bloqueios de estradas? As bombas? As extorsões? As listas de pessoas juradas de morte penduradas nas portas das mesquitas? As explosões? E os gritos no meio da noite? Hein? E quanto aos números, o que eu faço com eles?".

Então, um dia, o proprietário do café me chamou de lado e expôs seu constrangimento e seu desconforto, porque somos pessoas de renome, a família Guerdi, veja você, minha irmã.

Ele coçou a cabeça sem cabelos, evocou meu pai para amenizar a ingratidão dos dias de hoje e explicou que as pessoas não queriam mais ir ao seu café por causa das minhas histórias. "Vocês são pessoas que vendem livros, não histórias", disse ele, feliz com esse seu achado. Então eu, o neto de El Hadj Guerdi Senoussi, tive que ir embora! Tive de me refugiar em casa, tendo minha perna como única prova e único interlocutor. Eu protestei de raiva, furioso, quase chorando. Será que eu estava com medo? Sim, o Emir ainda estava ali, na minha cabeça, com suas narinas e sua respiração, repetindo: "Corra e conte para todos!". E o coronel Chahid? O que ele pensaria da minha traição? E o jovem soldado que sonhava com peixes noruegueses no meio do Saara argelino? Como a minha mãe, cheguei a pensar em parar de comer e voltar para a minha família, meu pai, meu irmão e Sandybelle.

Foi quando fui convocado pelo novo coronel do CTRI de Batna que percebi que o vento estava virando as páginas do livro rápido demais, que eu teria de dispersar minhas palavras, mudar de assunto e fazer o que todos estavam fazendo. Era preciso acreditar que os dez anos de massacres tinham sido apenas um pesadelo, depois um sonho, depois rumores, depois folhas de alfarrobeira mortas em algum outro vilarejo. Sim, minha irmã, eles não queriam mais saber da minha história única, a lembrança do meu livro impressionante e grandioso! Você acredita nisso? Eu, um Guerdi, forçado a ficar calado e a publicar livros de culinária.

32

O novo coronel não me recebeu no horário que havia marcado pelo telefone com sua voz arrastada. Ele me deixou remoendo minhas preocupações em uma sala de espera simples e cinza, decorada com louças velhas e quebradas, folheando revistas e jornais antigos que ninguém mais lia no país. O jovem oficial que me deixou entrar naquela manhã, quando toquei a campainha da casa branca que todos conheciam em Batna, não me disse nada, nem mesmo perguntou quem eu era. Não usou palavras educadas, nada perguntou sobre a minha presença na entrada daquele prédio que aterrorizava tantas pessoas, especialmente os inocentes. O jovem agente, com seus tênis esportivos e pulseiras de ouro, sabia, e eu sabia que ele sabia, e ficamos em silêncio enquanto subíamos a escadaria.

Não me ofereceram nada para beber, ao contrário do que era costume na época do coronel Chahid. Fiquei ali sem fazer nada, com a minha perna atrofiada e odiosa se contorcendo e querendo que eu fosse embora rápido e para bem longe. A outra permaneceu imóvel. Meu olho direito examinou a sala decorada com um relógio parado, cheia de pó, contra um fundo pintado de cinza-bege, como em todas as repartições oficiais do governo argelino. Os desenhos nos azulejos do prédio do CTRI

— o Centre Territorial de Recherche et d'Investigation (Centro Territorial de Pesquisa e Investigação), mas nós o chamávamos de "Centro" — me mantiveram ocupado por um tempo, porque não havia mais nada para fazer. Meu olho esquerdo, esse que se esconde sob minha pálpebra desde que quase morri degolado, pensava no futuro que é o passado em nosso país: quem iria me ler de agora em diante? Como escrever esse livro? Como torná-lo uma obra-prima de memória e precisão capaz de surpreender até mesmo meu pai no seu túmulo? O que Abu Hurayra teria feito no meu lugar se um califa furioso o tivesse convidado a calar a boca e a guardar seus 500 mil hadiths? Fiquei assim, dividido em dois, como um decapitado longitudinalmente, então a porta se abriu e o coronel, imponente em seu terno cinza, me convidou a entrar. Ele ainda estava com o telefone na mão, acenando com a cabeça, pronunciando longos "hummm!" e olhando para os dossiês abertos em sua mesa, examinando a janela, seu cinzeiro, uma tela, seu belo relógio de ouro, mas nunca a mim, sentado bem em frente, numa cadeira ligeiramente baixa.

Em um determinado momento, ele apontou um dedo para mim e, quando abri a boca, pronto para me explicar, ele fez um sinal para que ficasse quieto, com grandes olhos raivosos, e sorriu para seu interlocutor do outro lado da linha. Continuou assim por alguns minutos, depois desligou de repente e me interpelou, em meio aos meus devaneios mansos: "Você é o livreiro que fica contando coisas no café da rua da Independência?". Sua voz já estava cansada e percebi que ela não esperava pela minha resposta, então fechei a boca, quase em posição de sentido. "O senhor é filho de uma pessoa respeitada, é de uma grande família, senhor Aïssa

Guerdi. Não tenho muito tempo e preciso lhe dizer isso. Também sou um homem renomado, conhecido por minha franqueza. Aqui está minha mensagem: de agora em diante, cale-se!", e ele deixou a ordem militar entrar na minha cabeça, chegar até mim, atingir o centro do meu coração. Ele mirava a minha história. Tinha como alvo a raiz da minha história, a ordem que repercutia dentro de mim dada pelo Emir Lobo Faminto, morto havia alguns anos graças, em parte, às minhas descrições detalhadas. O coronel queria arrancar de mim o meu próprio talento, desenraizá-lo ou esmagá-lo com seu sapato ou cobri-lo com um véu ou enfiar-lhe uma arma na boca, e até mesmo proibi-lo de ter uma boca, aliás! Eu o compreendi como um comerciante de ouro entende um ladrão de estrada que ainda nem anunciou nada.

Seus olhos pequenos exigiam minha rendição, a minha e não a dos assassinos. Porque em todo o país a lei da "Reconciliação" lhes prometera boas-vindas com leite e tâmaras se depusessem as armas e contassem que haviam embarcado naquilo tudo apenas como "cozinheiros" inofensivos, mantidos como reféns nas montanhas e nos maquis por Emires agora mortos. "Então, você entendeu?" Sinalizei que sim. O que eu poderia fazer? A maré havia mudado, mas o coronel não parecia satisfeito com meu silêncio envergonhado, porque ele podia ver meus olhos olhando para os dele. "Veja bem, meu pequeno livreiro, nós servimos à paz e o que você fica contando naquele café não ajuda a paz que nosso presidente da República deseja. O que você diz inflama as pessoas, faz com que queiram se vingar, e, além disso, nem sempre é a verdade. Que provas você tem do que está dizendo? Hein? Nenhuma." Minhas mãos tremeram um pouco e minha perna atrofiada se contorceu. Ele notou isso, incomodado. Então seus olhos pequenos ficaram ainda mais agressivos. Ele estava de pé, bem perto de mim, me lembrando da minha insignificância, e eu podia sentir seu hálito. Era fétido, espesso e gorduroso, como o hálito que se segue a uma grande refeição. Era como se ele tivesse engolido, numa grande tragada, todos os cadáveres da guerra recente, os despojos que ainda jaziam nas ruas e estradas, e apagado o último vestígio possível daqueles dez anos de crimes. Sabe, isso é o que os pequenos traficantes de haxixe fazem aqui quando são pegos: eles engolem sua mercadoria. O coronel e seus colegas tinham decidido engolir tudo e, assim, não deixar nenhuma evidência, nenhum número, nenhuma possibilidade de contar a história para nossos descendentes.

"Você tem alguma prova do que está dizendo sobre esses supostos massacres? Não. Apenas ar, palavras, mentiras e fábulas perigosas para a estabilidade do país. Como nos seus livros. Aliás, certamente deveríamos verificá-los um a um, não é mesmo? Ver o que você publica e o que vende em sua livraria? Livros de culinária e livros sobre o Profeta, segundo me disseram. Até aí tudo bem, mas não vá mais longe. Você pode voltar a ser um bom cidadão, um homem respeitado em Batna." Em seguida, zombeteiramente, acrescentou o que estaria na abertura do seu relatório: "Sua perna sofreu um acidente de moto, de acordo com o que me disseram. Está se cuidando? Você pode receber um grande cheque do seguro. Eu posso cuidar disso. Por caridade", e fez um gesto com o queixo em direção a um de seus telefones fixos. Eu sabia que ele sabia. Então, olhei para seu relógio de ouro e sua mão grande me sinalizou que eu já devia sair de sua sala. Naquela noite, minha perna doeu muito. Como um dente podre, ela me torturou e eu tive que lutar na minha cabeça contra sua versão dos fatos. Ao amanhecer, ela concordou com meus argumentos.

Minha história repleta de números precisos e relatos do que aconteceu de 1990 a 2000, parei então de contá-la no café, na rua e até mesmo nos enterros, casamentos, cerimônias de circuncisão, vigílias do Ramadã ou na livraria. Talvez eu me tornasse um grande escritor se tivesse começado cedo e se tivesse ficado do lado do meu pai contra a minha mãe, o lado da tinta contra a água. Em Argel, meu "livro" escrito pelo coronel Chahid deve ter desaparecido, tenho certeza, e o coronel também, junto com toda a história. É proibido ensinar, evocar, desenhar, filmar ou falar sobre a guerra dos anos 1990. Absolutamente nada.

É por isso que retomei a estrada com minhas caixas de livros para distribuir. É melhor fazer isso do que ser preso. Você sabia que a lei prevê de três a cinco anos de prisão para quem abrir a boca sobre aquele período? Pensei comigo mesmo: os livros se vingaram de você, wellah! A maldição do meu pai ainda me persegue... Nenhuma prova. Então, enquanto eu implorava a Deus que me perdoasse nesse dia de Eid, e a estrada continuava me dizendo que eu não deveria mais falar com os homens, eu vi você no acostamento da estrada, minha irmã! Eu a vi e parei a van com a mão do meu pai pousada no meu ombro me conduzindo, e lá estava você. (*A voz dele é febril, enorme, trêmula, quase soluçante, cheia de infância maculada.*) Você entende, irmã? Eu não quero uma esposa ou uma mulher leviana, nem quero estuprá-la ou sequestrá-la. O que estou lhe pedindo é que venha comigo a Batna, tire o lenço e mostre a eles o sinal. Você entende? É vital para mim e para todos aqueles que agora só têm a mim para recitar seus nomes e sobrenomes, e que só têm artigos de jornal amarelados para que se lembrem deles. Você caiu do céu no dia do Eid, não para ser degolada, mas para testemunhar. Venha comigo: nada lhe faltará na nossa casa em Batna, juro pelo túmulo de meu pai. Eu vou ser a sua voz e você vai ser a minha prova. Hein? Dê-me um último número.

(*Eu pronunciei, arrasada e quase chorando:*)

— Mil.

— "Em uma coletiva de imprensa realizada ontem na residência de Djenane El Mithak, em Argel, o primeiro-ministro revelou que o massacre de Ramka e Had Chekala (Relizane), em 1998, atingiu mil pessoas." Três vilarejos inteiros dizimados! Oficialmente, as autoridades haviam anunciado que cento e cinquenta pessoas tinham sido mortas.

(*Ele se virou para mim e me olhou longamente.*)

TERCEIRA PARTE
A FACA

1

20 de junho, 16h30, em Had Chekala

Desço do táxi. O sol me atravessa como uma faca, o ar vibra como se eu estivesse em um sonho que ainda não entendi bem.

"Vamos descer? Acorda, H'med", diz a voz de um homem em pânico. Outro responde: "Não, ainda não, dorme!". Os dois passageiros sentados no fundo do veículo amarelo me olham por um momento, sem graça e sonolentos, cada um meio imerso em seu próprio monólogo nas profundezas dessas montanhas sem resposta. Esses homens provavelmente preferem acreditar que vou encontrar meus entes queridos. Minha presença, mesmo que discreta, ao longo desse percurso, foi suficiente para fazê-los pensar. As leis do mundo deles estavam sob ameaça. Aqui, uma mulher não sai sozinha, não ergue os olhos do chão quando anda na rua, não fala nem mesmo com quem a acompanha, não viaja sem um guardião masculino e não usa calças que realçam sua figura como uma segunda pele. Os dois passageiros olham para mim mais uma vez, em tom de reprovação, e depois desviam o olhar.

O táxi parte novamente. O silêncio é perfeito, você consegue ouvi-lo? Parece um vilarejo vazio, empoleirado no alto de uma colina. Nunca imaginei que fosse tão pequeno, tão insignificante no céu enorme que o cerca por todos os lados. Aparentemente, o vilarejo é dividido em duas partes. Uma única estrada passa por ele, subindo bem no meio, como um cordão umbilical. Ela corre ao longo de uma colina estreita e suspeita: as pequenas janelas das casas que dão para baixo estão todas fechadas. Estou ao sopé da colina, de costas para o leito ressecado de um riacho que a circunda e a separa da montanha, esse manto gigante sem rosto que preserva a antiguidade do lugar.

Estou aqui. No centro da minha história. Na minha aldeia.

Você consegue sentir o cheiro da poeira, minha Huri vinda do céu dos fiéis? Parece uma ruína. Todos os campos ao redor mostram sua pele endurecida pelo verão escrupuloso. Eu realmente não me lembro desse lugar. Mal reconheço alguma marca. O único vestígio que tenho é relacionado ao inverno, minhas mãos geladas, um dia, no mercado de animais com meu pai, e da água cinzenta desse riacho, que então ressecara, e que você vê agora ali. É o leito do riacho logo abaixo, à esquerda da estrada principal para Tiaret. Hoje, é um homem velho, centenário, cheio de fissuras, seco e morto nesta época do ano. A imagem de uma pele de cobra. Aqui está ela: uma cobra enorme, estripada, esmagada, amarela e marrom, com as pegadas das pessoas que passaram por ela em seu barro fervente. Rastros de sapatos, cascos, rodas.

Para que lado devo ir? Se vim de tão longe para esta região, se persisti na minha loucura, é para que você possa ver com seus próprios olhos, que são os meus, a minha aldeia, toda a verdade sobre a minha guerra, que foi apagada.

Os sobreviventes dos grandes massacres ocorridos na região de Ouarsenis ainda vivem lá, impregnados pelo terrível passado desses lugares. Posso ver suas casas. Vinte e um anos atrás, os povos aterrorizados desceram à noite, abandonando tudo pelos caminhos: pertences, crianças, partes do corpo, mãos, gatos, orelhas, animais e lembranças. Uma dúzia de povoados cujos sobreviventes não tinham para onde ir, exceto este lugar, Had Chekala, "lá embaixo", como dizia Taïmoucha, minha irmã mais velha. Costumávamos vir à aldeia para vender nossos animais e pequenas colheitas. Daquela vez, para escapar do massacre, os sobreviventes se refugiaram aqui, movidos pelo pânico. Quantos sobreviveram naquela noite? Nunca soubemos. Perguntei a Khadija sobre isso durante muitos anos, mas até ela hesitava quanto ao número exato. É como tentar contar as estrelas, mas estrelas mortas.

O que resta, neste sol sem memória, de uma única noite de muito tempo atrás? O silêncio. Observo a paisagem: mais abaixo, de frente para a encosta habitada e o outro lado da estrada que leva a Tiaret, a maior cidade, duzentos quilômetros ao sul, postes de eletricidade cruzam o leito do riacho seco. Nossa fazenda fica nessa direção. A montanha espalha seu manto pesado de pedra arenoso e cheio de fendas. Acho que é argila. Ela se estica, ávida, e racha com o calor. Quase dá para ouvir, como papel amassado.

Volto a avançar lentamente pelo vilarejo, hesitante. Já passa das quatro horas da tarde. Sei o que quero ouvir e fazer você ouvir, mas não sei nada sobre esse silêncio ou como contorná-lo. Em Orã, o murmúrio constante do mar faz com que você se habitue com uma outra coisa. Aqui, a calma o obriga a forçar os ouvidos e você acaba inventando ruídos. Subo a rua íngreme. Isso talvez seja uma criança gritando. Um cachorro levanta a voz e reivindica um território. Há também um crepitar elétrico, carregado pelo vento. Um assobio, mas não tenho certeza.

De qualquer forma, estamos em Had Chekala, confirmou o motorista de táxi com um grunhido. Todos os sobreviventes, suas famílias e suas memórias devem se encontrar aqui. Eles vão lhe contar todos os detalhes. Eles vão lhe mostrar os vestígios daquela noite, vão contar histórias terríveis e talvez tenham lembranças mais precisas do que as minhas, de datas e feridas. Não se esqueça: ouça cada palavra, é importante. Cada palavra toca em uma cicatriz aqui. Cada palavra é uma questão de vida ou morte, hoje como no passado. Viemos de tão longe só para ouvir essas palavras. Mesmo que eu não me lembre de todos os detalhes ("Você é um livro!", insiste Khadija, mas eu não passo de um caderno de anotações, acho), o que eu lhe contei nos últimos dias é verdade. Minha garganta cortada, a história do meu "sorriso", minhas operações malsucedidas para enxertar cordas vocais e meus dois nomes, L'bia e depois Aube. As pessoas daqui devem ter conhecido meu pai e o nome da nossa família, bem como o caminho para nossa fazenda. Está deserto porque é o Eid, não tenha medo. É hora da penúltima oração do dia, os homens estão fartos, os pátios precisam ser limpos, o sangue deve ter secado e Deus se retirou. O que fazer? Bater em uma das primeiras portas que eu vir?

Ao longe, no caminho que sobe, crianças me olham fixamente.

Minha bexiga está latejando, eu gostaria de me aliviar atrás de um arbusto. Não há banheiros públicos para nós, mulheres, neste país. Vou bater em uma porta. Dizer a eles meu sobrenome. Repito apenas para nós duas: "Você conhece a família Adjama?". Nesse silêncio, meu sussurro soa como o de uma pequena ladra. Levanto a mão para chamar as crianças. Um ruído distante me responde.

"Um, dois, três. Alô? Alô? Bismillah."

Uma voz está praticando, testando sons ao longe, no alto do vilarejo, no topo da colina. Você consegue ouvi-la, minha sardinha azul? Crianças curiosas se aproximam de mim. Examinam minhas sandálias vermelhas, minha calça e meu boné. E um pouco minha cânula, que meu lenço encharcado de suor não esconde mais completamente.

Minha mãe Khadija provavelmente vai ligar esta noite e eu não tenho mais meu telefone. Se descobrir que estou aqui, ela é que vai perder a voz, aquela que me cobre como uma palmeira. Sinto uma pontada no coração só de pensar nas suas mãos se contorcendo quando não me ouvir sussurrando banalidades de Orã. Ela não pode me imaginar nessa estrada de sangue seco, nesse vilarejo que, para ela, está associado a Emires e degoladores. Had Chekala. O que isso significa na minha língua interior? "Had" significa "limite". Chekala, eu não sei. Soa como "trivialidades", "tagarelices".

Tenho que caminhar em direção à verdade nessa estrada íngreme. Para começar, inverter as estações. Ver este verão de junho como um inverno que corresponde à minha versão dos acontecimentos. Tenho cinco anos de idade nesse vilarejo escuro, uma multidão de gritos me envolve e me tira da inconsciência. Abro um pouco os olhos, o ar gelado me paralisa, uma sensação morna e nauseante de flutuação. Mãos me seguram e me transferem para outras mãos, minha cabeça está pesada e meu sangue corre pela garganta, consigo distinguir silhuetas, sombras emaranhadas. A mesma cena me ocorre repetidamente. Minha irmã protege os olhos com as mãos enquanto o degolador puxa seus pés e mastiga palavras de contrição para seu comparsa sem rosto. Não é como nos filmes, minha Huri, porque você não grita de verdade quando o terror é mais forte que sua voz. Você fecha os olhos para fingir que está morta e, assim, desviar a atenção do assassino para sua própria irmã. Você se torna parte da faca.

Nesse caminho, deveria haver sangue e restos de animais sacrificados. Mas não estou vendo nada disso. Será que o povo de Had Chekala é pobre demais para abater animais ou está tão faminto que comeu tudo até o meio-dia? Talvez eu deva dar as costas ao vilarejo, atravessar o riacho seco e subir essa estrada recuando em direção ao topo da montanha em frente. É lá que fica a nossa fazenda. Mas meu coração está acelerado, quero voltar a esse lugar e fugir dele ao mesmo tempo. Penso na minha irmã insepulta lá no alto e em meus pais. Penso neles, mas não sinto nada. Isso é o que acontece quando um morto visita os mortos.

As crianças, ousadas, me chamam: "El-Ghouroub? Ed-Damar?". Elas repetem a pergunta e se empurram. Fazem alusão aos canais de televisão argelinos (minha Huri, a televisão é uma caixa que encerra a vida dentro dela): talvez pensem que vim filmar sua história?

Devo bater naquela porta, a verde? Aqui, eles devem se lembrar do nome da minha família, da data da minha cicatriz, da noite sagrada. Mil mortos não é pouca coisa. Em sua bestialidade, aquela noite impôs a mesma idade a todos, tornou os sobreviventes iguais diante do vazio. Em Orã, o imã jurava que todos nós teríamos trinta e três anos no paraíso. Eu o ouvia prometer isso toda sexta-feira, enquanto tomava uma taça de vinho no terraço do meu apartamento. Aparentemente, essa lei inexplicável também prevalece aqui: a mesma idade para sempre e para todos. Na minha reconstrução, os idosos, as mulheres, as crianças, os cães, os gatos, as vacas e os pássaros morreram e nasceram no mesmo dia em Had Chekala. Todos eles têm trinta e três anos de idade para sempre.

Você consegue ouvir os gritos das crianças que se aproximam de mim, dispersas e curiosas? Uma garotinha está à frente delas, com um olhar audacioso. Seus olhos curiosos tentam me identificar em seu pequeno mundo.

2

Bati num objeto com meu pé.

Ele está encharcado de um líquido preto-avermelhado que gruda nos dedos. Por um momento, tentei ignorá-lo, mas meus olhos voltaram a ele, apesar de mim mesma: uma cabeça grossa e tranquila, como se estivesse livre de tudo, com grandes pálpebras abaixadas e cílios longos. Na luz vazia do verão, o *objeto* está envolto por um sentimento difuso. Como se o animal morto tivesse alcançado a verdadeira noite. É a cabeça de um burro decapitado. Parece ter sido jogada na entrada desse vilarejo, onde sua estrada principal se junta à estrada asfaltada que leva ao restante do país. Foi como se essa cabeça tivesse caído do topo da colina bem na minha frente, como se tivesse despencado de um altar invisível. Olho para cima: as crianças estão me observando, pouco incomodadas por eu não ter respondido à pergunta delas.

É nesse momento, minha Huri, que eu deslizo como se estivesse em um outro sonho aninhado no dia. Digo a mim mesma que atingi o limite, por causa desse sinal infeliz. Será ela? Será que a minha irmã está usando suas últimas armas de horror contra mim? De repente, uma voz de criança se levanta às minhas costas. "Você é jornalista, não é?", e você se contrai dentro de mim. Jornalista? Eu? Seus colegas estão de pé, atrás, observando a menina que veio na função de batedora. Será por causa da minha calça e do meu cabelo? Eu não uso véu nem roupas femininas. É uma menina morena e desgrenhada, com um olhar de desafio explícito. Ela saiu de trás de um muro de tijolos vermelhos. Seus olhos penetrantes me examinam. "É por que a gente se recusa a comer carne no Eid?"

3

No começo, quando cheguei ao local, me senti vitoriosa, minha Huri. Na verdade, poderíamos ter ido embora assim que tivemos aquela visão: um vilarejo devastado onde a vida havia chegado ao seu limite confuso. Árvores, uma colina deformada, uma estrada pouco convincente, seca e o amarelo desgastado do fim do dia que se aproximava. Aqui terminavam os campos dourados que havíamos seguido por tanto tempo quando chegamos de carro, com aqueles burrinhos que eu lhe mostrei pela janela. Você se lembra do Alcorão, a plenos pulmões, no táxi? O recitador gemia, se esgoelava, como se estivesse empurrando uma pedra de mil toneladas no além. Era necessário exorcizar minha presença de mulher desacompanhada em um veículo cheio de homens. Tudo isso nos levou de Ammi Moussa até esse limite, esse "Had", na língua estrangeira. Esse caminho tortuoso, desde o amanhecer em Orã, poderia bastar como prova, não é mesmo? Mas você é uma criança mimada. Está há semanas em um lugar onde o mundo é apenas um boato, e quer conferir. Eu entendo você.

Deveríamos ter dado meia-volta ao primeiro sinal da minha irmã. Mas a menina morena insistiu: "Você é de Ed-Damar? D'El-Ghouroub? Não tem nenhuma câmera?". Ela me pegou pela mão e me levou até a entrada da primeira casa, a da sua família, acho. Eu me sentia febril e cansada, com medo de desmaiar e cair no chão. A cabeça do burro, com sua corola de ossos quebrados, tinha grudado nos meus olhos e nos meus pés. "Diga Bismillah, diga o nome de Deus!", aconselhou a criança, que entendeu minha angústia pela pressão da palma da minha mão na palma da mão dela. Ela me conduziu devagar até a entrada da sua casa e eu me sentei à sombra, com o estômago revirando.

Estou descobrindo que você pode ser uma matadora. Sua vida tem sua própria lei, sua própria moeda de ouro do além e seus próprios apetites. Você pode chegar antes do tempo neste campo de flores mortas e raízes, neste mundo que é o reflexo invertido do seu paraíso. Estou delirando e com muita sede agora. A criança me dá uma jarra e eu bebo sem pensar. "Diga Bismillah", ela insiste. De trás da porta, uma voz de mulher me alcança em meio à confusão. A menina encolhe os ombros. Ela usa um vestido branco de verão, com borboletas douradas e verdes meio desbotadas pelo uso, chinelos de dedo e uma fita vermelha no cabelo. Quantos anos ela tem? Oito, nove? Sua traquinice mascarada de seriedade me diverte, como se eu visse a mim mesma nessa idade. Agradeço a ela, pois a água trouxe de volta os meus sentidos. A porta da casa permanece fechada, mas posso ouvir a mulher conversando com outras pessoas, e o tom se exalta. "Estamos esperando a decisão desde hoje de manhã", me diz a criança, com o ar importante de um adulto. Seus amigos, todos meninos, se aproximam. "As mulheres estão esperando desde a manhã de hoje, e ainda não ousamos comer ou cozinhar nada. Meu pai e meu tio é que vão decidir depois da pregação do imã."

Com um gesto do queixo, ela aponta para a pequena janela da casa de tijolos inacabada. Sons de louça sendo lavada chegam a mim e imagino a vida estreita das mulheres lá dentro. "De que canal você é?" Seis ou sete crianças agora me rodeiam. Eu me sinto ridícula. Queria lhe mostrar o que a guerra fez com a gente, seus vestígios, e me deparo com uma cabeça de burro decapitada e crianças que acham que sou uma jornalista perdida! Eu me sinto uma idiota com esse meu plano maluco de reunir todos os habitantes de um canto remoto do país para falar com você, invisível na minha barriga. Uma ideia para um filme ou um sonho.

Estou exausta e com raiva do destino ou da minha própria estupidez. Gostaria de circular pelas ruas, bater nas portas das casas e perguntar às pessoas o que elas passaram, para que possam se lembrar em voz alta. Não dá para esquecer um massacre de mil mortos, não é mesmo? Tenho certeza de que meu "sorriso" não é, aqui, uma cicatriz que só eu carrego, é um sinal que pode ser lido de longe como o nome de um povo. Talvez possamos encontrar todos na mesquita. E aí vamos embora, logo depois. Sim, em vez de ir para a fazenda, onde não sobrou nada porque as estações apagaram tudo, é melhor ir para a mesquita e encontrar todos lá ao mesmo tempo, os sobreviventes e seus descendentes.

Eu me levanto, aturdida e enlameada, e bato na porta da casa. Ao meu lado, a menina prende a respiração e assume um ar solene. Por um momento, minha Huri, seu rosto enluarado parece querer vestir o dela como uma máscara e nela entrar como se quisesse tatear a consistência do nosso mundo terreno. A garotinha me questiona com os olhos, depois diz com sua voz infantil: “É a televisão, Mima. Ela veio por causa da nossa história”. Ela bate na porta novamente. “Abre, Mima. É sobre a carne. É uma mulher.”

4

Noite de 20 de junho, em um galpão

O pobre coitado nos amarrou aqui porque não sabia o que fazer com duas intrusas em sua propriedade. Ele dizia que não deveria ir ao vilarejo e que eu não tinha nada que vir bisbilhotar seus negócios. Que isso era proibido pelo próprio xeique. "É segredo! É segredo! Meu irmão disse isso." Desta vez, peço isso para que você não sofra. Durma. Minha Huri, você, aliás, não vai morrer porque nem sequer viveu de verdade. Você não vai perder nada, só o meu próprio sangue, através da minha cânula ou das minhas coxas. Na escuridão leitosa, eu podia vê-lo coçando a barriga como um piolhento, batendo no próprio rosto. Ele tentava encontrar uma saída para o delírio que afogava a sua cabeça. Uma cabeça grande e triste, com os olhos baixos, como se tivesse vergonha de si mesmo.

É um pastor. Ele repete isso como se quisesse se convencer. Usa um agasalho velho, sapatos gastos e um boné preto. Eu me lembro de pastores pobres e solitários como ele, observando a minha irmã e eu de longe como se fôssemos águias. Olho para esse homem barbudo, comprido e magro, o rosto emaciado, afiado como uma faca, grandes olhos negros e febris. Seu rosto traz os sinais de uma maldição. Uma faca. Ele também.

Durma, conte até mil, depois mil vezes mil. É noite, posso vê-la como uma cabeleira enrolada em um lenço brilhante através do telhado leve do galpão. Durma, minha filha. Tentei me soltar, mas o pastor sabe como amarrar seus carneiros. Ele sabe fazer. Três nós nas minhas costas e o meu pescoço amarrado a um pilar, como se eu tivesse chifres.

5

20 de junho, 17h

Depois de três batidas na porta, sob os olhos atentos da menina obstinada, uma senhora idosa abre e me examina, desconfiada. Ela dá uma olhada rápida para a rua atrás de mim e conclui que estou sozinha. Duas mulheres mais jovens, de vestido, se inclinam atrás dela, com as orelhas em pé. Uma delas é pequena e reservada. A outra, com véu e vestida de preto, tem olhos duros, insistentes. A mais velha, enrugada e magra, cobre a cabeça sem jeito, como se estivesse escondendo o cabelo de um estranho. Tatuagens antigas entre as sobrancelhas e no queixo se curvam em sua pele enrugada. Dois desenhos que parecem letras estrangeiras. Atrás dela, posso ver um longo corredor pavimentado com ladrilhos pretos e brancos, iluminado por um raio de luz vindo de um pátio escondido.

"Não temos nada a dizer. Estamos esperando pelos homens, eles decidirão", ela me diz com firmeza. E aguarda minha reação. Seu olhar é tão antigo quanto as montanhas, e não oferece nenhuma via que permita acessá-la. "É sobre os burros, Mima. Ela vai mostrar a gente na televisão", repete a garotinha ao meu lado, dessa vez com uma voz gentil para fazê-la mudar de ideia, mas sem sucesso.

Aquela que parece ser a mãe das duas mulheres ou a sogra ou a tia delas me encara. Ela me escrutina em meio à confusão de sua curiosidade desconfiada: minha calça justa, meu rosto na penugem opaca do meu cabelo e, finalmente, minha cânula. Seu olhar analisa fixamente a cavidade do meu pescoço. Parada ali, desorientada pelo sol e pela sombra da cabeça de um burro decapitado, me deixo levar, como uma morta. Seus olhos então se apertam, como se tivesse me reconhecido e tentasse negar isso a si mesma. Mas não consegue resistir aos hábitos da hospitalidade. "Quer mais um pouco de água, minha pobre menina?" As duas mulheres mais jovens permanecem em silêncio sob sua autoridade. Ela se vira para a primeira e acena com o queixo. Esta se apressa em buscar um copo de água para mim. A outra fica parada, esperando, como que pronta para falar comigo.

"São os homens que decidem, não podemos lhe dizer nada. Quando eles decidirem, volte para nos ver. Você vai ser bem-vinda. Ainda não pusemos nada no forno, não cozinhamos nem comemos nada. Está tudo na geladeira. Felizmente!" A senhora idosa se mostra orgulhosa. "Eu mesma não consigo saber. Tenho muitos anos acumulados nestes meus ossos, mas não senti nada. Não há diferença no cheiro entre as duas carnes." Então silencia, sem saber o que acrescentar e se perguntando se já não havia falado demais. Do que ela está falando, meu anjo sem asas? Este lugar deveria responder às minhas perguntas e não alimentar outras. Então, aqui estou eu, diante dessa velha senhora desdentada que hesita a respeito do cheiro de uma carne e que, indecisa, escrutina o meu "sorriso" e seus milhares de pontos. "Se eles disserem sim, então volte, minha filha, você vai ser nossa convidada", ela repete. "Você é daqui? De Ammi Moussa? Trabalha na televisão?" Eu aceno negativamente com a cabeça. "Se você trabalha na televisão, vá falar com os homens, eles estão lá no alto, na casa do imã. Você pode ir com Rab'ha, minha neta." A mulher atrás dela, a que está vestida toda de preto, protesta: "Deixe-a entrar, tia".

Um estalo de alto-falante chega a mim bruscamente, lançado para dentro de minha consciência como um punhado de cascalho num para-brisa. "Posso usar o banheiro?", pergunto à chefe. Era tudo o que faltava na nossa interlocução: a irrupção desse encavalamento de silêncios e pigarros. Minha voz de pato. Os olhos da senhora se espremem e se voltam de novo para o meu "sorriso". Ela murmura: "Você é daqui?". As outras duas mulheres se inclinam, intrigadas com esse duelo marcado por enigmas. A mulher mais velha se fragiliza diante de mim como uma vela à luz do dia. "De que família você é?" Sua voz treme. Por que respondi a ela? Ou foi você? Porque aqui você quase parece se utilizar da minha língua exterior. Eu usei o nome da minha família em documentos de identidade, formulários, na rua, mas nunca sob um sol como este. "Os Adjama."

Quando eu disse esse sobrenome com meu suspiro de moribunda, esse resto de ar que transita pela cânula, a velha senhora não teve escolha: bateu a porta na minha cara. Eu a ouvi repreendendo as outras mulheres e pedindo que fechassem todas as janelas. Eu me vi com um copo de água vazio na mão, sendo expulsa, com o estômago cheio de interrogações. Uma mão me puxou para fora da obscuridade que eu tateava:

“Vem cá”, disse a menina de olhos grandes. “Você pode ir no café, ali. Chama Café Marhaba, e é o único que tem aqui no nosso vilarejo.”

6

Algumas horas antes

Eram talvez duas da tarde quando Aïssa estacionou a van em Relizane. "Vou apenas rezar, ir ao banheiro e conseguir alguma coisa para comermos." Ele disse isso preocupado, quase mendigando uma garantia. Assenti com a cabeça. Ele desceu e me deixou com as centenas de livros que transbordavam de suas caixas. Quando ele se afastou, minha Huri de pele transparente, nós saímos dali. Com três mil dinares e uma garrafa de água. Rindo e assustadas numa fuga silenciosa. Procuramos um lugar para nos esconder na estação de ônibus de Relizane. Nesse dia de feriado, o lugar estava praticamente vazio, com todas as bilheterias fechadas. Uma família composta por um pai furioso, uma mãe coberta pelo véu até os olhos e duas crianças vestidas como se fossem para um casamento me encarou e logo desviou a atenção. Eu era apenas uma andarilha sem nenhum interesse, com sandálias masculinas nos pés.

Dei uma olhada na grande sala cheia de embalagens vazias e lixo e pensei que, ao voltar, Aïssa provavelmente nos procuraria ali. Por isso, optamos por uma trapaça, você com as mãos na boca ainda não desenhada com a caligrafia dos versos do Alcorão, e eu ansiosa e com pressa para chegar à rua. Nós nos escondemos entre os ônibus, estacionados em fila, vazios como cemitérios. Ainda estava no horário da refeição sanguinária, dos encontros com a família e dos estômagos pesados. Esperamos, prontas para entrar debaixo de um ônibus para nos escondermos de Aïssa. Sentia pena dele, admito, mas tínhamos de continuar. Tínhamos de chegar a Had Chekala para que eu pudesse lhe mostrar que a minha história era verdadeira e que a sua, a da Huri no paraíso, ainda era a melhor história para não existir e sofrer.

Aïssa via em mim um sinal e a sua prova incontestável. Fiquei um pouco chateada comigo mesma, sim, por ter lhe roubado o trunfo pelo qual ele aguardava desde o fim da guerra civil. Me partiu o coração vê-lo me procurar em uma esquina perto da estação de Relizane, gritando em plena luz do dia "Aube! Aube! Onde você está?". Pensei em seus dois olhos muito diferentes, que agora deviam estar lacrimejando juntos. "Aube? Aube, por favor!", implorava sua voz desamparada enquanto procurava por mim em todas as direções, girando sobre a perna curta, de pé na grande praça em frente à entrada da rodoviária. Ele segurava uma sacola com comida e bebida na mão e acenava com um par de sandálias femininas. "Por Deus, volte, você é a única prova!" Ele parecia realmente um louco, miserável e sem futuro. Eu o ouvi gritar e chorar como se alguém tivesse roubado sua perna, sua reputação ou seu milagre. "Aube? Aube?", ele gritou de novo enquanto corríamos para o outro lado da rua, encurvadas à sombra dos grandes ônibus.

Por medo da polícia alguns taxistas clandestinos estavam parados mais ao longe, chamando por eventuais clientes.

Agitados em meio ao vazio, os motoristas disputavam entre si como se estivessem em um pátio de recreio. "Ammi Moussa? Ammi Moussa?", bramou um deles, magro e sem muito fôlego. Fui para o seu carro sem olhar para ele, abri a porta e entrei no banco de trás. Dois homens já estavam ali. O motorista, sensível à afronta de uma mulher estar sentada ao lado de dois homens, correu e mandou que eu me sentasse no banco da frente. Alguns minutos depois, ao som um recitador do Alcorão, partimos. Seguimos pelas curvas da estrada entre Relizane e Ammi Moussa ao ritmo dos versos, e, de vez em quando, o motorista suspirava para mostrar sua desaprovação em relação ao meu traje. Ele dizia: "Deus me livre!", observando os passageiros pelo espelho retrovisor em busca de aprovação. Deixei isso de lado e atentei para além das últimas construções, visualizando um grande campo com burros, espigas ceifadas a perder de vista e um céu estonteante. Por que eu tinha que me esconder sob um véu?

Confesso: eu estava feliz, quero dizer, orgulhosa de mim mesma, orgulhosa de ter levado essa viagem quase até o fim. Você queria ver com os meus olhos, sentir com as minhas mãos, confrontar minha história com os meus lugares antigos, e estávamos no caminho certo.

7

Noite de 20 de junho, em um galpão

Chegando a Had Chekala, eu lhe anunciei, com o coração apertado, que você finalmente veria e falaria com todos os nossos mortos. Eu dizia a mim mesma, enquanto a sede me dominava e as solas dos meus pés doloridas latejavam: ela vai ver que eu tenho razão. Entende? Naquele momento eu esperava estar com a razão, sob uma grande luz que a convenceria de tudo. Eu ia apresentá-la a mil outras pessoas chamadas "Aube", irmãs mortas pela metade como eu, parentes, sobreviventes, vítimas ou estupradas nesse lugar há vinte e um anos. Elas mostrariam, a você que veio do Éden, que não se deve vir para este mundo.

Quando desci do táxi, quase gritei de alegria por estar tão certa. O sol brilhante desse dia sagrado mostrava um vilarejo miserável, feito de casas inacabadas, secas, lamacentas e formadas com tudo o que o riacho trouxera até ali antes de se exaurir. Não se podia esperar nada de melhor do que isso para ilustrar a minha história. Folhas de zinco, duas cadeiras quebradas, uma antena parabólica desgastada, janelas fechadas e desconfiadas. A sujeira, o silêncio e o luto sob sol do verão. Acreditei na minha prova claríssima, no fim da nossa história, um final feliz porque você ia morrer. Não era um erro, mas uma conclusão aceitável para nós duas. Depois de dar uma volta por Had Chekala, voltaríamos para Orã. Uma se retiraria para o vasto paraíso de Alá para esperar os fiéis com pentes de ouro e pele transparente, banhando-se nua em vinho. A outra, a mulher degolada pela metade, voltaria para seu mundo, seu bairro em Orã, seu salão de beleza. Eu estava em Had Chekala, quase no Lugar Morto, e tudo testemunhava a meu favor: eu estava certa ao lhe dizer que você não deveria viver.

Veja, minha Huri, meu peixe azul, minha sardinha, agora você está onde tudo começou, amarrada, presa comigo nesse galpão isolado onde antes um pai enfraquecido contava seus carneiros, preso entre os militares e os degoladores, em plena noite estrelada e surda. Apenas você, eu, as montanhas e essas sombras de objetos e lembranças: um par de botas de criador, uma manjedoura para animais que já morreram, montes de feno e grandes bacias cinzentas.

Eu não sabia que o pior era ter razão, minha Huri.

8

20 de junho, 17h30

"Eles estão por toda parte. Encontramos a maioria deles perto da mesquita do xeique, lá no alto. Ao lado do açougue dele. Chama-se El Halal, o açougue do xeique. Aqui, as pessoas gostam e não gostam do xeique." A garotinha com o vestido cheio de borboletas verdes e douradas apontou para o topo da colina, ainda encoberto por edificações horríveis que ameaçavam cair umas sobre as outras. Os telhados eram feitos de chapas de zinco, sustentados por grandes pedras ou pneus gastos, em antecipação aos ventos de inverno. Sua mãozinha apontou para mais cabeças de burro decapitadas, jogadas ao acaso na estrada. Agora eu podia vê-las em quase todos os lugares. Algumas estavam enfiadas em latas de lixo e outras abandonadas sob postes de eletricidade, afastadas das portas das casas. Os vestígios de sangue iam ficando marrons no chão empoeirado.

Rab'ha — esse é o nome dela (significa "vitoriosa" na língua interior, minha Huri) — assobiava para outras crianças magras e rodopiantes. Elas me cercaram como a abelha-rainha. Os gritos se ergueram em meio ao silêncio de uma concha que envolvia o vilarejo. "El-Ghouroub? Ed-Damar? Pra qual canal é? Me diz, senhora." O mais velho dos meninos, bastante gordo, deu um passo à frente e se impôs a Rab'ha, que o deixou assumir a autoridade. "Contei dezenove no total e posso mostrá-los se você me mostrar ao lado deles na televisão!" Tínhamos vindo de Orã e eu procurava rastros, mas não havia nada além desse vilarejo calafetado e taciturno, sem homens ou mulheres, apenas com crianças descalças e cabeças com pálpebras grandes lançadas no meu caminho como presságios. "Ainda não comemos nada. Nenhuma carne desde a oração da manhã", disse o menino gordo. Os outros confirmaram suas palavras, com ar de adultos. "Nossa família mora ali." Ele apontou para uma pequena casa ainda em construção, feita toda de tijolo aparente. Uma motocicleta cor-de-rosa estava encostada em um arbusto fino e o primeiro andar era constituído por uma fachada que dava para o vazio. "A gente acha que é halal, que a gente pode comer. Os outros não acham." Ele se virou de costas para mim e apontou para uma série de casas à direita da estrada. "Daquele lado, eles acham que é haram. Eles gritaram muito hoje de manhã durante a oração do Eid e o imã também. Eles se recusam a comer. A gente ainda está esperando para ver o que o xeique vai decidir." Então ele ficou em silêncio.

Minha filha, nós deveríamos ter dado meia-volta nessa hora. Eu me perdia nesse lugar onde supostamente deveria me encontrar. Na minha cabeça, sua voz ecoava e repetia sem parar: "Então, onde é? Onde está a sua irmã? E o degolador? E a fazenda onde se prendem as estrelas em copos d'água? Onde eles estão?". Até mesmo aquelas crianças risonhas não deveriam estar ali, nem deveriam ter nascido, se a minha história e a do Lugar Morto tivessem sido realmente respeitadas.

Poderíamos nos beijar, tocar buzinas nos cortejos de casamento, tocar música, dançar, dormir juntos e dar à luz nessa fenda mutilada depois de enterrar mal mil mortos em um dia, há vinte e um anos? Tínhamos o direito de esperar que o nome da nossa própria família saísse da boca de uma criança?

Eu tinha vindo para lhe mostrar este vilarejo como se quisesse expor a minha própria pele nua. Para que você sentisse o gemido dela, suas mãos cegas, sua existência que é uma inexistência. Sob um poste meio inclinado, descansava uma base de cimento que havia sido arrancada de algum lugar. Um cachorro caramelo dormia na sombra, aparentemente esperando que tudo fosse destruído por falta de água. Mais adiante, podíamos ver uma subestação de eletricidade, com o misterioso número 0001 pintado com graxa em suas paredes rosa e azul, que pareciam uma piada nesse lugar monocromático. Ela vibrava como uma vespa moribunda. Um idoso estava sentado na sombra, com um jeito de quem rumina algum escárnio antigo. Eu o observei, junto com Rab'ha. Então ele tocou em um rosário e mexeu os lábios. "Ele? Não é nada, é Ammi Ennaz. Ele não sabe de nada, você não deve ouvi-lo nem o mostrar na televisão", me explicou a borboleta do seu vestido verde e dourado, e sua voz se perdeu na cacofonia das crianças que me acompanhavam. Elas me levaram a um lugar específico. "O café é por ali."

Eu deveria ter percebido que isso era uma loucura. Só pela luz oblíqua, eu deveria ter percebido que havia um viés ininteligível no vilarejo nesse dia. Essas pessoas deveriam estar recitando os nomes dos mortos a todo instante, dando depoimentos sem parar, sendo questionadas, avaliadas, estudadas como o verdadeiro mistério da história da Argélia. Deveriam ter sido pagas como trabalhadores da memória para nunca se calarem, mas o que eu via ali? Crianças rindo. Cabeças de burro choronas. Essas pessoas não eram as sobreviventes dos doze povos de Ouarsenis, cujas gargantas foram cortadas, que foram mortas, que foram massacradas com seus animais em 31 de dezembro de 1999? Não deveriam ser erguidos monumentos aqui e colocados nomes em todas as pedras, troncos de árvores e arbustos, na ausência de ruas e praças públicas para nomear? "A família Adjama morava logo depois do café. É mais acima. Você quer ir ao café?" Rab'ha sussurrou algo para os companheiros de brincadeira e o riso se espalhou. Essas crianças pareciam velhos ladinos cercando uma menina perdida no caminho. "Este é o café dos homens", alertou o menino gordo, acrescentando depois, principesco, "mas você é jornalista, pode ir", e se voltou para seu exército. Eu me vi indo em direção a um barracão de paredes de metal. Havia um banco de madeira na frente, provavelmente para as noites longas e quentes. Cheguei ali titubeante, minha barriga feito pedra.

9

"É um complô dos Ouled Kadi. Eles não gostam do xeique." Uma voz indignada me despertou de meu torpor. Dois jovens quase se insultavam e o tom da disputa subia visivelmente. "É um complô. Eles querem acabar com o negócio dele e fechar o açougue. Ontem eu comprei lá e comi, e Deus, no além, vai decidir." Onde eu estava? "É haram, é errado. O Profeta disse um animal, não uma fêmea, e que deve comer grama e não ser usado como montaria, eu juro." Os dois homens se calaram quando me aproximei e me examinaram. Seus olhos se detiveram nas minhas coxas, na minha calça, que fala tudo sobre o meu corpo. Um lábio melindrado se destacou, imaginei um pensamento de raiva, depois constrangimento e, finalmente, uma prolongada insinuação de dúvida. Quem é ela? As crianças me acorreram para explicar com cuidado. "Ela veio filmar nossa história sobre carne halal ou haram." Os dois jovens, na entrada do salão, tentaram desembaraçar o emaranhado de palavras das crianças. Um deles as silenciou. "Jornalista?" Seus olhos caíram sobre minhas sandálias masculinas.

Não aguentando mais, pronunciei com minha voz singular neste mundo a seguinte frase: "O banheiro, por favor". Depois, repeti um pouco mais alto. Gritei na minha linguagem de peixe fora d'água, e ele viu a cânula na minha carne. "O banheiro?" Ele se encolheu abruptamente, como que envergonhado. Seu companheiro, de pele gredosa, vestindo uma túnica cinza e com o rosto circundado por uma barba que ele acariciava com jeito de domador, se adiantou. "Não, este é um café para homens. Não temos espaço para famílias." Fiz que não com a cabeça, desesperada, como se me faltasse ar, minha bexiga ameaçando o que restava da minha dignidade. "Por favor, sou da família Adjama, estou viajando." O barbudinho pesou o argumento dentro do vasto universo do seu Profeta, misturado com suas próprias ideias, rumores, sonhos noturnos sujos e deixou a decisão em suspenso. "O café é dele, não meu", ele respondeu. Então, com os nervos à flor da pele, ousei fazer o impossível, minha Huri. Comecei a desabotoar minha calça jeans e procurei por um canto de parede. "Allah yahfed!" Que Deus nos proteja! "Vá! É ali, à sua esquerda, logo atrás do balcão", disse o barbudo, desviando os olhos.

10

As crianças me esperavam do lado de fora e eu pedi água, mas eles se recusaram a me cobrar. Uma garrafa plástica, morna. Também pedi um café e o jovem, certamente o proprietário, fez um gesto para que eu me sentasse do lado de fora. "É um café para homens", repetiu ele, com a cabeça baixa. Me sentei num banco. Eu me sentia perigosamente leve, dominada pelo alívio físico.

Ao longe, ouviu-se um longo som crepitante de microfone, seguido por um "Bismillah" e uma oração sobre o Profeta, recitada por uma voz muito bonita, calorosa e comovente. Eu não conseguia entender as palavras abafadas e pouco familiares aos meus ouvidos. "Então não, meus irmãos, eu..." As palavras pareciam estar espalhadas fora da estrutura de uma conversa cujo início eu havia perdido. A voz estranhamente sensual se espalhava como o sangue morno do parentesco, recitando um verso do Alcorão. "Não devemos dar crédito à fitna. A fitna é pior do que o assassinato, já advertiu nosso Profeta, que a salvação de Deus esteja com ele." A saudação da multidão ecoou ao longe. Imaginei cabeças abaixadas e mãos ao longo dos corpos obedientes. Em seguida, a voz entoou uma longa narrativa adornada com versos corânicos cheios de lamentação.

No momento em que eu tentava encontrar algum sentido naquilo, sob a luminosidade daquele dia de verão, a voz ardente se interrompeu bruscamente, cortada por ruídos crepitantes. O alto-falante não funcionava mais. Captei ainda alguns trechos: "Alá disse que o sacrifício deveria...". "Vergonha para aqueles que..." Um grunhido misto e um assobio puseram fim a esse enigma.

As duas testemunhas do meu destino de mulher errante, paradas na entrada do café, galvanizadas pelo alto-falante durante certo tempo, retomaram a discussão, que se escandia com argumentos obscuros. "Quem discorda não tem nada que vir aqui. Nós estamos do lado do halal. Só comeremos o que o Profeta, que a paz esteja com ele, comia." Era o homenzinho barbudo, com suas bochechas rechonchudas, um solidéu sobre os cabelos e olhos iluminados por um julgamento definitivo. Esse tipo de homem, minha filha, vem do lugar exato onde a verdade foi plantada na forma de uma pedra preta, para os lados de Meca. "Nós comemos e pronto. O pecado vai recair sobre as costas daqueles que semearam a confusão, não sobre nós. O que você quer que eu faça? Que jogue tudo no lixo? Você tem noção do que isso me custou? E quanto aos meus filhos? O que vou dizer a eles?", protestou aquele que me parecia ser o proprietário do local. O silêncio que se seguiu indicava uma recusa ao assentimento, mas também à continuação da conversa, sob o risco de ela se tornar uma discussão aberta.

Eu me levantei e disse às crianças cuidadosas que queria falar com o xeique, cuja voz provocara em mim uma tentação profunda. Rab'ha não conseguia tirar os olhos de mim, se agarrando a mim como a uma árvore verde. Ela me indicou o caminho. "Eu levo você lá, e você me mostra na televisão!" Os dois jovens do café se voltaram para mim, surpresos e curiosos, mas não comentaram nada, felizes por se livrarem da vergonha que eu representava. "O xeique da mesquita? Você vai filmá-lo?", perguntou-se Rab'ha, que examinava minha cânula com firmeza. Assenti com a cabeça. Ela foi à minha frente, e seus amigos a seguiram.

Foi então que o velho Ennaz, ainda sentado na sombra exígua da subestação de eletricidade que servia a Had Chekala, começou a rir. Uma risada seca e aguda que quase me fez tropeçar com sua zombaria feroz.

11

"Não vá até lá, minha filha!", me alertou o velho Ennaz. "Eles são loucos aqui, e estão todos mentindo, ninguém aqui usa o nome verdadeiro, eles roubaram os mortos e os registros de suas famílias, wellah!", insistiu, agitando as mãos e batendo na própria cabeça. Seus olhos brilhavam. Eu o vi avançando na minha direção, cambaleando pela estrada íngreme, cercado pelo riso das crianças, e ele apontou o dedo indicador retorcido para mim. "Você é jornalista? Vai mostrar isso na televisão? O que você vai mostrar? Burros que comeram burros", e caiu na gargalhada, assim como as crianças, que exclamavam "Ennaz na TV! Ennaz na TV!", e as palavras se embaralhavam, deslocadas, nessa diversão de sombra e fogo.

O velho astuto continuou: "Você vai ver, minha filha, são burros que devoraram burros em vez de carneiros no dia do Eid. Ninguém aqui responde por seus nomes verdadeiros, minha pobre forasteira! Estão todos mentindo, roubaram os nomes dos mortos, estão todos mentindo, minha filha, vá em frente! Conte isso na televisão. Aqui, nós comemos os nossos mortos!". Comecei novamente a subir a única estrada, de cabeça abaixada. Eu estava com raiva, triste e como se tivesse sido arrastada nua de volta para a minha mãe depois de uma fuga vergonhosa. Me sentia carregando o peso de uma estranha degradação. Então eu a vi. Uma sombra. Uma mulher vestida de preto, completamente escondida por uma burca, vindo na minha direção. "Irmã, irmã, volte", disse ela. "Vou lhe contar tudo. Volte para a nossa casa. Minha tia está de acordo."

12

"Meu nome é Hamra. Consegue lembrar de tudo para mim?"

É a mulher de véu preto que eu tinha visto pouco antes atrás da porta da primeira casa, quando a velha senhora tatuada me ofereceu água. A mulher de véu com olhos insistentes. Aqui estamos sentadas agora na sala de estar, decorada como se fosse para alguma cerimônia, com cores douradas brilhantes. Trouxeram-me com orgulho para cá, e as três mulheres esperam que eu elogie os tecidos e os móveis. E é o que faço. Tecido vermelho, douraduras, um grande quadro com o nome de Alá no meio, em letras brilhantes. Um vaso de flores de plástico ao lado do sofá, um grande tapete que cobre o chão com seu ventre de lã. Elas me examinam. A senhora idosa parece especialmente inquieta, como se fizesse um esforço. Ela suspira ostensivamente. As outras duas, sentadas, não se mexem, atentas à maneira como me sento e ao que olho primeiro nelas. No interior das casas na Argélia, há um protocolo a ser seguido, minha filha, você que vem do maior harém do universo, o paraíso.

"Meu nome é Hamra. Sou eu que queria falar com você." A velha mulher se contorce, resignada e preocupada. Rab'ha, a garotinha que me guiou como uma borboleta dourada, está sentada ao lado dela no mesmo banco. Seus olhos grandes e claros sorriem. Ela me diz: "Eu já fui ao mar uma vez!". Dirijo-lhe um aceno de cumplicidade. Pela janela, posso ver os galhos de uma oliveira tenaz no dia ainda quente.

"O que fazer, minha filha? Foi o que Deus escreveu. Estamos sujeitas a Ele", começa a mais velha, para justificar sua mudança de atitude em relação a mim. "Deus decidiu assim", acrescenta, com uma voz que parece vir de uma lembrança que ela guarda para si. Aos poucos, posso ver essa mesma lembrança nos olhos da mulher que quer falar comigo desde que me viu na porta delas mais cedo. "Meu nome é Hamra, por causa do meu cabelo ruivo. Moro com minha tia há vinte anos, mas preciso ser rápida. Os homens vão voltar em uma ou duas horas. Eles vão decidir. Então, vou lhe dizer tudo, irmã. E você vai decidir se cabe ou não cabe contar isso na televisão."

Hamra empurra na minha direção um prato de doces caseiros e me tira do jogo de sorrisos com a borboleta verde e dourada. "O esquecimento é a misericórdia de Deus, mas é também a injustiça dos homens. Talvez você também deva se submeter a ele, minha irmã. É melhor para você e seus filhos." Lá fora, é como se o mundo tivesse se extinguido por trás das janelas fechadas. Não se ouve nada. Até mesmo minha pequena escolta de crianças parece ter desaparecido. As três mulheres me olham fixamente, como se esperassem uma resposta. Minhas palavras são engolidas pelo silêncio voraz.

13

"Devo lhe dizer, irmã, em primeiro lugar, que minha tia Fatiha é como uma mãe para mim. É ainda mais do que minha mãe. Não me amamentou, mas me deu todo o resto. E nesta casa, não me falta nada: nem pão, nem segurança, nem dignidade. Aqui estou no paraíso. Porque eu vim do inferno. O inferno é lá fora. Anote isso para a televisão. E estou disposta a dizer isso na frente das câmeras: aqui é o paraíso; nunca saio e não falo com ninguém. Não me misturo nem com as mulheres nem com os homens. Essa era a condição do meu tio para ficar em Had Chekala. E a da minha tia. E do filho dela, que é o pai de Rab'ha. Minha tia, você a vê aqui, e Deus também é testemunha das minhas palavras (a mulher idosa sentada à minha frente baixa os olhos para o chão, como se faz quando se quer consentir, de corpo e alma). Se lhe conto isso, irmã, é porque você vai noticiá-lo na televisão.

"Nós sofremos; não me resta nada além da minha filha, que você vai ver daqui a pouco, esta família e uma oliveira plantada no pátio. No nosso país, mulheres como eu não sabem mais o que fazer com suas vidas amaldiçoadas. Experimentamos a vida, a morte, o esquecimento, o véu, o silêncio, mas nada realmente funciona para encerrar nossa história. Deus é testemunha de que eu tentei. Mas o que fazer? Mendiguei na porta das mesquitas, nos mercados, vendi pão na beira da estrada perto de Relizane, já chorei nas repartições públicas para conseguir algumas migalhas. Mas nada muda, minha irmã: sempre me lembram de minha condição: sou uma terrorista, *Irhabiya*. Eles dizem a palavra com desprezo, fazem uma careta e me afugentam como um cachorro. É por isso que escondo meu rosto na entrada das mesquitas com uma burca que parece uma mortalha. Tenho medo de que me reconheçam e chamem a polícia.

"Quando fui solta da prisão, há alguns anos, fiquei vagando pelas ruas durante meses, minha irmã. Estendi a mão em Ammi Moussa, Ramka, Relizane, Jdiouia, em todos os lugares. Até que minha tia e seu marido me acolheram e me ofereceram sua casa. Ela é como minha mãe, Khalti Fatiha. E ele, Ammi, é como meu pai, mas eu não devo sair, ele vive me dizendo. Nunca mostro meu rosto. Tenho que evitar os olhares, o sol e as fofocas. O vilarejo de Had Chekala é pequeno demais para entender. As pessoas aqui querem esquecer, e não lembrar, minha irmã. Talvez minha vida não tenha mudado: dos maquis, onde eu vivia em uma caverna, para esta caverna, onde tenho o que comer, com a minha filha. É o diabo que está espalhando esse boato, mas eu não acredito nele. Aqui eu estou no paraíso. Aceitei isso. É melhor do que a rua, o frio, os olhares dos homens. Para a minha filha e para mim. Tome seu café, irmã, minha história não é longa e os homens vão voltar assim que decidirem sobre a carne com o imã. Não cozinhamos nada, então não podemos convidá-la para uma refeição antes de que eles tomem uma decisão."

Uma jovem se juntou a nós. Esguia, esbelta como um cipreste e igualmente digna, com os cabelos ruivos em um coque e olhar suave. Senti seu constrangimento, há algo quebrado nela, como uma sombra deixada pela vergonha. Ela colocou uma xícara de café na minha frente e se apoiou no ombro da mãe, como uma menina de cinco anos. Ela tem vinte anos ou mais. Ela tem a minha idade. Um reflexo invertido e mudo, ainda mais silencioso do que a minha língua interior desde a nossa chegada a esse vilarejo sem barulho, minha Huri. Não olhou para mim por muito tempo, mergulhou em si mesma para encontrar um vazio que só ela conhece no leito do seu riacho íntimo. Um pouco mais tarde, ela pegou um prato de melancia cortada em pedaços pequenos e o colocou na minha frente.

Hamra continuou: "Meu nome é Hamra. Você registrou? Coma, você é nossa convidada. Esta fruta é dos nossos campos. Não podemos lhe oferecer carne. Não antes da decisão". A pequena borboleta verde e dourada olha para mim. A menina aguarda esperançosa o fim da conversa para pegar minha mão novamente. Ou pegar a sua através de mim.

14

"É difícil: eu não sabia o que fazer com meu corpo, meu rosto e meus cabelos ruivos. Assumi um outro nome durante meses: me chamava Ghania e carregava uma placa no pescoço com versos do Alcorão, com minha filha nos braços, mendigando. Eu vagava entre os vilarejos e os acampamentos de Oued Rhiou, que não fica longe daqui, você deve ter passado por lá. Eu gemia como os demais mendigos nas estações e repetia versos do Alcorão para comer. Às vezes fazia faxina nos cafés e botecos na beira da estrada de Argel; vendia pequenos itens nos mercados, doces, pentes, pulseiras para meninas; mas sempre que o sol nascia, minha sombra me alcançava: as pessoas ou me reconheciam ou me denunciavam. Eu era 'a terrorista', *El Irhabiya*. Sussurravam sobre mim, apontavam para mim e me expulsavam. Eu nunca podia contestar se uma família se recusasse a me pagar pelos dias que eu passara limpando o chão e a poeira de sua casa: o que dizer? A quem eu poderia reclamar? Bastaria chamar a polícia ou ir a alguma repartição para obter minha ficha com o nome que me valera uma condenação como terrorista e prisão por cumplicidade no assassinato de militares.

"O que quero lhe dizer, minha irmã, é que é diferente para os homens. Quando eles deixaram as montanhas após a lei da

‘Reconciliação’, como eles a chamam, lhes deram tâmaras, leite e pensões; mas as viúvas, como eu, foram largadas na noite antiga, e não nos trouxeram de volta ao dia. Nós, mulheres terroristas, ainda estamos morrendo de fome nas montanhas, escondidas em cavernas ou sob véus. Somos a vergonha dessa guerra. Os terroristas homens nos tiraram a virgindade, nossa honra, nossa juventude e, quando saíram dos maquis, roubaram nosso ofício e nossos pretextos: todos eles se declararam ‘cozinheiros’. Ficaram como você os vê: limpos, sorridentes, gordos; eles podem andar pela rua, rezar e discutir se devemos comer burro ou carneiro. Mas e quanto a nós, mulheres? Somos terroristas para toda a vida, para sempre. Eles não querem nos enterrar nem nos desenterrar.

“Quem confiaria os filhos a mim para cuidar e me pagaria por isso, minha irmã? Quem me deixaria limpar sua casa? Quem me contrataria para trabalhar nas fábricas de brinquedos de Relizane? Ah, a vida ficou estreita e eu desejei a morte depois de escapar dela nos maquis. Mas Deus fecha uma porta para abrir outras dez. E um dia, apesar da vergonha ardente, decidi bater na porta desta casa em Had Chekala. Minha tia me reconheceu e me deixou entrar; ela chorou por vários dias, tentando juntar o passado e o presente. Ela encontrou o meu nome nela mesma. Eu me chamo Hamra. Meu tio hesitou, mas ele é um homem das antigas e me deu proteção. Não devo mostrar meu rosto, e aqui em Had Chekala as outras mulheres me chamam de ‘a sombra’.

“Por que o Estado paga os terroristas homens e não nos reconhece? Espero por uma resposta há anos, irmã. Talvez meu tio expulse a mim e a minha filha, ou talvez não diga nada se eu aparecer diante das câmeras, mas quero que me digam quem eu sou nessa história. Não tenho mais certeza de nada, tudo o que tenho é uma oliveira, um nome e os olhos de minha filha para dormir. Todo o resto desapareceu nas cinzas. Para que as coisas mudem é preciso dizer tudo isso na televisão, não acha? Se você é jornalista, se me mostrar com sua câmera, vou estar velada, com meu niqab, ninguém vai poder ver nada além dos meus olhos, mas vou contar tudo. Você concorda?"

"Concordo", entoa um pássaro. A senhora idosa estica as orelhas. Às vezes, ela esmaga as mãos, como minha mãe Khadija. Fico no meu sonho e, nesse sonho, entro no sonho de outra pessoa e meus rastros são apagados por um galho de palmeira.

"Quando a lei do esquecimento foi promulgada, todos aplaudiram, exceto mulheres como eu. Fomos deixadas de lado. Então, diga claramente na sua televisão: nós não temos nada. Não podemos trabalhar, receber pensão, casar ou nos divorciar, nem morar em qualquer lugar ou viajar sem documentos. Quanto à minha filha que você está vendo aí? Ela não sabe quem ela é, porque não sabe quem eu sou, não sabe se a minha história é verdadeira ou falsa. Ela não deixa pegadas na areia quando anda fora de casa. Na escola, pediram seus documentos e o nome do pai, e ela voltou para casa chorando. Ela não tem nenhuma certificação da sua vida, além de mim e da minha tia. Que Deus a proteja. Ela não tem sobrenome, mas apenas nome. Para mim, a terrorista, minha sombra é meu passado; para ela, sua sombra sou eu, sua mãe. Talvez eu devesse ter morrido e lhe dado a vida em vez da vergonha, mas Deus tem suas próprias intenções, misteriosas para nós. Isto é tudo que eu peço, eu, a terrorista jamais perdoada: o esquecimento por inteiro ou a lembrança por inteiro. A noite por inteiro ou o sol por inteiro. Quero que nos esqueçam de uma vez por todas ou que então se lembrem de tudo. Que tudo seja dito em plena luz do dia, no sol de Deus, diante das câmeras e pelo alto-falante da mesquita do próprio xeique. De uma vez por todas. Porque esqueceram de nós na lei do esquecimento; sou terrorista, mas vou lhe contar como me tornei terrorista; anote tudo. E se você voltar amanhã, me filme. Não sei se vou ter outra oportunidade. Então pelo menos leve minha história com você para Argel."

15

"Havia uma oliveira em frente à nossa casa em Aïn Tarek. À noite, ela brilhava; juro, minha irmã, que havia luz nas suas folhas. Aïn Tarek fica só a alguns quilômetros daqui. Eu era um pouco mais nova que a minha filha, que Deus cuide dela e lhe dê o resto de meus dias. Eu me lembro da oliveira. Você pode ir e filmá-la, ela vai ser testemunha. Nosso vizinho Miloud a plantou quando éramos crianças, e eu e ele a regávamos juntos, dando-lhe nomes que faziam nossos corações rirem. No nosso vilarejo, outras pessoas cuidavam de gatos, cachorros, carneiros, mas nós tínhamos uma oliveira.

"Miloud tinha olhos amendoados, pretos e bonitos, como se tivesse saído de um filme indiano. Era moreno e, quando ria, tudo vibrava e tornava a ser como novo. Desde os meus cinco anos, parávamos perto da oliveira ao voltar da escola. Quando tudo aconteceu, eu tinha quase dezoito anos. Eu ainda via Miloud, que tinha crescido como a oliveira, mas só podia vê-lo à distância, Deus é testemunha de minha virtude. Eu temia o meu pai, que Deus guarde sua alma, e a minha mãe me vigiava como leite no fogão desde que o sangue escorrera entre minhas coxas e o vermelho do meu cabelo começara a atrair os homens. Digo isso sem vergonha alguma, porque há vinte anos tenho mantido minha boca fechada e meu cabelo escondido. Minha mãe espionava meus movimentos, de modo que Miloud parou de se aproximar de mim, ele sorria de longe, deixava doces e caixas de chocolate na porta de casa. Comprava fitas coloridas e as dava para as meninas da escola trazerem para mim, porque eu não podia mais sair. Eu era filha única e meu pai tinha medo até do sol na minha pele. Meu pai sabia, minha mãe sabia, o vilarejo de Aïn Tarek sabia, e devíamos nos casar.

"Miloud tinha dois tratores que alugava nas estações adequadas, sua casa ficava a duas ruas da nossa: morava com a mãe e dois irmãos mais novos, que também sorriam para mim à distância. Miloud agora só me via de longe, como se eu fosse uma lua. Às vezes eu acenava para ele pela janela, às vezes lhe mostrava meu cabelo, outras vezes o observava de longe como se ele fosse um dia no futuro; é assim que o tempo é para uma menina: um rio que corre muito lentamente. Mas todos sabiam, era uma história permitida pelas leis de Deus, pelo imã, pelo Alcorão e pelos meus pais. Nós íamos nos casar. A oliveira estava lá para nos tranquilizar. A oliveira não é como as outras árvores, ela tem só uma estação, não perde suas folhas. Suporta tanto o frio quanto o calor e está sempre verde. Por isso, acreditei nela e hoje ela pode testemunhar diante das câmeras.

"Não sabíamos nada sobre o que acontecia em outros lugares, nada sobre a guerra. Assistíamos à televisão como todo mundo no vilarejo de Aïn Tarek. Tudo acontecia na televisão: as pessoas que eram mortas, as pessoas que matavam, as pessoas que relatavam as histórias. Mas, fora da televisão, o céu era o mesmo, nada se movia em Aïn Tarek.

"Então, quando eles vieram, nós não vimos. Na primeira vez, chegaram pouco depois do meio-dia de uma sexta-feira. Minha mãe e eu ficamos surpresas com a voz forte que veio pelo alto-falante. Normalmente era o imã Hadj Lakhdar que pregava, um velho xeique que casava e enterrava pessoas com belos versos de Deus, mas naquela sexta-feira foi diferente. Era outono: eu me lembro bem, pois era a época da volta às aulas, as meninas passavam na frente da nossa casa a caminho da escola. Eram lindas, com laços coloridos no cabelo e aventais cor-de-rosa, e eu podia sentir seus passos na minha barriga como se eu já fosse a mãe delas, Deus é minha testemunha, minha irmã. Era uma sexta-feira, a segunda desde a retomada das aulas. A escola ficava duas ruas depois da oliveira, a mesquita, três ruas antes da oliveira, o café dos homens, sete ruas à esquerda da oliveira e a estrada para Ammi Moussa se estendia dez ruas à direita da oliveira. A oliveira é como o umbigo que segura minha filha em meu ventre. Ela indicava a direção do céu e da terra, as ruas, a noite e o dia, e guiava os forasteiros que chegavam a Aïn Tarek. Pergunte a ela. A voz uivante do povo da montanha contou uma história de um Deus irado, de homens, leis e honra. Entendemos o que ela queria: que as mulheres não andassem mais pelas ruas do vilarejo, a não ser seguindo os passos de um homem que seria seu guardião.

"Mais tarde, os terroristas passaram a vir quase todos os dias. Logo soubemos que eram eles os assassinos; tinham saído da televisão para aportar no nosso vilarejo. Eles baixaram várias leis: nada mais de mulheres nas ruas; na semana seguinte, fecharam a escola; na outra, muraram a prefeitura de Aïn Tarek, depois todo o resto. Ninguém entre nós falava nada.

As montanhas de Ouarsenis ficavam muito próximas e ouviam tudo, até mesmo o que um coração dizia a outro. Miloud passava horas perto da nossa casa, porque os homens tinham medo por nós, as mulheres, as virgens, as moças. Sentíamos isso. Meu pai dormia pouco, andando de um lado para o outro no nosso quintal. E eu podia ver o terror nos olhos da minha mãe. O demônio não nos deixava nem dormir nem acordar completamente. Ficávamos ali, entre o céu e a terra, entre as estações, como sombras inquietas, tudo era cinza. Exceto a oliveira.

"Quando eu tinha um tempo, entre as tarefas domésticas e a noite, ficava de olho na oliveira e nas suas folhas prateadas. Miloud amarrava panos e lenços nela. Desenhava no tronco e arrancava as ervas daninhas ao seu redor. Ele se encostava na cerca e fumava por horas. Olhava para minha janela, meus olhos, meus cabelos ruivos e me imaginava sem nunca conseguir me ver por mais de um ou dois minutos. Antes nós costumávamos rir dessa brincadeira, mas agora, nesses dias de terrorismo, eu lia outra coisa no seu rosto: ele também estava com medo. Seus dois irmãos tinham desaparecido e corriam rumores de que tinham se juntado aos maquis. Eu não sabia o que eram os maquis. Eram a montanha acima da nossa cabeça, o silêncio e os alto-falantes da mesquita que transmitiam sermões furiosos todas as noites. Os terroristas desciam ao vilarejo toda sexta-feira, falavam na mesquita e saíam depois de comer. No início, eles comiam como convidados, depois como maridos, depois como o Estado, depois exigiram levar nossas provisões. Assim, cada família se revezava para cozinhar para eles. Mas eu via que Miloud não aprovava isso. Havia milhares de palavras nos seus olhos; ele não dizia nada, acenando para mim com cansaço, fumando e pensando, do nascer ao pôr do sol. Seus dois tratores eram pouco usados, porque os fellahs trabalhavam pouco.

"Todos nós sabíamos: um dia, o povo da montanha iria pedir outra coisa. Ninguém falava disso, nem mesmo nós, mulheres, mas sabíamos. Então, um dia, Miloud decidiu se manifestar. Ele foi falar com os policiais de Ammi Moussa e contou tudo. E o povo da montanha ficou sabendo, porque aqui as montanhas ouvem com mais atenção do que as casamenteiras e as mulheres idosas.

"Eu me chamo Hamra, anote bem, e vou contar como virei uma terrorista, mas que nunca foi nem paga nem perdoada.

"Na sexta-feira seguinte, abri minha janela ao meio-dia. Miloud costumava vir se encostar na oliveira nesse horário, enquanto os homens iam rezar. Todos os dias, ele vinha e acenava para mim. Muitas vezes ríamos e conversávamos sem palavras, apenas movendo os lábios; todos no vilarejo sabiam, mas era uma história halal. Naquele dia, abri a janela. Miloud estava lá, perto da oliveira, como sempre fazia há anos.

"Ele não sorria, minha irmã, trazia os olhos fechados e fazia uma careta. Estava pintado de vermelho, como meus cabelos. Tinham-no degolado e pendurado na oliveira.

"Ah, irmã, anote isso, porque foi esse o dia do meu casamento, meu, Hamra, filha de Ouled Tarek do vilarejo de Aïn Tarek. Miloud usava um terno que eu não conhecia. Os terroristas talvez o tenham vestido com seu terno de casamento. Havia sangue na camisa branca, a língua para fora, como se ele fizesse careta para as meninas da escola, e estava cinza.

A oliveira era verde. O povo da montanha cortara sua garganta pela metade, para depois pendurá-lo.

"Naquela mesma noite, me tornei terrorista. Assim como num casamento, um cortejo veio me escoltar até a minha nova casa. Eu mal tinha completado dezoito anos. Ah, irmã, não era um cortejo longo, não havia gritos festivos, apenas homens armados. Foi a primeira vez que vi meu pai amarrado, de joelhos, chorando. Minha mãe rolava pelo chão, gritava, recebia pontapés, arrancava os cabelos e a razão.

"Não, tia, não chore, isso é coisa antiga. Ninguém deve chorar, eu sou uma terrorista.

"Então eles nos levaram. Nós, as seis virgens. Seis jovens, entre catorze e dezoito anos. Eu era a mais bonita, com meus cabelos que caíam em cascata sobre meus quadris e queimavam os olhos dos homens, minha pele morena e minha reputação de mulher feliz. Colocaram um saco na nossa cabeça e nos levaram para o casamento nas montanhas. Minha mãe insultava Deus, que Deus a perdoe, e meu pai chorava em silêncio, de joelhos, com as mãos amarradas nas costas. Dois anos depois, fiquei sabendo que ele havia morrido sem uma bala no coração, sem uma faca, sem sangramento, sem nada. Logo depois que me levaram, ele caiu de joelhos e morreu. Minha mãe enlouqueceu e morreu alguns meses depois, gritando meu nome verdadeiro e jogando pedras nas montanhas, que nunca lhe responderam.

"Meu nome é Hamra, agora você já sabe."

Faço um sim com a cabeça.

A menina está sentada ao meu lado, segurando minha mão.

*

"Dirigimos por horas e horas. Fomos em todas as direções, para a esquerda, para a direita, para baixo, para cima. Em um determinado momento, nos encontramos no meio de uma montanha, tiraram os sacos da nossa cabeça e choramos, as seis virgens de Aïn Tarek. Em meio a esse lamento, nossos futuros maridos riam e nos batiam. Então a estrada acabou e continuamos a pé por horas. Não havia mais nada: nenhum ser humano, nenhum animal. Era um caminho vazio, como se fosse dar na morte. O dia estava cinzento, mas o céu clareou e nos encontramos no coração de uma clareira, bem no alto. Havia buracos nas rochas, cobertos com folhas de zinco e lona encerada. As pessoas dos maquis viviam direto sobre a terra, com um fogareiro no chão. Havia de tudo, louças, utensílios de cozinha, mas tudo muito sujo. A terra se espalhava por todo lado, e seu gosto se sentia na boca quando se fazia uma refeição. Até as roupas eram sujas. Iríamos morar lá por dois anos. Você pode contar isso também.

"No primeiro dia, esperamos em pé, amarradas. Duas mulheres muito fortes, gigantes, vieram nos receber e explicar como seria a nossa nova vida. 'Esta é a lei de Deus', gritaram elas. 'Esta noite vocês vão se lavar, vestir roupas brancas e se maquiar, e finalmente vão se tornar mulheres, esposas.' Elas estavam vestidas como homens, com uniformes militares, e tinham armas. A mais jovem de nós ousou ameaçá-las: 'Nossos homens vão vir aqui e vocês vão ver só!', gritou, chorando. Então as duas guardas a arrastaram para o meio da clareira e, diante do olhar dos homens, que primeiro mostraram curiosidade e depois se divertiram, a amarraram no tronco de uma árvore. Açoitaram-na até que seu corpo ficasse coberto de sangue, até que não restasse uma única palavra na sua cabeça, nem um gemido na sua boca. Apenas sangue. Ela não disse mais nada, então nós trememos no lugar dela, que morreu no dia seguinte.

"Nós, as cinco virgens, tiritávamos. Fomos empurradas para dentro de uma caverna e nos deram até a noite para nos prepararmos. Havia três cavernas reservadas para diferentes funções: a primeira para suprimentos, a segunda para armas e a terceira para mulheres que iriam dar à luz. Nesta última, meninas jovens estavam deitadas em colchões no chão e bebês recém-nascidos choravam. Uma mulher idosa me recebeu. Ela tinha um aspecto estranhamente triste e distante, como se não vivesse mais no nosso mundo. Quando lhe perguntei sobre isso, ela respondeu: 'Ah, minha filha, o que você quer que eu faça? Olhe para essas moças, todas elas estão grávidas e têm de dar à luz aqui. Então, eu as ajudo, em nome de Deus. Foi Deus quem me chamou para ajudar essas infelizes'. Comecei a chorar ao ver as mulheres nas suas camas: eram tão jovens! Algumas tinham apenas treze ou catorze anos. 'Ah, mãe, o que vão fazer comigo aqui?', eu perguntava nos braços da idosa, que me consolava. 'O que você quer, minha filha? Este é o nosso destino. Eles vão casar você, é claro. Você é tão bonita! E seu cabelo é tão comprido, tão macio, tão brilhante!' Afastei-a de mim. 'Mas eu poderia fugir daqui, não?' Ela se mostrou desolada: 'Se desse para fugir daqui essas meninas já teriam feito isso antes de você'. Ficamos em silêncio. Lá fora, as árvores se moviam e o céu avançava para a noite. Mesmo correndo cem anos sem parar, não conseguiríamos passar por suas sombras gigantes.

"Ao anoitecer, os homens voltaram. Eram muitos, arrogantes e cheios de fúria. Eu os vi com seus fuzis, facões, punhais na cintura e botas militares pesadas. Viviam numas choupanas separadas, e as mulheres estavam divididas em dois grupos: virgens de um lado e mulheres com barrigas grandes ou bebês recém-nascidos do outro. 'O exército de Alá precisa ser numeroso e seus soldados devem se multiplicar', explicaram as guardas um dia. Então nos disseram que tínhamos de agradar aos homens em guerra por Deus, cozinhar e dar à luz. Nunca deveríamos levantar a voz, irmã. Nunca gritar, nunca chorar, nunca falar demais. Foi nessa noite que me lembrei pela última vez de mim mesma e do meu nome. Meu nome é Hamra, mas eu o esqueci enquanto chorava.

"Às vezes, o esquecimento é uma misericórdia de Alá, minha irmã.

"Ao longo dos dias seguintes recebemos outros nomes, mais modernos, como os das mulheres bonitas da televisão. As guardas nos trouxeram vestidos brancos, maquiagem e perfumes, e fomos obrigadas a nos lavar. No final do dia, na oração da Icha, nos perfumamos e nos colocaram enfileiradas na clareira. Era noite, e as árvores altas nos observavam como djins, porque era o dia do nosso casamento, dia que eu esperava desde os cinco anos de idade. Eu sabia que se me lembrasse da oliveira ou de Miloud, da minha mãe ou do meu pai, eu enlouqueceria; então decidi esquecer tudo. Eu disse às lembranças da minha vida anterior: 'Vão embora. Não fiquem em minha cabeça, meu nome não é mais Hamra'. E elas se foram.

"O Emir do grupo viu meus cabelos e apontou para mim. Eu me casei à força. Todo o maquis cheirava a cozinha, pratos raros, trouxeram até bolos. Lembro-me das mulheres cantando para os recém-nascidos dormirem.

"Durante dois anos, fui chamada de Houria. Meu marido era o líder da katiba, ele tinha mais de cinquenta anos. As outras quatro virgens também se casaram. Bastava pronunciar as seguintes palavras: 'Eu me caso com você, minha pessoa'. Depois cada um ia para uma choupana. No dia seguinte, os homens desciam até os vilarejos na encosta das montanhas, matavam e degolavam, depois voltavam cheios de dinheiro, comida, vestidos e perfumes.

"Eu tinha agora um outro nome, portanto não era mais eu. As outras virgens também. Vivemos assim por dois anos, minha irmã. Engravidei e minha barriga começou a inchar, ficou enorme, ia me engolir! E um dia dei à luz. Era um menino. Gritei, chorei e pensei no meu pai, mas eu não queria esse filho, coitadinho. Ele abriu os olhos para mim e eu desviei meu olhar para o céu para não o amamentar. Ele tinha o cheiro do pai, que era o chefe, a lei de Deus.

"Uma das outras quatro virgens não sobreviveu, porque cuspiu em um dos soldados de Deus. À noite, fomos tiradas, cambaleantes, de nossas choupanas, alinhadas com as mulheres mais velhas do maquis, e nos mostraram a menina do meu vilarejo antes de a degolarem, minha irmã. Com a cabeça virada para o oeste, como determinado pelo meu marido Emir, que, de noite, cheirava meus longos cabelos ruivos para adormecer.

"Então, um dia, os militares fizeram uma grande operação e o meu marido foi morto. Quando me informaram da sua morte, suspirei de alívio, mas logo me recompus, minha irmã, porque não se podia nunca demonstrar alegria. Meu marido morreu e, passada uma semana, me casaram novamente. Essa era a lei, lá em cima nas montanhas. Perto do céu, que ouvia as árvores altas, mas nunca a nós. Cozinhávamos, nos lavávamos, nos maquiávamos e esperávamos que os homens voltassem. Podíamos fugir? Impossível, com as guardas e os vigias. Para ir aonde? Fiquei grávida de novo logo depois, e para onde eu poderia ir com uma barriga maior que meu corpo? Então, no matagal cinza, esperávamos. Olhávamos o céu, lavávamos as roupas, varríamos. Não havia nada a fazer. Nem mesmo Deus subia tão alto, ali na montanha. Ficávamos em silêncio, mal podíamos sussurrar, então, além dos nossos nomes, esquecemos tudo, até mesmo o idioma, os gritos, os ruídos.

"Os dias eram sempre iguais, girando em círculo entre as cavernas, as choupanas e as árvores. Para onde ir, irmã? Como saber onde ficavam o alto, o baixo, a esquerda ou a direita? Estávamos perdidas, cercadas, e tínhamos de ficar caladas. Virgens foram degoladas por causa de um simples grito, acredite em mim, irmã. Outras as substituíram. E recebiam os nomes das mortas, os mesmos nomes. E seus vestidos. E seus perfumes. Ninguém sabia quem era a outra nem quem era aquela na frente do espelho. Ah, sim, Deus nos deu o esquecimento. E a cada dia eu me apagava um pouco mais. Como poderia pensar em Miloud e no seu terno de casamento, no meu pai baixando os olhos, na minha mãe aos prantos, no vilarejo e no próprio céu, que não ouvia nada? Como? Sim, Deus nos dá o esquecimento, que é a sua misericórdia, minha irmã.

"Não havia nada. Havia o fogo de lenha, os perfumes, a cozinha e o meu bebê, para quem eu não queria olhar e que morreu. Meu segundo marido também. Numa sexta-feira, ele não voltou da terra lá de baixo. Me deixaram em paz, porque eu já estava de barriga muito avantajada. Os homens decidiram esperar que eu desse à luz antes de me oferecerem a um terceiro soldado de Deus. Mas eu havia perdido meu nome, então tudo parecia um sonho, minha irmã. Minha barriga inchava, pesava e me imobilizava. Muitas vezes eu ficava sentada sem fazer nada embaixo das árvores gigantes.

"E foi isso que me salvou.

"Pois foi sem fazer nada que descobri que nos faziam engolir uns comprimidos havia meses. Com meus próprios olhos, vi as guardas dissolvendo as pílulas na nossa água e entendi por que havia esquecido tudo. Deus abriu meus olhos e abriu também os dele para mim e decidiu que eu tinha que me lembrar de tudo. Comecei a me recusar a comer ou beber. Vomitava o tempo todo e justificava dizendo que era por causa da gravidez, e os homens sussurravam com as guardas pelas minhas costas: eu estava arriscando a vida, minha irmã, porque a qualquer momento poderia ter minha garganta cortada. A vida lá é tênue como uma teia de aranha. Acho que eles decidiram me manter isolada: eu tinha envelhecido, minha barriga estava cheia e eu andava por aí vomitando por toda parte. Então Deus me enviou alguém.

"No começo, seu mensageiro não parecia grande coisa: um homenzinho moreno, sujo, com as mãos amarradas nas costas. Nunca reclamava quando os homens lhe batiam e ameaçavam arrancar seus dedos com um alicate. 'Se você fabricar, nós o libertamos', diziam a ele, mas ficava quieto e eles continuavam a bater nele. À noite, lhe davam o que comer e ele comia, às vezes, olhando para mim. Deus o havia enviado.

“Ele tinha entendido as palavras que saíam dos meus olhos. Mais tarde, passou, ousadamente, a acenar para mim de longe, como Miloud, a sorrir com os olhos como Miloud, e Miloud voltou à minha cabeça, porque eu já não engolia muita coisa contendo os comprimidos azuis deles. O prisioneiro sabia. Eu sabia que ele sabia. Nós nos esquadrinhávamos, eu com a minha barriga e ele com sua ideia secreta. Sua ideia inflava dentro da cabeça, como a minha barriga. Eu sabia. Ele sabia. Tudo ressoava dentro de mim: minha família, o vilarejo de Aïn Tarek, meu destino e meu casamento, que havia terminado em um milhão de pedaços. Todos espalhados por diferentes lugares: Miloud estava num canto, a oliveira em outro, o cortejo das seis virgens por último, com meus dois maridos e o filho que eu havia me recusado a amamentar.

“Pouco a pouco, tudo começou a tomar forma. Peça por peça. Pois o mensageiro de Deus era um fabricante de artifícios militares. Ele sabia como fazer bombas e o povo da montanha o havia sequestrado para isso. Queriam que fabricasse uma bomba para eles. No começo, resistiu, disse não, mas depois me viu e mudou de ideia. Enquanto minha barriga crescia, ele fabricava uma bomba. Quando os Emires e os homens voltavam à noite, eles o cercavam, o adulavam, lhe davam comida e conversavam com ele; ele fingia participar. Sua bomba crescia como a minha barriga.

“Então, um dia, aconteceu. Era verão, depois do Ramadã. Ele havia terminado seu trabalho por volta do meio-dia. O Emir do nosso grupo o parabenizou, acariciou sua nuca e esvaziou seu carregador nele. Vi sua cabeça explodir, manchando de sangue o tronco de uma árvore. Seu corpo fumegou em direção ao céu como um fogo mal apagado.

"Eu sabia, mas o que eu poderia fazer pelos outros? Eu tinha entendido tudo pela troca de olhares, sinais e risadas que trocávamos. Sem abrir a boca, ele tinha me contado tudo. Vi uma caixa de madeira grande, do tamanho de um baú de noiva, com pequenos frascos e fios coloridos. Pareciam aqueles arranjos de flores que se colocam no capô dos carros dos noivos. O atentado estava planejado para o dia seguinte, os terroristas só falavam nisso e pareciam muito satisfeitos, com seus dentes pretos e amarelos. Mas eu sabia. Quando a noite caiu, comecei a procurar a única coisa que poderia me salvar: botas masculinas. Encontrei algumas na caverna de suprimentos. As guardas já não se importavam muito comigo, pois eu tinha ficado velha e sem atração para os homens. Então, roubei as botas e fingi que estava dormindo.

"A noite chegou e então tudo explodiu.

"Houve um barulho como que vindo do inferno. Um som parecido com o fim do mundo. Um barulho que arranca seu coração do peito e o coloca na sua boca. Ele matou todos eles, ou quase. Meu Miloud havia programado a bomba para explodir na hora do jantar.

"Depois disso, eu fugi, minha irmã. No escuro, na floresta, na minha cabeça, apenas com meu nome, Hamra, que eu nunca mais deveria esquecer. Porque quando eu pensava nele, o caminho se clareava, a direção tomava forma com o vento. Mesmo no escuro da noite. Corri com minhas botas e minha barriga enorme. Eu estava grávida de nove meses. Corri e corri e, num determinado momento, me senti partida em duas: minhas águas romperam. Eu me agachei sob uma árvore nodosa. Foi lá que dei à luz, minha irmã, encostada naquela árvore. Sozinha na noite mais escura, no mundo mais desconhecido, com nada além dos meus gritos e das minhas mãos. Será que todos estavam mortos? Havia algum sobrevivente? Eu sabia que eles cortariam a minha garganta se me encontrassem. Procurei ao redor uma pedra e com ela cortei o cordão umbilical do bebê recém-nascido."

16

"O esquecimento é uma misericórdia. É a nossa força. Porque nem mesmo Deus pode com isso, irmã. Ah, não se ofenda. Eu amo a Deus e estou sujeita à Sua lei, mas aqui estamos só entre mulheres, não é? Lembre-se do meu primeiro nome, porque foi assim que consegui sobreviver, me lembrando dele. Na floresta, escura como um túmulo, eu gritei, chorei e me levantei sangrando. Depois veio o esquecimento. Foi Deus, sua misericórdia, sua grandeza, talvez, ou outra coisa. Mas aconteceu.

"Eu me vi na estrada, a mesma pela qual você chegou. Ela vem de longe, passa por Ammi Moussa, por Aïn Tarek, por aqui, pela minha cabeça. Antes do amanhecer, me encontrei sentada à beira da estrada, sangrando, mas não havia mais carros àquela hora, então esperei. Eu sabia que tinha esquecido alguma coisa. Eu sentia isso, passava as mãos pela barriga, mas não sabia o que era. Foi horrível: eu tinha algo na cabeça, mas não tinha mais minha cabeça... Eu andava em círculos, olhando para as montanhas que você vê lá fora, minha irmã, eu me arrastava, queria chorar, queria atirar pedras nelas, mas sem sucesso. Eu tinha esquecido alguma coisa importante. Andava cem metros em uma direção e depois voltava. O que era? E aquele sangue entre as minhas coxas? E aquela queimação na minha barriga? Fiquei com raiva de Deus e ergui os olhos para o céu distante para amaldiçoá-lo, mas o céu noturno estava tão bonito quanto um tecido caro e brilhante numa vitrine da cidade grande. Eu me perdi nele. Havia joias, coroas, flores douradas e buzinas, como em um casamento. Mas alguma coisa me puxava pela mão, ou pelo meu vestido rasgado. Eu queria entrar na loja do céu e olhar a vitrine, eu falava sozinha como uma louca, rindo e chorando por não ter sido convidada. Fiquei assim, deitada de costas na beira da estrada, escolhendo um enxoval de casamento e esperando os carros do meu cortejo. Lutava contra as lembranças ruins, enquanto o céu estrelado emitia cantos festivos na minha cabeça, e então o cortejo chegou. Pude senti-lo pelas vibrações do chão nas minhas costas. Também vi os faróis dos carros, minha irmã. Eles vieram me procurar, enquanto meu pai chorava de alegria, ajoelhado, e minha mãe dançava, feliz, embalada pelo coro das mulheres. O cortejo estava lá, uma porta se abriu e me levaram, eu, a noiva.

"Alguns homens começaram a me sacudir, me chamando como se eu estivesse num poço. 'De onde você veio? De onde você veio? Onde eles estão?', repetiam, e eu respondia: 'Da casa do meu pai, que chora de felicidade...'. Então, naquela magnífica noite de núpcias, um homem à minha frente, com sua lanterna acesa, gritou: 'Coronel Miloud, ela está sangrando, ela deu à luz, ela vai morrer'. Eu gritei."

17

“Eles encontraram minha filha, que tinha acabado de nascer. Ela estava embaixo de uma oliveira. Quando abriu seus lindos olhos para o meu rosto, me lembrei de mim mesma. Não sei como ela sobreviveu. Deve ter sido Deus em sua misericórdia. Ela não tinha sido devorada pelos lobos, não havia morrido de sede nem de fome. Simplesmente tinha ficado lá, embaixo dos arbustos onde eu a escondera para poder buscar socorro. Deus me perdoe, eu não podia correr pela floresta com todo o meu sangue e o peso dela. Deus me concedeu o esquecimento e foi o esquecimento que nos salvou, minha irmã. Foi o esquecimento, como um lençol sobre o meu ventre, como uma piedade, como o céu.

“Fomos levadas para o quartel e ali começou nossa segunda vida. Eles me explicaram que eu não deveria voltar para Aïn Tarek, pois o povo da montanha poderia vir se vingar. ‘Seu pai morreu logo que você partiu e sua mãe pouco tempo depois’, me disse um oficial do exército, que me aconselhou a seguir os procedimentos. E foi assim, minha irmã, que fui apelidada de ‘terrorista’ e me tornei uma. Passei a eles a localização do maquis, mas os soldados sofreram uma emboscada e fui acusada de ser cúmplice. Passei três anos na prisão, minha irmã, com a minha filha nos braços, e quando fui solta, virei para sempre uma terrorista. Não podia trabalhar nem mendigar meu pão, não podia encontrar um lugar para morar, não podia vagar sem parar. Foi o marido da minha tia, que está aqui, que me acolheu e lavou minha filha da vergonha. Ele nos alimenta e protege, a ela e a mim, e agradeço a Deus por viver em sua sombra.

"Meu nome é Hamra e confesso que às vezes tenho dúvidas se meu nome é esse mesmo. Um único rosto não é suficiente quando você teve várias vidas e várias mortes. É isso que eu quero, minha irmã: que você consiga direitos para nós, as mulheres violentadas, as grávidas sem pai, as acusadas, as terroristas, as sequestradas, as virgens perdidas... Hoje, só me resta uma honra: minha filha. Eu a ajudo a se preparar para o casamento e espero que ela seja feliz e tenha muitos filhos. Quero ir à festa e dançar sem derramar lágrimas. Vá e conte a minha história, pergunte à oliveira, às pedras, à estrada, e volte para me filmar. Quero viver até que a minha filha se case, e estou fazendo seu enxoval há anos; ela vai ter um longo cortejo e mil cantoras para fazê-la feliz. Às vezes, jovens bonitos passam por baixo das nossas janelas.

"Vá!"

18

Eu chorava.

Hamra fora degolada diante de seus próprios olhos alucinados. Ela também havia perdido a voz. Ela também sussurrava, com as cordas vocais rompidas. Você a ouviu, minha Huri? Ela também havia caído de um paraíso antigo mentiroso. Sua pobre voz e a minha eram a mesma na minha cabeça. E todas nós tivemos que gritar e nos fazer ouvir! Eu chorava e sentia raiva das minhas lágrimas!

As crianças pareciam quase pular ao meu lado e eu também me apressava, porque dessa vez queria ir até o fim, minha querida. Queria ir lá em cima, dar cabo do meu desejo de chegar à verdade por você e depois sair correndo desse vilarejo. Então partimos, minha beleza capaz de iluminar o universo com seu sorriso, de acordo com o Profeta. Dentro de mim, você era a única coisa que me fazia lembrar do meu objetivo: ele estava lá, na minha boca, como uma velha pergunta sem sabor para morder.

Subi até o fim do céu, até o alto da colina. Ouvia ao longe gritos indignados e protestos. Cheguei a um conjunto de casas que pareciam mais ricas e maiores. De longe, avistei a fonte das vibrações: uma construção muito grande, com uma enorme cúpula pintada de amarelo para imitar o ouro e a vida após a morte. Ficava perigosamente bem no alto da colina. Arcadas e pórticos revestidos de porcelana e dois andares perfurados por janelas ovais moldadas na forma de uma colmeia. A mesquita, faraônica, dominava o vilarejo, como se visasse receber os víveres e as oferendas dos fiéis que viviam aos seus pés de pedra. No alto de uma grande escadaria de mármore, na entrada, havia um símbolo. Porcelanas horríveis e cinza revestiam a parte inferior das paredes. Fiquei atônita, parada no meu caminho. Então percebi por que ela parecia tão familiar: o arquiteto havia reproduzido a mesquita de Jerusalém, El Qods, na língua estrangeira.

No alto de tudo, nesse universo insignificante, a grande cúpula devorava metade do céu e fazia com que as casas ao seu redor parecessem seixos aos pés de uma divindade empolada. Uma multidão, vestida em mil tons de branco, gritava em torno de um homem alto e magro que usava uma djellaba imaculada feito uma nuvem. Ele segurava um alto-falante e levantava o outro braço como se quisesse transmitir serenidade. "Acalmem-se, meus irmãos, isso é fitna, e fitna é pior do que assassinato, disse Deus." A multidão estava furiosa com esse homem, que me parecia ser o imã, empoleirado nos primeiros degraus da vasta escadaria de alabastro que levava à boca beiçuda da mesquita Ciclope. Quando olhei ainda mais para cima, vi um grande minarete inacabado, retorcido em um esqueleto de andaimes. "Desconfiem do diabo e seus rumores. Nunca vendi carne de burro para ninguém e Deus é minha testemunha!", repetiu o xeique, e sua mão livre apontou para a cúpula. "Vocês me conhecem, sou seu imã há anos e, se Deus me emprestou riqueza e dinheiro, foi para compartilhá-los com os mais pobres entre nós. Aqui, somente vocês, Deus e seu Profeta zelam por nós e nos guiam. Comerei apenas o que vocês comem e alimentarei meu filho apenas com o que é abençoado por Deus e seu Profeta."

Sua voz, com uma profunda doçura que parecia mesclar verdade, beleza e reprovação, saía das profundezas do seu charme generoso. Da distância em que me encontrava, eu só conseguia imaginar seu rosto. De acordo com a promessa implícita nessa voz, ele era um anjo com ombros poderosos, asas protetoras, uma barba embranquecida por uma sabedoria complexa e um corpo cujas proporções seguiam todos os cânones do paraíso e os hadiths. "Esta é a voz do diabo sussurrando nos seus ouvidos, meus irmãos na fé. Voltem para suas casas. Recitem os nomes de Deus e comam aquilo que sacrificaram para Ele", dizia o imã, mas a beleza de suas cordas vocais às vezes se perdia em meio ao metal ressecado do aparelho defeituoso que ele balançava de vez em quando, como pude perceber pelos seus movimentos.

A multidão, que estava de costas para mim, se afastou. Alguns protestos foram ouvidos, mas logo reprimidos. Mantendo-se fiel ao seu papel, o imã deu início à antiga oração que normalmente sinalizava o fim das grandes orações, quando a pequena Rab'ha gritou.

Ela cometeu a seguinte imprudência, levada por sua juventude e seu zelo. "Ela é jornalista, está aqui para contar a nossa história!" Sua voz fina irrompeu entre dois versos. Ao mesmo tempo que a multidão se acalmara, a mesquita se inclinou com seus quarenta olhos. O imã, encoberto pela distância, ficou na ponta dos pés. "Ela está aqui!", repetiu a menina do vestido verde e dourado de borboleta. Juro que a cúpula, com seu falso dourado, se moveu como uma careca ao sol. E me reconheceram.

19

Mais tarde, o imã me disse que Alá havia me salvado, e era dele próprio que estava falando. Os imãs se referem a si mesmos dessa forma, escolhendo entre os noventa e nove nomes de Alá, minha Huri dos olhos encantadores. Acho que o que salvou a mim e a você, naquela jornada que durou mil anos como uma noite sagrada, foi minha audácia.

Quando a multidão se voltou para mim, curiosa, surpresa e nua em sua raiva, não hesitei nem por um momento. Aquela aglomeração era uma dádiva. O que de melhor eu poderia esperar para que você conheça a verdade? Fazê-los se perfilar diante de você e contar sobre a noite de 31 de dezembro de 1999, em que perdi a minha irmã, o amor e o calor estival no meu sangue. E lá eu via, na alegria dessa oportunidade e sob os quarenta olhos da mesquita, uma centena de homens, vestidos de branco, reunidos em torno da grave questão da carne halal ou haram. Eu tinha a possibilidade de pegar o alto-falante brandido pelo xeique e exigir que todos ouvissem o meu testemunho, me reconhecessem, validassem aquela noite que até hoje proíbe o dia de existir em mim. Eu sabia que nunca mais teria outra oportunidade como essa. Nesse vilarejo deserto, todos os homens estavam reunidos no mesmo lugar. Todas as mulheres ouviam atrás das paredes, e todas as crianças tinham trinta e três anos de idade, como todos os habitantes desse lugar, como os fiéis, recompensados e eternos no paraíso. Minha respiração de moribunda, minha cânula, minha vozinha de pato finalmente seriam ouvidas.

Aquela sua história de carne sacrificial de origem duvidosa havia deixado na única estrada algumas cabeças repugnantes que, como esse bando de crianças, me perseguiam, rolando, subindo a ladeira com suas leis absurdas.

20

Quando a multidão se voltou para mim, caminhei sem baixar a cabeça e sem o lenço sobre meu sorriso monstruoso. Minha grande cânula exposta, acima de mil frases, como um diadema estúpido era uma fonte de orgulho nesse lugar que reavivava a memória de mim mesma. Corri em direção ao imã, surpreso em meio à sua pregação, e quando ele abriu a boca para retomar a palavra, agarrei seu alto-falante e me coloquei diante da multidão, que se aproximava de mim como uma onda. Mas, no meio da agitação, subitamente me desequilibraram, fui puxada escadaria abaixo por milhares de mãos; vozes protestavam e se escandalizavam em meio à confusão de roupas brancas. "Eu sou L'bia, filha de Khaled Adjama e..." Eu gritava, a boca colada no alto-falante. E nesse vilarejo acostumado ao silêncio absoluto, ouviu-se um longo assobio. Ele se espalhou, com palavras, é claro, mas também como algo indecente para seus ouvidos, ou uma terrível lembrança antiga. Essa lembrança os esquartelou e despedaçou.

Os homens das primeiras fileiras se lançaram sobre mim e tentaram me arrancar o alto-falante. Eu ouvi: "Uma mulher não deve falar aqui. Está ouvindo? Uma mulher de boa família fica com sua própria gente!". "Você não tem um homem para cuidar de você?", gritou uma voz no meio da multidão, enquanto uma mão me puxava para a entrada da mesquita gigante. "Quem a enviou para a fitna, quem a enviou para nos dividir?" A voz do imã, sem milagres, mas não sem beleza, afligida pela impiedade das criaturas, chegou aos meus ouvidos. "Cale a boca! Uma mulher não deve levantar a voz na frente dos homens!", gritou outra voz. Aquelas pessoas, reunidas para discutir o sabor de uma carne duvidosa, estavam com medo de ouvir a voz de uma mulher na sombra da mesquita; elas não perceberam que eu nem tinha mais voz! Que eu tinha vindo até aqui, até eles, até o meu lugar, justamente para que você ouvisse esses pobres idiotas com ar de ofendidos. "Cale a boca!", eles gritavam. Mas eu sou muda há vinte e um anos, não sou? Neste país onde você insiste em vir respirar, viver e contar os dias, uma mulher não tem o direito de orar em voz alta. Ela não pode fazer com que seus soluços sejam ouvidos durante o luto, nem seus saltos na calçada, ela não pode cantar ou pregar em uma mesquita. Porque nossa voz, minha antiga lua, é composta pelo grito abafado do prazer e pelo grito logo esquecido do parto. Dois momentos em que os homens estão nus dentro de nós ou em cima de nós. Nossa bela voz sempre vai se elevar em meio à vergonha dos homens.

Eles então se lançaram sobre mim para me tirar o que eu já tinha perdido vinte e um anos antes, bem ali, diante dos olhos de todos, atrás da primeira montanha ao leste.

"Foi Deus quem a salvou", me disse mais tarde o xeique de rosto afiado. Tínhamos nos refugiado na pequena sala de estudos, onde os imãs costumam preparar seus sermões ou ouvir as perguntas embaraçosas de homens arrependidos em relação a sua sexualidade ou sobre direitos de herança. Vários livros dourados com encadernação imitando couro, como um exército, capturavam a luz que ainda restava do dia no lado de fora. "É Deus e seu Profeta. Essas pobres pessoas estão sendo manipuladas por causa de umas cabeças de burro." Sua bela voz se revelou então no seu corpo, o mesmo que a refutava.

21

Eu olhava para aquele homem comprido, magro e barbudo, com o rosto emaciado e olhos negros grandes e atentos. Ele ainda vestia a djellaba branca comprida que usava durante as pregações acaloradas. A porta da sala estava aberta, com dois homens parados respeitosamente na soleira. Será que temiam a irrupção da multidão que eu podia ver do lado de fora, pisoteando? "Ah, sim, minha filha! O que você fez foi perigoso; as multidões são imprevisíveis, irmã. Eles poderiam ter matado você, Deus nos livre disso." Sua voz calorosa me arrancou da claraboia através da qual chegavam as provas de vida do vilarejo, com suas vozes diminuídas. Ele me encarou, mal escondendo sua preocupação: "Você não é jornalista, é?". Fiquei em silêncio, dominada pela vaga sensação de um sonho ruim. Memórias esmigalhadas de gritos e mãos malignas me empurrando em direção à entrada da mesquita, uma grande porta de madeira com arabescos de cobre. Mesmo em meio ao medo que sentia, essa porta, esculpida como uma exposição de joias no peito de uma mulher, me parecia indecente naquele mísero local. "Eles se sentiram insultados, entende, irmã?"

Aquela bela voz me perturbava. Se eu fechasse os olhos, podia imaginar mil rostos de atores de cinema, homens sobre cavalos brancos, murmúrios e explicações antigas que resolviam tudo. Mas assim que os dirigia ao xeique, o milagre cessava. Com sua longa barba noturna, seu rosto trazia os sinais de uma maldição. O tipo de maldição que se adquire quando se olha para onde não se deve olhar em seu próprio sangue. O contraste entre sua voz suave e suas feições afiadas era enervante. Estaria o xeique talvez representando, minha Huri? Eu estava quase me perdendo nele e seus olhos pareciam me encorajar. Então me dei conta do que se destacava: a cor da sua barba, afiada como uma lâmina. Um preto incompreensível, absoluto, inconcebível, dada a sua idade e as olheiras que marcavam seus olhos. O xeique devia ter cerca de cinquenta anos. Essa cor é a número um na paleta do meu salão de beleza! Um preto puro, sem nuanças. Para obter essa cor perfeita, ele devia tingir a barba regularmente. O contraste com o branco de suas roupas era fascinante, como a ambiguidade ou o medo. "A história da carne de burro neste dia desperta neles a vergonha e a raiva, minha irmã. São pessoas pobres e orgulhosas, como você vê. Aquelas cabeças foram encontradas esta manhã e muitos deles não querem mais comer a carne que compraram ontem no meu açougue." Fiquei olhando para ele, um pouco confusa, e ele, por sua vez, examinou meu "sorriso" como se fosse uma moeda rara. Um lampejo de luz cruzou seus olhos, como se eu preenchesse um raciocínio dele mesmo. "Você poderia ter morrido, irmã. Quer beber água? Ou comer? Minha esposa pode lhe preparar alguma coisa. Você é hóspede de Deus na casa dela." Seus olhos então se fixaram na minha calça jeans e nos meus cabelos desgrenhados, e ele se afastou um pouco para marcar distância.

O xeique refletiu sobre algo consigo mesmo e depois voltou à superfície, como que irritado. Do lado de fora, o barulho diminuíra e o tumulto que eu quase tinha causado deu lugar ao silêncio que havia me recebido uma hora antes. Na casa de Deus, você flutuava, fruto proibido, escondida entre a carne e os livros dourados, fugitiva do Éden. Por um momento, pensei em Aïssa e no seu ciúme de Abu Hurayra, o companheiro do Profeta que retransmitiu seus ditos por milhares de vezes tendo-o, no entanto, frequentado por apenas alguns meses. "Um homem não pode se isolar com uma mulher desconhecida que não seja sua filha, sua irmã ou sua mãe." O xeique fez um gesto com o queixo na direção de seus auxiliares que estavam na porta. "Você vai descansar um pouco e depois decidiremos quando poderá sair. Você não pode sair agora, eles ainda estão agitados. São pessoas do bem, mas essa história, a falta de dinheiro, a vergonha, o diabo e os ciúmes, tudo isso os faz sofrer. Este não é um vilarejo rico." Este local, no entanto, transbordava de douramentos nas grandes coleções de hadiths. Esses veios brilhantes corriam pelas prateleiras, até a cúpula, e transbordavam como hera nas capas dos Alcorões, que eram incontáveis nesse pequeno recinto. Em seguida, os riachos de ouro fino escorriam pelas cortinas vermelhas e se perdiam na lã ocre do tapete, antes de jorrar novamente nos lustres no teto.

"Volto já", disse a voz benevolente, escondida naquele corpo magro e na sua barba falsa. O xeique se levantou rápido e saiu, me deixando sozinha. Lá fora, a multidão ainda vibrava, distante. Eu ouvia principalmente a voz característica do xeique, que imaginei então ter retornado ao alto da escadaria. A conversação ali se arrastava, parava por um momento e depois recomeçava. O que eu havia feito para ser tratada como um escândalo pior do que a morte nesse vilarejo onde eu mesma tinha nascido e tinha morrido? Seria a minha calça? Meu cabelo? Minha tentativa de falar entre os homens? Será que eles temiam ter sua história contada e exposta? Ou odiavam o nome da minha família?

O dia, próximo do fim, ameaçava se fechar sobre mim. Eu nunca tinha ido tão longe nos meus sonhos, nem tão imprudentemente em um lugar desconhecido. Me afoguei de repente num cansaço poderoso. Talvez por causa da maciez do tapete preto e cor de sangue e da luz fraca, ou por causa da total falta de sentido que minha presença ali adquirira, acabei por me deitar e tentar dormir. Meu corpo me pediu para esquecer tudo dentro de mim, até mesmo a sua presença, minha Huri.

O imã de barba pintada voltou meia hora depois com leite, tâmaras e um véu em sua embalagem transparente. Percebi que ele não me deixaria sair daquele lugar. "Esta é casa de Alá, aqui ninguém a importunará. Mas não saia da mesquita. Amanhã, Deus abrirá o caminho para você e você voltará para sua casa. De que cidade você vem? Argel?" Respondi com a cabeça que não. E minha voz morta disse então "Orã", e ele se inclinou na minha direção para entender o meu sopro lastimável. Seus olhos a ativeram à minha garganta escancarada. Será que ele estava preocupado? Não. Parecia, mais, intrigado, porém distante. Era raro alguém chegar tão perto da minha traqueia sem se inclinar em direção a ela. O xeique ficou parado, perto, como um domador de leões. Pediu desculpas mais uma vez. "Eu volto", disse ele, subitamente iluminado por uma ideia. Será que eu deveria ter decifrado os sinais que se alinhavam debaixo do meu nariz naquele momento, minha Huri alojada numa tenda de esmeraldas no paraíso de Alá? Ainda estava em choque, presa às imagens da multidão que rugia e das mãos que me afastavam. Será que eu deveria ter reconhecido o que a minha língua interior e as sábias dourações dali deixavam entrever? Sim. Mas sou uma mulher escoriada, meu anjo, e as palavras deslizam para fora sem que eu possa controlar seu fluxo. Sou uma cabeça oscilante encaixada num torso, mal costurada pelo resto de minha vida, entende? De pé naqueles degraus pretensiosos, tentei fazer com que as pessoas do meu vilarejo natal confirmassem minha história. Que testemunhassem em meu favor, contra você, nesse tribunal empoeirado.

Eu confesso.

Com meu murmurar eterno, eu tinha exclamado: "Sou a filha dos Adjama! Eu sou a filha dos Adjama!". Mas era apenas um sussurro. Ninguém parecia ter ouvido, nem mesmo se lembrar de nós, minha irmã, minha mãe, meu pai. Em meio à pressão daquelas mil mãos, os mil mortos do 31 de dezembro de 1999 também foram pisoteados, passaram por cima deles, tiveram seus cabelos puxados e foram rechaçados. Talvez esses sobreviventes miseráveis se recusassem a que seus mortos retomassem a palavra por meio do corte na minha garganta. Essa história toda dos burros lhes permitiu, mais do que tudo, brincar de esconde-esconde com seus próprios fantasmas.

22

Uma sacola com um véu preto dentro estava entre mim e ele. “Você diz que é filha dos Adjama?”, especulou o imã. Assenti com a cabeça. “Sabe, minha filha, nomes de família não significam nada aqui. Todo mundo escolhe o que quiser usar a cada manhã ou quase.” Ele fingiu estar afundado em um oceano de palavras a serem escolhidas para mim. “Você diz que é daqui, de Had Chekala?” Respondi que sim de novo, ainda surpresa com sua frase anterior. Num canto da sala, um bebê respirava pesadamente em sua cesta de panos brancos e azuis. Nesse momento, senti você se agitar como um país profundo, subir à superfície da minha cânula, enfiar através dela sua cabecinha e se debruçar sobre o berço da criança.

Pouco antes, na minha língua interior, com a minha voz erudita que só você pode ouvir, eu lhe tinha lembrado da lei religiosa: “Um homem não pode se isolar com uma mulher estrangeira sem que o diabo seja seu cúmplice”. Percebendo meu desconforto, o imã-faca encontrou uma solução para me tranquilizar. Depois da oração do crepúsculo, ele voltou à sala trazendo numa das mãos um prato de tripas cozidas por sua esposa, segundo disse, e na outra o berço de um recém-nascido. Ele havia voltado com seu filho! “Seu nome é Ismaïl. Como o ancestral de todos nós, muçulmanos." A criança estava dormindo. Resisti ao impulso de tocá-la, de me debruçar sobre ela. Para encontrar ali os seus possíveis traços? Sim.

"Você deve saber, minha irmã, que os nomes não têm importância aqui." Continuei desconfiada, criando hipóteses para explicar esse enigma. "Em Had Chekala, você pode escolher o nome que quiser, minha irmã, não é como no resto do país. Então você está dizendo que tem família aqui?" Aquiesci, insistindo com o olhar firme de uma mulher que não cresceu sob o controle de nenhum homem. O xeique encolheu os ombros e acariciou a barba, em um gesto que seus colegas gostam de imitar simulando sabedoria. "Aqui em Had Chekala, as pessoas vivem dizendo que são todas da mesma família. Todos nós descendemos das montanhas. Muitas pessoas morreram aqui. Não é?" Seu olhar zombava da minha pose de mulher forte e ele decidiu ir direto ao assunto. Achei essa confrontação bastante perturbadora, mas estranhamente necessária. "Saiba, minha irmã, que as pessoas daqui não querem se lembrar do passado. E você aparece com... essa roupa e seus cabelos à mostra, irmã, e isso é um insulto à dignidade. Depois, ainda quis usar da palavra num momento em que eles estavam perturbados com a fitna por conta dessa história dos burros. Alguns deles, minha irmã, queriam até mesmo atacar a Casa de Deus e a mim como imã deste vilarejo!" Seu tom de voz aumentou, atingindo um nível de tristeza que ele esperava que fosse divino e um tom de lamentação que, sem que eu quisesse, me comoveu. Aquela voz era o demônio! "Mas o que você queria dizer a eles, minha irmã?"

O xeique esperou ostensivamente por minha resposta; ele sabia, no entanto, o quanto sua pergunta era absurda. Mais do que meus olhos verdes e dourados, que ele evitava, minha cânula o aspirava em um momento ou outro, como acontece com todos os homens, mas ele parecia ser um bom lutador. Manteve-se à distância, tomando cuidado para não se aproximar demais com perguntas bruscas. Eu também lutava, buscando resistir às suas palavras melosas. Me sentia aspirada pela sua voz, que imitava consolo, reparação íntima.

O xeique ficou em silêncio, calculadamente, batendo o pé de leve no tapete avermelhado. Pigarreou e voltou à carga com mil palavras escondidas em apenas dez. O que ele queria? Como eu poderia ter adivinhado, minha Huri? "Não há nomes reais aqui, apenas umas vidas miseráveis. Você entende isso, não entende? Algumas pessoas não gostam de mim, irmã, porque venho de outro lugar. De Tiaret, após a morte da minha família. Você não é jornalista, certo?" Ele estava visivelmente preocupado, mas eu o tranquilizei com um movimento do rosto: "Sou o único que sobrou. Meu pai, um negociante de animais, morreu talvez de tristeza e meu irmão desapareceu. Cheguei pobre e exposto, com o livro de Deus em meu coração e o desejo de reviver a voz de seu Profeta, que a salvação esteja com Ele, neste vilarejo martirizado. Ah, como eles sofreram aqui. Eles não sabem mais distinguir entre o bem e o mal, o halal e o haram. O diabo os guia e os desvia com sua voz. Sabia, minha irmã, que o imã anterior foi expulso a pedradas durante um Ramadã?".

Ergui uma sobrancelha, interessada, e ele continuou, empolgado: "Ele havia calculado que a direção exata para o leste, na direção sagrada de Meca, diferia em alguns graus da direção estabelecida pelos antigos imãs. Então, teve a infeliz ideia de redirecionar os tapetes no chão da mesquita para alinhar melhor as fileiras de fiéis durante as orações coletivas e, dessa forma, causou uma fitna. Metade dos fiéis rezava um pouco para o norte e a outra metade um pouco para o sul. Acabou em sangue, pedradas e ameaças, minha irmã. Essas pessoas são pobres e, acima de tudo, sentem vergonha de si mesmas".

Ele baixou os olhos para me deixar digerir melhor esse mistério. Seus olhos espertos me escrutinavam. Ele acariciava às vezes a testa do bebê adormecido, como se quisesse verificar se continuava vivo. A pequena sacola com o pano preto traçava uma fronteira entre nós dois. "Vergonha, sim, irmã. Mas Deus os cura pouco a pouco. Sou filho de um criador de carneiros, mas estudei na mesquita de nosso vilarejo, perto de Tiaret. Venho de Oued Lilli. Depois houve a fitna no país. Meu irmão foi pego e levado para a prisão, segundo alguns. De acordo com outros, ele ainda vive nas montanhas e se recusa a entregar suas armas. Vim para cá depois que tudo foi tirado de nós em Tiaret. Os fazendeiros me conhecem, eu comprava seu gado e o vendia, até conseguir abrir o meu açougue e multiplicar meus rebanhos lá nas montanhas. Mas, minha irmã, o coração é invejoso. Algumas pessoas deste vilarejo são invejosas e me caluniam. Foi assim que surgiu essa história de cabeças de burro. Eles me acusam de vender carne de burro! Antes eram apenas rumores, mas neste ano encontraram cabeças de burro em nossas ruas e perto da minha mesquita! O que essas pessoas sabem sobre isso, irmã? Elas mentem como os irmãos de Youssef, que Deus o saúde. Elas estão cegas. Com a ajuda de Deus, vendi carne com prejuízo. Também dei um pouco para as pessoas mais pobres, e são elas que estão me caluniando hoje."

Sua história parecia exagerada, como um pombo emparedado batendo as asas contra o teto. "Não é o vilarejo inteiro!", corrigiu o xeique. "Ainda há corações sensíveis na terra de Alá, pessoas de boa vontade, fiéis ao Profeta. Mas a inveja criou a fitna. Eles podem vir atacar você a pedradas também, minha irmã, porque a raiva e a vergonha cegam as pessoas. Alguns ainda estão sentados à porta da mesquita."

Essa foi sua primeira tarefa: espalhar a tinta do medo.

E ele foi bem-sucedido.

Porque, embora a tentação fosse grande, eu não conseguia me ver saindo e correndo pela rua para pegar um táxi — não devia passar mais do que um por mês aqui. Foi então que percebi a armadilha em que havia caído e que estava se fechando sobre mim. Eu não podia gritar, nem ligar para a minha mãe ou avisar quem quer que fosse. Talvez eu também fosse acabar como um burro decapitado. Olhei para o teto da pequena sala, com seus arabescos dourados e sua claraboia das *Mil e uma noites*. O xeique disse: "Esta mesquita, irmã, eu financiei com meu próprio dinheiro e o de alguns doadores". Pensei no enorme ventre dourado onde estávamos, sob aquela cúpula inchada como uma mulher grávida, com a pele decorada com 10 mil tatuagens. A mesquita parecia grotesca naquele vilarejo indigente. Seu luxo dava a impressão de que ela havia atraído todas as oferendas e todo o dinheiro do mundo para devorá-los como um suntuoso banquete. "Eu a paguei e a construí pouco a pouco", continuou o xeique, observando seu filho pelo canto do olho. "Mas agora falta dinheiro para concluir o minarete. E eles acham que estou vendendo carne de burro para lhes arrancar suas parcas fortunas!" Sua voz, que se impunha de forma mais poderosa que seu corpo, vacilou e assumiu uma tristeza infinita, como a de um Deus traído.

Eu estava tão cansada, minha Huri. Foi isso que embotou minha vigilância e me fez perder o rumo. Aquela voz me conduzia a um labirinto. "Veja, minha irmã, quando você tentou pegar o alto-falante de mim, foi como se Deus a tivesse enviado do céu neste dia de Eid. Isso é evidente, é a vontade e o sinal de Deus. Eles seriam capazes de me matar ou me degolar, mas Deus preferiu um milagre a um crime." Ele me olhava com o interesse que se tem por uma oferenda. Eu não conseguia acreditar que mais uma vez estava sendo vista como um sacrifício, um milagre ou uma ovelha alada. Será que Deus estava zombando de mim ou era minha irmã que estava virando a história da minha vida contra mim? Será que ela estava lá, nas montanhas, à espreita, me vigiando?

"Não me leve a mal, irmã, mas você vai ficar aqui esta noite. Você pode comer, dormir e se lavar. E amanhã certamente encontraremos um táxi para você ao nascer do sol, antes que os moradores acordem. Você precisa voltar para casa, aqui não encontrará nada. Dezenas de pessoas têm o mesmo sobrenome que o seu. Não quer dizer nada. Nomes e sobrenomes não significam nada, acredite em mim. Não fique aqui." Sua mão acariciou o pequeno pacote. Então eu entendi. Respondi à sua outra voz, calculista, camuflada na sua voz externa, e repeti com a minha respiração intratável: "Sou a filha de H'med Adjama". Eu queria que ele aceitasse isso. Queria que ele admitisse que eu tinha vindo por outro motivo que não a ridícula história da carne de burro que desperdiçava o que ainda restava de sentido neste vilarejo sem futuro. Mas acho que ele sabia disso desde o começo.

A faca então silenciou. Em seguida, ele se enfiou nos seus pensamentos, assim como se enfia a ponta de uma lâmina na madeira ou no solo. O xeique relutou em sair da sua velha bainha, produzida no ofício de versos e pregações. Eu deveria ter entendido. Eu quis enfrentá-lo, na casa dele, em vez de abrir os olhos. Então, à medida que o dia se escondia atrás das montanhas, sua voz sentiu minha cicatriz e ele decidiu acionar uma outra alavanca. "Veja, irmã, eles sofrem com isso e não admitem que falemos a respeito no lugar deles. Qual é o sentido de ficar remoendo o passado? Apenas para mergulhar os corações na tristeza e abrir as portas para o demônio. O Profeta aconselhava apertar bem as fileiras durante as orações coletivas, para não deixar nenhuma brecha para o demônio entre um dedo do pé e o do vizinho, um ombro e o do vizinho. Portanto, veja, minha irmã, quando alguém chega aqui para abrir feridas, isso não ajuda e você só abre as suas próprias. Isso só serve para provocar guerra e divisão. Aqui, todos nós erramos e todos nós acertamos. Deus perdoou tudo e não devemos dar ouvidos ao Maldito remexendo na terra dos mortos."

A lâmina da faca ricocheteou na minha cânula, ignorando a minha dor. Ela insistiu em gravar uma mensagem com sua ponta. "Aqui, somos todos inocentes ou todos culpados. Eu perdi um irmão no maquis, veja você, irmã. Deus decide. Você deve conhecer essa história, não é? Aqui, somos todos iguais perante a morte e perante Deus e seu Profeta. Todos nós fechamos os olhos." A faca permaneceu erguida na penumbra.

Eu achava que tinha vencido, mas, nesse momento, a ponta tocou algo dentro de mim, minha Huri. A lâmina criou um corte que atingiu a dureza da minha pedra negra. Sustentei o olhar sombrio do xeique.

Então tive vontade de me levantar, fugir, descer até o vilarejo e bater nas portas. Mas isso era apenas um sonho para acalmar meu medo crescente, pois eu começava a suspeitar do significado do que ele dizia. Ou talvez tenha sido você, na noite do meu sangue, quem captou os silêncios dele? Tinha que haver um traço do nosso sobrenome aqui, eu tinha certeza disso, apesar das observações equivocadas do xeique sobre nomes e sobrenomes. "Aqui a verdade é difícil, essas pessoas têm vergonha, e você sabe por que, irmã? Elas têm vergonha porque não sabem mais nada! Não sabem de onde vêm, quem são, quem é filho de quem e quem é mãe de quem. É um vilarejo amaldiçoado. Sabe, houve dezenas e dezenas de mortes há vinte anos por causa da fitna e do demônio, irmã."

A faca se aproximava da minha garganta e eu nadava em seu brilho, cinzelado como um verso. O imã sabia que aquele era um duelo perigoso para ele também. "Quem não matou aqui? Quem não morreu? Todos eles, minha irmã, têm sangue nas mãos e nas veias. As pessoas se envergonham porque acreditam que não têm direito à vida, e isso certamente é verdade. As pessoas que sobreviveram a seus entes queridos não o mereciam. É um presente de Deus do qual eles não são dignos, não é?" A faca aumentou sua pressão sobre a minha veia. "Talvez eles tenham sido cúmplices dos assassinos. Ou talvez tenham fugido, abandonando seus parentes. Alguns roubaram seus dias de seus próprios mortos, não foi? Veja, minha irmã, eles estão envergonhados e de nada serve lembrá-los disso. Cabe a Deus nos julgar e é por isso que esperamos o Juízo Final e o aguardamos com a oração. Se é uma verdadeira Adjama e não alguém que quer se passar por filha dessa família, você precisa saber disso. Houve uma tragédia, minha irmã, e alguns se esconderam, outros fugiram, alguns mentiram, e ninguém pode culpá-los por estarem envergonhados hoje. Portanto, é melhor pagar neste mundo e chegar inocente no outro. Se os ouvirmos aqui, eles dirão que ninguém merece viver, e não estarão errados. Isso é tudo o que lhes resta: este vilarejo e o esquecimento. O esquecimento é a misericórdia de Deus. Sua grande piedade por nós, suas criaturas."

23

Noite de 20 de junho, em um galpão

É uma noite imensa. As altas montanhas também estão perdidas nela. É isso que bagunça o tempo nessa história. Na mesquita gigante, há algumas horas, eu estava sob a faca e sua lei. Agora, neste galpão sem telhado no meio da noite densa, estou amarrada. Foi o homem magro e inquietante que me trancou aqui. Ele andou para cima e para baixo na casa da fazenda em ruínas antes de se decidir. Depois, desceu correndo. O vilarejo fica logo abaixo no caminho escuro. Ele foi lá para nos denunciar? Para decidir nosso destino? Ele chegará em quinze minutos na curva do riacho falsamente morto. Ele foi avisar seu irmão, eu sei disso agora, minha querida. "Eu sei cortar gargantas melhor do que ele! Não? Eu sou o favorito do meu pai!", ele proclamou se embrenhando na noite.

Ah, minha filha, que segredo de ciúme entre dois irmãos nós descobrimos vindo a este Lugar Morto?

24

20 de junho, 20h

O imã conseguiu identificar a veia jugular direita e logo fez o primeiro corte. Foi meu nome que sangrou primeiro. "Quando eles fugiram do massacre, minha irmã, que deve conhecer essa história se você for uma verdadeira Adjama, houve medo. Centenas de pessoas vindas das montanhas chegaram ao vilarejo nos dias que se seguiram. Todos temiam por suas vidas e buscavam refúgio ou comida, mas não só isso. O coração é ganancioso, irmã. Algumas pessoas pobres de outras regiões se misturaram aos verdadeiros sobreviventes. Mas quem poderia julgar? Eles também podiam jurar que iam morrer ou que tinham sobrevivido a um massacre cometido sabe-se lá por quem. Então, sabe, minha irmã, o diabo se misturou com sua bela voz sussurrante. As pessoas que vivem nas montanhas de Ouarsenis nascem e morrem ali. Ninguém sabe que elas nasceram lá, exceto elas mesmas, pois não estão registradas nos arquivos da prefeitura e não têm nenhum livro de família ou o perderam voluntariamente.

"No dia seguinte ao massacre, muitos sentiam fome e frio ou esperavam por dinheiro. Chegaram a esse vilarejo porque esperavam alguma ajuda do Estado e para contar diante das câmeras as suas misérias. Em Had Chekala, os mais antigos, aqueles que querem se lembrar daquele dia de janeiro de 2000, contam que ali se distribuía de tudo. Sêmola, dinheiro, roupas, acomodações, e assim tudo foi misturado, exatamente como será no Juízo Final, quando o anjo chamará todos juntos. Todas as pessoas deste país se encontraram aqui, na confusão, como depois da ressurreição. Os sobreviventes e as falsas vítimas, as pessoas que perderam entes queridos e aquelas que se apropriaram dos sobrenomes dos mortos para receber ajuda. Minha irmã, ninguém sabia mais quem era quem naqueles dias inomináveis. Tudo parecia embaçado e assim continua até hoje.

"Veja, irmã, é por isso que as pessoas aqui têm vergonha. Muitos vivem há vinte anos com nomes roubados dos mortos. Outros estão realmente mortos e outros não se lembram. Você entende? Eles têm vergonha, e, no entanto, não é culpa deles. Tudo o que fizeram foi sobreviver e Deus tinha outros destinos para eles. Portanto, às vezes, neste vilarejo, as pessoas ficam irritadas com coisas fúteis, são os ardis do diabo. A vergonha ressurge e eles não querem falar sobre isso, nem que se fale disso na frente dos filhos, nem que se lhes conte a única história que eles querem esquecer. Não é como a guerra contra a França. Had Chekala não lutou a guerra certa. Pois Deus é testemunha: todos nós matamos, todos nós estamos mortos e todos nós roubamos algo de alguém durante aqueles anos, minha irmã. Ninguém sabe realmente quem estava matando. Nem mesmo eu tenho certeza de qual é meu verdadeiro nome. Por isso, dei a mim mesmo o nome do servo de Alá, xeique Zabir..."

Em seguida, a faca ficou em silêncio, fulgurante. O dia havia desaparecido e o bebê parecia dormir num sonho que se juntava ao seu, minha lua de prata. A faca havia falado esperando que meu "sorriso" lhe respondesse, reconhecendo sua unicidade divina. Eu estava, mais do que tudo, com raiva, porque sua voz, em sua magia, me impedia de lhe fazer qualquer crítica. O véu, dobrado em sua embalagem, aguardava, depositado entre nós dois. Era o contrato que me ajudaria a partir sã e salva pela manhã.

Ele esperou minha resposta e ficou em silêncio por um momento.

Eu sempre tivera uma profunda aversão por esse tipo de homem. Esse imã, como todos de sua espécie, me roubava tudo, meu corpo, meu sexo, meu ventre. O direito de rir nua como uma gaivota numa praia. Hoje, segundo ele, até mesmo o sentido do meu "sorriso" se voltava contra mim na forma de uma chacota cheia de culpa. Ele me empurrava para o meu túmulo com a certeza de que eu era tão culpada quanto o homem que tentou cortar minha garganta vinte e um anos atrás. Esse imã havia aperfeiçoado bem seus argumentos. Sua faca estava afiada contra mim, a mulher errante. Esse tipo de homem me revoltava, como aqueles que roubam os cegos ou devoram carne humana. Eu carregava dentro de mim, em você, o oposto do que aquele homem carregava em seu ventre. Eu carregava a vida, enquanto ele esperava por você na saída para lhe mandar voltar à escuridão do útero ou se cobrir com um véu. Esse homem poderia me matar, me esquartejar e me enterrar, e sua razão brilharia no metal da sua faca. Ele estava à espreita em busca da minha vida porque eu era um pouco de vida, perseguindo-o em sua reprovação e em sua verdade. Mas ele sabia quem eu era com meu corte e minha audácia, e podia ouvir minha língua interior se rebelando contra seu raciocínio. Eu não tinha nenhuma necessidade de gritar. Porque, minha Huri, a língua interior sabe como falar com o inimigo melhor do que a língua exterior e suas palavras limitadas.

25

"... Abati minha primeira oferenda em 1412 da Hégira. Era uma segunda-feira, mesmo dia do nascimento de nosso Profeta, no mês de Dhou al-hijja, minha irmã. Meu pai me chamou para fazer isso com uma voz fria. Normalmente, eu o ajudava entregando-lhe as facas, a bomba de ar para inflar o animal e facilitar seu corte, o balde d'água para lavar suas mãos ensanguentadas ou a faca grande para o sacrifício. Esta era especial, assim como alguns dos versos de Alá em seu Livro. Meu pai a usava apenas para o abate e depois a guardava em seu estojo de couro. H'med, meu irmão, e eu nos revezávamos para segurá-la, de acordo com quem meu pai achasse que merecia mais.

"Ainda posso vê-lo debruçado sobre o animal, sem fôlego, com as calças arregaçadas, quando a aurora começava a iluminar o céu depois da oração. Ele gostava de trabalhar assim, na solidão. Meu pai era um homem antiquado, que havia sofrido muito na vida e sempre parecia estar olhando para outro lugar, para longe, para seu passado, para a época da França, que ele havia enfrentado. Quase nunca olhava para nós, seus filhos e minha irmã. Era um homem de Deus; levantava-se antes do sol e adormecia depois dele. Tínhamos criação e um açougue em nosso vilarejo em Oued Lilli; os animais vinham dos arredores de Tiaret, e nós os alimentávamos com as ervas certas para deixar a carne macia. Meu pai nos ensinou tudo: não jogar nada fora da oferenda, não deixar nada até que ficassem apenas os ossos. Até mesmo os ossos nós podíamos vender. Meu pai era um crente e recitava o Alcorão, mas não teve tempo de concluir seus estudos para se tornar imã. Como órfão, teve que ganhar a vida muito cedo, como o Profeta. Cada animal que ele abatia era uma batalha da qual saía triunfante. Poderiam jogá-lo no meio do fogo ou numa cova de leões: ele conseguiria escapar, porque não temia muito pela vida.

"Casou-se com nossa mãe quando ela ainda era uma criança, minha irmã. O propósito da sunna de Deus é proteger a mulher, mantê-la longe das tentações como uma rosa, protegê-la de si mesma e dos olhares alheios, para que honre o nome do seu pai e do seu marido. Minha mãe temia meu pai, de acordo com os conselhos do Profeta. Ela só falava com ele à noite e no escuro, e ficava em silêncio quando ele voltava para casa. Vivíamos ao lado do açougue, quase atrás do balcão, nas entranhas abertas dos nossos animais. Tudo em nossa casa cheirava a carne, gordura e ganchos. Ainda hoje, enquanto espero que Deus me acolha, se Ele achar certo, o paraíso, para mim, é atravessado por longos rios que cheiram a carne e sangue. Ah, mas não tenha medo, minha irmã, estou falando das minhas lembranças... O que você poderia temer? Hoje em dia, nada. Não há mais vencedores e perdedores. Vivemos um tempo amaldiçoado em que a oferenda se ergue e em que o degolador abaixa os braços, e todos voltam para dormir em suas casas. Perdemos o caminho de Deus, que atravessa a montanha, o altar, o sonho glorioso soprado pelo anjo, a escalada e o sacrifício de Ibrahim, que a salvação de Deus esteja sobre ele.

"Éramos ricos com os bens que Deus nos havia reservado, irmã. Meu pai era muito instruído no Alcorão, citava um verso para cada coisa, e H'med e eu o ouvíamos, obedecíamos e respeitávamos. Meu pai foi cumprir seu dever em Meca, mas voltou desapontado porque, lá, eles não sacrificam mais animais; trocaram as oferendas por notas, números e cheques. Você percebe isso, minha irmã? Eles não percebem que o sacrifício ainda é essencial, porque é o sangue que sela o contrato com Deus e confere o verdadeiro valor à fé. Você pode dizer o que quiser na vida, mas quando o sangue fala, é a única palavra verdadeira.

"Eu podia segurar a faca grande quando era o melhor da classe, o mais obediente ao meu pai, o mais zeloso em cuidar da casa ou o mais rápido no atendimento aos clientes no açougue. Às vezes era o H'med, mas não tínhamos ciúme um do outro. Éramos gêmeos, gêmeos de verdade. Deus havia decidido que seríamos o espelho um do outro, a alma de um cuidando da alma do outro. Éramos idênticos, minha irmã, como duas gotas de água, duas metades da mesma semente, Al-Hassan e Al-Hussein, os amados netos do Profeta, que a salvação de Deus esteja com ele. Éramos confundidos um com o outro na escola, em nosso vilarejo de Oued Lilli. Usávamos os mesmos pulôveres, os mesmos sapatos, as mesmas jaquetas e, na sala de aula, éramos colocados separados, para poderem nos distinguir. Às vezes, H'med pegava emprestado meu nome e eu o dele, e trocávamos coisas. Somente meus pais podiam nos reconhecer.

"Nosso pai gostava de nos levar à mesquita para a oração do Maghrib. Foi lá que ele nos ensinou o Alcorão. Meu irmão tinha de trabalhar no açougue nos dias ímpares e eu nos dias pares.

Assim, nos revezando, aprendemos o Livro de Deus. Minha mãe também, que Deus a acolha em seu vasto paraíso. Ela fechava os olhos para brincar conosco e apontava para um ou outro de nós com o dedo, sem nunca errar! Pelo cheiro? Pelo som da voz? Por instinto? Uma mãe é um mistério. O Profeta disse que o paraíso está sob os pés das mães, e minha mãe costumava andar descalça. Ela era piedosa, meu pai costumava nos reunir para orar, ele na frente, H'med e eu atrás dele para segui-lo e minha mãe atrás de nós, seus filhos. Então, sim, irmã, quando chegou a hora, meu pai não hesitou: em 1412, no dia do Eid em nosso calendário, foi a mim que coube a honra de sacrificar a oferenda.

"Isso aconteceu bem cedo pela manhã, depois da oração. Normalmente, abatíamos um animal a cada dois dias e depois o vendíamos, mas esse seria o de Deus. Ah, irmã, em Oued Lilli, nós, moradores do vilarejo, não éramos ricos e nem todos comíamos carne. O Profeta também nasceu pobre e morreu pobre. Mas aquela segunda-feira, eu me lembro, foi um dia iluminado. Meu pai acenou com o queixo para mim e eu me abaixei junto ao animal. Ele estava amarrado, mas se mexia muito. Era um carneiro magnífico, com chifres curvados como se tivesse cem anos de idade. Ah, sim, eu me lembro, irmã! A oferenda olhou para mim com seu olhar furibundo, tive a impressão de que estava com raiva de mim ou me insultando, mas era apenas o demônio Iblis em seu sussurro eterno. Na verdade, as oferendas se agitam para serem levadas a Deus. Mas o demônio é persistente, minha irmã, você vai ver, ele nunca nos deixa em paz.

"Meu pai se afastou para me deixar sozinho e o animal se agitou como se fosse fugir. Estava em seu direito, minha irmã, mas seu dever era morrer por Alá e iluminar o caminho com seu sangue. Está entendendo? Ele exalava um cheiro de urina e medo. A vida é assim: vem de Deus e volta para Deus, então peguei a faca grande e apalpei sua veia jugular. Naquela manhã, eu havia me lavado completamente, a grande ablução. Virei a cabeça da oferenda em direção a Meca e invoquei o nome de Deus antes de cortar sua garganta de um só golpe.

"O animal baliu, eu acho, e depois voltou os olhos para o leste. Acho que ele já enxergava, então, aquilo que os nossos corações escondem de nós nesta terra.

"Abati essa minha primeira oferenda em casa, sob um limoeiro, numa segunda-feira. Meu pai não fez nenhum comentário, nem me parabenizou, e eu o agradeço por isso. Essa foi sua primeira lição: nenhum abate é perfeito, por isso é preciso fazer sempre de novo; mil vezes, para alcançar o gesto exemplar de nosso pai Ibrahim, que Alá o abençoe. Eu sonhei com isso, ah, sim! Que Deus perdoe minha vaidade. Eu queria dominar esse gesto irrepreensível, o mais sagrado e o mais impecável, que iluminaria o mundo e finalmente lhe daria seu verdadeiro valor: ninguém jamais o fez antes de Ibrahim nem depois dele, exceto, talvez, nosso profeta Maomé e seus veneráveis companheiros.

"Não tenha medo de nada aqui neste vilarejo, minha irmã. Amanhã você vai voltar para a sua casa, em Orã.

"Gostaria que você entendesse que todas as histórias podem, às vezes, sangrar como oferendas, gemer como animais ou ser esquecidas como gestos do demônio. As histórias não são boas. Elas escondem mentiras, insinuações ou tentativas de nos desviar do caminho de Alá. Há apenas uma história e um caminho, mas o demônio entra sorrateiramente pelas fendas, por cicatrizes como a sua, pelos espaços deixados entre os ombros dos fiéis durante as orações coletivas. Naquele dia, 17 de Dhou al-hijja, no ano de 1412, ele conseguiu encontrar uma brecha entre H'med, meu irmão, e eu. Ele conseguiu entrar nos nossos ouvidos e partir o espelho perfeito que nós éramos um para o outro. Quando minha oferenda resfolegou no momento da morte para espalhar seu sangue no chão e buscou neste mundo o ar que para ela só existia então no outro mundo, H'med prendeu a respiração. Ele não correu para me ajudar. Ele me deixou sozinho e a oferenda derramou seu sangue sobre mim, sobre minhas roupas e minhas mãos. Voltei-me para ele e vi seu rosto, que era o meu, tornar-se sombrio e se separar do meu.

"Ele não tinha levantado a mão para me ajudar ou apoiar. Estava petrificado, irritado, dirigindo a mim um olhar duro.

"Então, bruscamente, meu pai lhe deu um tapa. Ele havia entendido o ultraje dirigido contra a sua lei.

"O que aconteceu no coração do meu irmão? Ciúme, eu acho. Meu pai havia decidido que seria eu o primeiro a abater a oferenda. Antes de H'med. E naquele instante o espelho embaçou. Está vendo, irmã? Eu me lembro da data, mas também me lembro do demônio. Ele girava em torno de nós como uma coruja de mau agouro, empoleirou-se no limoeiro do nosso pequeno pátio, que era usado como matadouro, e se aproveitou do ciúme para se infiltrar entre nós dois, que Deus o queime e o amaldiçoe novamente.

"Meu irmão H'med não fez nada para me ajudar. A partir de então, nos tornamos estranhos um para o outro. Aprendemos a ficar calados um diante do outro, a usar roupas diferentes, a não frequentar mais os mesmos amigos e até a jogar um contra o outro nos times de futebol do nosso bairro já no dia seguinte às orações de sexta-feira. H'med era um menino piedoso que ficava acordado à noite para rezar, e nós competíamos no aprendizado do Alcorão. Quem conseguiria memorizá-lo completamente antes do outro? Quem teria o direito de abater as próximas oferendas? Quem poderia se sentar mais perto do nosso pai? E quem um dia lideraria a oração? Meu irmão H'med tinha uma voz forte, mas a minha era mais bonita. Ele tinha mãos mais poderosas, eu tinha mãos mais atentas. Ele tinha o dom do silêncio, eu tinha o dom da persuasão. Até meu pai ficava confuso quando tinha de arbitrar entre nós. Minha mãe se perdia na tentativa de nos unir novamente, incapaz de entender como chegamos a nos recusar a comer no mesmo prato, a usar as mesmas roupas e a recitar o Alcorão da mesma maneira.

"Ah, irmã, essa história mudou nossas vidas. Tínhamos conosco Deus, seu Profeta, a mesquita, a oração coletiva, nosso açougue e as dádivas de Alá. Poderíamos ter ficado por aí, mas o demônio é uma vespa ou um sussurro. Naquela época, minha irmã, orávamos, nos lavávamos muito bem, nos organizávamos para o momento em que teríamos de pegar em armas contra os militares ímpios, pois nosso tio havia lançado um chamado para a jihad do alto do minarete de Oued Lilli. Um dia, em 1992, reunimos nossos pertences pessoais, nossas escassas posses, e decidimos entrar na clandestinidade com nossos milhares de irmãos da Frente Islâmica de Salvação.

"Foi também nesse ponto que nossos caminhos divergiram.

"Minha mãe, por causa da fraqueza hereditária de Hawa, a mãe de todos nós quando Deus criou este mundo, chorou, implorou e se recusou a nos deixar ir embora. Mas o demônio ou Deus decidiu: eu fiquei em casa, meu irmão H'med foi para a clandestinidade. Depois de alguns anos de guerra, só ouvimos falar dele por meio de boatos, de jornais ou de traidores. A voz de Alá se misturava com a voz de Iblis na boca dos homens. Assim, fiquei em casa, em Ouled Lilli, para defender nosso açougue e nossa casa contra o feitiço maligno. O demônio voltou várias vezes: uma vez, foi na forma de um ladrão que consegui amarrar em nosso açougue em uma noite de inverno. Em outra ocasião, ele voltou na forma de um policial que se recusou a nos pagar, e eu então o expulsei sem lhe dar nossa carne. Em outra ocasião, o demônio voltou na forma de um médico que nos disse que nossa mãe morreria em breve. O demônio então entrou no corpo de meu pai, que morreu e se juntou a Deus. O demônio continuava voltando sem parar e eu o afastava fazendo oferendas a Deus, mas um dia sua faca foi mais rápida do que a minha.

"Na aldeia, éramos temidos por causa do meu irmão. Não sei se foi Iblis que o tentou ou se foi Alá que o pôs à prova, mas ele se tornou um líder dos maquis. A ele foram creditados mil atos de guerra, mil crimes como degolador. H'med cortou a garganta do demônio? Não posso confirmar nem negar isso, minha irmã.

"Um dia, a faca de Iblis foi mais rápida.

"Fui preso em casa, havia muitos policiais e, dessa vez, apesar dos soluços da minha mãe, eles me levaram, irmã. Recitei os versos de Deus enquanto nos dirigíamos a um quartel em Argel, onde fui trancado em uma cela com outras pessoas de Deus ensanguentadas e trêmulas. Eu recitava os versos duas vezes por dia, quando minhas unhas eram arrancadas e eu era espancado. Eles juraram não me deixar nem um centímetro de pele intacta se eu não revelasse onde os 'outros' estavam se escondendo. Veja, irmã, eu não percebi isso logo de cara! Eles achavam que eu era meu irmão H'med, cujas fotos estavam espalhadas por todas as delegacias de polícia, quartéis e jornais. Alguém havia me denunciado e eles me torturaram, minha irmã, até que finalmente acabasse confessando que meu nome era H'med. Fomos então levados de volta a Relizane, eu e mais duas pessoas que também tiveram suas barbas, unhas e cabelos arrancados. Estávamos tremendo e eu continuava a recitar o Livro de Alá. Meus companheiros de infortúnio adoravam minha voz e o consolo que ela lhes proporcionava nas vans durante as transferências ou dentro das celas. Ficamos presos por um ano, minha irmã. Adquiri então o dom de falar para os prisioneiros e aliviá-los com minha voz quando eles gritavam durante o sono, e de ajudá-los a morrer com a minha voz, que era a que Alá havia dado a um homem de corpo e coração fracos como eu. Então, você entende, minha irmã?

"Quando fomos libertados, minha mãe já estava morta e eu não podia mais viver em nosso vilarejo de Oued Lilli, porque o demônio, Iblis, podia estar em qualquer pessoa e assumir mil formas. Foi então que vim morar em Had Chekala, e a sorte de Deus me alcançou: aqui sou imã, aqui sou açougueiro, aqui sou H'med, o degolador no passado, e xeique Zabir hoje. Você entende agora? O nome e o sobrenome não significam nada perante Deus ou diante da morte. O demônio pode entrar por uma brecha, um corte ou um buraco na garganta. Então, sim, irmã, vá para casa. Nem mesmo eu sou quem sou. Às vezes tenho um sonho em que vejo meu irmão. Ele nunca mais desceu das montanhas desde que o regime ofereceu aos 'irmãos' que se fizessem passar por cozinheiros. Ele nunca depôs as armas, e, no meu sonho, quando nos reencontramos, não sabemos quem é um e quem é outro.

"Volte para casa, e pense no dia em que retornará para Deus e no que lhe dirá sobre você mesma."

26

Quando seu filho acordou gemendo, a faca disse categoricamente: "Amanhã você vai embora deste vilarejo, irmã. Não queremos saber do passado aqui, e não queremos que se remexa nos cemitérios. Essa história sobre carne de burro os manterá ocupados por um tempo e depois vai ser esquecida. É assim que as coisas são. Deus criou o homem e lhe deu o nome do esquecimento, 'Insano'".

Era quase noite, meu anjo. Eu tremia de raiva. Uma pedra na minha barriga. Meu degolador era ele. Ele estava com um rosto diferente, uma idade diferente, mãos diferentes, uma linhagem diferente, mas era ele — seus gestos, sua paciência e sua pressa, seu cheiro agora mascarado por mil perfumes.

E eu já sabia: mesmo que nunca conseguisse manejar tantas palavras como ele, eu faria um longo discurso para dar as boas-vindas a você. Sim, meu anjo, enquanto ele contava sua história, eu já havia decidido, sem admitir para mim mesma, que nunca me assemelharia à faca, esse homem amaldiçoado por si mesmo.

Ao se levantar, ele me disse: "Você pode se lavar na sala de abluções depois da oração do Icha. Mas tem que usar este véu porque esta é a casa de Deus e uma mulher não pode entrar nua ali". Ele me entregou o embrulho. Esperou que eu abrisse o pacote e vestisse aquele caixão sobre os meus cabelos, para então sair do lugar e levar com ele o filho, que já se agitava.

27

Por volta das nove e meia da noite, a voz gravada do muezim se fez ouvir saindo das entranhas dessa falsa Jerusalém. Ouvi os fiéis apressados entrarem, se cumprimentando, e então a voz do imã soou. "Apertem bem as fileiras, não deixem espaço para o demônio entre seus ombros." Ela se elevou, em seguida, para orar, brilhante, chorosa, triste, amorosa e sensual, como se esse homem carregasse dentro de si uma mulher enterrada. Ele recitou versos sobre o mal, o demônio, denominado Iblis, Ibrahim, seu filho, o sacrifício e o direito exclusivo de Deus de julgar. Os fiéis entoaram suas saudações ecoando as palavras dele, se curvaram, se recurvaram e depois se liberaram se cumprimentando à direita e à esquerda, para em seguida deixarem o local em silêncio. Sozinha, depois de me lavar demoradamente, andei pela mesquita, de calça, cabelos expostos, pés descalços e o coração nu.

28

Eu estava nas suas entranhas. Dentro do grande peixe de pedra. Uma mulher sozinha, descalça e livre para se locomover. Andei pelos grandes tapetes, toquei o microfone pendurado em sua haste no nicho do imã e, quando me aproximei das prateleiras onde se deixavam os sapatos dos fiéis, vi uns belos sapatos brancos, um tênis esportivo. Quem os havia esquecido? Em um armário havia livros dourados e eu acariciei alguns Alcorões reluzentes. Será que eu, a mulher que nasceu impura, a pecadora, tinha o direito de fazer isso? Olhei para o teto, inchado como minha barriga redonda, com um lustre colossal pendurado no meio do seu umbigo. Uma ilhota de cristais e adagas de luz ameaçava apunhalar a Terra inteira. Como uma mãe preocupada, apalpei minha barriga e depois, sem nada melhor para fazer, subi os degraus até o minbar, o púlpito em madeira talhada, encimado por uma cúpula. Empoleirada acima do deserto macio de tapetes onde os fiéis se alinhavam, falei me dirigindo a mim mesma, a você, meu pai, minha mãe e minha irmã. Esse desejo de ouvir meu sussurro na casa do próprio Alá me veio naturalmente. Mas a pedra dura ainda estava na minha garganta. "Vocês estão aí?" Minha voz ressoou como folhas sendo amassadas. "Onde vocês estão?" Minha voz se espalhou em punhados de areia. "Estou aqui!" Minha voz nunca teve eco neste mundo desde que minhas cordas vocais foram cortadas. Então, sim, minha filha, de repente eu solucei e a pedra saiu da minha cânula, uma pedra preta e redonda. Isso me surpreendeu como uma tempestade de verão e desatou uma enxurrada de imagens e palavras desconhecidas. Será que vim de tão longe para ficar trancada aqui? Em meio aos milhares de sobreviventes da minha guerra, por que só a mim cabe reencontrar a vida e a memória? Eu era uma oferenda a se perguntar qual havia sido a utilidade do seu próprio sacrifício. Sozinha, sentada no minbar, eu estava inconsolável. Uma onda de compaixão por esses sobreviventes, por todas as mulheres como Hamra, por você e também por mim, tomou conta de mim. Quem nos empurrou para esse jogo de vidas e mortes?

Então me levantei, envergonhada da minha comédia infantil naquele lugar deserto. Olhei para o vazio da grande mesquita verde e dourada, cheia de arabescos. Fui tocar no mihrab, o nicho esculpido na parede na direção de Meca, ornado como mil livros reluzentes de mil cores e mil mosaicos. Nunca tinha tido a oportunidade de fazer isso, como todas as mulheres. Toda a escritura árabe parecia se aninhar ali, se expandir no mar da suposta Sabedoria, florescer, morrer e florescer de novo, se multiplicar em primaveras repentinas, se arredondar, apontar os dedos indicadores e falar como se abraçasse um vazio insondável. O pai de Aïssa voltou à minha mente, antes de desaparecer nesse emaranhado no coração do nicho. Você vai acreditar nisso? Foi então que me decidi. Não havia outro caminho a não ser aquele que eu vinha evitando havia horas e anos.

Nós iríamos em frente: caminhar pela noite escura do vilarejo, enfrentar o medo, a fraqueza e o terror de reencontrar a minha irmã e os seus ossos. Esse jogo de esconde-esconde já estava durando tempo demais. O que poderia acontecer? Nada mais do que a morte que eu já experimentei, certo? Voltei meu ouvido para a entrada fechada da mesquita. Nenhum som se fazia ouvir através da porta pesada.

Tão perto da verdade intacta, era hora de avançar. Desta vez, eu iria mergulhar nos meus cortes, reabrir minha cicatriz, arrancar os pontos e mergulhar no meu "sorriso" para descobrir de onde ele vinha e o que ele escondia. Sim, você vai me devolver a voz, sussurrei para mim mesma. Sou um livro e busco um final feliz, ou pelo menos verdadeiro, não é mesmo? Desta vez, eu iria mergulhar como mil pessoas na minha própria fenda e descer para dentro de mim mesma.

Então, roubei o tênis branco e abri a porta da mesquita, a porta com mil desenhos. Corri direto para a escuridão inclinada da estrada que se desenrolava no meu ventre.

29

O caminho estava mal iluminado. Alguns poucos lampadários pareciam insistir em estar ali apenas para criar uma noite pior do que a noite. Porque a outra noite, a das montanhas, estava iluminada por milhares de estrelas: você podia se deixar fisgar por ela se deitando de costas e brincando de prender as estrelas num copo d'água, como eu tentava fazer com Taïmoucha, minha irmã. Caminhei de cabeça baixa, com mil corações sufocados no meu peito, desde o alto da colina. O medo primeiro tomou a forma de um cachorro com a boca cheia de sangue, devorando a cabeça de um burro. Ele ergueu o focinho quando viu minha aproximação, atento a qualquer deslize. Continuei andando, vacilante. O pesadelo brotava dentro do meu corpo e saía escorrendo pela cânula. Todo esse universo de cães selvagens, silêncio desconfiado, escuridão, morte e imobilidade escapava pelo buraco em minha garganta.

Eu estava descendo a colina. O cachorro refletia meu "sorriso". Não correr para não o atrair, não transpirar para não o atrair, não choramingar para não o atrair. Dominei meu medo pela cabeça para me purificar e para salvar a sua vida, que ainda não era vida. O pesadelo escorria pela minha garganta enquanto, por dentro, eu via o cachorro, depois outro e mais outro, porém adormecidos. Tive a impressão de ver as janelas se iluminando e de ouvir vozes e conversas em algumas das casas do vilarejo. O que me incomodava era a direção a seguir. Para onde ir? Vinte e um anos atrás, cheguei por esse caminho no sentido inverso. Eu havia atravessado esse riacho num dia de inverno, mas ele agora estava seco.

Mais abaixo, encontrei a estrada asfaltada que me trouxera de Orã. Sob meus calçados brancos, roubados da mesquita, o solo argiloso rachava. Em frente a mim havia uma cerca de arbustos escuros, juncos e árvores que já tinham morrido mil vezes. Era o pé da montanha. "Por onde ir?", você me perguntava. Era preciso seguir os postes de luz. Eles levavam à nossa fazenda e depois seguiam seu caminho rumo aos doze povos dizimados. Foram esses postes que causaram nosso infortúnio: os homens barbudos desciam para usar a eletricidade a fim de construir suas bombas ou conversar com seus "irmãos". No dia seguinte, os militares vinham punir os povos. Eu segui os postes, como uma caravana entorpecida no vazio.

30

É um longo caminho, minha Huri. Ele se contorce dentro de mim, me torturando como se eu tivesse engolido uma serpente. Afasto a mata rasteira, às vezes uma pedra me faz tropeçar e o céu límpido mostra suas estrelas e me desorienta. Sigo os postes. O próximo está a vinte metros de distância. Olho para ele no vazio da abóbada e da memória. A noite esvazia o mundo e não há limite para ele. O que eu quero, minha filha, é falar com a minha irmã, forçá-la a arbitrar. Se ela quiser, você vai viver, e eu também. Se não, significa que eu não devo nem viver nem dar à luz. Vamos voltar para Orã, nos separar e cada uma de nós vai voltar ao seu silêncio. Eu teria ao menos o mérito de ter acreditado na minha visão.

Minha filha, veja bem: estamos sozinhas, pois não temos lugar nos livros sagrados do céu. Não há para nós nenhum animal descendo do firmamento que você vê ali, agitado na cerimônia das estrelas; não há salvação por meio de milagres, não há nada além de você e eu subindo essa montanha escura para lhe mostrar que tudo é falso e tudo é verdadeiro. Veja, minha filha, eu queria que você examinasse com meus olhos esse lugar onde Deus não salvou a mim nem a minha família. Quero que você sinta o Lugar Morto, que fica ali, ao leste.

Você vai ver que ali nem mesmo o céu existe mais. O céu é só uma cânula, minha Huri, com uma voz desaparecida. Vamos subir até lá e eu vou lhe descrever o lugar onde cortaram minha cabeça. Porque esse lugar está morto em toda parte, menos dentro de mim.

31

Foi então que aconteceu. Um poste se moveu dentro da noite. Uma pedra atingiu a minha cabeça e uma coruja gritou. Ela piou novamente, como que assustada, e se dirigiu a mim: "Vá embora. Tema a morte, tema a Deus e vá embora". O poste, magro, avançou pelo declive que nos separava e veio na minha direção.

32

Antes do amanhecer de 21 de junho, em um galpão

O Lugar Morto é um lugar vazio. Fui jogada aqui, no coração do meu sonho, com as mãos e os pés amarrados numa única corda. As formas se destacam na noite gredosa. Vejo tênis sujos e ouço sussurros. Um homem anda para cima e para baixo, bem ao nosso lado. Não me atrevo a me mexer, queria fechar os olhos, mas os seus olhos dentro de mim me interrogam, inquietos.

"Não devo descer, não devo ir lá, não, ele disse que não", repete o pobre louco. De repente, o homem se agacha e vejo seu rosto: emaciado, afiado como uma faca e com grandes olhos negros, como que voltados para um projeto insuperável. Ele parece surpreso ao me ver ali e espera que lhe surja alguma ideia. Cautelosamente, seu dedo se dirige à minha cânula. Dou um gemido, mais outro, e mantenho os olhos abertos, fixos no seu cabelo desgrenhado, nos seus dentes podres e nas suas unhas transformadas em seixos. Uma barba longa e grisalha envolve suas feições. O sósia inquieto do imã Zabir. "Por quê? Hein? Por quê? Para denunciá-lo? Isso cabe a mim fazer. Foi ele que a enviou, hein? É meu irmão, o mentiroso invejoso, quem a envia?" Ele parece ostensivamente ofendido. Seus sapatos rangem. Cada ruído, aqui, ressoa como a água nos ouvidos de um afogado. Eu o observo, aterrorizada. Entendi, como num reflexo invertido, a história do imã Zabir e seu irmão que virou um fantasma. Desta vez, a verdadeira noite se aloja dentro de mim. Ele está fascinado pelo meu sorriso, minha grande cicatriz. Ele a toca de novo. "Por quê?", pergunta ele, e depois faz "psiu!" com o dedo nos lábios. "Sou eu quem vai denunciá-lo antes que ele me denuncie ao exército." Ele se levanta e se movimenta num longo diálogo consigo mesmo. É um diálogo sem pé nem cabeça, em que os nomes são ininteligíveis. "Não se deve fazer isso, ele disse várias vezes. Eles vão nos matar." Ele então se volta para mim. "Não é verdade? Por que você veio aqui? Para nos denunciar ao exército?" Em pânico, ele bate na boca. "Psiu! Maldito seja. Você não consegue guardar um segredo." Então ele responde a si mesmo, murmurando: "Sim! Eu consigo! Juro por Deus, eu consigo! Sou o guardião do meu irmão".

Fechei os olhos. Ele desapareceu. Ouço seu lamento ao longe, e ele se vai, repetindo sozinho: "Sou eu, não ele. Sou eu quem degola. Eu que cuido dos rebanhos, dos carneiros, eu que roubo os burros e os degolo. E ele? Nada! Ele fala na mesquita, e mente. Sou eu que o nosso pai preferia, não ele. É ele que matava, não eu!".

Estamos sozinhas novamente. Você dentro de mim e eu dentro da noite, que espera pelas minhas palavras. Talvez seja mais justo assim, não? Matar você e morrer com você em vez de sobreviver a você. O profeta Ibrahim deveria ter se sacrificado com seu filho. Talvez tenha sido isso que me levou a ouvir sua voz, que eu pensava ser a minha, e a vir até aqui. Me sacrificar com você para lhe mostrar a minha voz. Propor a Deus que ele fique com os carneiros e nos mate para saciar seu sonho. Estou chorando desde que o pastor se foi. Eu me esqueci de algo que me puxa pela manga, como Hamra com seus cabelos ruivos. Um detalhe invisível e importante, como é o sol ou o coração.

É quando então a terra começa a se mover. Quero dizer, o fragmento de céu noturno, acima de nós. Ele gira como um vestido na dança. Eu me viro retorcendo o corpo e percebo um buraco no telhado estropiado do nosso celeiro; a casa da fazenda, presumo, não existe mais na sua forma anterior. Sua ruína confere mais densidade à minha lembrança: resta apenas um muro baixo, o galpão foi curiosamente poupado, metade de uma árvore se transformou em ossos na noite e aquela cerimônia de estrelas aparecendo todas ao mesmo tempo. Tento puxar minha corda, mas o pastor conhece seu ofício, ele me amarrou como um animal de sacrifício. Tento rastejar, e consigo fazê-lo mesmo com dificuldade, com medo de esmagar o ponto onde você se enrola em seu nicho de carne. Uma pequena estrela caiu em mim, no fundo do copo d'água do meu ventre. Um bilhão de pequenas noivas com anéis brilhantes no céu se opõem ao Lugar Morto na terra.

Sozinha, eu me perguntava, porque algo dentro de mim insistia com esse espetáculo atento.

E se eu tivesse me enganado?

E se, como Hamra, eu pensasse ser o assassino quando, na verdade, era o assassinado? E se, como acreditava Aïssa, eu fosse o único sinal? Algo está prestes a se revelar, posso sentir isso na minha barriga, um velho monólogo, um alívio, você acreditaria? Me sinto debruçada sobre o espaço vazio, pronta para dar à luz antes do tempo. Então, como se estivesse num jogo incrível tão perto da morte, começo a aconselhá-la: "Se o assassino voltar, feche os olhos e não olhe para mim. Se ele voltar com a faca, conte até mil e se esconda. Se ele voltar com seu irmão de rosto afiado, não grite dentro de mim para que ele não desça pela minha garganta até minha barriga. Seja corajosa, você não vai perder a vida que não teve e eu vou perder apenas metade da minha".

O céu ainda se move e se prepara para desaparecer se eu não encontrar as palavras certas que ele espera. A fazenda é pequena demais para que eu lembre. Não sinto nada, a não ser a minha carne, que parece despertar de uma recusa de viver muito longínqua. Sua terra endureceu, indiferente; no final das contas, tudo o que poderia ter falado comigo, me julgado ou me desprezado por ter sobrevivido, eu carrego comigo há vinte e um anos. Isso invade devagar a minha mente, mas ainda não o entendi direito. Este lugar não é o Lugar Morto. Eu sou. Essa fazenda cuja foto eu tinha recortado de um jornal repousa apenas na minha memória, congelada em 31 de dezembro de 1999. Ao amanhecer, quando minha irmã mais velha me olhou nos olhos.

O céu estrelado gira novamente.

Mas por que ouço outra voz por trás da sua voz, minha Huri? Por que sinto que algo me escapa na ordem da minha única história? Por que me falta um número, uma sequência ou um detalhe pelo qual este céu espera? Sinto que estou tão perto de entender tudo. Para capturar uma estrela num copo d'água, é preciso prender a respiração, não se mexer, Taïmoucha costumava me dizer, se divertindo milhares de vezes. "Se você parar de se mexer, ela vai cair no seu copo." E o céu, através do buraco no telhado meio destruído, gira novamente. Sua maior estrela se aproxima e se inclina em direção a nós duas. Ela está lá, forte, dura como uma pedra brilhante, sorridente. Tenho de prender a respiração. Minhas mãos não podem tremer.

Então,

eu inspiro.

O ar da noite de verão me preenche como se fosse a primeira vez. Mergulho meus olhos no céu para engoli-lo inteiro, depois volto para o chão, me contorço, me retorço e finalmente me viro para o outro lado do galpão em ruínas, e as vejo na falsa luz da noite.

Elas jazem aqui.

Algumas me fitam com os olhos, outras ainda estão misturadas com seus ossos e peles. Não eram os antigos animais de criação do meu pai. Aqueles que ele teve que contar sob a mira de uma arma.

Por toda parte, rostos de monstros mudos, estrelas nos olhos, cabeças de burros decapitados.

Então, me enfio na minha cânula chorando. Como se tudo finalmente se revelasse em meio ao escárnio e à crueldade desse lugar.

Pois eu entendi o que a minha língua interior ia tentar recapturar.

33

Minha irmã, minha irmã! Era você que eu procurava dentro de mim. Talvez tenha sido com você mesma que eu vinha falando desde sempre. Não me lembro mais dos seus traços, há muitos anos os imagino em todos os seus mil detalhes, mas, pouco a pouco, eles se desvaneceram. Prefiro apagar os meus, me agarrar pela nuca e mergulhar no reflexo do seu rosto até perder o fôlego. Se eu não gostava dos abraços, dos beijos na boca, do calor ou da dança, era por fidelidade a você. Entendo isso agora, quando meu corpo se desfaz de repente nesta última noite de vida. Eu me forcei a ceder todo o espaço dentro de mim para você, preservando apenas o meu nome na minha testa. No final, minha voz só poderia ser a sua: muda e silenciosa. Sua presença, que era a minha ausência, deu origem, em mim, à dor de me fazer o tempo todo a pergunta: isso é suficiente para se punir? Como morrer mil vezes por dia para estar à altura de uma única morte, que foi sua, por minha culpa? Gradualmente, ó minha irmã degolada, essa falha que era a minha vergonha se infiltrou por toda parte. Entendo isso agora que você, no céu, se debruça sobre mim.

Minha irmã, estou amarrada aqui como uma oferenda, como desde mil invernos atrás. Nesta noite encantadora, por ser a última, descubro que muito cedo eu matei o tempo. Matei aquele doce e eterno movimento que enriquece, toma e devolve, reduzi mil dias a uma única jornada da minha vida, que eu questionava e que me questionava o tempo todo. O tempo, ah, sim, o tempo! Essa foi a primeira coisa que expirou em mim. Aos seus olhos, como eu poderia pagar minha dívida por ter sobrevivido? Morrendo constantemente? Então, estive errada por vinte e um anos. Hoje você me diz isso, presa num copo d'água dentro de mim.

Entendo isso neste momento em que o verão retoma o meu sangue e o anima, quando repito para a minha filha na minha barriga, sem saber, os mesmos conselhos que você me deu ao morrer no meu lugar!

O que você disse quando me refugiei em meus próprios olhos enquanto sua garganta era cortada? Eu acreditei na minha traição, mas na verdade era só o seu amor, minha irmã Taïmoucha, agora despertada em mim quando volto a essa fazenda amaldiçoada. Você não era uma huri na minha barriga, mas era eu na sua, me recusando a sair para o mundo e viver. Finalmente entendo o mal-entendido. Eu consigo tocar nele como numa cânula, uma voz faltante e ao final devolvida. Enquanto consolo a minha filha dentro de mim, esta que vai morrer antes mesmo de nascer, ouço você como se fosse pela primeira vez na minha voz de mãe assassina.

O tempo se reconectou com a sua história dentro de mim, e todo o meu corpo está despertando. Eu me sinto capaz de ser mãe ou de morrer, de sentir o cheiro de mil perfumes, de amar ou de sentir temperaturas na minha pele antes fria.

Então me lembro: enquanto o degolador hesitava em cima de nós, você escolheu atraí-lo para você, o assassino de sapatos enlameados! Enquanto ele desnudava a sua garganta morna e latejante, você contou com os dedos e fez um sinal para mim. Eu não tinha entendido o seu sorriso nem o que seus lábios murmuravam para mim como último conselho de irmã mais velha: uma orientação para a vida inteira. Seus lábios se moviam e você pronunciava uma palavra: "Couca!". Era o nosso jogo de esconde-esconde que você estava imitando. Você contava com os dedos na frente dos meus olhos. "Couca!" E seus dedos contavam: mil dedos, mil números, como os tantos que faltam à minha guerra para que ela seja uma lembrança reconhecida. Mil dedos, mil números: o número exato de mortos daquela noite; o tempo sem cabeça, porque decapitado aos trinta e três anos. Você queria que eu me escondesse, que me fingisse de morta!

É por isso que, há vinte e um anos, eu acordei contando, com a minha cabeça mal e mal presa ao pescoço após o massacre da minha família.

Aqui, no coração da montanha, quando o pastor em pânico voltar para cortar nossas gargantas porque descobrimos o segredo dos burros que estão sendo vendidos em vez dos carneiros de Alá, minha filha e eu vamos contar até trinta e três.

Durante vinte e um anos, a criança dentro de mim não entendeu e não compreendeu todo o seu amor. Você tinha sugerido que eu brincasse de esconde-esconde novamente, que eu fechasse os olhos como se estivesse no meio do mato na nossa fazenda e me fingisse de morta para poder continuar vivendo, enganando o assassino que recitava versos. Eu me enganei milhares de vezes ao recompor essa cena e modificá-la sem me dar conta. Porque eu havia matado o tempo e seu fluxo dentro de mim.

Depois de várias horas na estrada e de dias de dúvida quanto ao destino da minha filha, na hora em que estou amarrada como um animal sacrificado no mesmo lugar em que cortaram a minha garganta pela metade com você, preciso finalmente ouvir isso. Agarrá-la como uma estrela num copo d'água enquanto você ria. Para poder dar o mesmo conselho à minha filha na minha barriga antes que o pastor ou seu irmão volte para cortar nossas gargantas: "Esconda-se, feche os olhos, finja-se de morta para evitar a faca do pastor louco!", repeti. Esconda-se na minha barriga, com seu nome e o meu, e os de todas as mulheres vestidas de verde e vermelho, na infinidade de pálpebras e orações. Sim, minha irmã!

Eu não tinha admitido isso!

Então, desta vez, eu peço seu perdão. Não por não ter morrido com você, mas por não ter vivido. Por não ter contado, como mil moedas de ouro, todas as coisas ao meu redor. Os céus, as risadas, os dias, as ondas, as gaivotas, os amantes, os cavalos, as gotas de chuva, cada flor tépida entreaberta na noite atenta. As xícaras de café, os imãs loucos, os anjos congelados nos lustres, a insônia e as mil cordas da minha voz secreta. Eu deveria ter continuado a contar, porque isso é como dar nome à eternidade. Mas eu não sabia disso, minha irmã, eu lhe peço perdão. Eu não tinha entendido que me cabia viver por duas, para que sua morte não fosse em vão.

Nas cordas do degolador ou do seu irmão, hoje, meu todo se esfacela, como se eu estivesse prestes a dar à luz antes do tempo.

Ele se abre em dois e eu sinto a vida.

Eu achava que estava morta pela metade, quando na verdade eu deveria viver por duas. E você continuava gritando isso para mim com toda as suas forças, por meio da voz da minha filha ainda por vir. Eu não tinha decifrado os seus sinais, irmã. Pensei que você estivesse enraivecida, mas era apenas a língua interior da noite, o caminho que me forçou a abandonar as aparências e me juntar a você em nossa terra sombria.

Minha irmã Taïmoucha, cuja risada ainda deixa o meu coração apertado de felicidade, eu me sinto desolada por tê-la ouvido tarde demais. Há mil anos, os mortos desta terra nos falam para viver, não para imitá-los, só agora eu entendo isso!

Sinto a noite como uma cabeleira colorida para uma festa.

A terra tem um cheiro de segredos. Não tenho mais um Lugar Morto dentro de mim.

As velhas cabeças dos animais traídos são apenas convidadas.

Meu coração bate como se eu estivesse correndo para me esconder e amplificar sua risada feliz.

O chão bate dentro de mim. Eu queria proteger a minha filha como você me protegeu com a sua morte e dar a ela a vida que você me deu. Mas eu não posso mais fazê-lo.

Porque entendi isso tarde demais e a noite resgata suas estrelas, uma a uma, sobre o galpão que se ilumina.

Parece que o pastor está chegando, porque posso ouvir o som de botas. Posso senti-lo voltando enquanto minha cabeça repousa no chão e, na minha barriga, a minha filha escuta comigo, seu ouvido colado ao meu coração, que descreve o seu. Uma voz grita: "Aube? Aube? Aube? Onde você está?". Com certeza serei degolada, e então vou me juntar a você, minha irmã.

34

"... trinta e quatro, trinta e cinco, trinta e seis, trinta e sete", conte junto comigo, minha Huri, para que assim ele se esqueça de você e se esqueça de cortar sua garganta, minha filha! Recito os números em voz alta para atraí-lo para mim, como fez minha irmã Taïmoucha há vinte e um anos. "Aube? Aube?", pergunta uma voz preocupada e ofegante na noite que se encerra. Entre as sombras, posso ver seu rosto com olhos diferentes, perturbados. Seus lábios tremem e as mãos enormes se estendem na minha direção para me soltar das cordas. Ele verifica a respiração fraca na minha cânula. "Eu a encontrei, irmã." É Aïssa. Ele se inclina na minha direção. "Eu a segui, ouvindo seus números, seus mil mortos desde o meio-dia." Ele se mostra cansado, cercado por outros moradores, que, petrificados, examinam o galpão que era usado como matadouro clandestino.

O dia ainda frágil, no amanhecer, me escuta. Continuo a contar nos braços de Aïssa, que me abraça. "Os policiais vão chegar, eles os prenderam, ele e o irmão, o imã. Estavam vendendo carne de burro", conta um morador para o vizinho. Aïssa me levanta e sussurra: "Você é um sinal!". Eles me conduzem, então, de mão em mão, e eu retomo, abalada, porém de pé, a trilha para Had Chekala, no sopé da montanha. Desta vez com você dentro de mim, viva e preciosa.

35

Orã, um ano depois

Qualquer coisa pode levá-la para longe de mim: o vento, o mar, a mais leve gaivota circulando sobre ela, o sol ou um barco a remo ciumento. Mesmo quando ela está bem diante dos meus olhos, e temo por ela. Porque tudo está nela: seu cabelo é a chama, sua vivacidade relança o tempo. Observo suas pernas agitadas no seu berço verde, suas mãozinhas, seus pés que deixaram uma marca na areia. Qualquer coisa pode tirá-la de mim, me fazer morrer e arrancar minha voz. Já que finalmente posso falar. Dei à luz há um ano e estou tagarelando de novo. Minha língua interior e minha língua exterior agora são as mesmas. Ah, poucas palavras, uma só, aliás. Mas minha voz está aqui, faminta, feliz, molhada de saliva. Khadija está sentada ao nosso lado. Ainda está traumatizada com a minha fuga e com os riscos que corri, mas tem o cuidado de não manchar minha felicidade com seu tormento. Além disso, ela está feliz de ser avó.

Na praia de Andalouses, uso um vestido branco de verão com tulipas vermelhas. O mar está em toda parte, especialmente se você fechar os olhos. Chegamos cedo esta manhã, antes de ele ser invadido por banhistas, jet skis e sujeira.

Gostamos dele assim, recém-chegado da noite, ainda misterioso e frio.

Dei a minha filha o nome de Kalthoum. É o nome de uma grande cantora egípcia, uma voz. Kalthoum grita e cada um dos seus gritos me traz de volta a mim mesma, me ressuscita. Minha voz está aqui, fora de mim e dentro de mim. Meu "sorriso" não é mais do que uma cicatriz. Eu me alegro e rio das gaivotas que não sabem de onde vieram nem para onde vão. Eu sei. Minha Kalthoum nasceu em meio a uma dor que reparou todas as minhas dores. Ela talvez se lembre das nossas longas conversas e da minha língua interior, porque basta olhar para ela que ela me reconhece nos meus olhos verdes e dourados como o paraíso. Khadija ainda não gosta de vê-la em seu lindo berço verde dado por Aïssa, que a faz lembrar de sua história, mas adora pegá-la no colo, levantá-la, paparicá-la e brincar com ela. Nós discutimos: "Você vai fazê-la se acostumar com isso, e o que eu vou fazer quando for a hora de colocá-la para dormir?". Khadija não responde, apenas prossegue em um longo e silencioso monólogo consigo mesma.

Kalthoum é a minha língua, a minha voz: cada palavra vai ser escolhida por ela com cuidado, de forma divertida, ao acaso, no nascer do sol ou no mar, mas com a precisão necessária quando se nomeiam as coisas pela primeira vez. Cada grito dela me reanima, desperta em mim um fragmento da minha carne, me fala de mil perfumes que esqueci. Minha língua interior a abraça, a precede, oferece explicações, a tranquiliza e a protege. Eu levo duas vidas. Três vidas, se eu acrescentar a da minha irmã Taïmoucha.

Vamos ficar aqui até o meio-dia e as ondas vão nos embalar. É verão. Em Orã, é como uma longa manhã iluminada por um paraíso escondido atrás do céu.

Às vezes eu me lembro. Os jornais falaram sobre essa história do imã preso em um vilarejo, Had Chekala, por vender carne de burro. Em sua loucura, seu irmão havia se proibido de deixar as montanhas após a "Reconciliação", quando os outros terroristas depuseram suas armas e facas. Foi ele quem espalhou as cabeças de burro pelo vilarejo na véspera da minha chegada.

Kalthoum canta suas lembranças do paraíso com seu balbuciar divertido. Em seguida chora, irritada com uma gaivota que suas mãozinhas não conseguem alcançar. Então eu me entrego a ela, para que ela me devore: tiro meu seio para fora, o ofereço a ela e ela o suga. Ela me olha fixamente até eu parar de me mexer e depois me engole em sua barriga. Sua boquinha me eletriza; ela mistura dor e demonstração de vida; sou seu rio de vinho, leite e mel; seu cavalo incansável; suas frutas sem fim; sua tenda de esmeraldas; sua pele transparente; seus olhos com pálpebras enormes; seu cabelo vermelho que mergulha no reino dos deuses. Nada atinge tão profundamente o meu corpo vivo.

Nesses momentos, Khadija me perdoa pela viagem que fiz, decifrando-a em todo o seu mistério. Ela me perdoa até mesmo pelo meu cabelo, agora afivelado e deixado à sua própria sorte. Ele é visível para todos? Estou feliz, sorrio largo e sem parar, e finalmente estou falando. Para me entender, as pessoas se aproximam bem da minha filha, como se quisessem compartilhar um segredo ou uma noite de cumplicidade. "Me dê um número", diz Aïssa. Meu amigo está sentado sobre uma pequena esteira de praia ao lado de Khadija. Eu digo "Um bilhão de bilhões!". Então ele começa a rir com seus olhos diferentes e me responde: "Neste caso, vamos ter de esperar a noite chegar, e então vamos contar as estrelas juntos".

FONTES
Fakt e Heldane Text
PAPEL
Avena
IMPRESSÃO
Lis Gráfica

FSC
www.fsc.org
MISTO
Papel | Apoiando o manejo florestal responsável
FSC® C112738